講談社文庫

警視の慟哭

デボラ・クロンビー｜西田佳子 訳

講談社

レンに

目次

警視の慟哭

●主な登場人物〈警視の慟哭〉

ダンカン・キンケイド ホルボン署の警視
ジェマ・ジェイムズ ブリクストン・ヒル署の警部。ダンカンの妻
アーミテッジ夫人 コーンウォール・ガーデンズ管理委員会代表
ライアン・マーシュ 自殺した秘密捜査員
トマス・フェイス ダンカンの上司。警視正
デニス・チャイルズ ダンカンの元上司。警視正
マッケンジー・ウィリアムズ キンケイド夫妻の友人
リーガン・キーティング モデル。ベビーシッター
ジェシー バレエに打ち込んでいる少年
ニータ・キュージック ジェシーの母。広告会社経営
ヒューゴー・ゴールド リーガンの彼氏
ダグ・カリン ダンカンの元部下
メロディ・タルボット ジェマの部下。巡査部長
アイヴァン・タルボット メロディの父。新聞社経営
ミッキー
シーラ
リン
 ｝一九九四年に秘密捜査員だった
レッド 秘密捜査員たちのハンドラー
ラシード・カリーム 法医学者
ケイト・リン 法医学者
クライヴ・グレン コーンウォール・ガーデンズ庭師
ロニー・バブコック チェシャー州警察警部
エドワード・ミラー ニータの顧客。兄とジン蒸留所を経営

1

軽く足を踏みかえながら、バスを待つ。もう十二分も待っているのに、まだ来ない。金曜日の夜のケンジントン・ハイストリートでバスを待とうなんて考えたのが間違いだった。むかつく。

そばにいるイヤフォンをつけたパーカー男も気持ち悪い。さっきからこっちをちらちらみてるけど、こっちが気づいてないとでも思ってるの？　自分の服装もまずかった。薄い透け生地の白い春物ワンピースなんて、あまりにも無防備だ。カーディガンでもあれば、肩からはおれるのに。なんでこんな服を着てきちゃったんだろう。いや、そんなことはよくわかってる。初夏みたいに暖かくて気持ちのいい夜だったから。それに、今夜ならいろいろといい方向にすすむんじゃないかと思ったから。

パーカー男にあからさまに背を向けて、携帯電話をチェックした。メールなし。着信なし。やっぱり悪いのはこっちだったのか。

バスはまだ来ない。パーカー男が距離を詰めてくる。

もういやだ。角をまわってケンジントン・チャーチ・ストリートのバス停に行こうか。五十二番のバスに乗れば、ノティング・ヒル・ゲートで乗り換えなくてすむ。でも、そうするとあのピアノバーの前を通ることになる。あの人たちには会いたくない。

早足で歩きながら一度だけ振りかえり、パーカー男が追いかけてきていないことを確かめた。バーの前を通ったとき、二階のあいた窓からビートのきいた音楽が流れてきた。頭を低くしたが、そんなことで透明人間になれるわけはない。さっき店をとびだしてきたとき、だれかが追いかけてくれるんじゃないかと半分期待していた。でもいまは、あそこにいただれとも話したくない。今夜は無理。たぶん今後もずっと。

ヒューゴーとは終わった。完全に終わった。昨夜のことを考えると、恥ずかしくて顔が赤くなる。別れたいと思ったうしろめたさから、また寝てしまった。なのに今夜、あの男があちこちで遊んでいたことがわかった。最低のクズ男。

サンダルの音をたてながら、セントメアリー・アボッツ教会の前庭を突っ切る。花売りの屋台が閉まっているので、暗くて寂しい感じだ。それでもやっぱりこっちの道にきてよかったと思いながら、上り坂を歩いて五十二番のバス停に向かった。

ゴロゴロと音をたててバスがやってきた。一階の席に座った。甲高いブレーキ音、しゅうっという空気の音。乗りこむと、ようやくほっとした。こんなにひらひらしたワンピースで、らせん階段なんか上れない。ガラスに映った自分の顔から目を離そうとしたそのとき、頰にはりついた黒髪や、むき出しの首筋がみえた。体が震える。

バーにいたとき、バーテンダーが作ってくれたひどい飲み物をひと口飲んだあと、グラスを知らない人のテーブルに置いた。鼻をつまんで一気に飲みほしてやればよかった。そうしたら、そのまま眠ってしまえたかもしれない。

バスが揺れて、エルギン・クレセントで止まった。ここでバスを降り、あとは歩くだけだ。庭は闇に沈み、道路も静まりかえっている。たどりついた家も暗かったが、半地下のキッチンの窓にだけ、かすかな明かりが見えた。

バッグから鍵を取りだしたあと、玄関前の階段で足を止めた。急に入りたくなくなった。だれか、話をきいてくれる人がいたらいいのに。お母さんならまともなアドバイスをしてくれるだろうけど、家が遠いし、そもそもお母さんには頼れない。あのことはだれにも話さないと約束したし、その約束だけは守らなきゃならない。

ヒューゴーとのことは、自分がばかだった。そんなの、わかっていたことなのに。長い目で見れば、小さなことにすぎない。あんな男、取るに足らない存在だ。ただの遊び相手。別れたって、人生が大きく変わるってわけじゃない。

ほんとうの問題は別にある。こんなことになるなんて、思ってもみなかった。どう転んでも、人生が大きく変わることになりそうだ。

ジーン・アーミテッジは目覚まし時計を使わない。おとなになってからは毎朝五時に目が覚める。冬でも夏でも、雨の日も晴れの日も、いつも同じだ。このことを誇らしく思っていた。新たな一日を迎える覚悟があるから起きられるのだ。そんな覚悟もない人は精神がたるんでいる。

夫のハロルドが生きていたときは、まだ眠っている夫を起こさないようにそっとベッドを出てバスルームに行き、静かに着替えたものだ。銀行員だった夫は、朝六時前に起きるなんて野蛮人のやることだ、と考えていた。

いまはだれにも遠慮なくベッドサイドのランプをつけられるし、好きなように身支度をしたり、寄宿舎時代のようにきっちりベッドを整えてから一階に降りていくことができる。今日は五月の土曜日。へたった枕の形を戻してベッドメイキングをしてから、花柄の上掛けカバーを最後にさっとなでる。窓際に行ってカーテンをあけ、しばらくそこに立って、ご近所との共有の庭を眺めた。空には雲ひとつなく、これから出てこようとしている太陽の、淡いバラ色をした最初の光が、木々の梢《こずえ》をふちどっていた。

しかし、ちょっと視線を移すと、その感動も台無しになってしまう。二軒隣の家が増築した建物が、共有の庭を侵犯しているのだ。ジーンは眉をひそめ、舌打ちをした。その一家に不幸があって大変だったのは知っているが、だからといってこんなことは許されない。ジーンだけでなく近所の人たちも役所に訴えでたが、いまのところはなんの対応もされていない。しかしジーンは、こういうトラブルで泣き寝入りをしたことはない。

数分後、ジーンはコーヒーカップを手に持って、自宅のパティオと共有の庭を隔てる鉄のゲートをあけた。天気のいい朝は、共有の庭に作られた散歩道を歩き、ゆっくりコーヒーを飲みながら庭を観察するのが好きだ。完璧に整えられた玉砂利が小気味良い音をたてる。セシル・ブルンネという品種のバラが強い香りを放っている。庭師のクライヴ・グレンが、今年は腕前以上の成果を出してくれたようだ。生け垣もきれいに整えられているし、木々は青々と葉をしげらせている。春の終わりの花々は満開で、みごととしかいいようがない。このコーンウォール・ガーデンズがこんなに美しかったことがあるだろうか。疑いようもなく、ノティング・ヒルでも最高の庭だ。

歩きながら、カーディガンの前を少し強く引っぱった。空気がまだ少し冷たい。でも、昼間はぽかぽか暖かくなるだろう。近所の人たちとおしゃべりするにはもってこいかもしれない。庭の問題について、支持を求めてみよう。

頭の中で計画を立てはじめたとき、あるものが目に留まった。眉をひそめて足を止め、庭の中心を蛇行するように作られた美しい芝生の一角に目をやった。よくしげった木立の中、一本の木の下に、白い包みのようなものが落ちている。建築業者がごみを残していったのかもしれない。あんなところに置いていったら、風に吹かれて散らかってしまうかもしれないのに。

それとも、泥棒のしわざだろうか。そう思うと不安がわきあがって、心臓がどきどきしてきた。そばには庭仕事道具用の物置小屋がある。最近、ロンドンのこうした庭の物置小屋が泥棒に荒らされる被害が頻発しているそうだ。

だとしても、犯人がいつまでもそばにいるはずがない。ジーンは思いなおして、朝露に濡《ぬ》れた芝生を歩きはじめた。その白いものに近づくにつれて、歩みが遅くなる。白いビニールか紙の包みのように見えていたものは、驚いたことに、人間の形をしていた。女性だ。白い服を着た若い女性が、プラタナスの木の大枝の下に横たわっている。

仰向けで、顔は反対側にちょっと傾いている。さらに近づくと、横顔のシルエットがみえた。黒髪は肩くらいの長さ。庭の反対側の家の、住みこみのベビーシッターだ。

まったくもう、とばかりに息を吸い、さらに近づいた。いったいなにをやっているの？　最近の若い人たちときたら、なにをしでかすかわかったものじゃない。夜遊びしたあと、庭に入りこんで眠ったんだろう。このコーンウォール・ガーデンズでは、そんなことは許されない。ここはきちんとした人々の住むところなんだから。この娘を起こしてやったあと、雇い主に文句のひとつでもいってやろう。

ちょうどそのとき、木々の梢ごしに朝日が差しこんだ。緑の芝生と白い服に、光と影の模様ができる。

ジーンは足を止めた。靴底が濡れた草にこすれて、きゅっと音をたてる。バラの強い香りが急にうっとうしく感じられた。思わず胸に手をやって、考えた。眠っているにしては、なんだか不自然な姿勢だ。それに、ぴくりとも動かない。スズメが飛んできて、女性の黒髪をかすめて地面に降りた。しかし、女性は反応しない。

　小言をいってやろうという思いはどこかに行ってしまった。ジーンは一歩、また一歩と、ゆっくり前に出た。そして、わかった。女性は眠っているのではなかった。


「土曜日なのに、早いのね」ジェマははだしでキッチンに入った。まだナイトガウン姿だ。「物音がきこえたの」

　キンケイドはコーヒーメーカーの前で振りかえった。すでに手早くシャワーを浴び、ジーンズと、きのうも着ていた、ちょっと皺《しわ》の残ったシャツを着ている。「起こさないように気をつけたつもりだったんだが」コーヒーマシンが蒸気の音をたてて、コーヒーのしずくがぽたぽた落ちはじめた。

　ジェマはテーブルの前に座り、あくびをこらえると、もつれた赤銅色の髪をシュシュでまとめた。「香りが最高」漂ってきたコーヒーの香りを深く吸いこんだ。

「きみも飲むかい？」キンケイドは棚からジェマのお気に入りのマグカップを出した。やたらと派手なピンクのバラの花飾りがついたもので、しかも飲み口が少し欠けている。しかし、トビーがお小遣いで買ってくれたものなので、捨てることなど絶対にできなかった。

「もちろん」ジェマは答えた。キンケイドがジェマのカップにミルクを入れてくれる。

「でも、今朝はもっとゆっくり寝ていたかったわ。土曜日だもの」

「まあね」キンケイドはジェマにコーヒーを渡した。ジェマが微笑《ほほえ》むのをみて、自分のカップにもコーヒーを注《つ》いだ。しかし、ゆったり腰をおろす気にはなれなかった。調理台に腰をあてた格好で続ける。「眠れなくてね。今回の事件にはすごく手こずってる」

「もう解決したんじゃなかったの？」ジェマは心配そうにキンケイドを見た。

キンケイドは肩をすくめ、リラックスしたふうを装った。「検察に送る前に、ファイルをもう一度読みなおしたい。なにか見逃しているような気がするんだ」もともと、単純としか思えない事件だった。カムデンに住むコカインの売人が、自室で、銃で撃たれて死んでいた。

「子どもたちと犬を公園に連れていくって約束したじゃない」ジェマが不満をこめていうと、そのとおりとばかりにジョーディがキッチンに入ってきた。尻尾を振ってジェマの足元に座る。

「ああ、すまない。早めに帰ってくるよ」ほんとうかしら、というジェマの表情をみて、キンケイドはさらにいった。「捜査中の事件がなければ、土曜の朝のオフィスは無人だからね。ぼくはただ――」言葉がとぎれた。

自分がやろうとしていることを言葉にすることができなかった。犯行現場の写真をみるつもりだった。そうすることによって、友人だったはずの男が手に銃を持ったまま死んでいる現場の夢を、繰りかえしみなくてもすむかもしれないから、という告白もできなかった。

振りかえってマグカップをシンクに置くと、残っていたコーヒーがこぼれて指にかかった。きれいなふきんで指を拭くと、ジェマの頬にキスした。

しかし、ジェマは顔を上げようとはしなかった。「ねえ、ダンカン、どうしたの？」鋭い口調になっていた。「子どもたちになんていえばいいの？」

キンケイドの手が、突然こみあげた怒りに震えた。「なんとでもいってくれていい。ぼくはいつから、仕事をすることできみに謝らなきゃいけなくなったんだ？」

ジェマに答える隙も与えず、キンケイドはキッチンを出た。玄関の扉が銃声のような音をたてた。

「猫を外に出さないでね」パティオのフランス窓があいたので、ジェマは顔を上げ、汚れた園芸用の手袋をしたまま額の汗をぬぐった。トビーかシャーロットだろうと思っていた。七歳と三歳半の子どもたち——シャーロットはいつも、自分が三歳ではなく三歳半だということを強調する——など、つねに外に出るチャンスを狙っている猫にとっては、なんの障害にもならないだろう。しかし、やってきたのはキットだった。白黒の猫、キャプテン・ジャックを肩にのせている。

「あのさ、手伝おうか？」キットは遠慮がちにいって、中身が少しこぼれた園芸用の土の袋と、まだ空のプラスチックのプランターに目をやった。そのむこうには気持ちのいい日陰があり、アウトドア用の椅子を置いてレモネードを飲んだらさぞかしくつろげるだろう。朝は涼しくて快適だったが、日が高くなるにつれて気温があがり、いまは暑いくらいだった。ジェマは、土で汚れた鼻の頭が日焼けして赤くなっているのではないかと心配になった。

「今日はじゅうぶん手伝ってくれたじゃない」ジェマは体を起こしてため息をついた。膝が妙な音をたてたような気がした。ガーデニングは思ったよりずっと重労働だ。いまはベゴニアを丁寧に鉢に植えたばかりなのだが、茎が傷ついてうまくいかなかった。腰も痛い。

キットはそうでもないよというように肩をすくめ、子猫を逃がさないようにしっかりつかんだ。しかし、アールズ・コート・ロードにある園芸用品店〈ラッセルズ〉に行ったときは、弟と妹の面倒をしっかりみてくれた。そうでなければ、バラやツツジの鉢が並べられた売り場で、トビーが大暴れしていたにちがいない。

あんなにガーデニングをがんばろうと思っていたのに、その情熱が冷めつつあった。

ロンドン北部のパン屋の娘として育ったジェマにとって、向いていない作業なのだろう。

「パパから電話はあった？」キットはなるべく感情を抑えて話しているようだった。ハイド・パークに行こうという約束をキンケイドが破ったことをキットが怒っているのか、ジェマにはわからなかった。

「ないわ」ジェマはため息のひとつもつきたかったが、やめておいた。「いまのところ」キンケイドがドアを乱暴に閉めて出ていったあと、自分があんなふうにつっかかったことを後悔していた。キンケイドが古い緑色のアストラに乗って出かけていくのを、キッチンの窓から見送ることしかできなかった。

ふたりはこれまで長いこと警官として働いてきたが、たがいの仕事について批判めいた言葉を口にしたことは一度もない。そうしてうまくやってきた。でも、今回のことは――ほんとうに仕事なの？　ちょっとちがう気がして、だからこそ心配になってしまう。三月のあの日、ライアン・マーシュが死んだときかされた日から、キンケイドはどこかようすがおかしい。

話し合おうとしてみたが、ジェマがその話を出すと、キンケイドは目を曇らせて、話題を変えてしまう。これまで、なんでも話し合える仲だった。はじめは仕事のパートナーとして、それから恋人として、そしていまは夫婦として。キンケイドが最近ふたりのあいだに作ってしまった壁を、どうしたら崩すことができるんだろう。

身をくねらせてじゃれつく子猫を反対の肩に移動させて、キットは腕時計をみた。「歴史のテストがあるから勉強しなきゃ。午後は学校の友だちとスターバックスで会うことになってるんだ」シャツに引っかかっている鋭い爪をはずす。ジャックが抗議の声をあげた。「あ、それとさ」キットは家に戻る途中でいった。「トビーのバレエ教室まであと三十分だよ。シャーロットはマッケンジーの家に遊びにいくことになってるけど、覚えてる？」

ジェマは自分の土まみれの両手と、汗を吸ったTシャツに目をやった。「最悪」


キンケイドはホルボン署の自分のオフィスから、ガラスを隔てた刑事部全体のオフィスに目をやった。ランチタイムということもあり、人気はない。午前中は人の出入りがあったが、週末ということもあり、刑事部の人間はみな休んでいた。カムデン区の治安もそこそこ平穏に保たれているようだ。

カムデンで起きた事件の報告書のあちこちに何度も追記を入れた。時間をむだにしているだけだとはわかっていた。現場の写真はファイルフォルダーのいちばん最後にあるが、まだみていない。刑事のくせに銃創をみる勇気が出ないとは、情けない。

携帯電話は、片づきすぎてなにもない机の上に置いてある。手を伸ばして触れたが、少しずらしただけで手を引っこめた。ジェマに電話をしなければならないのに、時間がたてばたつほどかけにくくなる。なにをどう説明すればいいのかわからない。帰りに花でも買っていこうか。ありきたりではあるが、花束と「ごめん」のひとことでなんとかなるだろう。

しかし、子どもたちは？　シャーロットはがっかりしているだろう。自己嫌悪にさいなまれて、キンケイドは携帯電話をポケットに入れた。父親らしい行動をとろう。夫らしい行動をとろう。いまから帰れば、子どもたちとの約束を果たせるかもしれない。

フックにかけてあった上着をつかみ、自分のオフィスを出ようとしたとき、トマス・フェイス警視正がきびきびと歩いて刑事部のオフィスに入ってきた。背が高く細身で、金髪が白くなりかけている。口髭《くちひげ》は短く整えてあった。土曜日なので制服姿ではないが、フェイスが着ていると、普段着でさえ制服のようにみえる。

「ダンカン、まだいてくれてよかった。内勤の巡査部長が、きみが来ていると教えてくれたんだ」

「いま帰るところでした」キンケイドは答えつつ、早く帰ってしまえばよかったと後悔した。

しかし、フェイスは急用があるわけではなさそうだった。「よくやってくれてるな。事件が解決して、副警視監も喜んでくれるだろう」

クライム副警視監は最近、すべての殺人事件の捜査の指揮をとり、事件解決率のアップをはかっていた。たしかに、警察組織内の権力闘争や検挙率といった状況が悪化していることは、キンケイドも理解していた。しかし、検挙率をあげることにばかり血眼になっていると、捜査の正確性が犠牲になる。その結果としてなにが起こっているのかというと……。

キンケイドの考えをさえぎるように、フェイスがいった。「きみのチームにも、よくやってくれたと伝えてくれ。きみの元上司にも、会うことがあればわたしから伝えておくよ」

「えっ？」キンケイドはわけがわからず、フェイスの顔をみた。元上司のデニス・チャイルズ警視正は、二月から、個人的な事情で休暇をとっている。キンケイドをホルボン署のカムデン区殺人捜査チームに転勤させた直後のことだった。しかもチャイルズは、その転勤の理由を説明してくれることもなかったし、その後キンケイドが連絡をとろうとしても、なんの応答もしてくれないままだった。

「ああ、きみは知らなかったのか」フェイスのほうも驚いているようだった。「デニス・チャイルズ警視正は職務に復帰したんだよ」

ジェマはなんとかクリーム色のブラウスに着替えたものの、あとはジーンズの膝についた土を払いおとし、日焼けした顔を冷たい水で洗うのが精一杯だった。

こんな状況ではなかったら、子どもたちといっしょに歩いて目的地に向かっただろうが、焦っていたあまり、フォード・エスコートのチャイルドシートにふたりの子どもをのせてしまった。車は日なたにあったので、熱くなっていたシートのせいで太ももが焼けるようだった。

友人のマッケンジー・ウィリアムズはすぐ近所に住んでいる。紺色の玄関ドアは、庭を囲む高い塀の中にあって、外からみえないようになっていた。玄関まわりにはバラが咲きほこり、ノティング・ヒルによくあるヴィクトリア朝様式の家というより、おとぎ話に出てくる家のようだった。ジェマが車をとめたとき、マッケンジーとオリヴァーが出てきてくれた。

「そのまま待っててね」ジェマはトビーにいって、シャーロットのチャイルドシートのベルトだけをはずした。

「ぼくもバウンサーに会いたいのに」トビーが文句をいう。バウンサーはジェマの一家がウィリアムズ一家にプレゼントしたトラ猫だ。三月にキットとトビーが庭の物置小屋から救出した子猫のうちの一匹だった。

「トビー、バレエをしたいんじゃないの？」ジェマがいった。シャーロットはシートからとびおりた。舗装された道路にいい音が響く。

「うん……わかった」トビーはちょっと迷って答えると、シートに体を戻した。

シャーロットがジェマの手を引く。「ママ、はやく」

「そうね。マッケンジーにご挨拶して」ジェマは娘にキスすると、お尻をぽんとたたいてやった。シャーロットは、門まで出てきたオリヴァーに駆けよった。

マッケンジーはシャーロットのキャラメル色の髪をくしゃくしゃとなでた。車のほうに顔をむけて、小声でいった。「ほんとうにトビーなの？ まるで別人になっちゃったみたいね」

ジェマはにやりと笑った。「奇跡が起こったみたいね。これもあなたのおかげよ」

トビーがバレエに夢中になるきっかけを作ったのはマッケンジーだった。息子のオリヴァーはシャーロットと仲良しで、あるとき、マッケンジーはシャーロットとトビーを、オリヴァーの通う子どもバレエ教室に連れていってくれた。シャーロットはかわいいチュチュには興味を持ったものの、バレエそのものはやりたいと思わなかったようだ。ところがトビーがすっかりはまってしまった。さらにマッケンジーにロイヤル・バレエの公演にも連れていってもらったことで、トビーの意志が固まった。ぼくもいつかあんなふうにステージで踊るんだ、と。しかしジェマがバレエ教室について調べてみると、男の子用の教室はなかなかみつからなかった。やっとのことでみつけた教室も、定期的に通うとなるとたいへんな費用がかかる。

「〈タバナクル〉に行ってみたら？」ジェマがこのことを相談すると、マッケンジーはそういった。

「あそこにバレエ教室があるの？」ジェマにとっては意外な情報だった。パウィス・スクエアにある大きな赤レンガの建物は、ノティング・ヒルで長い歴史を持っている。はじめは教会で、次に反体制文化の象徴のような場所になった。いまはコミュニティ・センターとして使われていて、ノティング・ヒル・カーニヴァルの運営本部もここに置かれる。庭園と、セルフサービスではないカフェと、アートギャラリーがある。そのほか、バレエ教室もあるということらしい。

「平日は一般向けのバレエ教室をやってるわ」マッケンジーがいう。「で、土曜日は子どもむけの〈ポートベロ・ダンス教室〉が開講されてるの。トレーニングの質が高くて男の子もたくさんいるし、費用もかなりお手頃なのよ」

いつものように、マッケンジーのいうことは正しかった。トビーの入ったクラスには男の子がほかにふたりいたし、先生も男性。有名なプロのダンサーであり、振付師でもあるとのこと。

パウィス・スクエアで駐車スペースを探していると、トビーがそわそわしはじめた。

「遅刻したくないよ。チャールズ先生に怒られちゃう」

ふだんはおとなに叱られてもどこ吹く風のトビーなのに、チャールズ先生の優しい声でいわれることはなんでも真剣にきいている。

「わかったわ」ジェマは鋳鉄の門扉の前に車を寄せた。「ひとりで行けるわね。バッグを忘れないで」トビーが建物に入るのを見送ったあと、あらためて駐車スペースを探しはじめた。

車を駐めると、パウィス・スクエアまで歩いて戻り、人でざわついた〈タバナクル〉の前庭に入っていった。外のテーブルはいっぱいだ。食事をする人もいるし、ただ日差しを楽しんでいるだけの人もいる。門扉の内側の安全なスペースで、子どもたちが遊んでいる。テーブルにつながれた犬たちが、まわりのようすを興味深そうに眺めている。

建物の中央の、半円形になった部分をみると、ケントでみかけたホップの乾燥所が思い出される。しかしこの半円形の部分の両側には、それより少し背の高い四角い塔がある。なんだか不格好な感じもするが、それが逆に、この建物の魅力なのだろう。オレンジ色がかった赤レンガは、明るい日差しを受けて輝いている。庭の木々の緑色とのコントラストが美しい。

どこかに腰をおろして日差しを楽しもうか、とも思ったが、それより喉が渇いた。中に入り、薄暗さに目を慣らすと、少し考えてから、奥のカフェカウンターでフレッシュレモネードを買った。そのおいしさにほっとため息をつきながら、右手にある階段をのぼる。壁にはノティング・ヒルの有名人たちの写真が並んでいた。

バレエスタジオは二階のいちばん奥にあった。劇場ホールのすぐ裏だ。レッスン中に保護者が中に入ることはできないが、ドアのガラス部分から中をのぞくことはできる。白いTシャツと黒いタイツというトビーの姿は、いまでも新鮮に感じられる。しかも、小さな顔は真剣そのものだ。みていると感動で胸がきゅんとする。あのやんちゃな息子が、ひとつのことにこんなに一生懸命になるなんて。ありがたいとしかいいようがないわね——そう思いながらロビーに出た。

前回のレッスンのときはほかにも保護者が何人か待っているのをみたが、今日は少年がひとりいるだけだ。九歳か十歳だろうか。教室が決めた白のTシャツと黒いタイツを身につけているが、レッグウォーマーはほつれかかった古いものだし、白いバレエシューズも汚れて、かなり年季が入っている。くすんだ褐色の髪は襟にかかる長さ。ちょっと上を向いた鼻にはそばかすが散っている。

ドアの閉まるカチリという音に続く静寂の中、少年が小声で数をかぞえているのがジェマの耳に届いた。いくつかのポジションを練習しているらしい。木製の椅子の背に伸ばした指先を置き、体を支えている。スタジオのバーの代わりなのだろう。ポジションのいくつかは、トビーが練習しているのでジェマも知っていた。しかしこの少年のポジション練習はとても優雅で正確だ。何年も練習を重ねているのがよくわかる。

少年は椅子から離れ、小さくつぶやいた。「ワン、ツー、スリー、ターン」そして曲げた片脚だけで体を支えながら立ちあがり、何度も回転した。ジェマは目を丸くして、少年のみごとなピルエットを眺めた。少年の動きがいったん止まった。ちょうどジェマのほうに顔が向いていたが、ジェマの存在に気づかなかったかのように、またくるくると回りはじめた。

回転数が十に届く前に、少年はバランスを崩して、回転軸にしているほうの踵《かかと》をおろした。「くそっ」という声がはっきりきこえる。少年は、今度は遠慮がちにジェマの顔をみた。

「ごめんなさい」ジェマは思わずいった。「わたしのせいで気が散ったのね。どうぞ、気にしないで続けて」

少年はうなずき、またピルエットの練習をはじめた。今度は十二回転。呼吸は安定しているし、リラックスしているのがジェマにもわかった。

「目が回ったりしないの？」楽々とストレッチをする少年に、ジェマは尋ねた。

少年は首を横に振り、くすんだ褐色の髪を額からかきあげた。「小さいころからやってるけど、全然。なにかひとつのものだけみていればいいんだよ。ぼくはあのドアのステッカーをみてる」

ジェマは背後のドアに目をやった。青い楕円《だえん》形のステッカーには〈非常口〉と書いてある。そして少年に向きなおった。「バレエ、長いことやってるのね」

「三歳のときから」

トビーのスタートは遅かったのね、とジェマは思った。スタジオで流れるピアノの音楽がかすかにきこえる。ドアのガラスに目をやると、トビーの金髪の頭が上下に動いているのがみえた。「うちの息子ははじめたばかりなの。七歳よ」

「まだ遅くないかも」少年の何気ない答えには、プロがアマチュアを見下すような響きがあった。

「このあと、レッスンなの？」

少年はうなずいた。「次のじゃなくて、次の次のやつ。上級クラスなんだ。平日はフィンズベリ・パークでレッスンを受けてる」

「週に六回ってこと？」ジェマは少し怖くなった。トビーがここまで真剣にバレエに打ち込むようになったら、家族の生活はどうなるんだろう。「土曜日は友だちと遊びたいとか、思わないの？」

少年は肩をすくめた。「チャールズ先生の振り付けがすごくいいんだ。それに、ここならぼくひとりで来られるし」

「フィンズベリ・パークはひとりでは行かないってこと？」

少年の人なつこい表情が消えた。「ママが、ひとりで行くのはまだ早いって」

「まあ、母親ってそういうものよね」ジェマは言葉を選んだ。「いま、いくつ？　十一歳くらい？」思っていたより少し上の年齢を口にした。

「あと少しでね」少年の大きな口から緊張が消えた。「ママは、ぼくが十一歳になったら、〈ロイヤル・バレエ・スクール〉の入学オーディションを受けさせるって。だからたくさん練習しなきゃいけないんだ」それを思い出したかのように、少年は椅子のところに戻った。片手で椅子に触れてバランスをとる。反対側の脚を上げて耳にくっつけた。あんなこと、人間の体には不可能じゃないの、とジェマは思った。

チャールズ先生の声がスタジオから聞こえた。「そう、いいぞ。もう一度」ピアノの音がさっきより大きくなった。

「もう邪魔しないから練習して」ジェマはいった。少年がおしゃべりにうんざりしてしまったのではないか、と思った。とはいえ、この狭い場所にふたりきりでいるのに、知らん顔をしているのも不自然だ。「一階におりるわ。オーディション、がんばってね。あなたならきっと成功すると思う」

そばかすの散った顔に、一瞬だけ笑みが浮かんだ。

ジェマは軽く手を振り、ロビーの外に出た。やっぱり庭にでも座っていようか。レモネードの残りを楽しみながら、トビーのレッスンが終わるのを待とう。

庭に出るドアをあけたとき、外から駆けこんできた人とぶつかった。とっさにお詫《わ》びの言葉を口にしてから、それがマッケンジー・ウィリアムズだと気がついた。「マッケンジー、どうしたの？」相手の腕に手を置いた。「マッケンジー、どうしてここに？　シャーロットは？」

その瞬間、いやな予感がした。

「ジェマ、そういえばここに来てたのね。忘れてた」マッケンジーは眉をひそめた。「子どもたちはだいじょうぶ。ビルにまかせてきたから。それより――」首を横に振った。言葉がみつからないらしい。

「なに？　どうしたの？」ジェマはマッケンジーの両肩に手を置き、ほかの人たちの通行の邪魔にならないように移動した。マッケンジーは震えていた。「座って」ジェマは日陰のテーブルがひとつあいているのをみつけて、マッケンジーを座らせた。飲みかけのレモネードを持ったままなのを思い出して、マッケンジーに手渡す。「飲んで」マッケンジーが素直にレモネードを少し飲むのをみて、ジェマはとなりに腰をおろし、きっぱりした口調でいった。「さあ、話して。なにがあったの？」

「こんなこと――こんなことが起きるなんて。リーガンが……」マッケンジーはごくりと喉を鳴らした。豊かな黒い巻き毛に包まれた顔からは血の気が引いている。「ジェマはリーガンのことを知らないわね。うちで使っているモデルのひとりで、ときどきオリヴァーのベビーシッターもやってくれてるの」マッケンジーと夫のビルは、〈オリー〉

というカタログ通販のアパレル会社を経営している。「リーガンは――」呼吸をひとつはさんでから続けた。「コーンウォール・ガーデンズで、ある家族と暮らしてる。その家の息子の世話をしているの」

「なるほど」ジェマは話の先をうながすようにうなずいた。

マッケンジーはプラスチックのカップを両手でつかんだ。「ジェマ、彼女が亡くなったの。リーガンが死んだの。今朝、コーンウォール・ガーデンズの木の下でみつかったんですって。でもジェシーは――リーガンがお世話していた子よ――まだそのことを知らない。わたし、ジェシーの母親から、リーガンがお世話していた子を探してきてっていわれたの」

「わかったわ。それはつらいわね。でも、マッケンジー、どうしてここに?」

「だって」マッケンジーは驚いたような顔をした。ジェマがわかっているものと思って話していたのだろう。「ジェシーはバレエをやってるの。男の子がレッスンを受けるならここがいいってわたしが知ってたのは、そのせいなのよ。ジェシーは毎週土曜日、ここでレッスンを受けてるわ」

2

ほんの数ヵ月前まで、ニュースコットランドヤードはキンケイドにとって我が家のようなものだった。しかしいまは、巨大なガラス張りの建物に入っていく自分が侵入者のように感じられる。一階の入り口に立っている警官たちの顔にみおぼえはない。キンケイドの身分証に目をやった警官たちのほうも、キンケイドの顔と名前にまったくおぼえがないようだった。

中に入るとエレベーターに乗り、デニス・チャイルズ警視正のオフィスがあるフロアに上がった。さっきホルボン署を出てからまっすぐここにやってきた。チャイルズも土曜日に出勤しているかもしれない。自分が週末に出勤するようになったのも、元上司であるチャイルズの影響なのだ。

上司と部下として長年つきあっていたのに、チャイルズという人物のことをよく知っているとはいえない。しかし、去年の秋までは尊敬していたし、信頼もしていた。友人だとさえ思っていた。

いい関係を築いていたからこそ、チャイルズは、妹がノティング・ヒルの家をだれかに貸したいといったとき、キンケイドとジェマを紹介してくれたのだ。

ところが、去年の秋、ヘンリー・オン・テムズである警察官が亡くなったとき、それにからむ事件の捜査をキンケイドにまかせた。キンケイドは、その事件にまつわるチャイルズの動きに納得がいかなかった。ロンドン警視庁の警官と、なんの罪もないその妻――このふたりの死に、チャイルズが関与しているのではないかと思っていた。

その事件の捜査を最後に、キンケイドは娘のシャーロットのために育児休暇をとった。そして今年の二月に職場に戻ってみると、オフィスが片づけられていて、机の上に転勤の辞令が置いてあった。そのとき、チャイルズが個人的な事情による長期休暇をとったことをきかされた。

デニス・チャイルズは、ねちねちと復讐《ふくしゅう》するようなタイプではない。だからキンケイドには理解できなかった。自分はなぜチャイルズに切られてホルボン署に送られたのか。どうして連絡ひとつもらえなかったのか。そして、三ヵ月ものあいだ、チャイルズはどこにいたのか。

エレベーターがチャイルズのフロアに着いた。ドアが開いたとき、キンケイドはひとつ息を吸って肩を動かした。こわばっていた肩甲骨をほぐしてリラックスしたかった。廊下に人影はない。ただ、スコットランドヤードの建物自体は、いつも人がいてざわついている。半開きのドアがいくつもあって、人の声がきこえる。電話が鳴っている。しかしだれも出てこない。

自分が使っていたオフィスにはあえて行かなかったが、チャイルズ警視正のオフィスをみただけで、なつかしさで胸がしめつけられた。手前の控室にいる秘書のマージョリーが目に入ったときも同じだった。

顔をあげたマージョリーがキンケイドに気づき、にっこり笑った。「まあ、警視。今日はどうしたんですか?」マージョリーはいつも、〝あなたはわたしのお気に入りよ〟とでもいうように感じよく接してくれるが、どの警官にもそんなふうに対応しているのかもしれない。

「ご家族は元気かい?」キンケイドはマージョリーの机に並べられた写真に目をやって、尋ねた。

「娘がおめでたなんです」マージョリーはうれしそうに笑った。「今日は仕事を片づけにきたんですよ。いつ生まれてもおかしくないから、わたしも何日かお休みをいただくんです」

「そうしたほうがいいね。おめでとう」キンケイドは心からそういった。そして、奥にあるチャイルズのオフィスのドアのほうに顔を向けた。「今日は土曜日だが、こちらの殿下にお目にかかれればと思ってお邪魔したんだ」殿下というのは、キンケイドとマージョリーがいつもいう冗談だった。

「キンケイド警視、あいにく今日はいらしてないんです」

ほんとうだろうか、とキンケイドは思った。奥のドアをみるマージョリーの目が泳いでいた。マージョリーは明るくて親しみやすくて仕事もできるが、嘘《うそ》をつくのは苦手なタイプだ。「昔は残業や休日出勤は当たり前だったのにな」そういってにっこり笑った。マージョリーが急に緊張したのをほぐしてやりたかった。

「いまは規定どおりに働いていらっしゃいますよ」マージョリーは無難な話題に戻したいようだった。「休日出勤のときは連絡をいただくことになっています」

キンケイドはマージョリーの大きな机の角に寄りかかった。「じつは、復職されたときいたばかりなんだ。元気なのかな？」

「そうだったんですね。お元気ですよ。それはもう——」突然言葉を切って、顔を赤らめた。気まずそうな表情を浮かべてから、マージョリーは続けた。「キンケイド警視がいらっしゃったと、メモを残しておきましょうか？　次に出勤されたときにすぐわかるように」

もう帰れということなのだろう。奥のドアを強引にあけてやりたいが、そういうわけにもいかない。「ありがとう」体を起こし、笑顔を作った。「お嬢さんによろしく。警視正にも」

マージョリーに明るく手を振ると、キンケイドはきびすを返してエレベーターに向かった。

エレベーターのドアが閉まった瞬間、大声でいった。「なんなんだよ、まったく！」

メインロビーを歩いているとき、首のうしろに視線を感じた。そんなばかな、だれがみているっていうんだ——自分にそういいきかせたが、その感覚を振りきることはできなかった。ヘンリー・オン・テムズの事件と、その後の転勤のころに感じはじめた漠然としたいやな感じは、ライアン・マーシュが死んだ夜、もっとはっきりしたものになった。

警察組織の中に腐敗があることは前から知っていた。人間の弱さはこれまでにいやというほどみてきたし、それは警官も同じだ。弱いからこそ、大小を問わずさまざまな罪に手を染める。しかし、ヘンリーのあの事件までは、自分がそれに巻きこまれるとは想像もしていなかった。

腐敗はどれくらい深刻なものなんだろう。デニス・チャイルズはそれに加担しているんだろうか。

スコットランドヤードの駐車場から出ようとする車の列に並んでいたとき、携帯電話にメッセージが入った。ジェマだろう、と思って上着のポケットから携帯を出した。どんなふうに詫びるか、考えておかなければ。子どもたちを公園に連れていく約束を果たせなかったことに、あらためて罪悪感がわいてきた。

しかし、ディスプレイにちらりと目をやると、表示されたのは知らない番号で、メッセージはシンプルなものだった。「ロジャー・ストリートの〈ザ・デューク〉に午後八時」


午後、ジェマは思いがけずひとりの時間を家で過ごすことができた。ダンカンがトビーとシャーロットと犬たちを、当初予定していたハイド・パークではなく、ラドブルック・ロードの先にあるホランド・パークに連れていってくれた。てきぱきと動いて子どもたちを連れだしてくれたのは、子どもたちを喜ばせるためというより、夫婦の会話をしたくなかったからではないか、という気がする。昼に帰ってきたキンケイドは、ジェマにキスして、朝にきつい物言いをしてすまなかったといったが、ジェマと目を合わせようとしなかった。それでも、子どもたちに外出の準備をさせるためにばたばたと動いているあいだは、マッケンジーと、バレエ教室で会った少年のことを頭から追いやっていられた。

ジェマと話をしたあとすぐ、マッケンジーはむすっとした顔のジェシーを連れて〈タバナクル〉を出ていった。マッケンジーはとてもつらそうな顔をしていた。ジェマはふたりをそっとしておいたが、いまになって、その女性がどうして亡くなったのか、その理由が気になっていた。まだ十歳のジェシーは、悲しい知らせをきいてどう思うだろう。それと、動揺してあわてているマッケンジーをみるのははじめてで、そのことに自分が受けたショックの大きさにも驚かされた。

考えごとから気持ちをそらしたかったので、埃《ほこり》をかぶったピアノの前に座り、ためらいがちに鍵盤を押して和音を鳴らした。音は静かな部屋の中に、思ったよりずっと大きく響いたが、その余韻が消えるころには、すっと気持ちが楽になった。その感覚に背中を押されて、さらにピアノを弾いた。つっかえながらも続けていると、こわばっていた指がほぐれてきた。しばらくすると、頭の中は音の進行のことでいっぱいになった。いつもならいっしょに吠《ほ》える犬たちもいまはいない。玄関のチャイムが鳴ったことに、しばらくは気づかないほどだった。

ピアノの椅子をうしろに引いて、急いでドアをあけた。ポーチにはマッケンジーが立っていた。いつになく髪が乱れている。「急に来てごめんなさい。家に帰るまえにジェマに会いたくて」

「そんな、全然平気よ」ジェマはマッケンジーをハグして、家に招きいれた。「マッケンジー、だいじょうぶ？」

「ええ――いいえ、わからない」マッケンジーの声は震えていた。「家に帰るのが怖いの。オリヴァーにリーガンのことを話さなきゃいけないから」

「キッチンでお茶でも飲みましょう」

マッケンジーは素直についてきたが、ジェマがケトルに手をかけるのをみて、いった。「もう少し強いもの、ある？」

「重症なのね」ジェマはマッケンジーのようすをまじまじとみた。トレードマークのような〈オリー〉の柄物のスカートと、ぱりっとした白いブラウスを着ているが、全体的にしおれたような印象を受ける。黒い巻き毛は適当に結わえているだけで、唇からも血の気が引いている。

そんな最悪の状態でも、マッケンジー・ウィリアムズはやはり驚くほどの美人だった。モデルらしい堂々とした身のこなしと、実業家としての自信、さらには豊かな経済力と、ノティング・ヒルに住むセレブというステイタスも兼ね備えている。なのに、厭《いや》味《み》なところがまったくない。ジェマがこれまで会った人の中で、もっとも率直で親切な人物だった。

マッケンジーはうなずいた。「まあね」

「じゃ、気付け薬にしましょうか」ジェマは冷蔵庫からピノ・グリージョを出して、ふたつのワイングラスをふきんでさっと拭いた。「ここはちょっと暑いわね」ワインを注いでからいった。「パティオに出ましょう」

「みんなは？」リビングを通ってパティオに出る途中、マッケンジーがきいた。「この家がこんなに静かだったことって、いままでなかったわよね」

「ダンカンが、おちびちゃんふたりと犬たちを公園に連れていったの。相変わらずこのとおりだから、出かけてるなんて意外だったでしょ？」床にはおもちゃが散らかり放題になっている。「キットは友だちとスターバックス。勉強するんだっていってたけど、どうかしらね」

マッケンジーはやっとのことで笑みを浮かべた。「まあ、メールしたり、携帯ゲームをしたり、よね」ソファの上にあった小さなふわふわした物体をなでていたが、その手を止めた。するとふわふわの物体が動いて、二匹の子猫になった。一匹は白黒のジャック、もう一匹は三毛猫のローズ。二匹は大きく伸びをして、小さくて針のように鋭い歯をみせた。ジャックが自分の歯の力を試すかのように、マッケンジーの指を噛《か》んだ。

「いたっ」マッケンジーはさっと手を引っこめた。「おちびちゃんなのに、やるわね」

「そうなのよ」ジェマは笑い声をあげた。

「でも、子猫が二匹いるのはいいわね。お互いが遊び相手になるもの。うちのバウンサーはわたしの脚を駆けあがってくるの。生脚のときでもおかまいなしよ」

マッケンジーの声がしっかりしてきたので、ジェマはほっとした。

パティオにはまだ日が当たっていたが、空気は少し涼しくなっていて、気持ちよかった。「素敵ね」マッケンジーがいったので、ジェマはうれしかった。花の鉢植え作業は大変だったが、報われた気分だった。

「わたし、ガーデニングはいまいち苦手なの。でも、今日みたいにいいお天気の日なら……」ジェマは途中で口をつぐんだ。マッケンジーの表情が気になった。

マッケンジーは、続けてというように手を振り、ワインを飲んだ。「そうよね、今日はガーデニング日和だったわ。ごめんなさい、わたし、庭をみたらつい考えてしまって……」

「中に入ったほうがいい？」

「いいえ、だいじょうぶよ。リーガンが庭でみつかったからといって、庭という庭を避け続けるわけにはいかないもの」

「コーンウォール・ガーデンズっていってたわね」どこだったかしらと、ジェマは一瞬考えた。

「ブレナム・クレセントのちょっと北側の――」

「ケンジントン・パーク・ロードのそばね。わかったわ」ノティング・ヒルのそのあたりには、区画ごとの住民共有の庭がいくつも連なっていて、宝石のように美しい。ジェマの家の前にも同じような共有の庭があって、午後の日差しのなかで輝いている。いまはジェマとマッケンジーがゲートの手前のパティオにいる以外、庭にはだれも出ていない。ジェマはマッケンジーの心の強張《こわば》りをほぐしてやりたくて、こういった。「みんな、もっと庭を利用すればいいのにね。みんなのあこがれなんだから。うちの子たちはここで遊ぶけど、ほかの人に会うことがめったにないの。学校が長期休暇のときでもよ」

「おとなが一日中働いてるし、子どもは寄宿舎に入っていたり、そうでなくても習い事やなにかで忙しいのよね」マッケンジーがそれをよく思っていないのが伝わってきた。ウィリアムズ一家は社会の中では特殊な存在だ。事業に成功し、しかも子どももそれに関わっている。そんな中で、なにをいちばん大切にするべきかをいつも意識していた。

「うちも、習い事がひとつ始まっちゃったけど」ジェマは、忘れたの？　とでもいうようにふざけていった。

「あら、それは別よ」マッケンジーは飲みかけのワイングラスを振ってしまい、中身が少しこぼれた。「トビーが自分でやりたいっていったんだもの。たいていの子どもはそうじゃないわ。親が子どもの相手をすることができなくて、どこかに預けるような気持ちで、あれこれいろんな習い事をさせるのよ」

　ワインをボトルごと持ってきてよかった。ジェマはそう思いながらマッケンジーのグラスに注ぎたした。「ジェシーは？　あの子もバレエが大好きみたいね。ひとつのことにあんなに真剣に取り組んでいる子、はじめてみたわ」

マッケンジーは驚いた顔をした。「ジェシーを知ってるの？」

さっきは、教室の外でみかけた子がそうじゃないかしら、と話しただけだった。「待ち時間に練習しているのを邪魔しちゃったの。少しおしゃべりしたわ」

「おしゃべりなんかしそうもない子なのに」マッケンジーは目を丸くした。

「すごく才能があるって思った」

「そうね。でも、そのせいでちょっとぶっきらぼうなのよね。悪意があるわけじゃなくて、なんていうか……夢中になりすぎてて」マッケンジーはグラスをみつめた。その目に涙があふれてくる。「いまはこんなことになってしまって……十歳の子がこんなにつらい思いをしなきゃならないなんて」顔をあげてジェマをみた。「うまくいえないけど、わたし、こんなことってはじめてなの。まわりにいる若い人が亡くなるってことが。すごく……すごく……納得がいかない」

「わかるわ。ねえ、リーガンのことを教えて。どんなふうに知り合ったの？」

マッケンジーは細くて長い首をしている。写真映えがする理由のひとつだ。ごくりと唾をのんだとき、首の筋肉が動くのがみえた。「ニータ。ジェシーの母親よ。うちの夫がよく、ジェシーのお父さんのクリスとラケットボールをやっていたの。でもそのうちクリスとニータが離婚して。あるとき〈キッチン・アンド・パントリー〉にニータがいるのをみかけたんだけど、そのとき、リーガンがいっしょだった」

〈キッチン・アンド・パントリー〉はエルギン・クレセントとケンジントン・パーク・ロードが交わるところにあるカフェで、ノティング・ヒルでも有数の、人々の交流場所だ。とくにおしゃれな若いママさんたちが集まることで知られている。ダンカンとシャーロットがマッケンジーとオリヴァーと知り合ったのも、そのカフェだった。

「わたしはオリヴァーを連れてたんだけど」マッケンジーは続けた。「リーガンが、子どもの扱いがすごくうまかったの。それで、ときどき面倒をみてもらえたらって考えた。ジェシーのお世話で忙しいのでなければ」

ジェマにはずっと疑問だったことがある。十歳の子どもに、なぜフルタイムのお世話係が必要なのか。しかし、大きなお世話だと思って口にしなかった。

「けど、黙ってニータの縄張りを荒らすようなことはしたくなかった。ニータって、ちょっと難しいところがあるから。それで、ニータを通してきいてみたの。そしたらOKってことだったので、一週間に一回くらい、一時間か二時間、来てもらうことになった。午前中ならジェシーは学校だから。そして、オリヴァーといっしょにいるリーガンをみていたら、うちのカタログのモデルにぴったりなんじゃないかと思うようになって。ものすごい美人ってわけじゃないけど、なんていうか、フレッシュな感じがしたのよね」

マッケンジーの言葉がとぎれると、ジェマはもう一度ワインを注ぎたし、自分のグラスにも注いだ。ボトルが冷たくて気持ちいい。そよ風が吹いて首のうしろをなでていった。急に肌寒さを感じたが、マッケンジーは真剣に考えていて、なにも感じていないようだ。

「リーガンは、肌がとってもきれいなの――ううん、きれいだった。輝くような肌をしてた。彼女自身、いつもきらきらしていて……」声から力が抜ける。マッケンジーは首を横に振った。「今日の午後も撮影の予定だった。ジェマがシャーロットを迎えにきたあとにね。それで、ようやく――」声がとぎれる。ワインを飲んで続けた。「――わかったの。今朝もずっと彼女に電話をかけてたんだけど、折り返しの電話もないし、それでニータに連絡したら――ニータが教えてくれて……」

「リーガンは木の下で発見されたといってたわよね。もっと詳しく教えてくれる？」ジェマがいったとき、遠くのほうから犬の鳴き声と人の話し声がきこえた。庭の奥の木漏れ日の中にだれかが出てきていた。

「ニータが話してくれたことしか知らないんだけど。日が出てすぐ、ご近所の人が庭を散歩してたんですって。それで、リーガンをみつけて……警察を呼んだ。なにがあったのかってことはニータも知らないの。ニータは朝、ヨガのレッスンを受けてて、家に帰ってきたら、ジェシーもリーガンもいなかった。リーガンがジェシーをどこかに連れていったのかな、〈キッチン・アンド・パントリー〉で朝食でもとってるのかな、と思ったそうよ。でもそのあと、庭が騒がしいことに気がついた。なにがあったのかだれかにきこうと思ったとき、警察が訪ねてきたんですって。近所の人はリーガンの顔を知ってたけど、ニータが身元の確認をしなきゃならなくて――」マッケンジーはワインを飲みほした。ボトルに残ったワインをジェマが注ごうとするのをみて、首を横に振った。

「それはショックだったでしょうね」ジェマはいった。「リーガンは――」暴行されていたのか、ときこうと思ったが、よりあいまいな言葉を選んだ。「――だれかになにかをされた形跡はあったの？」

「ニータのみた限りでは、そんなことはなかったみたい。ゆうべ出かけるときに着ていたワンピース姿のままだったって」

ジェマは眉をひそめた。「庭は外部の人が自由に入れないようになっているわよね」

「ええ。各住戸からは入れるけど、外部からの出入り口はひとつだけで、門があるわ」

「ニータは、ゆうべリーガンが帰ってきたかどうか知らないの？」

「ええ。ニータは睡眠薬をのんで寝ていたんですって。次の朝が早いときなんかに、ときどき薬に頼るそうよ」

「ジェシーは？　リーガンが帰ってきたのに気づかなかったのかしら」

「ニータがいうには、ジェシーも早く寝たって」

「うーん」ジェシーの母親が眠っていて、リーガンが出かけていたとしたら、ジェシーはひとりだ。保護者の目のない家の中で、十歳の男の子がおとなしくベッドに行くだろうか。昼間に話したとき、ジェシーはバレエのことで頭がいっぱいという印象を受けた。それに、嘘をつくようなずるい子どもにもみえなかった。しかし、母親がリーガンの死を知ったとき、ジェシーがどこにいるのかわからなかったとすると、そのとき――バレエ教室に来る前――ジェシーはどこにいたんだろう。「今朝は？　ジェシーはどこにいたの？」

「わからない」マッケンジーは答えた。「きいても答えてくれないの」

結局、キンケイドはジェマに真実の一部を話した。弁護士がクライアントによくいうことでもある。真実をできる限り話すことが大切だ。

公園に子どもたちを連れていったときも、夕食の最中も、送り主のわからないメッセージに何度もこっそり目をやっていた。皿の上の食事をつつくだけで食べていないことをジェマに気づかれてしまった。子どもたちがいるので、ジェマはなにもいってこない。

七時ちょうどになると、キンケイドは皿を持ってシンクに行き、子どもたちにリビングに行きなさいといった。

「ぼくたちにそういうときって、ふたりで話をしたいときだよね」キットがいった。「でも、おかげでぼくは皿洗いをしなくてすむ。部屋に行くよ」直後、階段をのぼる足音が響いた。

「ダンカン、なにを――」キッチンでふたりきりになるとジェマが口を開いたが、ダンカンがさえぎった。

「すまない。これからちょっと出かけなきゃならない」

「これから？」ジェマは眉をひそめた。「仕事？」

「わからない」これは本当だった。「午後、知らない番号からメッセージが来た」ポケットから携帯電話を出して、メッセージをジェマにみせた。

ジェマはすでに席を立ってテーブルを片づけはじめていたが、動きを止め、食器を手に持ったままメッセージをみた。「〈ザ・デューク〉？　まさか、行くつもりなの？」

「だれに呼び出されたのか確かめるだけでも――」

「でも、だれなのかまったくわからないんでしょう？」ジェマは顔をあげてダンカンをみた。眉間に皺が寄る。「それに、ロジャー・ストリートってどこ？」

じつはダンカンは、すでに返信をしていた。「どなたですか？」この質問への返信はなかったが、期待はしていなかった。「ホルボンだ。署の近くだよ」

「じゃ、仕事関係なのかしら」

「その可能性はある」ダンカンは慎重に答えた。スコットランドヤードに行ったことや、デニス・チャイルズのオフィスを出た直後にメッセージが届いたことは、話したくなかった。あそこでだれかにみられたということか。

「そのパブには行ったことがある?」ジェマは皿をシンクに置き、ふきんを手にした。

「いや、きいたこともなかった。ホルボン署の人間がパブに行くとしたら、ラムズ・コンデュイット・ストリートだからね。〈ザ・ラム〉とか〈ラグビー〉とか」

「あなたの番号を知ってる人ってことよね」

ジェマは論理的にものを考えるタイプだ。「そのとおり。同僚のいたずらかもしれないが、行ってみないとわからないだろ?」軽い口調でいったつもりだったが、ジェマは心配そうな顔で振りかえった。ダンカンと子どもたちが帰ってきたとき、ジェマはマッケンジー・ウィリアムズとワインを飲んでいた。まだ顔が少し赤い。日焼けのせいもあるだろう。

「あなたのことをよく知らなかったら」ジェマはあきらめたような笑みを浮かべた。「土曜の夜に友だちと飲むための口実だろうって思ったかもね」

そのときリビングからトビーの声がきこえた。「悪者はどこかへ消えろ!」甲高い声が響いたあと、シャーロットが泣きはじめた。

ジェマはやれやれというように天をあおいだ。「そうだとしても、気持ちはわかるわ」ふきんをダンカンに渡し、リビングに行く。ぐすぐす泣きつづけるシャーロットを抱いていた。「トビーは部屋に行かせたわ。出かけるならいまだと思う。状況が悪くならないうちにね。でも、地下鉄で行って。車はだめ。帰ってきたら、全部きかせてね」許可がおりた。しかしダンカンは、ほっとしたような、少し怖いような、複雑な気分だった。

ホランド・パークからホルボンへ行く地下鉄が、なかなか来ない。八時までにパブに行けるだろうかと心配になった。ようやくシオボルズ・ロードに入ったとき、暗くなりはじめた東の空が目に入り、ますます気が急《せ》いてきた。

ホルボン署の前まで来ると、携帯電話の地図を確認した。ロジャー・ストリートの〈ザ・デューク〉は、距離はそれほどないものの、東へ何本か通りを渡ったところにあるので、署から行きやすいパブではなかった。早足で歩いていくと、パブに着いたときには少し息が弾んでいた。足を止め、呼吸を整えてから、周囲を観察した。

まわりの建物には明かりがついている。ホルボンのこのあたりの建物は、ほとんどがジョージ王朝様式だ。しかし、三角形をしたパブの建物は、アールデコ調のマンションの一部になっている。

思わずひゅうと口笛を吹いた。まるで隠れた宝石のようなところだ。パブの金属のフレームも明るく輝いている。しかし、店構えは感じがいいのに、店の外に出て飲んでいる客がひとりもいない。土曜の夜のパブといえば、そうやってにぎわっているものなのに。ほんとうにここで間違いないんだろうか。それとも、やはり同僚のいたずらだったんだろうか。こんなところまで誘い出しておいて、待ちぼうけを食わされるだけなのか。

しまった。家にはジェマと子どもたちが残っている。不安が一気に押しよせてきた。その瞬間、悪夢のような光景が頭の中に広がった。損傷した頭部。カーペットに広がる鮮血。こみあげる吐き気をこらえ、ばかなことを考えるなと自分をたしなめた。

ジェマも子どもたちもだいじょうぶだ。震える手をあげて、パブのドアをあけた。

第一印象はピンク。普通のピンク色ではなく、ヴィクトリア朝の応接間や娼家《しょうか》を思わせるような、紫がかったピンク色だ。まるで、〝ピンクのビスモル〟と呼ばれる胃薬を壁にぶちまけたかのようだ。しかも、角になったところすべてに鉢植えのヤシがおいてあるので、ヴィクトリア朝ふうの雰囲気が強調されている。バーカウンターにも鉢がふたつ置いてあるほどだ。小さな店だが、すべての壁に鏡がずらりとかけてあるので、実際よりも広くみえる。テーブルもブース席もいっぱいだったが、立っている客は木製のバーカウンターのそばにしかいない。まさに地元民用のパブだ。つまり、秘密の話をするにはうってつけということか。

ドアを入ったところで足を止め、知った顔はないかと店内をみわたした。はじめはひとりもいないと思ったが、向きを変えてみると、いちばん奥のブース席にひとりで座っている男性に目が留まった。裏口のむこう側にある、目立たない席だ。かつてのような立派な体格ではなくなっているものの、一時は悪かった顔色が、いまはずいぶんよくみえる。ピンク色の壁のせいだろうか。黒い髪と、細くてわずかに吊《つ》りあがった目は変わっていない。どこでみても、みまちがうことはないだろう。

デニス・チャイルズがグラスを持ちあげてキンケイドをみた。

3

「いったいなんなんですか？」奥のブースに着いたとき、キンケイドはきいた。チャイルズの顔をみた瞬間、言葉が続けざまに出てきた。「それに、なにがあったんですか？」

チャイルズの体調は悪くなさそうだった。最初に思ったほど顔色はよくなかったが、それでもかなり健康そうだ。頬骨が目立つようになっているし、テーブルに置かれた手からも脂肪が落ちて、ごつごつと骨っぽい感じになっている。

「ビールでもどうだ？」チャイルズはキンケイドの前に置かれた一パイントのグラスを勧めた。「いい店だろう？　まあ、座ってくれないか」なめらかで甘い、いい声だった。

あらためて店内をみまわしたキンケイドは、客がみなこちらをみていることに気がついた。固い長椅子にどすんと腰をおろしたが、ビールには手をつけなかった。「ぼくが来ると確信していたんですね」ビールをみてそういった。

「賭ける価値はあると思ってね」

「どうしてこの店を？」

「家から近いからさ」

「ということは、ホルボンに？」キンケイドは驚いた。チャイルズがホルボンに住んでいるなんてまったく知らなかった。きっと郊外のどこかだろうと思っていたのだ。

「ここから少し東のほうだ」チャイルズはいった。「クラーケンウェル。何年も前に買った家でね。ロンドンの真ん中にジョージ王朝様式の家を買うなんてばかげてる、なんてみんながいってたころに」

やはり慎重な判断をする人だ。というか、家のことだけじゃない。いつだって慎重で抜け目のない男なのだ。キンケイドはそう思いながら、なにげなくビールのグラスに手を置いた。

「飲んでくれ。毒は入れてない」チャイルズはいって自分のグラスをあげ、ちょっとおどけたように片方の眉を吊りあげた。

キンケイドはためらったが、グラスを持ってチャイルズのグラスと軽く合わせてからひと口飲んだ。おいしいビールだった。泡はクリーミーで、麦芽の香りが濃く、適度な苦みがある。「ありがとうございます。ビール、飲まないんですか？」

「トニックウォーターだ。最近はビールを飲んでない」チャイルズは、この姿をみてくれというように手を動かした。「文字どおり、新しい人間になったんだ。少なくとも体の一部はね。肝移植を受けた」

キンケイドは目を丸くした。「え？　いつですか？　だれもそんなこと――」

「シンガポールで手術を受けた。だから休暇をとっていたんだ。箝口令《かんこうれい》を敷いていた」

「しかし――」キンケイドにはまだ現実とは思えなかった。

チャイルズはトニックウォーターを少し飲み、グラスをテーブルに置くと、両手の指先を合わせた。キンケイドにとってはみなれたしぐさだ。「シンガポールに行った理由のひとつは、妹がそこにいるからなんだ。妹の肝臓を分けてもらった」首を横に振って続ける。「肝移植ならこっちでも受けられるが、ドナーがみつかったとしても、手続きやらなにやら、何年もかかるんだ。わたしにはそれだけの時間がなかった」

「気がついていたんですね」キンケイドは、数年前からチャイルズの皮膚が黄色くなってきていたのを思い出しながらいった。黄疸《おうだん》が出ていたのだ。それに、突然の休暇の少なくとも一年前くらいから、だんだん痩せてきていた。「痩せてきていたのは、健康のために気をつけているんだと思っていました」

「健康のためってのは間違ってない。ただ、普通とは意味が違うかな。体重が多すぎると手術が大変になるし、回復にも時間がかかるんだ」

「しかし、アルコールのほうは――」キンケイドは言葉に詰まってしまった。キンケイドの知るかぎり、チャイルズはあまり酒を飲まない。しかし、自分がチャイルズのことをどこまで知っていたのか、いまとなってはよくわからない。

「ああ、アルコール依存症だったのか、とききたいんだろう？　答えはノーだ」チャイルズはおもしろがるような口調でいった。「警官になりたてのころ、肝炎ウィルスに感染した。二年くらい前から、肝細胞のダメージが大きくなってきた」

キンケイドはビールをもうひと口飲んで、チャイルズからいまきいた話について考えた。たしかに、それなら休暇のことも納得がいく。しかし、生活が激変するような配置換えをした理由がわからない。「休暇をとることは前もってわかっていたわけですよね」うらみがましい口調になってしまう。「だったら、ぼくの転勤のことを、どうして知らせてくれなかったんですか？」

「その話をしなきゃならないと思っていた」チャイルズはあきらめたようにいった。

「わたしの一存できみを切ったようにみせかけたほうがいいと思ったんだ」

「どういうことですか？」キンケイドはグラスを置いた。体がこわばる。「みせかけるって、だれに？」

「それは知らないほうがいい。ダンカン、わたしのことをよく思わないやつらがいるんだよ」チャイルズの口元もこわばっていた。「イギリスで移植手術を受けなかったのには、理由がもうひとつある。手術を受けるまで長く待たされるうち、病状が悪化すれば働けなくなる。あの連中にしてみれば、わたしを早期退職に追いこむのにもってこいの状況になるわけだ。

そして、わたしが一時的にでもいなくなれば、その連中の悪意が……きみに向けられるかもしれないと思った。ホルボン署のトマス・フェイス警視正のことは昔からよく知っている。彼はいい警官だ」

「つまり、悪い警官がいると？　スコットランドヤードに？」キンケイドは胃袋をぎゅっと締めあげられたような気分になった。

「キンケイド警視、それは愚問じゃないか？」チャイルズの黒い瞳に温かい光が宿っていた。

「つまり、転勤はぼく自身のためだったと？」キンケイドの声が大きくなった。「ジェマの転勤は？　あれも警視正が手を回したことだったんですか？」まわりの目が再び自分に向けられていることにようやく気がついた。

チャイルズはキンケイドをみたが、その表情からは、なにを考えているのかわからなかった。身をのりだして、キンケイドの目をまっすぐにみる。「さ、ビールを飲むといい」穏やかな口調だった。「飲んだら、家に帰るといい。奥さんと子どもたちが待っている。仕事をこなして、よけいなことに首をつっこむな」

チャイルズは体を元に戻し、トニックウォーターを飲みほした。そして、大きな体には不似合いなほど優雅なしぐさで立ちあがる。ためらうように一瞬動きを止めたが、キンケイドをみてひとつうなずいてから、パブを出ていった。

あれ以上いえることはあっただろうか。デニス・チャイルズは背中を丸め、東からの向かい風に抗《あらが》いながら歩きはじめた。季節はずれの東風だ。たしか、東風にまつわる諺《ことわざ》のようなものがあった。東風がもたらすのは悪いことばかり——といった諺だったか。まさに今夜のためにあるような言葉だ。上着の襟を立てて握りこぶしを胸に当てた。上着のうしろの裾がカラスの翼みたいにぱたぱたしている。忙しかったし、自分のまわりにたくさんの変化が起きるのを嫌うたちなので、ぶかぶかになった服をまだそのまま着ている。まるでかかしのようだ。

真実を他人に伝えることにかけては長い経験がある。しかし今夜は、思っていたより難しかった。いや、自分に正直になろう。難しいだろうと思っていなかったわけではない。だがそれでも、予測以上に難しかったのだ。

これまでのキャリアの中でさまざまな警官とともに働いてきたが、その中でもダンカン・キンケイドにはとくに好感を持っていた。いい面でも悪い面でも、自分に似たところがある。よけいなことをするより目をつぶっておこう、と考えることのできない男。ほんとうならいうべきではないことを、感じよく、品よく、口にすることのできる男。正義と得策のあいだの微妙なラインを器用に歩いていくことが、いまだできずにいる男。

いや、もしかしたらできるのかもしれない。チャイルズはそう思って苦笑いをした。

さらに強くなった風を受けて身をかがめる。一瞬、失った体重が恋しくなった。痩せた体は頼りなく、無力に感じられた。病気退職をするべきだったのか。警察内部の腐敗など、みてみぬふりをすべきだったのか。自分ごときが立ちむかっても、なにもできやしない。ブヨがトラに戦いを挑むようなものだ。だが、トラはひどい悪臭を放っていたし、腐敗はどんどん広がっていた。死体に花が咲きほこるように。

セント・ジェイムズ・クラーケンウェルの墓地入り口までやってきた。墓地を怖いとはまったく思わない。子どものころは侍者をしていたので、教会の儀式をみていると気持ちが落ち着く。ただ、キリスト教じたいはもう信じていない。墓地の中の小道は、数ヵ月前にウォーキングをはじめて以来、近道としてよく通っている。中世にセントメアリー女子修道院として設立されたこの場所は、お祈りする人々がよく似合う。やがて、ふたたびキンケイドのことを考えはじめた。彼を危険から遠ざけてやることに成功したといえるんだろうか。それとも、逆に危険を近づけてしまったんだろうか。

正直いうと、あの告白をしたことは、愚かな行為だったと思う。犬の鼻先においしそうな肉の切れ端をぶらさげたようなものだ。これも自分の弱さのせいだろう。自分が高く評価している男の前で、自分はほんとうは悪人ではないのだといいたい――そんな誘惑を振りきることができなかった。

墓地に入ると、門扉が大きな音をたてて閉まってから、風に吹かれてもう一度動き、音をたてた。墓地そのものは、背の高い木々に囲まれていて、まわりより静かだ。しかし足元では、落ち葉や紙切れが渦を巻き、かさかさと音をたてている。

愚かなことをしてしまったんだとしたら、これからどうしたらいいだろう。

ダメージ処理なら、これまで長いこと実践してきた。そろそろ正面切ってトラ退治をするべきなのか。臭い尻尾をつかんで振りまわしてやる。そう思ったとき、思わず笑い声が出た。自分の笑い声が妙に不気味に響いた。いやな感じを振りはらって、墓地の反対側の門扉に目をやった。

後頭部への衝撃を感じたのはほんの一瞬だった。からまりあった木の根がのぞいた地面が近づいてきて、すべてが闇に包まれた。

4

パトニー橋上流のテムズ川は穏やかだった。広い水面が、早朝の日ざしを受けて溶けたガラスのようにぎらついていた。

しかし、この穏やかさにだまされてはならないと、ダグ・カリンはよく知っていた。いまは上げ潮。水面の下の流れは力強く、油断すると簡単に流されてしまう。シングルスカルのボートをうっかり転覆させてしまったら、とても危険なことになる。しかも、いまの自分は練習不足で腕がなまっている。いや、そんな表現では甘いくらいだ。

少し左寄りにコースを取り、フェザー状態で上流のハマースミス方面に進む。目を細くして朝日をみた。ボートの練習には必要不可欠なサングラスを忘れてしまった。右手にはボートハウス。掲げられた何枚もの旗がぱたぱたと揺れはじめた。風が出てきたのだ。しかしいまは、上げ潮の流れのおかげで、肩や膝の張りをあまり感じることなく漕《こ》いでいられる。ただ、足首だけは別だ。

医者からは、ボートを漕ぐのはまだ早いかもしれないといわれていた。しかし、運動ができなくなって何ヵ月にもなる。そろそろ試してみたかった。テムズ川から通りを何本か隔てたレイシー・ロードに家を買ったのは、学生時代にやったボートをまた始めたかったからだ。なのに、足首を骨折したせいでそれができないなんて、自分が許せない。クラブにも入会したし、すらりとしたシングルスカルのボートも買った。しかし、ここまで運動不足で体がなまっていたのかと、いまになって思い知らされた。

建物の屋根がみえなくなった。さらに進むとベバリー・ブルックがあらわれる。パトニー橋が遠ざかり、上を走る赤いバスがおもちゃのようにみえた。オールロックがきしむ音、ブレードの水しぶき。すべてがリズミカルで、呼吸のように自然に繰りかえされる。よし、行ける。自信が出てきた。人生はポジティヴがいちばんだ。

友だちのメロディ・タルボットが庭仕事の手伝いに来なかったのも、結果的にはよかったということだ。十月にレイシー・ロードの家を買ってから、小さな庭のスペースを庭らしくするのを手伝うと、ずっといっていた。とはいっても、ダグと同じくらいガーデニング初心者だったメロディは、インターネットのサイトを何時間も調べて、どんな庭にするかを決めた。今日は、花壇の土を掘りおこそうと決めていた。

ところが、今朝電話をかけてみると、メロディは寝ぼけた声でこういった。「ああ、ダグ、ごめんなさい。忘れてた。いまから着替えて行くわ」

「もういいよ」ダグはむっとしていった。「ボートの練習をする」メロディの抗議を待たずに電話を切り、すぐに電源も切った。電源が入っていると、メロディがかけてきたときに出たくなってしまう。

いまはそのときの短気を後悔していた。メロディは具合が悪そうだった。最近あまりよくないことが起こっているようだし、考えてみれば、もう何週間も会っていない。約束をキャンセルされたのはこれがはじめてではなかった。理由は仕事、あるいは疲れているから。

メロディは最近アンディ・モナハンというギタリストとつきあっている。自分との約束のキャンセルが続くのは、デートを優先しているせいじゃないか、とも思いたくなるが、アンディはいまヨーロッパツアー中だ。メロディになにか問題があるとしても、アンディのせいではない。

そもそも、他人の問題をあれこれ推測している場合なのか？　自分はこれまで、きちんとした生活をしてきたと思う。仕事をうまくこなし、上司といい関係を築き、家を買った。しかし、それはすべて自分の思い上がりにすぎなかったようだ。やりがいを感じていた職場から異動させられ、上司だったダンカン・キンケイド警視とのコンビも解消。キンケイドはスコットランドヤードを去っただけでなく、態度も冷たくなったように感じられる。

そして今度はメロディまで。

ふとみると、パトニー橋がはるかかなたに遠ざかっていた。次のストロークでは足首に痛みが走った。まわりに目をやると、川の南岸にハロッズの倉庫がみえた。予定より遠くまで来てしまった。大きくUターンして、下流にむかって漕ぎはじめた。今度は流れに逆らって漕がなければならないし、風も強くなり、水面も乱れている。足首の痛みがどんどんひどくなる。しかし、漕ぎつづけなければ上流へ流されるだけだ。引き潮になるのを待つしかなくなる。

歯を食いしばり、漕ぎつづけた。メロディが恨めしい。岸に着く前に足首が完全にイカレたら、それは間違いなくメロディのせいだ。

「きみが洗って、ぼくが拭く」ダンカンは調理器の前のバーにかけてあったふきんを手にした。拭くほうが洗うより楽だ。ジェマもそう思っているのがその表情からわかったが、ダンカンは単純に、洗った食器を拭くのが好きなのだ。成果が目にみえる。それがうれしい。仕事でたまったストレスを解消してくれる。

日曜日の朝食を終えたところだった。キッチンにはベーコンと目玉焼きとトーストの香りがまだ残っている。小さい子どもたちは廊下で遊んでいる。一度ようすをみにいくと、トビーが階段の上にいて、子猫たちの入ったバスケットを吹き抜けの下におろそうとしていた。シャーロットは目を丸くしてみつめていた。ダンカンは立場上叱ったが、実際は必死に笑いをこらえていた。

「キットにジュール・ヴェルヌを読んでもらったんじゃないかな」ダンカンはジェマからクラリス・クリフのティーポットを注意深く受け取った。日曜の朝なので、特別に出して使ったのだ。貴重なものだから使うのはもったいない、と客にいわれることがあるが、ジェマはいつもこう答える。「じゃ、なんのために持ってるの？」それでも、もし落として割ったりしたら、そう簡単には許してもらえないだろうとダンカンは思っていた。

ジェマの表情をみると、トビーのやっていることなんかべつにおもしろくない、あなたもおもしろくない、といっているかのようだった。不機嫌なのもしかたがない、とダンカンは思った。昨夜、ダンカンはデニス・チャイルズが去ったあとも長いことパブに残っていた。デニスが買ってくれたビールを飲みおえたあとも、次のビールを買って、デニスが話してくれたことの意味を考えた。ジェマにどう話すべきか、悩みつづけた。

ビールを飲みながら、小さなパブにいるほかの客たちを観察した。どんな仕事をしているんだろう。どんな人たちなんだろう。たがいにどういう関係なんだろう。そして考えた。こうしてひとりきりになるのはいつ以来だろう、と。車を運転したり地下鉄に乗ったりするときは別だが、それ以外のときはいつも、家族や同僚といっしょにいる。ひとりきりで気持ちを落ち着ける時間を自分がどれだけ欲していたか、気がついた。ビールを飲みほし、バーテンダーにおやすみといって、外に出た。

地下鉄がまともに動いていなかったせいで、ようやく家に着いたときには、ジェマも子どもたちももう寝ていた。

その報いがいまやってきたというわけだ。

「で？」ジェマは水の滴る皿をぞんざいに突きだした。「謎の呼び出しについて、話してくれる？　だれだったの？」

どんなに考えても、うまい前置きのひとつもみつからなかった。「デニス」皿をふきんでごしごし拭きながらいった。「デニスだった」

ジェマはダンカンに目をやり、次の皿を水に沈めた。「なにそれ。子どもたちだって、もっとましな嘘を思いつくわよ」

「嘘にデニスを持ち出す人間はいないだろ」つとめて軽い口調でいった。今度はジェマがまっすぐ目を向けてきた。皿の水滴が床に落ちる。

「だって、そんな」ジェマはまだ信じられないという顔をしていた。「あのデニス？」

「ほかにいないよ」

「でも――」ジェマは首を横に振った。「戻ってきたの？　いったいどこに行ってたの？　それに、戻ってきたなら、普通に電話をくれればすむことじゃないの」

「シンガポールに行っていたそうだ。肝移植手術を受けた」

「肝――？」ジェマは皿洗いをやめてシンクにもたれかかり、ダンカンに向きなおった。「おもしろくない冗談はやめて」

「冗談にできることじゃないよ、肝移植なんて」ダンカンは思わず身を震わせた。「それに、会えば信じると思う。いい意味でみちがえた。すごく痩せていたし。まあ、前のデニスに比べれば、だが」

「でも――どうして？　だれにも話さずにそんなことを。それに、どうしてシンガポールなの？」

ダンカンは昨夜デニス本人からきいた話を少し脚色して話した。病気が重いことを知られたら退職に追いこまれていたかもしれない、という点は省略した。

話が終わっても、ジェマはまだ少し疑わしそうな顔をしていた。「どうしてあんなふうに呼び出したの？」

「普通に呼び出しても、ぼくが応じないかもしれないと思ったんだろう」

「たしかに、それはありうるかしらね。それで、ダンカンは前の職場に戻してもらえるの？」

「いや」

「異動の理由だけは話してくれた？」

フェイスの部下として働いたほうが安全だから――ダンカンはそう答えたかったが、やめた。「環境を変えたほうがいいんじゃないかと思ったそうだ。それと、フェイス警視正とならうまくやっていけるだろうと」

ジェマは眉をひそめ、ティーポットを注意深く棚に戻すと、またダンカンに向きなおった。「ヘンリーの事件と関係があるんでしょ？　アンガス・クレイグのことであなたがデニスにつっかかったから、その罰だったんじゃないの？」

ダンカンはかぶりを振った。「いや、それは――」ダンカンはいいよどんだ。昨夜までは自分も同じように考えていた。肩をすくめて続ける。「そうかもしれない。ただ、デニスにとってはそれよりもっと重要な――」

ジェマの電話が鳴って、ふたりははっとした。「びっくりした」ジェマはつぶやいた。「ちょっと失礼」新聞の日曜版の下に埋もれていた携帯電話を引っぱりだして、ディスプレイをみる。そして落ち着いた声で出た。「もしもし」ダンカンには相手がだれかわからなかった。

話が中断されて、ダンカンはほっとしていた。あのまま会話を続けていたら、どんなよけいなことを話してしまったかわからない。

電話を耳にあてたまま、ジェマは何度かうなずいた。「ええ、ええ、もちろんよ。朝食は――というか、ブランチだけど――終えたところ」ダンカンに目をやり、次にキッチンの時計をみた。「ちょっと考えてみるわね。すぐにかけ直すわ」

「だれ？」電話が終わると、ダンカンはきいた。

「マッケンジー。頼みたいことがあるんですって」

鏡の中のメロディはひどい姿をしていた。黒髪はすっかりへたっていて、こちらをぼんやりみかえしてくる青い目は充血している。頬にはソファのクッションの模様をプリントしたように、凹凸の跡がついてしまっている。悲惨だ。ソファで朝まで寝てしまうなんて、もう二度とやらないと決めていたのに。鏡から視線をそらして顔をしかめると、シャワーの蛇口をいっぱいまで開いた。

ダグが電話をくれたときは目が覚めかけていた。目の前のコーヒーテーブルには、どろっと凝固したインド料理のテイクアウトの紙箱がある。いまにもテーブルの縁から落っこちそうだ。その横にはワインの空き瓶。イタリアの安ワインだ。ひとりで一本飲んでしまったってこと？　まさか……。しかし、舌で歯をなぞってみると、けばだったようないやな感触があった。頭の中と同じだ。

記憶の最後にあるのは、画質の悪いユーチューブのビデオをみていたこと。アンディとポピーのミュンヘン公演だ。アンディから電話がかかってくるかもしれないから、寝落ちしないようにがんばっていた。ゆっくりおしゃべりすることがなかなかできずにいる。ツアー中のアンディは夜にライブをやり、昼間は寝ている。ライブが終わったときには、ロンドンはもう真夜中すぎだ。アンディはテンションがあがっていておしゃべりしたい気分だろうが、メロディのほうは疲れて半分死んだようになっている。だからこそ、土曜の夜を楽しみにしていた。土曜日なら夜更かししても平気だから。でも、電話はかかってこなかった。

まあ、こういうものなんでしょうね。ワインの空き瓶をみながら考えた。ふたりの関係がうまくいくと思っていたとしたら、甘かったとしかいいようがない。警官というお堅い職業の女と、突然ブレイクして有名になったギタリストの男、という組み合わせなのだ。はじめて会ったころ、アンディはセッション・ギタリストとして働きつつ、売れないバンドで演奏していた。生活費を稼ぐので精一杯の日々を過ごしていたとき、マネジャーがデュオを組む相手をみつけてきた。トワイフォードの近くにすむ牧師の娘、まだ二十歳のポピー・ジョーンズだ。すばらしい声を持っているし、ベースギターをみごとに弾きこなす。このふたりのビデオがブレイクし、いまはヨーロッパツアー中。ライブをひとつ終えるたび、どんどん有名になっていく。

メロディとは住む世界がちがう。刑事としての日々についてなにを語っても、ツアー中のアンディが話してくれることとは比較にならない。

バスルームにシャワーの湯気がこもり、鏡に映った自分の姿がぼやけはじめた。それさえみたくなかったので、目を閉じた。結局……ポピーにはかなわない。アンディを失うと思うと、なにも考えたくなくなってしまう。

アンディとの関係について、自分にできることがなにもないなら、せめてダグと仲直りしよう。鏡の曇りを拭きとり、自分の顔をまっすぐにみた。「元気を出しなさい、メロディ・タルボット」

手早くシャワーを浴びたあと、髪をタオルドライして、ジーンズと若草色のTシャツを着た。ガーデニングにはぴったりだと思って、この色を選んだ。コーヒーも飲まず、朝食もとらずに、ノティング・ヒルのマンションを出る。パトニー橋を渡っていたとき、ガーデニングの道具をなにも持ってこなかったことに気がついた。手袋さえない。まあ、マメのひとつやふたつできたところでかまわないし、ダグがスペアを持っているかもしれない。

日が高くなると、晴れて気温も上がってきた。シャワーを浴びて多少すっきりしたものの、頭痛はしつこく残っている。お茶が飲みたい。回復の魔法だ。パトニー・ハイ・ストリートにスターバックスがある。ダグの家のすぐ近くだ。ダグにも持っていって、仲直りをしよう。

数分後には買い出し任務完了。レイシー・ロードに車を駐め、紙コップをふたつ持って車を降りたとき、携帯電話が鳴った。「やめてよ」小声でいって、ボンネットに紙コップを置き、ハンドバッグから携帯を出した。ディスプレイをみたとき、そのまま無視しようかと思った。「お母さん」とだけ出ていたからだ。でも、母親は何度でもかけてくるだろう。ひとつ息をつき、〈応答〉をタップした。

「もしもし」おそるおそる出た。「いまちょっと――」

「あなたはいつもそうやって忙しそうにしてるのね。日曜のランチ、今週も忘れてるの？」母親はあきれたようにいった。

「あ……」ほんとうに忘れていた。日曜のランチはタルボット家の絶対的な習慣で、どんなときでも欠席の許されないものだった。「ごめんなさい」お茶をひと口飲んで、舌をやけどしてしまった。「今日はどうしても用事があって。それに、今日のわたし、ランチに行けるような服装じゃないし」

「いいから来なさい」かすかな苛立《いらだ》ちが感じられた。「もう何週間も顔をみせていないじゃない。お父さんも怒ってるわよ」

父親のアイヴァン・タルボットは、家族からもマスコミからも〝瞬間湯わかし器〟と呼ばれている。メロディは父が癇癪《かんしゃく》を起こしてもうまく切り抜けられるが、今回ばかりは父親も本気で寂しがっているのだろうと思った。母親が不機嫌なのも理解できる。アシーナ・タルボットはとても魅力的な女性であると同時に、実家の家柄もいい。夫の生活に問題が起こらないよう、そのふたつの長所を存分に利用している。

「お母さん、友だちと約束しちゃったの。今日はガーデニングを――」

「ガーデニング？　ばかなことをいわないで。あなた、ガーデニングのことなんてなにひとつ知らないじゃない。手だけ洗ってらっしゃい。こっちに来てから着替えればいいわ。お父さんにはあなたが来るっていいますからね」

電話が切れた。

メロディは悪態をついた。長いことぶつぶついっていたので、通りの反対側でベビーカーを押していた女性がいやな顔をして、足早に通りすぎた。さらに女性が振りかえったので、メロディ・タルボットはお詫びの代わりに片手をあげて、軽く振った。

おかしな女にみえたんだろう。道路にひとりで立って、ぶつぶついっていたんだから。でも、いまから母親にもう一度電話しても意味がないことはわかっている。

なら、行くしかない。けど、すぐに行くことはない。その前にダグと話したい。

気を取りなおし、バッグを肩にかけると、両手に紙コップを持った。ダグの家の出窓のブラインドはあいていたが、人がいる気配は感じられなかった。玄関ポーチまで行くと、呼び鈴を肘で押した。その音が外まできこえてくる。しかし返事はないし、足音もしない。しばらく待ってから、石段に紙コップを置き、ドアを強めにノックしてみた。しんとしている。ドアの上半分にはめこまれた緑と金色のステンドグラスのむこうには、なんの動きもみえない。

「まったく、ダグ・カリン、いつまでもふくれてないでよ」メロディは声に出していった。携帯電話を出して、ダグにかける。返事はないし、着信音は家の中からきこえない。朝にボートの練習をしてから家に帰ってきて、庭に出ているとしたら、電話に出ないはずがない。

もしかして、けがでもしたんだろうか。それとも、またなにかばかなことをして、高いところから落ちたとか？　てのひらが汗ばんできた。

どの家も隣家とつながっているから、家の中を通らないと庭には出られない。家の合い鍵はもらっていない。両手が震えてきた。無事かどうか、それだけが知りたい。近所の人が鍵を預かっていないだろうか。それとも、なんとか庭に入るほかの手立てがないだろうか。

落ち着いて。メロディはひとつ息を吸って、両手から力を抜いた。なにかあったはずがない。ダグはだいじょうぶ。ボートに乗るときは携帯の電源を切っているんだろう。あるいは、川岸のパブにでも入っていて、着信音がきこえなかったのかも。でも、ボートの練習中になにかがあったとしたら……。いや、そんなはずはない。メロディはパトニー橋に行った。信号が変わるのをみながら十分過ごしたが、川には変わったようすはない。八人乗りのボートが行き交い、コーチの声が響く。事故などなかったのだ。心配のしすぎだ。

なにか紙切れはないかとバッグをさぐり、スターバックスのレシートの裏に、ダグへのメッセージを走り書きした。一瞬ためらったが、折りじわのついた庭の完成図もバッグから出して、メッセージといっしょにドアのまえに置いた。だいぶ冷めてしまったお茶の紙コップを重しにする。

　あとはあえて振りかえることなく車に戻り、乗りこんで、ケンジントンに向かった。実家に到着すると、一瞬足を止めて家を眺めた。小さな門のある前庭も、白いしっくいの壁も、よくある普通の家という感じだ。ロンドンの不動産価格をよく知らない人なら、こういう家に住めるのがごくごく限られた人間だとは思いもしないだろう。アイヴァン・タルボットは、ロンドンでも有数の新聞社の経営者だ。会社の土地建物もこのすぐ近くにある。つまり、彼はかなり裕福な人間だということになる。ただ、もともと金持ちの家に生まれたわけではない。ニューカッスルの中流階級出身であり、そのことを隠そうとしたことは一度もない。

　メロディがインターフォンのボタンを押す前に、黒い鋳鉄の門が音をたてて開いた。母親がみていたのだ。娘は必ず来ると信じていたらしい。

　光沢のある黒い玄関ドアがさっと開き、アシーナ・タルボットがメロディをハグして迎えいれた。アシーナの身長は百五十センチそこそこで、それは娘のメロディと同じだが、骨格はメロディよりきゃしゃだ。メロディは母親のなめらかな頬にキスしてから体を離し、その姿を眺めた。クリーム色の麻のパンツにシルクのブラウス。母にとっては、これがカジュアルウェアなのだ。

　アシーナは至近距離からメロディの姿を検分した。「あなた、ひどいわね」

「だからそういったじゃない。もしほかにお客さんがいるなら、わたしは失礼するわ」

　メロディの母親には悪い癖がある。日曜のランチの席で、理想の独身男性像を語りたがるのだ。娘にたいして、いわゆるオールドミスにならないでちょうだいね、と牽制《けんせい》するためらしい。メロディはまだアンディのことを話す勇気を出せずにいる。また、アンディのほうにも、父親は新聞の仕事をしているとしか話していない。

「それより、メロディ」母親が眉間にこれほど深いしわを寄せたことはなかったかもしれない。「その髪、いったいどうしたの？」

「ああ」メロディは手で髪をかきあげた。そういえば、母親にこれをみせるのははじめてだった。「切ったの」

「切った？　あなたが自分で切ったってこと？　そうよね、ジャン・ポールがそんなカットをするはずないわ」

「自分で切ったんじゃないわよ。サロンに行ったの。ちょっとイメチェンしたくって」

　メロディはいつも髪をあごくらいの長さにしていたが、二、三週間ほど前、ランチタイムにブリクストンのヘアサロンにふらりと入っていった。出てきたときには、黒髪が少年のようなショートスタイルになっていた。鏡をみたときは、巡礼者みたいだと思った。裸になったような心細さと同時に、意外なほどの解放感も感じたものだ。ただ、それがいいことなのかどうかはまったくわからない。

「だったら新しい服でも買えばよかったのに」母親はそういったが、ちょっとおもしろがっているような口調になっていた。「けっこう似合うわよ。でも、お父さんはなんていうかしらね」

「お父さん、どこ?」

「キッチンよ。ランチの準備をしてる。サラダを作ってるだけなんだけど、あなたのためにってがんばってるみたい」

アイヴァン・タルボットはロンドンの最高級のレストランで食事をすることができる財力を持ち、実際にしばしばそうしているが、自分のルーツがニューカッスルにあることを忘れていない。キッチンで過ごすのが好きで、本人いわく〝普通の食事〟を作る。

「行きましょ」アシーナが続けた。「お父さんがやきもきしてるわ」この家のキッチンとリビングは半地下にあり、そこから裏庭に出ることができる。一階にもリビングとダイニングがあるが、フォーマルな集まりのとき以外はめったに使っていない。

「覚悟を決めるわ」メロディが先に歩きはじめた。

地下に続く階段には、ポートランド石と呼ばれる石灰石が使われている。昔は丈夫なカーペットを敷くことで、階段を使ってキッチンとダイニングを行き来する召使たちの足音が響かないようにしていたと思われるが、メロディの父親はなにも敷きたがらなかった。家の骨格がみえたほうがいい、という考えだった。

「お父さん」階段をおりたメロディはキッチンに入った。バイキングのように背が高く、金髪というより銀髪をしたアイヴァン・タルボットは、エプロンをつけて調理台の前に立っていた。巨体にエプロンというのは、普通ならちぐはぐな感じがするものだが、ほかのあらゆることと同様に、自信を持って着こなしていた。

父親にハグされたメロディは、腕の中で体の力を抜いた。「そろそろそのかわいい顔をみせてほしかったんだ」ロンドンで暮らしはじめて三十年以上たつのに、アイヴァンの北部訛《なま》りはまだ抜けていなかった。その鋭い目はなにもみのがさないはずなのに、メロディの髪や服装についてはなにもいわない。母親もメロディのあとからやってきて、皿やカトラリーを準備しはじめた。

「ハム、キュウリのサラダ、ビーツ、ポテトのサラダ」メロディから手を離して、アイヴァンは料理をひとつひとつ説明した。「庭でピクニックするのもよさそうだ。今日は天気がいいからな。それに――」少年のようにいたずらっぽく笑って、冷蔵庫から一枚の皿を取りだした。「――スモークしたホワイトフィッシュのペーストだ。食べる直前にトーストを仕上げる。泡はよく冷やしてある」アイヴァンにとって、〝泡〟はいつもヴーヴ・クリコだ。銀のアイスバケツで冷やして飲む。

リビングの奥のドアがあけっぱなしになっていて、そのむこうの庭が緑色の宝石のように輝いていた。エレガントなデザインの庭だった。白っぽい緑から濃い緑まで、さまざまな色合いの緑の植物が、階段に使われているのと同じ石灰石で作られたパティオを囲むようにみごとに配されている。メロディがダグ・カリンの小さな庭に作ろうとしているにぎやかな感じの花壇とは正反対の雰囲気だ。

「メロディ、元気なの？」トレイを持った母親が足を止めてきいた。「さっき、なんだか妙な表情をしてたけど。まるでなにかを失ったみたいな」

メロディは目をぱちくりさせて、首を横に振った。「ううん、だいじょうぶよ」

「警視正のことでショックを受けているのかと思ったわ。恐ろしいことが起きたわね」

「え？」メロディは呆然《ぼうぜん》として母親をみた。意味がわからなかった。

「きいてないのか？」父親がいう。

「週末は休んでたから」メロディは急に吐き気を感じた。頭から血が引いていく。「いったいなんのこと？　クルーガー警視になにかあったの？」ブリクストン・ヒル署にいるジェマとメロディの上司は、ダイアン・クルーガー警視だ。

「いや、ちがう」父親がかぶりを振った。「キンケイド警視の友だちというか、元上司だ。スコットランドヤードのチャイルズ警視正だよ。昨夜、自宅の近くで何者かに襲われたらしい。教会の墓地で発見されたときは危険な状態だった」

5

「危険な状態？　どういうこと？」メロディはきいた。「助かるの？」

「わからない」父親は眉をひそめた。「驚かせてすまない。知っているものと思っていた」

　メロディは握りしめた手から力を抜いて、できるだけ落ち着いて話そうとした。「さっきもいったけど、週末は休んでいたし、だれからも連絡はなかった。どこの教会かわかる？　運ばれた病院は？　警視正は――」ごくりと唾をのむ。「――撃たれたの？」

「わからない」アイヴァンは手にしていたシャンパンのボトルをアイスバケツに戻し、メロディに近づいた。冷たくなった大きな手を肩にのせる。「デスクにあがってきたばかりのニュースなんだ。もっと詳しくわかるまでは記事にするなといってある。調べてほしければ力になるが、どうだ？」

「いえ、いいわ、ありがとう」新聞社を経営している父親には、警察の仕事に首をつっこんでほしくない。メロディにとっていちばん避けたい事態だ。それに、自分たち親子の関係をまわりに知られるのも避けたい。「わたしはただ……」のどが詰まる。「……ちょっと気になっただけ」

母親は信じていないようだった。「メロディ、ほんとうに具合が悪そうよ。もっと体に気をつけなきゃいけないわ。だから警官なんて仕事はよくないのよ。だいたい——」

「お母さん、ちょっといい？　電話を一本かけないと」母親になにかいわれる前に、メロディは外に出た。非の打ちどころのない芝生と、長方形のスイレンの池があるが、さらにその奥の、敷地《しきち》のはずれまで行った。石の塀のそばには両親がこしらえた野外炉があり、小さなテーブルと椅子がふたつ置いてある。両親は、肌寒い夜にここでなにか飲むのが好きだ。しかし今日は日差しがきつく、足元の石灰石からの照り返しも強い。メロディは自分が無防備な状態に思えて心細くなった。強い光のせいで骨の髄までみすかされてしまいそうだ。

ポケットから携帯電話を出した。だれにかけようか。指がキーパッドの上で一瞬止まる。まずはダグだ。チャイルズはダグとダンカンの上司だったんだから。

でも……。仲直りしたくてメッセージを残してきたところだ。また拒絶されるのが怖い。それに、このことをダグに伝えるのは自分じゃなく、ダンカンであるべきだ。

いちばんよく電話をかける相手を選んだ。ジェマだ。

ジェマにきかされたとき、ダンカンは信じられなかった。トマス・フェイスに電話をかけてみると、メロディのいっていたことに間違いはないとわかった。デニス・チャイルズは前夜、セント・ジェイムズ・クラークケンウェルの墓地で何者かに襲われて頭部に重傷を負い、いまはロイヤルロンドン病院の脳外科病棟にいる。フェイスが知っているのもそこまでで、病院に出向いてみるつもりとのことだった。

「ぼくも行きます」ダンカンはそういったものの、電話を切ってから気がついた。ついさっき、ジェマがマッケンジーの家に行っているあいだ、自分が子どもたちの面倒をみるといったばかりだ。

「いいから、行って」ジェマはいった。「こっちはなんとかするから」

北ロンドンを車で横断する。運転しながら、昨夜のことを何度も何度も思いかえした。デニスがあのパブを選んだのは、ふたりを知っている人間がいないからだろう。なぜそうしなければならなかったのか。あとをつけられるのが怖かったんだろうか。もしそうだとして、だれかが〈ザ・デューク〉までデニスをつけていたとしたら、その人物に、自分もみられたということか。

セント・パンクラス駅の前を通りすぎた。眉間にしわが寄る。この風景をみなくても、ライアン・マーシュのことは忘れていない。駅のコンコースで白リンの手榴弾《しゅりゅうだん》が爆発したとき、けが人の対応をするメロディ・タルボットに協力してくれたのがマーシュだ。爆発事件で狙われたのはマーシュだったのではないかと思われた。マーシュ自身は、警察内の人物に見張られたりあとをつけられたりしていると考え、怯《おび》えていた。その後、マーシュは死んでしまった。そしていま、警察内部に腐敗があるとほのめかしたあと、デニス・チャイルズが何者かに襲われて、病院にいる。

デニスがあとをつけられていたなら、こうしてまた会いにいくという行動は、自分を危険にさらすことになるのだろうか。

悪態をついて急ブレーキを踏んだ。信号が赤になっていた。あけた窓から排気ガスが流れこみ、気分が悪くなってきた。頭を左右に振り、気を取り直す。いろいろと考えすぎておかしくなっているようだ。

デニスを襲ったのは、通りがかりの強盗かなにかだろう。見舞いには行くべきだ。元上司であり、長年いっしょに働いてきた間柄なのだから。

バックミラーに目をやると、後部座席につけられたシャーロットのチャイルドシートがみえた。気温は高いのに、背すじに寒けが走った。考えすぎでないとしたら、どうなる？　家族のことを考えなければ。

もっと情報がほしい。できればデニスと話したい。天秤《てんびん》にかけなければならないことが多すぎて、ただ砂に頭を埋めて〝全部気のせいでありますように〟と念じている余裕はない。

マッケンジーの夫のビルが、今回も力を貸してくれた。ところがシャーロットは、ダンカンが急に出かけてしまったことですねてしまい、ジェマの脚にしがみついて泣くばかりで、マッケンジーの家に入ろうとしない。ジェマが懸命になだめると、トビーとオリヴァーとの三人で、庭のぶらんこで遊びはじめた。

「ほんとうにごめんなさい」マッケンジーと車に乗りこみながら、ジェマはいった。「泣きべそをかいてる三歳児に辛抱強く接してくれて、ビルってまさに聖人ね」

「我が家の中ではまた別よ」マッケンジーはにやりと笑ったが、真顔になって続けた。「それに、ビルも気分転換が必要だったの。きのうから大忙しだったんだもの。別のモデルを探したり、カタログ撮影のスケジュールを変更したり」申し訳なさそうな顔をした。「リーガンが亡くなったせいでいろいろ困ってる、なんていいかたをするのは冷たいかもしれないけど、モデルの問題だけじゃないのよ。スケジュールの変更にはたくさんの関係者の都合が絡んでくるし、撮影の場所だってそう。きのう予約してた場所は、きのうしか使えなかった。ビルは困りはてて、髪をかきむしってたわ」

「なにが起ころうとも、人は生きていかなきゃならない」ジェマはいった。「だから冷たくなんかないわ」来た道を戻って自宅前を通りすぎ、右に曲がってクラレンドン・ロードに入った。

「わかってくれると思うけど」マッケンジーはゆっくり話した。「これまではとくに考えたこともなかったんだけど、ジェマは、事件の被害者の家族と話をしなきゃいけないのよね。すごく大変な仕事だと思う」

ジェマはマッケンジーのほうをちらりとみてから答えた。「何度やっても慣れないわね。でも、話をすることで楽になるっていう人もけっこう多いのよ。だから、その手助けをしてあげればいいの」

「リーガンの母親はどうかしらね。会ったことがないの。いまのところ、ニータとはうまく話せないし」

「言葉は勝手に出てくるわ。それに、大切なのは、努力をしたってことだと思う」ジェマは車のスピードを落としてブレナム・クレセントに入った。「歩いてきたほうがよかったかも」道路の両側に車がびっしり駐まっている。しかし奇跡的にスペースがひとつみつかった。ジェマはそこにエスコートを滑りこませた。

ここらへんのことはよく知っている。エルギン・クレセントとの交差点、〈キッチン・アンド・パントリー〉のすぐ北だ。ポートベロ・ロード寄りに少し行くと、友だちのオットーが経営する〈オットーズ・カフェ〉もある。五十二番のバスがケンジントン・パーク・ロードを走っていく。しかし、ブレナム・クレセントは静かだ。日曜日のごちそうを楽しんだ住民がみな昼寝でもしているのだろうか。

「こっちだと思う」車を降りると、マッケンジーは通りの北側を指さした。ジェマの腕に触れて一瞬引きとめる。「なんていうか……死んだのがうちの息子だったらって考えてしまうの……」

「そんなふうに考えなくてもいいのよ」ジェマはマッケンジーを軽くハグしたが、本心は黙っていた。ジェマも、子どもをなくした親に会って話をするのがいちばん苦手なのだ。「どの家？」元気を装ってきいた。

ひとつ息を吸って、弱々しい笑みを浮かべてから、マッケンジーは歩きはじめた。日差しを浴びて、路肩に並んだ車がぎらぎら光っている。ジェマはまぶしくて目を細めた。

数軒先で、マッケンジーは足を止めた。テラスハウスの真ん中のドアに顔を向ける。

「ここよ」

両側のパステルカラーの家とは対照的に、その家は薄い灰色で、玄関ドアは光沢のある黒に塗られていた。階段をおりると、柵の奥に半地下の部屋。階段をあがると玄関ドアがある。一階の出窓のカーテンはあいていた。部屋の中もよくみえるし、そのむこうの庭もみえる。

「ノティング・ヒルにありがちな虚栄心ってやつね」マッケンジーはジェマの視線を追った。「庭つきの家に住んでますよって、アピールしたくてたまらない人たち」

「金魚鉢に住んでるみたいな気分にならないのかしら」ジェマはいった。しかし実際は、ほとんどの住民は地下のキッチンやリビングで多くの時間を過ごすのだろう。

日差しを背中に浴びて階段をのぼった。マッケンジーが呼び鈴を押す。

ドアをあけた女性は、高価そうなスポーツウェアを着ていた。ヨガ用のパンツとぴったりしたTシャツ。ジェマには手が届かないし、買えたとしても、それを着てヨガをする暇はない。女性は痩せていて顔の彫りが深く、かわいいとかきれいとかいうよりも、はっとする美人という感じだ。薄い褐色の髪は鎖骨までの長さでふんわりと整えられている。「マッケンジー」女性はいって、ふたりを迎えいれた。マッケンジーの頰に顔を近づけてキスの音だけをたてる。「来てくれてありがとう。リーガンのお母さんが来てるわ」声を小さくしてドアを閉めた。「わたし、どうしていいかわからなくて」完璧な化粧をほどこしているが、目は赤いし、まぶたも腫れていた。

「ニータ、友だちのジェマ・ジェイムズよ」マッケンジーが紹介した。「力を貸してくれると思って連れてきたの。ジェマ、こちらはニータ・キュージック」

ニータはジェマの手を握った。力はこもっていたが、形だけの握手という感じだった。「わざわざどうも。どんなことであれ、お力を貸していただけるのは助かるわ。リーガンとはお知り合いでしたの？」

「いいえ、そうではありません」ジェマは、きのうニータの息子に会ったといおうとしたが、ニータはすでにリビングに通じるドアをあけていた。

　ニータに続いてリビングに入る。その瞬間、あずまやに入ったかのような印象を受けた。ソファと肘かけ椅子は淡いレモン色の花模様。壁紙はベージュっぽい色だが、ソファと同じ模様が使われている。白いアジサイを挿した花瓶があちこちに置かれ、庭に面した大きな窓からは明るい光が入ってくる。

　ジェマは感嘆の声を漏らしそうになったが、ソファに座った女性の姿をみた瞬間、その衝動はかき消された。ニータ・キュージックのエレガントなリビングに座るその女性には、温室にタンポポが咲いているかのような、場違いな雰囲気があった。年齢はニータより上だろうが、それほどの違いはないだろう。ただ、服装は普段着だし、黒髪には白髪が混じっている。化粧をしてきたとしても、すっかり落ちてしまっている。顔はむくんで、赤い斑点ができている。

「グウェン」ニータがいった。「友だちのマッケンジー・ウィリアムズよ。こちらはマッケンジーのお友だちで、ジェマ――」

「ジェマ・ジェイムズです」ジェマはニータの困った顔をみて割りこんだ。「キーティングさん、このたびはほんとうにご愁傷様です」

　グウェン・キーティングはジェマに会釈したが、視線はマッケンジーに向けられていた。「ウィリアムズさん、リーガンはいつもあなたのことを話してました。ウィリアムズさんご夫妻は完璧だって」控えめな声で、かすかなウェールズ訛りがあった。

「わたしたちも、リーガンはすてきな女性だと思っていました」マッケンジーは目をうるませて、グウェンのとなりに腰をおろした。「ほんとうに残念です。まだ信じられません」

「あなたも娘とおつきあいくださっていたんですか？」グウェンはジェマのほうをみた。ジェマが首を横に振ると、グウェンはハンドバッグからしわくちゃになったカタログを取りだした。「この子です。ウィリアムズさんご夫妻は、娘のこういう写真が好きだといってくださって」

ジェマはふたりの正面に座り、差しだされたカタログを受け取った。レンガの塀に腰かけた黒髪の若い女性のページを開いてある。ジーンズと、〈オリー〉のトレードマークのような花柄プリントのシャツを着て、あいまいな笑みを浮かべている。思わず魅了されてしまうような表情だ。この写真にはみおぼえがあった。同じカタログが、自宅のキッチンのどこかにあるはずだ。「このモデルさん、知ってます。素敵ですよね」小声でいって写真をみつめた。亡くなった人のことなのに、つい現在形でいってしまった。女性はいきいきとして、まぶしいくらいだ。死んでしまったなんて信じられない。

カタログをグウェン・キーティングの手にそっと返した。グウェンはうなずき、カタログを片手で持って胸に押しあて、もう一方の手を荒れた唇に寄せた。

ジェマはまわりに目をやった。悲しみにくれる女性に、ティッシュペーパーと水を一杯あげたい。しかし、ソファの横にあるコーヒーテーブルには、浅めの花器に活《い》けたバラがあるだけだ。少し暑い部屋に強い香りが広がっている。ニータ・キュージックはドアのそばに立っている。まるですぐにでも逃げだそうとしているみたいだ。

「ニータ、グウェンにお茶を一杯飲ませてあげたいんだけど、いいかしら。わたしがしますから」

「あ、ええ、もちろん」ニータはやけに驚いている。こういうお金持ちの人たちは、お茶なんか飲まないんだろうか、とジェマは思った。「すぐに用意してくるわ」

「お手伝いします」ジェマは立ちあがった。

ジェマはニータに断られるかと思ったが、ニータはうなずいて「ありがとう」といった。

ジェマは、がんばってというようにマッケンジーに笑みを送り、ニータのあとについて廊下に出た。優美なデザインの上り階段と、それに比べるといくぶん幅の狭い下り階段があった。

「キッチンはこちらよ」ニータは軽く振りむいてそういうと、階段をおりはじめた。

ジェマは階段をおりると、興味深くキッチンをみまわした。床は石敷き。建物の表側から裏側までひと続きの広い部屋だった。壁は一階と同じベージュっぽい色だが、無地だ。道路側の窓にはオーダーものと思われるロールスクリーンがかけてあるが、裏庭に面した大きな窓にはスクリーンもカーテンもない。窓枠が額縁のような役割をして、外の景色が美しい絵のようにみえる。緑に染まった光が入ってきて、水中にいるかのような錯覚に陥る。

キッチンそのものもオーダーメイドだと思われた。それも、とてつもなく高額なものだ。

「ウィルキンソン・アンド・バーリーのキッチンよ」振りかえったニータは、ジェマがアイランドスタイルの調理台の前に立ち、大理石の天板の縁を指でなぞっているのをみて、そういった。

「ええ、そうだと思いました」ジェマは答えた。ノティング・ヒルのショウルームでみたことがある。しかし、実際にそんなキッチンに立ち入るのははじめてで、どぎまぎしてしまう。

「うちのクライアントなのよ」

ジェマがきょとんとしたせいだろう、ニータは続けた。「わたし、広告とマーケティングの会社を経営しているの」

「とても素敵ですね」ジェマは落ち着きを取りもどそうとした。実際、とてもきれいなキッチンだ。しかし、だれかがここで実際に一度でも料理をしたことがあるんだろうか。それに色みがなさすぎて、なんだか寂しい感じがする。

巨大な六つ口の黒いアーガ（オーブンつきクッカー）の上にはケトルもない。汚れひとつない調理台の上に置いてあるものもごくわずかで、そのひとつがエスプレッソ・マシンだった。

「わたし、お茶は飲まないの」ニータはジェマの考えを読んだかのようにいった。「でも、電気ケトルはあるし——」庭に面した窓のそばの戸棚をあけた。「——これもあるわ」

ジェマが振りかえってみると、ニータの手には縁の欠けた赤いティーポットがあった。「リーガンのものなの」ニータは続けた。「ティーポットでお茶を飲む習慣は捨てられないといって、マーケットでこれを買ってきたのよ。彼女がお茶を飲むときは、わたしもいっしょにいただくの」ニータは戸棚の引き出しをあけたが、動きを止めて、ティーポットを胸に抱いた。「わたし——これを使っていいのかしら。リーガンのお母さんがみたら、リーガンのものだって気がつくかしら？　これ以上つらい思いをさせたくないわ」

「こちらにください」ジェマはニータに近づき、ポットをそっと受け取り、ケトルの近くに置いた。「だいじょうぶですよ。お茶はなにがあるかしら」引き出しをみると、テトリーのイングリッシュ・ブレックファストのティーバッグが、コーヒー関係の小物のとなりに収納してあった。このポットだと、ティーバッグは三つだろうか、四つだろうか。少し考えて、四つ取った。この状況なら濃いお茶がいい。

ニータが離れて見守る中、ジェマはポットにティーバッグを入れた。アイランドにはシンクがふたつあり、そのうちのひとつを選んで水を出し、ケトルに注いだ。「マグカップはどこにありますか？」ケトルのスイッチを入れてから尋ねたが、ニータは一階にいたときと同じようにぼんやりしていた。ジェマはニータの腕に触れた。「ニータ？」

「ああ、ごめんなさい」ニータは微笑もうとしたが、戸棚の上のほうから白いマグカップを取りだそうとする手は震えていた。

「少し座っていたほうがいいわ」ジェマはまわりをみたが、安心して座れそうなところはみつからなかった。スツールは金属製で背もたれもない。

「いえ、だいじょうぶよ」ニータはそういったが、ジェマに背を向けると、調理台に両手をついて体を支えた。「ピンチには慣れてるの。いろんな緊急事態に見舞われたクライアントに頼られることが多いから。でも――」首を横に振る。「――今回ばっかりは、頭がおかしくなりそう。これはリーガンにお願いしよう、なんて思っては、現実を思い出して……」

「ショックを受けるのも当然ですよ」ケトルのお湯がわいた。ジェマはティーポットに注ぎながらいった。「仲がよかったんでしょう？　リーガンがここに来て、どれくらいだったの？」

「二年」ニータは少し落ち着きを取り戻したようだった。体を起こして、ティーセットをのせるためのトレイを取りにいった。「マッケンジーも知ってるけど、リーガンは……とても素敵な子だったわ。とにかく信じられなくて……」

ジェマが続きを待っていると、ニータは急に話の方向を変えた。「警察がいってたの……アルコールかドラッグが関わっているんじゃないかって。そんなこと、とても信じられない。リーガンに限って、ありえないわ。警察がグウェンになにをどう話したか知らないけれど。でもとにかく、リーガンはこの家で暮らしていたの。わたし、責任を感じてしまって……」はじめてニータの目に涙があふれた。ジェマは、グウェンを前にしたニータが所在なげにしていた理由がわかったような気がした。

マッケンジーからこのことはきいていなかったが、ニータからきいていなかったのなら、マッケンジーも知らなかったのだろう。「不審死への対応としては、当然そういうことを――」ジェマはいいかけて、口を閉じた。「マッケンジーはニータに、連れてきた友だちが警官だということをいっていないのではないか。いきなり警官だと名乗っても相手を驚かせるだけだし、一般市民の知らないようなことを口にするのも避けたほうがいい。「警察はグウェンに気をつかって、言葉を選んでいると思いますよ。それと、同じ家で暮らしていたから責任を感じるってことなんでしょうけど、リーガンは何歳だったんですか？」

「二十四歳」

「だったら立派な大人ですよね？　自分の行動に責任を持つ年齢です」

「ええ、それはわかるのだけど……」ニータは言葉を切り、引きつった笑みをみせた。「そうよね。あなたのいうとおりだわ。ただ、わたし、遺体をみたの。マッケンジーからきいているかしら」

「ええ、ききました。つらかったでしょうね」

「グウェンにその役目をさせなくてすんでよかったと思ったのだけど、グウェンがここに来たとき、こっちに来てすぐに遺体安置室に行ってきた、と話していたの。どんな思いをしただろうって……」

「そうですか。あえてつらい選択をしたんですね」ジェマはリーガンについていろいろ尋ねたかったし、身元確認のときのこともききたかったが、ぐずぐずしているとお茶が冷めてしまうし、一階に残されたマッケンジーもやきもきしているかもしれない。ニータが出したマグカップは三つだけだった。「あなたは飲まないってことですか？」

ニータは顔をしかめた。「今日はもうカフェインをとりすぎてしまって」

「じゃ、上に戻りましょう。わたしが持ちます」ジェマはトレイを受け取った。階段をのぼろうとしたとき、階段と戸棚のあいだに大きなバスケットが置いてあるのが目に入った。バスケットからは泥のついたスニーカーとサッカーボールがのぞいている。この家に入ってきたときの違和感の正体に、ジェマはようやく気がついた。ここに住んでいるはずの少年の気配がない。

自分の家のリビングやキッチンを頭に思いえがいてみた。おもちゃやがらくたが散らかっていて、片づいていることがない。トビーの汚れたスニーカーも脱ぎすててある。このバスケットに入っているスニーカーと同じメーカーで、サイズだけが小さい。

ジェシーは父親と暮らしていて、ここにはときどき来るだけなんだろうか。いや、そうだとしたらリーガンを雇う理由がない。それとも、根本的に誤解していることがあるというのか？

振りかえってニータをみた。「きのう、息子さんに会いました。バレエ教室で。今日マッケンジーがわたしについてきてほしいといったのは、そのことがあったからだと思います。息子さん――ジェシーは、この件でショックを受けているのでは？」

ニータは眉をひそめ、片手でごしごしと両目をこすった。「わからないわ。部屋にこもりっきりで、口もきいてくれないの。どういうわけか、全部わたしのせいだと思っているみたいで」

「父さん特製のホワイトフィッシュが気に入らないのか？」アイヴァン・タルボットがいった。メロディ・タルボットがペーストをクラッカーに少しぬって、それを食べずに皿に置いたからだ。

「そうじゃないの」メロディ・タルボットは無理に微笑んだ。キュウリとポテトのサラダは少し食べたが、ハムのことは考えたくもなかったし、ホワイトフィッシュもそれに近い感じだった。料理をフォークでつつくだけで、食欲がないのをごまかそうとしていた。もちろん母親は気づいているだろうが、いまのところなにもいわずにいてくれている。「今日は暑いから。それに、ちょっと頭が痛くて」

「中に入ってもいいのよ」アシーナがいう。

「ううん、いいの。ここにいるのは好き」メロディは首を振ったが、強く振りすぎてしまい、顔をしかめた。

母親が心配そうにメロディをみる。「少し横になったらどう?」

「ううん、平気。ここにいるほうがいいの」それは本当だった。テーブルは、キッチンを出てすぐの敷石《しきいし》のパティオに置いてある。ちょうど建物の陰になっているし、気持ちのいい風も吹いてくる。ただ、食べ物が喉を通らない。それと、じっと座っているのがつらい。そわそわ落ち着きなくしているのを母親が嫌うのを知っているので、なおさらつらかった。それでもシャンパンをなんとか一杯飲んだものの、止める間もなく、父親におかわりを注がれてしまった。

「警視正のことが気になるなら、ニュースをきいてみよう。警察がどんな発表をするか、わたしも気になる」メロディが止める前に、父親は立ちあがって家の中に入り、茶色いキッチンのラジオを持って戻ってきた。ＢＢＣ１を選ぶ。

一時五十分。一時間ごとの最新ニュースがはじまるのはもうすぐだ。つなぎの音楽がかかって、日曜午後のニュースを担当するアリス・レヴィンのききなれた声が流れてきた。なにかしゃべっているが、メロディの耳には半分も入ってこなかった。

「警察はまだ会見なんかしないと思うけど」メロディはホワイトフィッシュのペーストを食べようという努力も放棄した。

亡くなれば別だけど。そう思ったとき、胸がぎゅっと苦しくなった。ジェマはなにか新しい情報を手に入れただろうか。膝にかけたナプキンを握って、椅子の上で体を動かす。なにがあったんだろう？　こんなところで座ってなんかいられない――。

アリス・レヴィンの声が消えて、また音楽がかかった。最初の一音が響いた時点で、なんの曲かわかった。ユーチューブではきかないようにしている曲――セント・パンクラス駅のコンコースで手榴弾が爆発したとき、アンディとポピーが演奏していた曲だ。

メロディは立ちあがってテーブルの上に手を伸ばし、ラジオのスイッチをあわてて切った。ラジオが倒れ、シャンパンのグラスも倒れそうになったが、反射神経の鋭い父親がグラスを支えてくれた。両親とも、頭が急におかしくなってしまったのか、とでもいうように娘の顔をみた。

「メロディ、いったいどうしたの？」母親が眉をひそめ、ラジオを起こした。「わたし、この曲が好きなのに」

嘘でしょ。お母さんがアンディのファン？　だったら〝そうなの？　ちなみに、セント・パンクラス駅で演奏してたこのギタリストって、わたしの彼氏なのよ〟とでもいうべきだろうか。こみあげてくる笑いをなんとか抑えた。「ごめんなさい。いま思い出したんだけど、やらなきゃいけない仕事があるんだったわ」身をのりだして、母親のなめらかな頰にキスした。父親を軽くハグする。「電話するわね。ランチ、ごちそうさま」

「待って、メロディ」母親が立ちあがろうとしたが、メロディはもうキッチンに入っていた。メロディは、父親がなにかを察したような目をしているのに気づいていたが、そのまま階段を駆けあがり、オリンピックの短距離選手のようなスピードで玄関をとびだした。

そのまま走りつづけて角を曲がり、敷地の東側に出てから、ようやく足を止めた。息が弾んでいる。まわりの視線が集まってきた。

日差しが強すぎる。頭ががんがんするし、心臓も早鐘を打っている。吐き気がこみあげてきそうだ。鋳鉄のフェンスをつかむと、冷たくて気持ちよかった。

だいじょうぶ。自分にいいきかせた。そのとき、遠くからサイレンの音がきこえた。息ができない。視界がぼやける。パニックが襲ってきた。荒い息をつきながら、両手でフェンスをつかんだ。これは煙のにおい？

頭の中で、アンディとポピーの曲が鳴っている。人々の叫び声、泣き声。サイレンが近づいてくる。煙が目を刺し、喉を焼く。地面が傾いた。いったいなにが起こってるの？

突然、肩に手が置かれて、女性の声がした。「メロディ？　メロディよね？　どうかしたの？」

さっと振りかえると、赤いワンピースが目に入った。心配そうな顔に焦点を合わせる。「ヘイゼル？」

6

キンケイドの車はシティ・ロードを抜け、コマーシャル・ストリートに入った。めざすのはホワイトチャペルの中心部だ。ブリック・レーンは一本東の道路だが、アストラの窓をあけているので、ハラル・チキンとカレーのにおいが、排気ガスに混じって車内に流れてくる。

クライスト・チャーチの尖塔《せんとう》が前方にみえてきた。右手にはスピタルフィールズ・マーケット。クライスト・チャーチが左手に近づいてきたとき、フルニエ・ストリートにさしかかった。シャーロットが生まれてから三歳までを過ごした場所だ。角を曲がって通りに入っていきたいという衝動にかられたが、その先でブリック・レーンに入ることになってしまう。ブリック・レーンは一方通行で、目的地とは反対方向だ。

しかし、心の目には、幅が狭くて背の高いジョージ王朝ふうの建物が映っていた。青いドア。分厚い鎧戸《よろいど》を閉じた窓。シャーロットの両親、サンドラ・ジルとナツ・マリクは、だれもホワイトチャペルには住みたがらなかったころにその家を買い、たっぷりの愛情とわずかなお金をかけてリフォームして、暮らしていた。ふたりが亡くなったとき、家は売られたが、おそらくふたりが想像もしていなかったであろう高値がついた。そのお金は信託の形でシャーロットのものになった。

この文化の中でシャーロットは育ったのだ。壁のグラフィティ・アート、蝶々《ちょうちょう》のような明るい色のシルクを身にまとった女性たち。道行く人々からきこえる言語はコックニー、パンジャブ語、ウルドゥー語が入り混じっている。いまのシャーロットは、ここの生活をどのくらい覚えているだろう。

母親のサンドラは著名なテキスタイル・アーティストで、イーストエンドの色と質感を作品に活かしていた。父親のナツはパキスタンからの移民二世で、弁護士として地元の人々を助けていた。

ふたりが亡くなったあと、強欲で素行の悪い母方の親戚にシャーロットを委ねることに納得がいかなかったキンケイドとジェマは、シャーロットを養子として迎えることができるように法的な手続きをした。ナツの同僚であり遺産執行人でもあったルイーズ・フィリップスはシャーロットをかわいがっていて、経済的な問題について根気よく対応したものの、小さな子どもの生活の面倒をみるつもりはないとのことだった。

そういえば、ルイーズの近況をずいぶん尋ねていない、とキンケイドは思った。ルイーズは結核の治療中だったが、その後どうなっただろうか。ルイーズの友人であり隣人でもあるタムは、セント・パンクラス駅での手榴弾爆発事件で重傷を負った。まわりの人々にこれほどたくさんの災難が降りかかったのは、キンケイドにとってはじめてのことだった。

そして今度はこの事件だ。キンケイドは首を左右に振り、運転に神経を集中させた。もうホワイトチャペルまでやってきた。病院はすぐそこだ。しかし、行くのが怖いような気もした。

ロイヤルロンドン病院は、キンケイドにいわせれば、建築家の悪夢だ。建物の正面は十八世紀のクラシカルな造りだが、時代を経るごとに増築を重ね、ヴィクトリア朝様式やらポストモダンのガラス張りやら、さまざまな要素がごちゃまぜになっている。しかし、真っ赤なドクターヘリを目にすると、キンケイドの心は浮きたった。いつか子どもたちにもみせてやりたい。

それにしても、デニスは幸運だった——と思いたい。ひどいけがを負ったのが、ロンドンでも有数の外傷治療病院のすぐ近くで、ドクターヘリなど使うことなくここに運んでもらえたのだから。

駐車スペースをなんとかみつけて、中央受付に向かった。受付係が指さしたのは〈成人救命救急病棟〉。病棟はすぐにみつかった。待合ロビーに入ると、トマス・フェイス警視正が立ちあがって迎えてくれた。

フェイスはゴルフウェア姿だった。心配そうにゆがめた顔とはちぐはぐな雰囲気だ。「ダンカン、来てくれてよかった」キンケイドの手を固く握り、また腰をおろした。キンケイドにもとなりの椅子を勧める。

「どうですか？」キンケイドは待合ロビーをみまわしながらきいた。遠くの隅には、心配そうな顔をした中年の夫婦がいるが、見知った顔はない。「ご家族はだれも？」

「ダイアンが病室で付き添っている。病室にはふたりまで入れるんだが、わたしは――」フェイスは首を振って顔をしかめた。「ふたりきりの時間が欲しいだろうと思ってね。それに、わたしがあそこにいてもなにもできない」肩をすくめるしぐさが、この状況を雄弁に物語っていた。「だが、そのうち医長が来て彼女に説明をするだろうから、そのときはいっしょにいてあげたいと――」

「意識はあるんですか？」一縷《いちる》の希望をもって、キンケイドはきいた。

「いや」フェイスはかぶりを振った。「薬で昏睡《こんすい》状態にされている。脳の腫脹《しゅちょう》を防ぐためとのことだ」

部屋の隅の夫婦に目をやって、キンケイドは声を低くした。「なにがあったんですか？」

「わからない。若い女の子たちが、セント・ジェイムズ・クラーケンウェルの墓地で倒れているデニスをみつけた」フェイスは顔をゆがめて付けくわえた。「はじめは酔っぱらいだと思ったそうだ。なにかぶつぶついいながら、立ちあがろうとしていたんだよ。で、急いで離れていこうとしたんだが、ひとりがなにかおかしいと思ったようで、ようすをみに戻ってくれた。そして九九九に通報してくれたんだ。救急車が到着したときには意識をなくしていた。後頭部を殴られたとのことだ」

今度はキンケイドが顔をゆがめた。「強盗の可能性は？」

「犯行の途中で邪魔が入ったなら別だが、それはないだろう。何度も蹴ったようだから、邪魔が入ったことも考えにくい。財布と携帯電話はポケットにあった」

「その若い子たちはだれもみてないんですか」

「ああ」

「時刻は？」

フェイスの表情が険しくなった。キンケイドは、上司を詰問するような口調になっていたことに気がついた。「すみません」椅子に深く座りなおした。

「きみの気持ちは理解できる」フェイスはいった。非難する口調ではなかったが、気をつけろ、という響きがあった。「夜九時ごろ、真っ暗になってからだった。だが、長いこと倒れていたわけではないだろう。あの墓地は近道として使う人が多いからな」

キンケイドは記憶をたどった。パブでデニスに会ったのは八時。どれくらい話していただろうか。デニスが出ていったときに時計をみなかったのでわからないが、三十分はたっていただろうか。そうだとして、ロジャー・ストリートからセント・ジェイムズ・クラーケンウェルまで歩くのにどれくらいかかるだろう。

どう考えても、襲撃前のデニス・チャイルズに最後に会ったのはキンケイドだったのではないか。

「ダイアンの話だと、セクフォード・ストリートの自宅を出たのが七時半ごろ。散歩に行くとのことだったから、どこに行ったのかはまったくわからないと」フェイスはキンケイドの思考を読みとったかのようにいった。

キンケイドの耳に、自分の鼓動の音が痛いほど大きく響きはじめた。襟の内側にどっと汗が出てくる。離れたところにいる女性が小さくしゃくりあげて泣いている。フェイスを信じていいんだろうか。デニスと会っていたことを話してしまっていいんだろうか。

キンケイドが迷っていると、フェイスが姿勢を変えて病棟の入り口に目をやり、次に腕時計をみた。

「財布を盗《と》られなかったのは幸いだった」フェイスが続ける。「どんな状況であれ救急隊員は急いでくれただろうが、警官だとわかっていたのはマイナスには働かなかったはずだ。で、救急処置室からダイアンに電話がかかってきたとき、ダイアンはすぐに肝移植のことを伝えたそうだ。デニスは脇腹を蹴られてた。移植後の肝臓にどんなダメージがあったか、いまはまだわからないが」フェイスの両手はきつく握られていた。キンケイドはフェイスについて考えた。いまこうして病院に来ていること。デニスとその妻ダイアンと、かなり親しいと思われること。「おつらいですね」咳払《せきばら》いをして続けた。「デニスはあなたのことを心から信頼していました。しかし、そこまで親しい関係だとは知りませんでした」

「警察学校の同期だったんだ。それで妻同士も仲良くなって、三十年来の親友だった」フェイスはキンケイドの顔に目をやって、キンケイドの頭に浮かびつつあった質問に先回りして答えた。「リンダは二年前、ガンで亡くなった。デニスとダイアンがいなかったら、わたしはあのときの苦しみを乗りこえられたかどうか……。まあ、それはいい。とにかく、わたしはあのふたりのためならなんだってする。だから、いまここに来ているのは当たり前のことなんだ」

そうだったのか。キンケイドは片手であごをこすった。日曜日なので、ひげが伸びてちくちくする。つまりデニスは、だれよりも信頼する友人に、ここなら安全だと考えて部下である自分を託したというわけだ。なのに自分はこの数ヵ月間、どうしようもない腹立たしさを抱えて暮らしていた。もっと早く知っていたら——。

病棟のドアが開いた。ふたりは磁石に吸いよせられたかのように、さっと振りかえった。そして立ちあがる。やってきたのはダイアン・チャイルズだった。ダイアンはキンケイドをみて微笑み、片手を伸ばして近づいてきた。キンケイドがその手を握ると、ダイアンはいった。「ダンカン、来てくださってありがとう」まるで子どものような手だった。ダイアンは細身で、髪にはほとんど白髪がない。巨漢のデニスの隣にいると、いつもとても小さくみえたものだ。ところが今日はひとりで立っているのに、いつも以上に小柄で華奢《きやしゃ》にみえる。鮮やかなバラ色の口紅をつけている以外に化粧はしていない。はっとするような深みのある青い目が、真っ白な肌に映えている。

「その後のようすは？」フェイスがきいた。

ダイアンは首を横に振り、やっとのことで笑みを浮かべて椅子に腰をおろした。「変わりはないけど、そのほうがいいんですって」サファイア色のカーディガンの両裾を引っぱる。

「コーヒーを持ってくるよ」フェイスがいった。立ったまま体を揺らすようすは、座ってなどいられないとでもいうようだ。

「これ以上コーヒーを飲んだら、ロケットみたいに空に飛んでいっちゃうわ。できれば……ホットチョコレートをお願い」ダイアンは体を震わせた。「暖かいはずなのに、なんだか寒けがして」

フェイスはいかんなというように眉根を寄せた。「食べていないんじゃないか？」

ダイアンは笑い声をあげた。その声が待合ロビーに突然響いたので、奥にいる夫婦がはっとして顔をあげた。一瞬、心配から解放されたらしい。「トム、やめてよ」その声からは明らかな好意が感じられた。「ホットチョコレートをお願い。それとサンドイッチを。心配しないでもらうために、しかたなく食べるわ」

フェイスがなにかいいかえすのではないかとキンケイドは思ったが、ダイアンが折れたことに満足したのか、フェイスはうなずいて、さっきキンケイドが入ってきたドアから出ていった。

キンケイドが、上司のフェイスが顎で使われているような状況をみておもしろがっていると、ダイアンはいった。「トムは世話焼きなのよ。でも、それはあなたもよく知ってるんでしょうね。まあ、やりたいようにしてもらうのがいちばんだと思ってる」キンケイドの腕にそっと触れて、続けた。「それに、ダンカン、ふたりで話す時間がほしかった」

キンケイドはどきりとした。昨夜、ふたりで会ったことを、ダイアンは知っているんだろうか。あのときデニスがほのめかしていたことについて、ダイアンは少しでも知っているのか？

どんな言葉を返したらいいのか。考えてもなにも浮かばない。ただ、ダイアンから漂ってくる香りだけが気になっていた。チェシャーの実家の花壇の、夏の香り。そう、スイートピーの香りがする。「大変なことになりましたね——」やっとのことでそういった。

　キンケイドがいいおわる前から、ダイアンは首を振っていた。慰めの言葉なんかきいている暇はない、とでもいうようだ。「デニスは昔から、自分の気持ちを人に伝えるのが苦手だったの。警官という仕事柄もあってね。けど、ダンカン、あなたのことはしょっちゅう話してた。ジェマと、子どもたちのことも。とくに、まだ小さな娘さんのこと。あなたのことがうらやましくてしかたがなかったみたいよ」

　キンケイドははっとしてダイアンをみつめた。考えもしないことだったのだ。しかし思いかえしてみれば、会話の端々で、家族について何気なく尋ねてくれたことがあった。しかしそれは、上司としての質問なのだろうと思っていた。優秀な上司は、部下の家庭生活が仕事に影響を与えるものだと理解していて、つねに私生活に気を配るものだ。個人的に気にかけてくれているとは思いもしなかった。

　よくよく考えてみるうちに、いろんなことがこれまでとは違った意味合いを持つような気がしてきた。

　そのひとつは、ジェマがブリクストンに転勤になったことだ。警察幹部が何人もの女性警官に性的暴行を働いていた事実を明るみに出した、すぐあとのことだった。その件の処分が甘いことに抗議の声をあげさせないようにするための、一種の鼻薬だったのではないか――これまではそんな疑いを持っていたが、そうではなかったのかもしれない。ジェマが危険な動きに巻きこまれないよう、守ってくれたとも考えられるのではないか。

ダイアンに軽く触れられて、キンケイドは我に返った。「もちろん、デニスはそうと認めたりしないでしょうけどね。でも、ダンカンという部下を失ったことを残念がっているのはよくわかったわ。ホルボン署には、だれよりも尊敬するトマス・フェイスがいるとはいってもね」

「ぼくを失った？　そんなふうにいっていたんですか？」

ダイアンは体をうしろに引いて、ため息をついた。「まあ、そのとおりの言葉ではなかったけど――」言葉を切り、顔をあげた。病棟のドアが開いた。

医長だ。白衣を着て聴診器をつけている。ダイアンが体をこわばらせたことに、キンケイドは気づいた。奥にいる夫婦に話をしにきたのならいいのだが、と思った。しかし医長は自分たちのほうにまっすぐ歩いてくる。「チャイルズさんですね？」控えめな声だった。発音にかすかな癖がある。

ダイアンがうなずいた。キンケイドは反射的にダイアンの手を握った。

「シセと申します。ご主人が集中治療室にいらっしゃるあいだの担当医です」

濃いマホガニーのような色の肌と名前からして、中央アフリカ――おそらくナイジェリアの出身だろう。豊かな髪をたくさんの細い三つ編みにして、ヘアバンドをつけている。そのヘアバンドがとてもカラフルで、深刻そうな表情とは対照的だ。

この人はだれだろうという目でみられたので、キンケイドはダイアンの手を放し、立ちあがって医師と握手した。「ダンカン・キンケイドです。ご家族の……友人です」ダイアンが一瞬、不安そうな視線を送ってきた。

医師はダイアンの隣に腰をおろし、手にした小型のタブレットに目を走らせてから、顔をあげて話しはじめた。「ご存じのように、いまはご主人を鎮静状態にして、脳の腫れを最小限に食いとめる努力をしています。ご主人は硬膜外血腫を起こしていて、昨夜、緊急手術をおこないました。執刀医は、開頭部位に小さな器具を挿入して、頭蓋内圧をモニターできるようにしました。つまり、脳の腫れ具合を調べるということです」説明をつけたしてからふたりをみた。話の内容を理解しているかどうかが気になったらしい。

ダイアンはうなずいた。昨夜も同様の説明があったのではないか、とキンケイドは思った。

「ご主人は、うしろから殴られたあと、前向きに倒れたときにも頭を打っています。このため、脳はかなりの衝撃を受けました」

「脳震盪《のうしんとう》を起こしたと？」キンケイドがきいた。

医師はうなずき、優等生をみるときのように目を細めた。「そのとおりです」

「でも、若い女の子たちが通りかかったとき、夫はなにか話していたときいていますが?」ダイアンがきく。声に動揺があらわれないように必死に抑えているのがキンケイドにも伝わってきた。

「このようなけがではよくあることですよ」シセはダイアンを元気づけるようにいったが、キンケイドにとってはいい情報とは思えなかった。こういうケースは何度もみたことがある。頭を殴られたあと、被害者の意識は何時間も明晰《めいせき》だったのに、その後意識を失うというものだ。急な吐き気が襲ってきた。

「後頭部を殴った凶器がどんなものか、わかりますか?」

医師の笑みが少し弱々しくなった。「なにか硬いもの。陥没の幅は指一本の幅と同じくらい。それ以上のことはわかりません」タブレットに目を落として記録を確認する。

「キンケイドさん、ほかになにもなければ――」

「鎮静状態は、あとどれくらい続くんですか?」ダイアンの顔が白くなりすぎて、口紅の色がやけに赤々としてみえた。

「脳の腫れがどうなるかによって、それは変わってきます。でもご主人にとっては楽な状態なんですよ。それについては安心してください」

「目を覚ましたとき、なにが起きたかを思い出せるんでしょうか?」

「残念ながら、受傷時の記憶はまったくないケースが多いですね。でもそれは、いま心配すべきことではありません」

医師が言葉にしなかった事実が、亡霊のようにその場の空気にとどまりつづけた。

脳に重い外傷を負った患者は目覚めないというケースも、きわめて多いのだ。

カーテンで囲まれたデニス・チャイルズのベッドを、キンケイドはひとりで訪れた。医師が去ると同時に、トマス・フェイスがダイアンのサンドイッチとホットチョコレートを持って戻ってきた。

ゆっくりと足側に近づいて、ベッドの柵をつかむ。デニスの額の右側は紫色に醜く腫れあがっていた。二日ぶん伸びたひげが、頬とあごを覆っている。右腕には点滴の針が刺さり、口には呼吸用の管が挿入されている。口がゆるく開いているのは、筋肉が働いていないせいだ。ベッドのそばにはいくつものモニター。物いわず点滅を繰りかえす守護者のようだ。デニスの大きな体が、病院のシーツに包まれて縮んでしまったかにみえる。

髪の生え際のすぐ下あたりに包帯がひと巻きしてあって、妙におしゃれな感じがする。後頭部に挿入されたプローブを固定するためのものだろう。知っている人がぐっすり眠っているのをみているだけでも妙な恐怖感をおぼえるものだが、その人がぶつぶつなにかをつぶやいていたり、体のどこかがぴくりとしたり、まぶたが小さく動いていたりすれば、その人が生きているとわかる。しかし、デニスはなにもいわないし、どこも動かない。これまでデニスは表情の乏しい人だと思っていたが、そうではなかったのだ。さまざまな表情を持っていたが、そのどれもがほかの人とは違っていたというだけだ。黒い瞳にはいきいきとした、抜け目のない知性が光っていたものだ。いまはその目も閉じている。黒い睫毛《まつげ》がデニスの浅黒い頬にむかって伸びている。

ベッドの柵を握る手の関節が白くなっていた。なんとしても犯人をみつけてやる。デニスがなにを話そうとしていたのか、必ず突きとめる。

そしてデニスには、なにがなんでも目覚めてもらいたい。

「リーガンはひとりっ子だったけど、子どもの扱いは昔からとてもじょうずでね」グウエン・キーティングがジェマに話す。喉も体も渇ききっていたというようにお茶をごくごく飲むのをみて、ジェマはポットに残ったお茶をカップに注ぎたした。

マッケンジーは玄関ホールに出てビルに電話をかけ、子どもたちのようすをきいている。ニータはソファの端に浅く腰かけ、踵で床を叩《たた》きながら、二、三分ごとに天井をみあげている。

お茶を持ってきてあげたのがよかったのか、それともリーガンのことをまったく知らない他人だからなのか、理由はわからないが、グウエンは娘のことをジェマにしきりに話しはじめた。「あの子が三歳のときに父親が死んだの。ガンだった。それ以来、わたしたちは母ひとり子ひとりで暮らして、なんでもいっしょにやってきたわ」

「グウェン、カーディフではどんなお仕事を？」ジェマは尋ねた。個人的なことより客観的な事実が知りたかった。

「中学校で英文学を教えているわ」グウェンは身をのりだし、眉をひそめた。「あのね、警察の人が、リーガンが死んだのはお酒の飲みすぎか、ドラッグのせいかもしれないっていっていたの」空になったマグカップを置いて続ける。「そんなこと、わたしはこれっぽっちも信じてない。友だちとお酒を飲むことくらいはあったでしょうけど、無茶な飲みかたをする子じゃないわ。それに、ドラッグだってやらない。わたしはふだんから子どもたちと接してるから、よくわかる。うちの子に限って、なんてことはいわないわ。子どもたちを取り巻く環境のことはしっかり理解しているつもりよ。だから、リーガンが死んだのがそんな理由だなんて、ありえない」

ジェマはこれまでにも同じような言葉をきいたことがある。親が亡くなった子どもについて語るときは痛々しいほど真剣だし、ショックと悲しみの中で、自分たちの子どもに非があったかもしれないとは信じられない親がほとんどだ。しかし、たしかにグウェン・キーティングは子どもたちのことをよく知っているはずだし、自分の子どものことを無条件に信じるタイプではなさそうだ。

それに、リーガンの遺体が発見されたときのようすからすると、亡くなった理由はほかにも考えられる。母親のグウェンにとっては酒やドラッグ以上に受け入れがたいだろうが、自殺かもしれないのだ。「すぐにいろいろわかってくると思います」ジェマはそういったが、いい話が伝えられるはずはない。せめて自然死だとわかれば、それがいちばんましな状況だ。

「あの子のものを持ってかえりたいの」グウェンはいって、自分のハンドバッグを引きよせた。そろそろ帰ろうと思っているらしい。

ニータの頭がさっと動いた。どこかまったく別の場所から突然帰ってきたかのようだった。「それはできないわ」

「え？」グウェンはニータをみつめた。「どういうこと？　できないって？　どうして？」

「ごめんなさい、できないっていうか……警察の人にいわれたの。初動捜査が終わるまでは、リーガンの部屋をそのままにしておくようにって。そのこと、きいてない？」

「ええ、知らなかったわ」グウェンの口元がこわばった。

ケンジントン署の警官の対応には問題が大ありだ、とジェマは思った。まだ毒物検査も剖検もしていないうちから、故人の母親に酒やドラッグの関与をにおわせるなんて。もし自分のチームの警官が同じことをしたら、ただではすまさないくらいの失態だ。

ニータは、助け船を求めるような目をジェマに向けた。

室内が暑くなってきた。ニータはどうして窓をあけて風を通そうとしないんだろう。ジェマは自分で窓をあけに行きたい気持ちをぐっとこらえた。

玄関ホールにいるマッケンジーの声がぼそぼそときこえていたが、今度は、玄関のドアが開いて閉じる音がした。腰をあげて窓の外をみると、マッケンジーが歩道をゆっくり歩いているのがみえた。携帯電話を耳にあてている。マッケンジーは顔をあげ、手を振って微笑んだ。

「でも、ニータ、リーガンの部屋をみるだけならだいじょうぶでしょ？」ジェマはきいた。もう腰をおろす気になれなかった。バラの香りがさっきより強くなっている。

「でも——やめたほうが——だって——」

「わたしもいっしょに行くわ」ジェマはニータの声を遮った。ニータが顔をしかめる。

「それならいいけど、ちゃんと——」

「ええ、ちゃんとみているわ。グウェンがなにも持ちださないように」ジェマの苛立ちは募るばかりだった。

「それならかまわないわ」ニータは不服そうにうなずいた。「二階の表側の部屋よ。ジェシーの部屋は庭側なの。わたしはキッチンに行っているわね。何本か電話をかけたいの」ほんの一瞬だけ微笑んで、リビングを出ていった。部屋があまりにも静かなので、ニータが階段をおりる小さな音がきこえてくる。

ジェマはグウェンをみた。「ほんとうに部屋をみたいんですか？」

グウェンは立ちあがってうなずいた。言葉がみつからないといったようすだ。

「じゃ、行きましょう」ジェマが先に歩きはじめた。こんな状況ではあるが、正直、好奇心をおぼえていた。この家をもっとしっかりみておきたい。リーガン・キーティングのことも、もっとよく知りたい。

グウェンは部屋のドアの外でためらっていたが、ジェマはドアノブを回し、グウェンの肩をぽんと叩いた。「ずっと隣にいるから安心してください」一歩さがって、グウェンを先に入らせた。

広い部屋だった。南向きの大きな窓がふたつある。ブラインドは真ん中まであげられているが、窓は閉まっている。下の部屋よりも暑く感じられる。なにかの香りが残っている。さわやかな、若草のような香りだ。ダブルベッドには鮮やかなオレンジ色と紫色の花模様の上掛け。あわてて整えたという感じだ。重ねた枕が崩れて、ひとつが床に落ちている。

リーガンは色遣いのセンスがよかったようだ。それに、いかにも居心地のよさそうな部屋だ。本棚にはペーパーバックと雑誌が隙間なく並んでいるし、肘かけ椅子のそばには、ビーズ飾りのついた電気スタンドがある。机の上にはお茶道具一式があった。茶葉の入ったブリキ缶、ショートブレッドのブリキ缶、縁の欠けたブラウン・ベティのティーポット。

椅子の肘かけにはジーンズがかけてあり、ベッドの足元にはサマードレスが二着、くしゃくしゃのまま置いてある。急いで脱ぎすてたのだろうか。金曜日の夜に着ていこうとしたが、直前になってほかの服を選んだということか。

グウェンはベッドの端に力なく腰をおろした。突然膝に力が入らなくなってしまったかのようだ。そしてサマードレスの一着を手に取った。「これはわたしがプレゼントしたの。誕生日のお祝いに」そして突然耳障りな声をあげて泣きだした。肩を揺らし、震わせ、滂沱《ぼうだ》の涙を流しながら、ドレスを胸元に抱きよせる。

ジェマもその隣に腰をおろし、グウェンの肩に手をまわした。「だいじょうぶよ、だいじょうぶよ」と、子どもをなだめるようにささやいたが、なにもだいじょうぶではないとわかっていた。いまも、これからも。

グウェンの泣き声がおさまって、ときどきしゃくりあげるだけになった。ジェマはあたりをみまわしてティッシュを探した。ケトルのうしろにロール状のキッチンペーパーがあったので、グウェンの肩をぎゅっとつかんでから立ちあがった。そのとき、机の上の壁にかけられたコルクボードに目を奪われた。

走り書きのメモや写真、〈オリー〉のカタログの切り抜きなどが、隙間なく貼られている。グウエンがジェマにみせてくれた写真もあるし、ジェマ自身がカタログをみて記憶に残っていたものもある。メモは丸みがあって流れるような、それでいてきちんとした字で書かれている。きっとリーガンが子どものころ、こういうきれいな筆記体の書きかたをグウェンが教えたんだろう。ほとんどはシンプルな買い物リストや、人と会う予定のようだ。イニシャルやなにかの言葉を短縮した文字列が使われていて、内容は本人にしかわからないようになっている。

しかし、いちばん気になるのは写真だ。プリントした状態の写真をこれほどたくさんみるのはめずらしい。最近は携帯電話に保存する人がほとんどだ。机に目をやると、積み上げられた本のうしろに小型のカラープリンターがあった。机の手前のほうはあいている。そこにノートパソコンを置いていたのではないか。

キッチンペーパーを何枚か破りとって、グウェンに渡した。グウェンはありがとうのかわりにうなずいて、鼻をかんだ。ジェマはもう一度コルクボードをみた。リーガンとオリヴァーの写真もあるし、リーガン、オリヴァー、シャーロットの写真もある。シャーロットとリーガンが知り合いだとは意外だった。また、ジェシーの写真は何十枚もある。練習用のウエアとシューズ姿のジェシー。ステージ用の衣装を着て踊るジェシー。リーガンとジェシーがふたりで写る写真もあった。リーガンがジェシーの肩に軽く手をまわし、ふたりでカメラにむかって変顔をしながら笑っている。

リーガンと友人たちの写真もあった。ほとんどは夜遅くにパブにいるときに自撮りしたものだが、そのほかに、とてもハンサムな若い男性を写したものも何枚かある。貼ってある場所からして、リーガンがよく眺めていたのではないか。男性は混じり気のないブロンドのストレートの髪を襟の長さに切りそろえ、ふっくらした唇と、はっとするような青い目をしている。臆することなくカメラをみる表情からして、写真を撮られることに慣れているようだ。

「グウェン」ジェマはベッドのほうを振りかえった。「この人がだれか、知っていますか？」

「ああ、それはヒューゴーよ。リーガンが付き合ってる――いえ、付き合ってた人。でも最近はあまり会ってなかったみたい」

「理由をきいていますか？」

「いえ――というか、最近会っていないってことも、リーガンからきいたわけじゃないの。彼の話をきかなくなったなと、わたしが思っていただけで」

ジェマは写真に視線を戻した。「ヒューゴーのフルネームをご存じですか？」

グウェンはかぶりを振った。「知ってるはずなんだけど……。リーガンからきいたことがあるの。でも、一度も会ったことがないし……。わたしがもっと話をきくようにすれば――」顔がまたゆがむ。

ジェマはふたたびグウェンの隣に腰をおろし、肩を抱いた。「リーガンのお友だちとつながりのある人がいないかと思っただけなんです」

「携帯電話」グウェンがはっとしたような声でいった。動揺がひどくなっていくのがわかる。「どこにあるのかしら。持ちあるいていないはずがないのに」ジェマから体を離して立ちあがり、机の前に立つ。なにかに憑《つ》かれたかのように、必死にものを動かして探し物をはじめた。

「グウェン」ジェマはグウェンのうしろに立ち、その腕を押さえた。「グウェン、ものに触っちゃいけないんですよ。いまは――」

そのときドアがさっと開いた。ふたりは虚をつかれてはっとした。

ジェシーが立っていた。息を切らしている。「なにをやってるんだ？　ここはリーガンの部屋だよ。どうして勝手に――」言葉を切って、ジェマをみつめた。「どうしてここに？」ジェシーはすりきれたジーンズとTシャツ姿で、ひどく泣いていたのか、顔が赤くむくんでいる。きのうバレエを練習していた自信たっぷりの少年とは別人のようだ。

「ジェシー、わたしはマッケンジーの友だちなの。うちの息子を〈タバナクル〉に紹介してくれたのもマッケンジーなのよ。わたしはジェマ」

ジェシーはいぶかしそうに、ジェマからグウェンへ視線を移した。さらになにかをいわれる前に、ジェマがいった。「こちらはグウェン。リーガンのお母さんよ。わたしたち、あなたのお母さんの許可をもらってここにいるの」

「持ち物をあさっていいなんていわれてないはずだ」

「ええ、そうね。ただ、携帯電話がみつかれば、お友だちに連絡ができるかと思って」

「携帯？　ここにはないよ」

ジェマは冷静な目でジェシーを観察した。「あなたがもう探したってことね」

ジェシーは軽くうつむいて、喧嘩腰《けんかごし》だった態度をやわらげた。「だって……だって……なにかメッセージがあるんじゃないかと思ったから」

「メッセージ？」ジェマは穏やかにきいた。

ジェシーは足を踏みかえて、目をそらした。「ママが話してるのがきこえたんだ。警察が、リーガンは……自殺したのかもしれないって考えてるって。だけど、そんなのありえない。リーガンが自殺なんかするはずない」ジェマに視線を戻した。その目は赤くなり、両手もぎゅっと握られていた。

横にいるグウェンがはっと息をのむ音がきこえた。しかしジェマはジェシーに目を据えたまま、いった。「ジェシー、リーガンは体に悪いところがあったのかもしれないし、事故の可能性だってあるわ。考えたくないことだけど——」

「うそだ」ジェシーはジェマをにらみつけた。「ママがいってた。リーガンは……」こぶしを口元にあてて、強くまばたきをした。「ぼく、きいたんだ。リーガンがどんなふうに倒れてたか」声の調子が強くなってきた。「ただ倒れて死んだってわけじゃない。

そんなこと、ありえない。そんなこと、ぼくは絶対信じない」

「おぼえてる？　わたし、角のカフェで働いてたでしょ」ヘイゼル・キャヴェンディシュがメロディの腕をつかんだまま、心配そうな顔でいった。

「ええ、もちろん」メロディは笑みを作った。「そうよね。わたし、どうかしてたみたい。今日もお仕事なの？」いいながら、ヘイゼルの赤いサマードレスに目をやった。

「というか――いまはあそこで働いてるわけじゃないの。いまはパンを焼いて、あのお店に納めてる。ほかのお店にもね。いまは、あのお店にペストリーを届けてきたところなの」

「ヘイゼル、起業したってわけ？　すごいわ！」メロディは心からの賛辞を送った。

ヘイゼルの顔が一瞬曇った。「いまもときどき、蒸留所の生活を恋しく思うときがあるのよ」夫のティムと別れたとき、ヘイゼルは娘のホリーとともにスコットランドのハイランド地方にある人里離れた実家に戻り、家業のウィスキー蒸留所で働きはじめた。しかし、子どもを育てるには不都合が多すぎると判断して、一年後にロンドンに戻って

きた。セラピストの資格を持っているのにその仕事はせず、カフェの仕事につき、バタ
ーシーのバンガローふうの家を借りて暮らしはじめた。
メロディの知るかぎり、ヘイゼルとティムは別居したままだが、ヘイゼルは元気そう
だし幸福そうにみえた。
「けど、スコットランドの冬はもうたくさん」ヘイゼルはそういってにっこりした。
「それより、どうしたの？　ご両親のところに行ってたの？」
メロディはうなずいた。「恐怖のサンデーランチ」
「だからそんなに疲れた感じなのね。だったら」ヘイゼルはもう一度メロディの腕をと
った。「カフェでお茶をおごるわ。日曜の午後だし、お店はすいてると思うから」
遠慮しよう、とメロディは思った。しかし首を横に振ろうとしたとき、視界がまたぐ
らついて、端のほうが明るくなったと思ったら、変に黄色っぽく変色した。これでは自
分ひとりで車に戻れるかどうかもわからない。
弱々しい笑みを浮かべて、ヘイゼルに答えた。「ありがとう。うれしいわ」
「じゃ、行きましょう」
ヘイゼルがメロディの腕をつかんだ手に力をこめても、メロディは抵抗しなかった。
ヘイゼルが思っていたとおり、角にあるカフェはがらがらだった。奥のレジにいる褐
色の肌の女性が、読んでいた雑誌から視線をあげる。「ヘイゼル、戻ってきたの？　な

にか忘れ物？」

「ううん、友だちにばったり会ったから連れてきたの。メアリ、よかったら休憩して。わたしがお店をみてるから」

「本当？」メアリの顔に輝くばかりの笑みが浮かんだ。「〈ホールフーズ〉で買いたいものがあるんだけど、仕事が終わってからだと店が閉まってるのよ」さっとエプロンを取る。「じゃ、三十分だけ。お願い！」

「了解。ごゆっくりどうぞ」

ヘイゼルは手を振ってメアリを送りだしてからメロディの方を向いて、奥の椅子を引いた。「さあ、座って。それとも外のテーブルがいい？　中はちょっと暑いかしら」

たしかに店内は暑かったが、メロディはまだ外の日差しがまぶしく感じられてならなかった。「いえ、ここがいいわ」ドアに背を向けるかっこうで腰をおろす。いつもはそうやって座ると落ち着かない気分になるのだが、いまは日差しから目を背けていたかった。

「紅茶？　コーヒー？」

メロディはコーヒーのことを考えるだけでも耐えられなかった。両親の家で口にしたわずかな食べ物のせいで、胃がむかむかしている。「紅茶をお願い」

「キッチンは下にあるの。すぐ戻ってくるわ」ヘイゼルがいった。

その言葉のとおり、ヘイゼルは五分で戻ってきた。トレイには湯気の立つティーポットと、小さめの茶色いビスケット。「最近作ったオリジナルビスケットよ」そういってメロディの正面に座り、ふたりのカップに紅茶を注いだ。「ブラウニー・ビスケット。味はブラウニーだけど、食感はビスケットみたいにさくさくしてる」

腰をおろして休んだおかげで気分がよくなってきた。ヘイゼルをがっかりさせないために、メロディはビスケットをひと口かじった。「わあ」想像した以上においしかった。「とってもおいしい。こんなの、どうやって作るの？」

「企業秘密」ヘイゼルはにやりと笑ってカップを手にした。「チョコレートと紅茶があれば、どんなときも元気になれるわ」

メロディはもうひと口食べながらいった。「カフェで出すためのパンやお菓子を作るようになったのはどうして？」

「パンは昔から家で焼いていたのよ。スコットランド時代からね。で、わたしがここで働きはじめたころ、ここのパティシエがやめてしまったの。だからわたしがいろいろ作って、その場をしのぐようになったってわけ」ヘイゼルは肩をすくめた。「そのうち、店のシフトもこなしながら、パンやケーキをすべて担当することになったのよ。もう大忙し。そしたらある日、別のカフェのオーナーが店にやってきた。ちょうどわたしがひとりで働いてるときだった。パンやケーキを焼いているのはだれかときかれて、即商談成立」

「自宅のキッチンでこれだけのものを？」冷凍ピザを焼くだけでもいつも四苦八苦してしまうメロディは、すっかり感心していた。

「だいたいはそうね。きちんと手順を考えて作業すれば、そんなに難しいことじゃないのよ。けど、イズリントンの家のキッチンを使うことも、たまにはあるわ」ヘイゼルはわずかに顔を赤らめて、照れかくしにティーカップをなでた。

イズリントンの家のことは、メロディもきいたことがあった。ヘイゼルとティムの家の敷地内に、ガレージを改装した離れのような部屋があって、ジェマは一時期そこに住んでいたのだ。ヘイゼルはティムとよりを戻すつもりなんだろうか。遠回しにそれを尋ねる方法はないものかと考えていると、ヘイゼルが話題を変えた。

「彼氏は元気？」ヘイゼルにきかれて、今度はメロディが気恥ずかしい思いをすることになった。

「ツアーに出てる。ポピーとね。ドイツに大旋風を巻きおこしてるってきいたわ」

「それはすごいわね」ヘイゼルは心から喜んでくれているようだった。「ブレイクしたからって、浮かれたりはしてない？」にやりと笑う。

「いいえ、全然」メロディは少しあわてて気味に答えてしまった。ゆうべ電話を待っていたのにかかってこなかったことをつい考えてしまう。ビデオの中で黄色い声をあげていた女の子たちのことも。

ふと寒けをおぼえた。頭がくらくらする感じもよみがえってきた。付き合いはじめてほんの数ヵ月の相手をこんなに恋しく思うなんて、自分でも理解できない。アンディに会いたい。触れたい。ギターを弾いたあとの指の金属っぽいにおいをかぎたい。彼の部屋のソファベッドでくつろいで、彼が爪弾くギターの音をきいていたい。膝で甘える猫のバートをなでながら――。

「あっ……バート！」

それをきいて、ヘイゼルがぎょっとした。「え？」

「アンディの猫」メロディはひとつ息を吸って、急にどきどきしてきた心臓を落ち着かせようとした。「バートって名前で、アンディと同じアパートの人が餌をやってくれてるんだけど、週末はわたしがようすをみにいくって約束してたの」

「いまからでも遅くないんじゃない？」ヘイゼルが優しくいってくれた。あわててしまったのが表情に出ていたのだろうか、とメロディは思った。一度もようすをみにいっていないというわけではない。ただ、今日も行こうと思っていたのにすっかり忘れてしまっていたのだ。「そういえば、前に会ったとき」ヘイゼルがあきれた表情でいう。「ジェマがあなたに子猫を譲ろうとしてたのよね。あなたが断ったのは正解だったわ。これじゃ、わたしも勧められない」

その夜のことがありありと思い出される。土曜日だった。ブリクストンの少女が殺された事件の捜査がうまくいったのを、ジェマとお祝いすることにした。ホランド・パーク・アヴェニューの〈マイター〉でヘイゼルと落ちあい、女三人でワインを飲んだ。あのときの自分は浮かれていた。事件が解決して、アンディがブレイクした。セント・パンクラス駅で白リン手榴弾が爆発したときに受けた体のダメージも回復しつつあった。

あのときまでは、すべてがうまくいくと思っていた。その翌日、ライアン・マーシュが——爆発のときに隣にいた男性が——死んだと知らされたのだ。


ジェマとマッケンジーは、グウェン・キーティングをパディントン駅に車で送った。グウェンがカーディフに戻るといってきかなかったからだ。

「娘の存在を感じられるのは、カーディフだけなの」ニータの家の外に立ったグウェンは、自分の体をぎゅっと抱きしめた。「ここは知らない場所だし、ここの人たちのこともよくわからない」家のほうに顔を向ける。「それに、あの男の子。どうしてあんなことをいうの？　わたしのリーガンにひどいことをする人なんているはずないのに」

「あの子もショックを受けているんですよ」ジェマがいった。

実際、それも当然のことだ。ジェシーは、母親を失ったときのキットと変わらないくらいの年齢だ。ジェマは自分の目でみて知っていた。母親を失った子どもが負う心の傷はとてつもなく深いものだ。とくに、精神面でのサポートを受けられない環境であればなおさらだ。

マッケンジーはグウェンを列車のホームまで送っていったが、そのあいだ、ジェマは車で待っていた。ノティング・ヒルに戻る車の中で、マッケンジーはめずらしく黙りこんでいた。「わたしにはとにかく信じられない」ノティング・ヒル・ゲートの交差点で信号待ちをしているとき、はじめて口を開いた。「ドラッグの過剰摂取なんて、リーガンがするはずない。意図的であっても、そうでなくても」

「剖検の結果が出るまでは、あれこれ考えてもしかたがないわ」ジェマはいった。もう夕刻になっていた。日がだいぶ傾いて、西の空には薄い雲が広がりはじめている。家に帰らなければ。小さい子どもたちの世話をこんなに長時間押しつけられて、ビル・ウィリアムズがかんかんに怒っているだろう。それにダンカンのことも気になる。電話を一本もかけてくれない。

それにしても……。ハンドルを指先でとんとん叩いていると、五十二番のバスが横を通っていった。鋭い角を曲がってケンジントン・パーク・ロードに入っていく。リーガン・キーティングが死んだ状況は、奇妙なことばかりだ。本能がそう教えてくれる。てのひらがむずむずするような、いやな感じがする。

とはいえ、自分には関わりのないことだ。そう思ったとき、信号が変わった。車のギヤを変えて、自分にいいきかせた。ブリクストンはブリクストンで仕事がたっぷりあるし、家族の世話だって大変だ。そのふたつをきちんとこなすだけでも時間が足りないくらいなのだ。次にトビーをバレエ教室に連れていったら、ジェシーに会えるだろう。会釈してにっこり笑いかけてやれば、見捨てられたと思わせずにすむ。

そのときのことを考えると、心が沈む。

ラドブルック・ロードでまた赤信号に引っかかった。前に勤めていたノティング・ヒル署まではほんの数ブロックだ。当時の上司、マーク・ラムは、これまで会った中でも指折りの優秀な警官だった。

そう、これは自分の仕事じゃない。自分の管轄じゃない。今日やった以上の関わりを持ってほしいなんて、だれも思わないはずだ。なのに、どうしても頭に浮かんできてしまう。練習するジェシーの姿。バレエのことだけを考えている顔は、自分の実力を知っている喜びで輝いていた。そして、リーガンのコルクボードに貼ってあった写真。リーガンがジェシーの肩に軽く手をまわし、ふざけた笑い顔でカメラをみていた。リーガンはジェシーを愛していた――ほかのどんなことより、それは確実だ。では、ジェシーのいうことは真実なのだろうか。だとしたら、いったいなにがあったんだろう。

キンケイドが待合ロビーに戻ると、トマス・フェイスとダイアン・チャイルズが、仕立てのいいチャコールグレーのスーツを着た女性と立って話していた。女性が振りかえって手を差しだしてきたとき、それがだれだか思い出した。

「キンケイド警視。ちょうどフェイス警視正から話をきいていたところです」イヴリン・トレント——専門業務部所属の副警視監だ。キンケイドは、名前を知られているとは思っていなかった。

手を握り、挨拶をする。イヴリン・トレントは、歳《とし》は五十代だろうか。華奢な体つき、白い肌、つややかなプラチナブロンドの髪をした、きりっとした感じの女性だった。全体ブリーフィングのときに機動作戦について話しているのをみたことがあり、前から好印象を持っていた。

「ネヴィル副警視監も今朝来てくださったんです」ダイアンはひきつった笑みを浮かべた。

それもそうだ、とキンケイドは思った。イヴリン・トレント副警視監、リチャード・ネヴィル副警視監、クライム副警視監——この三人はデニス・チャイルズとキンケイドの上司に当たる人物だ。お偉方が次々にやってきて、大けがを負った警官とその妻を見舞っているのだ。つまり、三人とも、デニスが死ぬと考えている。

「ネヴィル副警視監はいつも、チャイルズ警視正のことを高く評価していましたよ」トレントがダイアンにいった。「指折りの優秀な警官だったと」

キンケイドはこれをきいてかっとなった。声を荒らげないようにするのが精一杯だった。「ええ、すばらしい警官です。これからもそうありつづけるでしょう」

トマス・フェイスが小さくうなずいた。「デニス・チャイルズは鉄の意志を持った人間です。そう簡単に諦めたりしませんよ」

鉄の意志で正義を貫こうとしたせいで、こうなってしまったんだろうか。キンケイドはふいに、狭いところに閉じこめられているような息苦しさを感じた。いとまを乞うと、ダイアンがいった。「ええ、もちろん。ご家族と過ごす大切な日曜日なのに、時間をとってお見舞いに来てくださって、デニスが知ったら喜ぶと思うわ」ダイアンも現在形を意図的に使っていた。浮かべた笑顔もどこか意味深長だ。さすがダイアンだ――キンケイドはそう思って軽くハグを交わすと、上司たちのもとを離れた。

建物を出たとたん、呼吸が楽になった。病院の駐車場にむかって歩きながら、一連の出来事をなんども繰りかえし考えつづけた。

デニス・チャイルズにはなにか心配なことがあった。あるいは、だれかのことを気にかけていた。だから、プリペイドの携帯電話から差出人の名前も書かずにメールを送ってきた。指示してきた待ち合わせ場所は、ふたりとも利用したことのなかった店。そこにいたデニスはいつものとおり抜け目のない雰囲気を漂わせながらも、警察内部に怪しい動きがあることをキンケイドに話し、関わらないようにしろと警告してくれた。そしてその数分後にひどい暴行を受けたのだ。

おかしい。なにもかもがおかしい。ライアン・マーシュが死んだときと同じだ。耳には入っていたが意識していなかった轟音《ごうおん》が、いつのまにか大きくなった。顔をあげると、ひと目でドクターヘリとわかる赤いヘリコプターが、病院屋上のヘリポートにむかって下降しているところだった。いまこの瞬間、だれかの命が危うくなっているということだ。デニス・チャイルズには生きる望みがある。ライアン・マーシュはそれを与えられなかった。

キンケイドは足を止めた。目はヘリコプターをみていたが、頭では別のことを考えていた。ひとりが死に、ひとりが襲われて瀕死《ひんし》の状態に陥っている。次はなにが起こる？自分が狙われるんだろうか。ジェマも危ないんだろうか。

真相を暴かないわけにはいかない。まず調べるべきはライアン・マーシュの件からだ、と確信しはじめていた。しかし、ひとりではできない。だれかの助けがほしいが、だれを信用したらいいのかわからない。

ヘリコプターが屋上に降りて止まった。まるで巨大な鳥のようだ。運ばれてきた人は、遺体安置室に入ることなく病院から出られるんだろうか。

遺体安置室。

そうだ。遺体安置室。どうして思いつかなかったんだろう。

だれになにを頼めばいいか、ようやく気がついた。

7

一九九四年五月

だれかがマリファナを吸っている。こういう小さな集まりでは、問題になるようなならないような、微妙な状況だ。参加者のほとんどは手巻きの煙草《たばこ》を吸っていて、ドラッグには手を出そうとしないし、「だれがやってるんだ?」みたいなことをいいだそうともしない。ただ、この日は五月にしては気温が高く、アールズ・コートの二階の部屋の窓は全開。風を通すためではあったが、近所の人たちがいつにおいに気づいて通報してもおかしくない状況だった。

ドラッグの使用が不法行為であることは間違いないが、一時的にちょっと楽しむくらいなら大目にみられることは多いし、このときもそうだった。ドラッグをやるかどうかは個人の問題だ。しかし、ドラッグの所持程度のことをほんの何人かがしていたくらいで、そこにいた全員が逮捕されるとしたら、巻きこまれる人間にとってはたまったものではない。

ドラッグの売人が暗躍しているとか、そういうことではない。ただ、社会に対して反抗的な人間が多いし、無政府主義者のような手合いもいる。こういう集まりはそういうものだ。とはいえ、問題が起こるのを歓迎する者はそうそういないはずだ。

今夜は密告者が交じっているんじゃないか、という気もする。新入りメンバーのミッキーのようすがなんだか怪しい。そばかすだらけののっぺりした顔に、始終笑みが貼りついている。

奇妙な集まりではある。男が十人ほどと、いまのところ女が二人。シーラとリンはまだ来ていない。どのメンバーもだらしない身なりをしているが仕事熱心。じつは公安課の人間なのだ。プロの嘘つきともいえる。髪は長く伸ばしているか、剃《そ》っているかのどちらかだ。活動のターゲットがスキンヘッドのグループなら、それに合わせる。自分はそういうケースに当たったことがなくてよかった。ただでさえ、アンドレ・ザ・ジャイアントみたいな風貌なのだから。

メンバーはみな、名前を変えている。家に帰って家族と過ごすのは一週間に一度。残りの日はもうひとりの自分として暮らす。架空の経歴を作り、なにかあったときの出口戦略も用意してある。トルストイも誇りに思ってくれるだろう。

毎週水曜日の夜は、アールズ・コート駅の裏にある廃屋同然のアパートに集まることになっている。地下鉄が通るたびに床が振動するような建物だ。集まりの目的は、情報交換とストレス発散のため――というのは表向きで、仲間同士の集まりのときも、正体は明かさないことになっている。おかげで会話が噛みあわないことも多いし、ストレス発散どころかストレスのたまるひとときだ。居心地だってよくない。ソファも椅子も、もとは茶色だったのに、いまはくすんだねずみ色。小さなキッチンは考えるのもおそろしいような状態だし、トイレのドアにはだれかがかけた〈有害物質に注意〉との看板がある。しかも、それもあながちただの冗談とはいえないのだ。しかし、安全かどうかなんて考えてもしかたがない。そもそも建物自体が危険なのだから。そこまで考えると、思わず苦笑いが浮かんだ。

「なにがそんなにおもしろいんだ?」ミッキーがいった。「話してくれよ」

こっちをみていたのか。いやなやつだ。ハンドラーに指示されているのか? だとすると、だれか——警察上層部の人間——が、〝あいつを探れ〟という指示を出したということだ。よくない状況だ。「いや、こっちのことさ、ミッキーくん」軽い口調で答えると、ミッキーの顔が赤くなった。

「くそったれ」ミッキーらしい、陳腐な科白《せりふ》が返ってきた。

やりとりをきいていた何人かが振りかえった。そのひとりはジム・エヴァンス。エセックス出身の、大柄でスキンヘッドの男だ。笑いながらミッキーにいう。「まあ、ビールでももう一杯飲んで、リラックスしろよ」まわりはまた静かになった。みんながひそひそ声で話している。ジムは紙袋からカールスバーグの缶を一本出して、隣にいるディラン・ウェストに渡した。

ディラン・ウェストはどちらかというと気取り屋だ。すらりと背が高くて、まなざしには陰がある。女性がみたら、謎めいていて素敵な人と思うだろう。ただ、人を見下すような態度が染みついている。ディランとは警察学校でいっしょだった。当時も好きになれなかったし、いまは当時以上に気に食わない。こういう男だからこそ、低俗な小説に出てきそうな名前を選んだんだろう。

軽いノックの音がきこえた。ジムが勢いよく立ちあがり、ドアをあけた。「遅れてごめんね、みんな」シーラだ。両手にワインの瓶を一本ずつ持っている。「これ、埋め合わせってことで」にやりと笑い、さっそうとした足どりで部屋に入ってきた。うしろにはリンがいる。

シーラはいつも先頭に立っている。戦闘用のブーツにミニスカート。小ぶりな、明らかにノーブラの胸にTシャツが貼りついている。いかにもこの仕事にぴったりな人物という感じだ。とはいえ、具体的にどんな仕事をしているかはだれも知らない。全員、仕事の顔でここにやってきているのに、仕事に関する詳しい話はしない。シーラもそれを徹底していた。シーラはなんの作戦にも絡んでいないのではないか、と思えることもときどきある。絡んでいるとしたら、この仕事は彼女にとって、呼吸をするように自然なことなんだろう。リンはどう思っているのか。

　リンのことはそこそこわかっている。この仕事を与えられたのが同じ時期だったし、リンのほうから話してくれたのだ。仕事はブリティッシュ・ガスの秘書。環境保護グループと関わりを持ちながら、会社の幹部たちのモラル低下に対して控えめな抗議の声をあげる、というのが役どころだ。実際のリンは控えめな性格ではないと思う。しかし、シーラ同様、じつに巧みに仮面をかぶっている。

「楽しいことがはじまりそうだな」ミッキーがあからさまな視線をシーラに送った。ほかのだれかが冷やかすような口笛を吹く。男たちのテストステロンレベルが上がったせいで、室内の気温も上がったように感じられた。空気が変わったのを肌に感じる。

　なんでこんなことをやっているんだろう。まわりではみんなが紙コップにワインを注いだり、煙草に火をつけたりしている。だれかがコーヒーテーブルの上にある安物のラジカセに手を伸ばし、ボリュームをあげた。エアロスミスの「リヴィン・オン・ジ・エッジ」が大音量で響く。

　このままだとまずい。どうしてだれも気づかないんだろう。

　月曜の朝、メロディはマンションの東の窓から射《さ》してくる光を浴びて、目を覚ました。まぶしくて、いったんあけた目をまた閉じる。しばらくそのまま横になって、楽しかった夢の断片にしがみつこうとしたが、しあわせな夢ははかなく消えてしまった。どこかでダンスをしていた。現実では絶対にやらないことだ。小さくため息をつくと、伸びをして目をあけた。コーヒーテーブルの携帯電話を取り、時刻を確かめる。六時だ。十二時間も眠ってしまった。今日もソファで眠りはしたが、寝る前に枕と上掛けを持ってくる余裕はあったらしい。それに、コーヒーテーブルに置いてあるのはホットチョコレートのカップだ。ワインの空き瓶ではない。

きのう、ヘイゼルに適当な言い訳をしてカフェを出ると、ただやみくもに歩きだした。疲れたランナーのように大きく息を吸い、大きく吐く。ライアンのことは考えないようにした。煙の中ではじめてみた彼の青い目を思い出すのがつらい。セント・パンクラス駅で爆発が起こったとき、ふたりで現場に向かっていったのは二ヵ月前。あのときはふたりとも命が助かったのに、その後ライアンは死んでしまった。

吐き気をこらえて早足で歩きながら、呼吸に意識を集中させた。ようやくペースを落としたのは、ハイ・ストリート・ケンジントンの地下鉄駅を出たときだった。どうしてこんなに動揺しているんだろう？　両手で頬をこすった。

オックスフォード・ストリートに行かなければならない。ツアーに出る前のアンディに、猫のようすをみにいくと約束したんだから。でも、こんな状態で車の運転なんかできない。それに、ハンウェイ・プレイスにあるアンディのアパートの近くでは、奇跡でも起こらない限り、車を駐める場所がみつからないだろう。だから地下鉄に乗った。日曜日なのがありがたかった。平日だったらひどく混んでいただろう。

アンディの大きなオレンジ色の猫、バートは、うれしそうに迎えてくれた。足首にすりよってきて、甘えた声をあげつづける。メロディは餌と水とトイレのチェックをしてから、アンディのソファベッドに腰をおろし、バートを膝にのせた。しかしバートはかまわれるのに飽きてしまったのか、ソファベッドの端に移動して、前足を念入りに舐《な》めはじめた。メロディは猫を飼ったことがないので、はじめのうちはバートの行動の意味がわからなかった。いまは、こんなふうに突然そっぽを向くからといって怒っているわけではないと理解している。

子どものころは犬を飼っていた。スパニエルとレトリバー。しかし犬たちの小屋に猫を入れるのは厳禁だった。「寂しくてつまらないと思ったから来てあげたのに」メロディは話しかけたが、バートは尻尾を小さく振って、黄色の目でメロディをちらりとみるだけだった。

なんだか落ち着かない。メロディは立ちあがって室内をぶらついた。アンディのギターに触れ、貼ってあるポスターの傾きを直し、レコードプレイヤーのカバーに積もった埃を拭く。アンディが出かけているときにひとりでここにいることなら、いままでにも何度もあった。なのに今日はどうしてこんなに居たたまれないんだろう。ここに泊まったこともある。数ヵ月のあいだは、家で寝るよりここで寝るほうが多かったものだ。ソファベッドに目をやると、それを開いてベッドにしていたときの光景が目に浮かんだ。くしゃくしゃになった上掛け。ふいに、強烈な欲望がわいてきた。もう帰ったほうがいい。

バートの世話をしてくれている隣人にお礼のメモを残してから、最後にもう一度室内をみわたした。またここにやってきて、前みたいにくつろぐときが来るんだろうか。

ケンジントンに戻ると、両親の家の近くを急いで通りすぎた。置きっぱなしだった車に乗り、ノティング・ヒル・ゲートのすぐそばにあるマンションに帰った。ここは一九三〇年代に建てられた古いマンション群のひとつだ。メロディの父親が所有する一室に、いまはメロディが住んでいる。警官になるときに親から出された条件が、この部屋に住むことだった。両親は、娘が警官になることには反対だった。だから、せめて住まいだけは安全に、というわけだ。メロディはこの部屋があまり気に入っていなかったし、人を招きいれたこともない。また、自分の家らしくなるようにインテリアを工夫したこともない。なのにいまだけは、この部屋に閉じこもって、外の世界やすべての人間を拒絶したかった。

もうたくさんだ。いやなことから逃げたって、いいことなんかない。夜だってまともに眠れやしない。体を起こし、上掛けをはねのけた。きのうの奇行を思いかえすと、恥ずかしくてならない。人に知られたらどうする？　ヘイゼルはジェマにいわずにいてくれると思うけれど。

だいじょうぶ。しっかりしよう。ゆっくり休んで、心機一転がんばっていく。

ランニングをしてシャワーを浴び、いちばんいい赤のスカートと、赤のシルクのブラウスを身につけた。今日はダークスーツの気分じゃない。今日から新しい自分になる。堂々と、現実から逃げずに生きていく。

携帯電話をバッグに入れる前に、不在着信をチェックした。まだ時間は早いが、なにか重要な仕事の連絡が来ていないとも限らない。しかし、着信はなかった。アンディからもダグからもジェマからも、なんの連絡も入っていない。メロディは肩をすくめて携帯をバッグに放りこみ、部屋を出た。連絡がないからってなんだっていうの?

地面を踏みしめる感覚を確かめるようにしながら、建物の外に出た。そして、はっとして足を止めた。最新型のガンメタル・グレー。メルセデス・ベンツのセダンが、アイドリング状態でそこに停《と》まっていた。着色ガラスの窓を通して、父親の顔がみえた。折りたたんだ新聞をハンドルにのせている。〈タイムズ〉のクロスワードパズルをやっているんだろう。父親の毎朝の習慣だ。タイムをはかって挑戦するのだ。いつもあっというまに完成させるし、間違っていることもめったにない。父親がチェスをしないのはなぜだろうと昔から思っていたが、父親は、対戦相手の次の一手を待つのがいやなんだといっていた。

顔をあげて娘の姿に気づいた父親は、新聞を置いてドアをあけ、車を降りた。早朝だというのに、アイヴァン・タルボットはすでに完璧な仕事スタイルだった。車の色よりちょっと明るめの、サヴィル・ロウのテーラーメイドのスーツ。ブロンドの髪もきちんと整えられているが、いまはブロンドというよりシルバーといったほうがよさそうだ。とにかく、エレガントでパワフルな男だ。目標に向かって進みはじめたらちょっとやそっとでは譲らない芯の強さがある。

「お父さん、こんなところでなにしてるの？」メロディは心配そうな視線を向けた。

アイヴァンは娘の頰にキスをした。スパイシーなコロンの香りがメロディに届く。

「おはよう。今日はまぶしいくらいきれいだね」

メロディは一歩さがった。「お父さんったら」

「きのうよりだいぶ元気そうだ。お母さんが心配していたよ。ようすをみてこいといわれてね」

父親にとって、母親に心配をかけるのは重大な罪なのだ。「ごめんなさい。わたし……気分がよくなくて。でも、一時的なものよ。今日、電話で謝るわ」

アイヴァンはメロディをじっとみた。メロディには、父親の表情を読みとることはできなかった。通りかかる人々がふたりを避けて歩いていく。誤解されているな、とメロディは思った。いかにも金持ちそうな壮年の男性と、若い女のカップルだと。とはいえ、ロンドンの人々はそこまで他人に関心を持たない。振りかえってまで目を向けてくる人はひとりもいなかった。

アイヴァンはわかったというようにうなずいた。「そうしてくれ。それより、上司の最新情報が知りたいんじゃないか？」

「上司ってわけじゃ――」メロディは訂正しかけてやめた。「ええ。どうなの？　容態は――」

「安定してる。だが、意識はないままだ。それから、情報によると、発見されたときに財布と携帯電話は身につけていたそうだ」

「どうしてそんな――」メロディはきこうとして、思いなおした。そんなことをきいても意味がない。父親の持つ情報源は、警察のそれより多いのだから。

「つまり、強盗目的の暴行だったとしたら、犯行の途中で邪魔が入ったということになる」

「強盗だなんて思ってないんでしょ」メロディは眉をひそめた。「命を狙われた。でも、どうして？」

アイヴァンは肩をすくめた。「通り魔かもしれんな。だが、デニス・チャイルズに関しては何年も前からある噂《うわさ》が流れていた」

「噂？」メロディはやっとのことできさかえした。胸がつかえて、それ以上の言葉が出てこない。

「過去の経歴や人脈が、どうも尋常じゃない。まあ、そういうことだ」アイヴァンは途中で言葉を濁した。「過去のツケってやつが、デニス・チャイルズ警視正にまわってきたというところか」

シャーロットがジェマの手を強く引っぱって、歩道の真ん中で動かなくなった。「ママ、オリヴァーがどこかにいっちゃうの、いや」

「あらあら、オリヴァーはどこにも行かないわよ。その話はもうしたでしょ？」話をしたどころではない。きのうから十回以上も繰りかえして説明したのだ。ジェマの忍耐力は限界に近づいていた。シャーロットの保育園がはじまる時間はもう過ぎている。今朝は子どもが三人とも不機嫌だった上に、子どもたちを送る当番だったダンカンが、今日は早めにホルボン署に行きたいといいだしたせいだ。「ほら、もうすぐオリヴァーに会えるわよ。急ぎましょう」できるだけ明るい口調でシャーロットにいった。

しかしシャーロットの機嫌は直らなかった。ジェマの肩に顔をうずめ、両足を腰に巻きつけるようにしてしがみつき、ぐずぐずと泣きだした。「行きたくない」

「あのね、やりたくないことをやらなきゃいけないこともあるのよ」ジェマはそんなことをいった自分がいやになった。真実ではあるが、シャーロットにとってはあまりにも酷な言葉だった。

ウィリアムズ家から帰ってきたとき、シャーロットは錯乱状態だった。おとなたちがリーガン・キーティングが亡くなった話をしているのが耳に入ってしまったのだろう。シャーロットにとって、両親が亡くなったことは、それまで親しんでいた生活を失い、新しい家で新しい家族と暮らすことを意味していた。だから、オリヴァーがどこかに行ってしまうと解釈したにちがいない。

「いや」シャーロットはいまにも声をあげて泣きだしそうだった。「おうちにかえる。ママとかえる」

そのとき、保育園のドアが開いて、園長が笑顔で出てきた。「あら、ミス・シャーロット」元気な声でそういうと、ジェマの腕からシャーロットを抱きあげた。「今日は特別なおやつがあるから、帰っちゃだめよ。ほらほら、泣いてちゃおやつを食べられないわ」シャーロットの頭ごしに、口の形だけでジェマに伝えてくれた。「きこえてたわ。行って」二本の指を交互に動かして、歩くまねをする。「ママにバイバイは？」シャーロットが涙ながらに手を振るのを待って、園長は中に入っていった。ドアがぴしゃりと閉まる。

ジェマはしばらくその場から動けなかったが、子どもを奪われたような奇妙な感覚を振りはらい、車のほうに歩きはじめた。シャーロットはだいじょうぶ。自分だって、五歳未満の子どもたちの集団と毎日接していたら、子どもの扱いがもっとうまくなるだろう。ショルダーバッグを肩にかけなおし、歩きつづけた。

しかし、問題がひとつ解決したのはいいが、別の心配が顔を出してきた。ダンカンだ。きのうの午後に帰ってきたダンカンは、詳しいことはほとんど話してくれず、その後はずっと口をつぐんで考えこんでいた。友人でもある元上司の容態を心配しているせいだろうと思いたかったが、気になることがあった。ダンカンは、あの夜にデニスと会ったことをだれにも話していないといっていた。

「きみはだれかに話したのか?」その話をしたとき、ダンカンはそういった。

「話してないわ。でも、どうしてフェイス警視正に話さなかったの?」いぶかしく思ってそうきいた。

「しばらくはだれにも話さないでほしい。いいね?」そんな言葉が返ってきた。

詳しい話をききたかったが、きかなかった。なにか秘密にしていることがあるなら打ち明けてほしかった。でも、話し合うならふたりきりになる時間が必要だ。子どもたちのいる前では話せない。

電話が鳴った。車のキーを持った手でなんとかバッグから携帯を取り出すと、ディスプレイをみた。マーク・ラム――ノティング・ヒル署時代の上司からだ。しかもプライベートな番号からかけてきている。

気持ちが焦った。ラムに電話をするつもりだったのに、今朝はばたばたと忙しくて、そのことをすっかり忘れていた。

「もしもし」声がうまく出なかった。「ジェイムズです」

「ジェマ、いまちょっといいか？」

ジェマは車に寄りかかって答えた。「もちろんです。いまちょうど――」

ラムは最後まできかずに話しはじめた。「今朝、ビル・ウィリアムズから電話があった。きみの知り合いじゃなかったか」質問する口調ではなかった。

「はい。でもどうしてそれをご存じなんですか」

「ウィリアムズは地域の治安向上活動に大きく貢献しているんだ。その点で警察と関わりがある」ラムは淡々といった。資金源でもあるんだろう、とジェマは思った。「きみがあの一家に会いにいったのはわかっている。土曜日にコーンウォール・ガーデンズで発見された女性の雇用主とも会ったんだってな」

「はい」ジェマは覚悟を決めた。ほかの管轄で捜査中の事件に首をつっこんだことで、これからひどく叱られるのだろう。「マッケンジー・ウィリアムズが動揺していたので、支えになってあげたかっただけなんです」

「ああ、そうだろうな。ウィリアムズ氏は、警察が手段を問わないやりかたで事件を調べていることを懸念している。わたしもケンジントン署の担当刑事に電話をかけたところだ。剖検の結果は今朝出るんだが、その刑事いわく、きみと会ってちょっと話がしたいとのことだ」

「わたしと？　でも、わたしは出勤しないと――」

「ボートマン警部がそういいだしたのは、わたしがきみとウィリアムズ一家との関係を話してしまったからなんだよ」

「でも、わたし――」

「ビル・ウィリアムズも、きみの協力を望んでいる」ラムが付けたした言葉は、ジェマの耳に入っていなかった。

「ケリー・ボートマンですか？」ジェマは眉根を寄せた。「知り合いです」

「彼女もそういっていた。行ってやってくれ」


キンケイドは考える時間がほしかった。車で行けば、月曜の朝の渋滞のせいで気が散ってしまう。しかし、ホワイトチャペル・ロードの喧騒《けんそう》の中を歩くのも、同じようなものだった。目的地に近づいても、自分が正しい行動をとっているかどうかさえわからなかった。ところが、病院の敷地に入ったとき、ヘリポートに停まっているドクターヘリが目に入った。街を包む朝もやの中に鎮座する、真っ赤なヘリ。それをみたことで、なぜだか心が落ち着いてきた。少なくとも、瀕死の人間を助けるというミッションの最中ではないのだ。よい兆候かもしれない。

日差しの角度の違いを除いては、目の前の風景はきのうの午後とまったく同じだ。しかし今朝は、デニス・チャイルズのいる集中治療室に近づくつもりはない。容態に変化があれば連絡をしてほしいとダイアンに頼んではあるが、ふたたび見舞いに行って、それをだれかにみられたくない。デニスとのつながりの深さはできるだけ隠したほうがいい。

病室のある上の階ではなく、病院の地下をめざした。エレベーターがチンと音を立てて止まり、ドアが開いた。遺体安置室の前に立ったキンケイドは、早く来すぎただろうかと不安になった。

もっとよく考えるべきだった。ラシード・カリームは、ロンドン中央部担当の法医学者のひとりで、剖検をしたり報告書を書いたりするだけでなく、不審死があれば現場に出向いて検視もするのだ。しかし、今朝はラッキーだった。ラシードはオフィスにいた。

あけっぱなしのドアをキンケイドがノックすると、パソコンのキーボードを叩いていたラシードが顔をあげた。驚いて目を丸くしている。「ダンカン。疲れた目にはありがたい姿だな。どうしてここに?」

「会いたかったからさ」
ラシードは立ちあがり、机の奥から出てくると、キンケイドの手を握った。「ぼくの地下牢へようこそ。いつでも大歓迎ですよ」にやりと笑う。白い歯が褐色の肌と対照的だ。

来客用の椅子から紙の束をどけて、キンケイドに勧めてくれた。このオフィスの散らかりようについては、お決まりのジョークができていた。「そのうちきっと、きみの干からびた死体が本と書類の山の中から発掘されるぞ。というか、時代はペーパーレスになったものと思っていたんだが」キンケイドは、こちらからは一部しかみえないラシードのパソコンを指さした。最新式、高性能のものを使っているはずだ。

「安心毛布みたいなものなんだ」ラシードは、かびの生えていそうな本の山をぽんと叩いて、自分の椅子に戻った。「跡形もなく消えてしまうことのない、実体のあるものが好きなんだ。インターネットはあまり好きじゃない。意外かもしれないけどね。実際、古い解剖学の本のほうが役に立つこともある」

自分は反対かもしれない、とキンケイドは思った。跡形もなく消えてしまうもののほうが好きだ。今日ここに来た事実も、記録に残ってほしくない。ジャケットの襟を軽くかきあわせるようにして腰をおろした。コーヒーを勧められたが遠慮した。このオフィスはいつも寒い。なのにラシードはいつもTシャツ一枚だ。たいてい、趣味の悪い法医学者のイラストが描かれている。

「遊びにきてくれたわけじゃなさそうだ。月曜の朝早くに迎えるお客さんとしては最高だけどね」ラシードがいう。「カムデンの銃撃事件かい？　なんのひねりも面白みもない事件だったけどな」

「いや、あの事件じゃない。それと、たしかに遊びにきたわけじゃないが、捜査のために来たわけでもないんだ」キンケイドはひとつ息を吸い、崖から飛びおりるような気分で続けた。「銃を使った別の事件だ。まあ、カムデンのとよく似た事件ではある。三月、ハックニーで起きた、自殺として処理された件。死亡したのはライアン・マーシュ。担当した覚えはないかな？」

ラシードはしばらく眉根を寄せて考えていたが、やがてかぶりを振った。「いや、記憶にない」

「そうか」キンケイドはほっと胸をなでおろした。「よかった」

ラシードの眉間のしわが深くなった。「ダンカンが担当した事件じゃなかったってことか。もし担当してたんなら、検視と解剖をだれがやったかも知ってるはずだ。けど、調べることはできるだろうに。どうして自分で調べないんだい？」

「パン屑《くず》を残したくないんだ」

ふたりはしばらく互いの目をじっとみていたが、やがてラシードがうなずいた。「それで、ぼくに調べてほしいと？」

「通常の仕事の範囲でかまわない。たとえば、似たような銃撃事件を比較するとか」

「カムデンの事件のことをいってるのかい？　あれは自殺じゃなかったが」ラシードは片方の眉を吊りあげた。ジェルで固めた髪に届きそうだ。「いや、そうか。自殺として処理された、といってたね。つまり、ダンカンは別の見立てをしてるってことか。どうしてだい？」

キンケイドは左右の手の指を組みあわせて、気持ちを落ち着けた。「死んだライアン・マーシュはぼくの知り合いだったんだ。ライアンは秘密捜査員だった。身の危険を感じる状況に追いこまれて、人の来ない場所に身を隠してサバイバル生活をしていた。だいじょうぶだから戻ってこいと、ぼくが説得した」

「なんてことだ」ラシードにも状況がわかってきたようだ。「つまり、自殺ではないってことか」

「脱出戦略の途中で、家族を海外に逃がしたりもしていた。幼い娘がふたりいた。なにか私物をとりに、自宅ではないほうの家に戻ったが、そのまま出てこなかった」

「証拠はあるのかい？」ラシードは仕事に徹していた。

キンケイドは椅子に座ったまま姿勢を変えた。急に喉がからからになった。「その夜、ぼくはライアンに会いにいったんだ。ところが、家はすでに事件現場になっていた」首を横に振る。「なにかがおかしいと思ったが、なにがおかしいのかわからなかった。制服警官が何人か来ていたが、刑事はひとりもいなかった。ぼくも長居はせず、すぐにその場を離れた」

ラシードはペンを持ち、紙切れになにか落書きしはじめた。いくつかの円がつながったような図形ができあがる。「その人物と関連があると思われたくなかった、そういうことだね？　なんだかわかってきた」

「そういうことだ」

「そして、警察内部の人間が――」ラシードは言葉を選んで続けた。「――関わっていると」

「はっきりわかっていることはひとつもない。もしかしたら、ライアン・マーシュは鬱状態だったのかもしれない。ぼくらが思った以上にそれがひどくて、本当に自殺したとも考えられる」キンケイドは顔をしかめて記憶をたどった。「とにかく決意が固かったのかもしれない。ただ、事件のファイルをみることができないんだ。ぼくの考えが正しければ――」

「なるほど」ラシードはひとつうなずいてから、鋭い視線をキンケイドに向けた。「〝ぼくら〟とは？　ライアン・マーシュのことを知ってる人物がほかにもいるってことか」

キンケイドはためらった。ここまで明かしただけでも、自分の身を危険にさらしたことになる。危険は自分ひとりで引きうけるべきじゃないのか？　しかし、ここで口をつぐんでも、ラシードにあれこれ推察させるだけだろう。ラシードを信じるなら、すべてを話したほうがいい。「ダグとメロディ。そしてジェマだ」

「ぼくに話すことは、その三人も了承済みなのかい？」

「いや。三人には知らせたくない。あの現場をみたことは、だれにも話してない」

あの夜、キンケイドはロンドンじゅうを何時間も車で走りまわった。とにかくショックだったし、いやな気分だった。ライアンの死を知った経緯をどう話せばいいのか、考えても考えても答えが出なかった。結局、ライアンの妻のクリスティから知らされたことにした。だれにも疑われなかった。

「話すべきだ」ラシードは人さし指を立てて左右に振った。「自分ひとりで闘おうなんて思ってたら、そのうちにっちもさっちもいかなくなる」

「話したくないんだ。知れば知るほど、大きな危険に身をさらすことになる」

「ふうむ。知らせてくれて感謝感激だな」ラシードはにやりと笑った。

キンケイドには笑みを返す余裕がなかった。「ラシード、きみを巻きこむのも本意じゃない。なんならぼくはすぐにここを出ていく。この会話はなかったことにしてくれてもかまわない」

「なるほどね」ラシードは落書きをしていた紙をキンケイドにみせた。最初はいくつかの円にしかみえなかったものが、いつのまにか猫の顔になっていた。猫は歯をみせて笑っている。「法医学者はどこまでも好奇心旺盛だ。好奇心旺盛だからこそ法医学者になった。まあ、悪臭が好きで、生きた人間と付き合うのが苦手な法医学者もいるにはいるが」

今度はキンケイドも笑みを浮かべずにいられなかった。「たしかに。しかし、ラシード——」

「ライアン・マーシュは身の危険を感じていた。だれを——あるいはなにを——恐れていたか、わかってるのか？」

「いや、わからない。そこが問題なんだ。ライアンは、セント・パンクラスで手榴弾を爆発させたグループに潜入してた」あのとき現場に駆けつけたのはラシードだった。死体の状態は無残なものだった。「ライアンは、自分が狙われたと考えたんだ。だが、どうしてそう思うのかはけっして話してくれなかった」

ラシードはさらに円を描きつづけた。眉もひそめたままだ。「わからないことが多いんだな。放っておいちゃだめなのか？」

キンケイドはごくりと唾をのみ、できるだけ淡々といった。「身の危険を感じるというライアンの言葉を、ぼくはしっかり受け止めてやれなかった」

「受け止めていたとして、なにかできたのか？」

キンケイドは肩をすくめ、また姿勢を変えた。「わからない。だが、そんなことは言い訳にならない」

「それはそうだが、いまさら掘りかえすのはどうしてだい？　二ヵ月も前のことを」

「おとといの夜、だれかがデニス・チャイルズを襲って放置した」

「なんだって？」ラシードは驚いて顔をあげた。ペンを持つ手も止まった。「チャイルズ警視正が襲われた？　だいじょうぶなのか？」

「いや、いまは昏睡状態にある。頭を鈍器で殴られたんだ」

ラシードは顔をしかめた。「そうか。それはまずいな。けど、そのことと二ヵ月前の事件と、なんの関係が？」

「わからない」キンケイドは正直に答えた。「しかしデニスも怯えていた。ライアンと同じだ。警察内部に、デニスが病気でそのまま引退することを望む人々がいたらしい」デニスが襲われたのは自分と会った直後なんだ、とはいわなかった。ラシードにもこのことはいえない。

ラシードはまじまじとキンケイドをみていた。その整った顔がゆがんでいる。「ダンカンが空想にふけるタイプじゃないことはわかってる」しばらくして、ラシードはそういった。「ダンカンの身に危険が及んでほしくない。わかった、調べるよ。だが、ぼくに話したことはジェマにも話すべきだ。それと――」キンケイドが反論しようとするのを、ペンを振って制した。「――警察の部外者にも、話したほうがいい。だれか、信頼できる人間に」

8

　耐えられるぎりぎりの熱さのシャワーを三十分浴びつづけて、ようやくうめき声を漏らさずに動けるようになった。筋肉痛は少し治まったが、足首の痛みはどうにもならない。ギプスは大嫌いだが、もう一度つけたほうがいいだろうか。

　鏡に映った自分の顔を観察しながらひげを剃る。日焼けしたな、とダグ・カリンは思った。アフターシェーブローションを手にとって顔に浴びせると、沁《し》みてひりひりした。首はビーツみたいに赤くなっている。日曜の午後はずっと庭で過ごした。なにかにとりつかれたかのように一心不乱に作業をつづけ、太陽が庭の外塀のむこうに沈みはじめたころにようやく手を止めた。肩の筋肉がこわばって、鋤《すき》を動かせなくなっていた。

　裏庭には土をしっかり掘りかえした完璧な花壇ができあがった。とはいえ、なにを植えたらいいのか見当もつかなかった。

　手を洗い、テイクアウト料理を買いにいこうと思って玄関を出たとき、そこに置かれていたものにつまずきそうになった。紙コップの紅茶はとっくに冷たくなり、かすのようなものが浮かんでいた。メロディの書いたメモはコップで押さえてあったものの、風に吹かれて、もう少しで飛んでいきそうになっていた。ダグはそれを読んで顔をしかめ、ジーンズから携帯電話を取りだした。

電源が切れていた。川から戻ってきたとき、電源を入れるのを忘れていたのだ。メモの下には、庭作りのアイディアを書いたものがあった。紙がぼろぼろになっていたので、破れないように気をつけて開いてみた。

ノックをしたのに応答がないから、メロディはきっとあきれて帰ったんだろう。自分でもばかなことをしたと思う。こわばった肩をほぐしながら、携帯電話のキーパッドを押そうとして指を立てた。

しかし、結局は押さなかった。あまりにも疲れていて、まともな詫びの言葉を考える余裕がなかったのだ。明日にしよう、と電話をポケットにしまった。そしていま、職場に向かう地下鉄に乗った時点で、まだ電話はかけていない。最近は月曜の朝に出勤するのが憂鬱だが、今日ばかりは、メロディのことを考えずにすむのがありがたいと思えてしまう。

ところが、刑事部のフロアに入った瞬間、なにかがいつもと違うと感じた。空気が張りつめている。秘書のひとりが大量のファイルを抱えて、すぐそばを急ぎ足で通っていったが、こちらをちらりとみただけで目を合わせようともせず素通りしていった。

「あの、ちょっと」ダグは声をかけた。名前を思い出そうとしたが思い出せない。

　女性は足を止めて振りかえった。褐色の丸い顔に、面倒くさそうな表情が浮かんでいる。

　微笑もうとした瞬間、ダグは、自分の顔が日焼けして赤くなっているのを思い出した。秘書の不審そうなまなざしは、そのせいかもしれない。「火事はどこで起きてるのかな？」

「はあ？」秘書はきょとんとしている。

「いや、やけに急いでいるようだったから」

「いえ、頼まれたものを急いで届けようとしてるだけです。副警視監、気が立ってるみたいだから。というか、今日はみんな気が立ってますけどね。チャイルズ警視正のことがあって」

「え？　チャイルズ警視正になにかあったのかい？」

「知らないんですか？　今朝の〈クロニクル〉に出てましたよ」秘書は低い声でいうと、人目を気にするかのようにまわりをきょろきょろみた。「土曜の夜、だれかに襲われたんです。いまは病院にいます。噂では、危篤状態なんだとか」ファイルをぎゅっと握って付けたしした。「もう行かないと。副警視監に殺されちゃう」

　急ぎ足で歩いていく秘書の背中を、ダグはみおくった。チャイルズ警視正が？　危篤？　まさか。信じられない。スレイター警視のオフィスをめざしてゆっくり歩きだした。スレイターはキンケイドがホルボン署に異動になったあとの上司だが、どうにも好きになれなかった。

「ボス」ダグがドアをノックしたとき、スレイターは電話を切るところだった。「いまきいたんですが――チャイルズ警視正のこと、本当ですか？」

「ああ、教会の墓地で何者かに襲われた」

「それと、噂によると――」

「危篤状態だと？」スレイターは首を横に振った。「薬で昏睡状態にされているそうだ。副警視監からはそうきいている」スレイターのごつい顔に、いつもはみせない表情が浮かんだ。「いずれにしても、署に戻ってくるにはある程度の時間がかかるだろう。つまり、われわれがそのぶん働かねばならんということだ。きみもそのつもりで」

話は終わり、といわれたようなものだった。ダグはうなずいてスレイターのオフィスを出た。目の届かないところまで離れてから、携帯電話を取りだした。キンケイドは知っているんだろうか。電話をかけてみたが、ボイスメールが流れてくるだけだった。この数週間、ずっとこんな調子だ。どうなってるんだ？　最近のキンケイドはおかしい。メッセージを残さずに電話を切った。それからメロディの番号を押した。詫びの言葉の準備もしていなかった。

ジェマがケリー・ボートマンと最後に会ったのは、ボートマンがチェルシーにあるルーカン・プレイス署の警部補だったときだ。しかし、ルーカン・プレイス署はもうない。ロンドン警視庁の経済的事情で、土地を売ったのだ。ボートマンは、いまはケンジントン署の警部に昇格している。アールズ・コート・ロードの入り口近くにあるケンジントン署は、飾り気のない赤レンガの建物で、なんの魅力もない。ルーカン・プレイス署はヴィクトリア朝様式の美しい建物だったのに。

ケンジントン署のエントランスに入る。警察署の建物を表玄関側からみるのは久しぶりだ。なんて平凡で無害な佇まいなんだろうと思い、なんだかおかしくなった。ロンドン市内のほかの警察署もそうだが、一般の会社や役所と間違えられてもおかしくない雰囲気だ。ガラスで覆われた受付エリアには、青い制服姿の若い女性警官がふたり立っているので、それをみてようやく警察署なのだとわかる。そのガラスが防弾仕様だということも、ぱっとみただけではわからないだろう。

受付で名前をいう。受付係のひとりが電話をかけたあとにブザーの音が鳴り、ジェマが中に入ると、ボートマン警部のオフィスに案内された。

ボートマンは立ちあがり、ジェマを出迎えてくれた。机の奥から出てきて、手を差しだす。最後に会ったときとほとんど変わらない雰囲気だ。背は低いが、どちらかというとがっしりした体つきで、人なつこい笑顔が印象的だ。黒髪は前より少し長くなっているだろうか。こめかみのあたりに白いものがわずかに混じっている。ただ、着ているネイビーブルーのスーツは、前に着ていたものとまったく同じだ。間違いない。

「ご足労ありがとうございます」ボートマンはにっこり笑った。「紅茶はいかが？　それともコーヒー？」

オフィスは広々として、窓の下には緑の木立が広がっていた。ケリー・ボートマンは順調にキャリアアップを果たしているようだ。「じゃ、コーヒーを」ジェマは答えた。

ジェマが勧められた椅子に腰をおろすと、ボートマンはオフィスの外に出て、制服警官にコーヒーを頼んだ。そして戻ってくると机に腰かけて、軽く腕組みをして身をのりだした。「調子はどう？　ご家族は？　男の子がふたりいるのよね？」

ジェマはうなずいた。「ええ。それと、いまは女の子がひとり。三歳です」

「まあ、おめでとう」ボートマンは微笑んだが、ちょっと不思議そうな顔をした。ジェマにはその理由がわかった。前にいっしょに仕事をしたのは一年前。なのにどうしていま、三歳の子どもがいるんだろう、と思うのも当然だ。

「養子を迎えたんです」ジェマは説明した。「女の子の扱いについては、よくご存じでしょうね」ルーカン・プレイスのボートマンの机に、女の子ふたりの写真があったのを思い出していた。

「ええ、まあ。いまは十歳と十二歳よ。子どもって、あっというまに大きくなるわね。

びっくりよ」ボートマンは相手をリラックスさせる達人のようだ。しかし、いまのジェマには、そのスキルが逆に働いていた。手玉に取ってやろうと思われているようで、気分が悪かった。

軽いノックの音がして、制服警官がコーヒーとその他必要なものを載せたトレイを持ってあらわれた。ボートマンがうやうやしく差しだしたコーヒーをひと口飲んで、ジェマは驚いて片方の眉を吊りあげた。「ちゃんとしたコーヒーだわ。おいしい」

「わたしのこだわりなの。これがないと仕事にならないもの」ボートマンは自分のカップを手にして椅子に座った。仕事の話をしよう、という合図だった。「庭で亡くなった若い女性のことだけど――今朝、ラム警視正から電話があったわ。捜査の進捗状況が知りたいと」苦々しい顔つきからして、そんなふうに上から指図されるのをボートマンが好まないのがよくわかった。ジェマもそれは同じだ。

「とても親しくしている友だちが何人かいたようね」ボートマンが続ける。「あなたも彼女とつながりがあったんでしょう？　捜査の途中であなたの名前をきいたとき、なにか知っていることがあるんじゃないかと思ったの」

「直接の知り合いではありません。わたしの友人の息子さんの面倒を、リーガンがときどきみていたってだけ。それと、その友人がやっているカタログ通販のモデルをやっていたの」

「じゃ、リーガン・キーティングに会ったことはないの?」

ジェマはかぶりを振った。「ええ。でも、事件のことを知ったマッケンジー・ウィリアムズがとても動揺していて、わたしに連絡をくれたんです。キュージック家を訪ねるのに同行してほしいと。それで、せめてそれくらいは力になりたいと思って同行したわ」

「なるほど。つまり、楽しいお出かけではなかったということね。だれと話したか、教えてくださる?」ボートマンは椅子の背もたれに体をあずけ、両手でコーヒーカップを包んでいた。友だちの噂話を楽しみましょう、とでもいうようなスタイルだ。

「ニータ・キュージック。リーガンの雇用主ですね。それと、リーガン・キーティングの母親のグウェン」ジェマは、ジェシーの名前は出さなかった。

ボートマンはコーヒーをひと口飲んで、空中の一点をみつめた。しばらくなにか考えていたが、ジェマに視線を戻したとき、灰色の目には鋭い光が宿っていた。「ふたりとも、あなたが警官だということは知っていたの?」

「そういう話は出ませんでしたね。マッケンジーが前もって話していたかどうかもわからない。わたしは友人として同行しただけなので」

「そうよね」ボートマンはごめんなさいというように片手をあげた。「その人たちの警戒心をゆるめるには、そのほうがいいものね。警官に話をするとなると、たいていの人はガードが固くなる。まだ払ってない駐車禁止の罰金のことが頭をかすめたりするんでしょうね」

ジェマはにっこり笑った。「状況をはっきりさせましょう。グウェン・キーティングは、リーガンの死にはドラッグかアルコールが絡んでいると警官からきかされた、といってたんだけど」

「本当に？　それは問題ね」ボートマンは小声でいった。苛立っているのがわかる。「エンライト巡査部長だわ。非常識で、対人スキルもひどいのよね。ショックを受けてる遺族に、まだ推測にすぎないことをべらべらしゃべるなんて」質問にちゃんと答えてほしい、とジェマがいう前に、ボートマンは続けた。「キュージックさんとキーティングさんは、ドラッグやアルコールの話をきいて、どんな反応をしていたのかしら」

「まあ、想像できるとおりですね。母親は、自分の娘にそんなことはありえない、ドラッグにしろアルコールにしろ、過剰摂取なんてするはずがない、と。キュージックさんも同じでした」ジェマは、あえて音を立てて、カップを机に置いた。「あの、ボートマン警部、話の流れがみえないんですが？　わたしはここに来てほしいとはいわれましたが、リーガン・キーティングの嗜好《しこう》について、警官としての考えを述べることはできません」

「ケリーと呼んでちょうだい、ジェマ。前もファーストネームで呼びあっていたでしょう？」ジェマが答えないので、ボートマンはため息をついて続けた。「まあ、キーティングさんとキュージックさんの考えは、ある程度は正しかったようね。法医学者からはまだ一次報告しか来ていないんだけど、血中アルコール濃度はかなり高かったそうよ」

「じゃ、ふたりの考えは間違っているんじゃ？」ジェマは驚くと同時に困惑していた。マッケンジーやニータやグウェン・キーティングの言葉をうのみにしてしまったせいだろうか。「意味がわからないわ」

「たしかにそうね。つまり、血中アルコール濃度は高かったけど、命を落とすほどではない、ということなの。ただ、そのほかに、なにかの犯罪をにおわせるものがみつかったらしいわ。それがなんなのか、まだ知らされてないけど」ボートマンは片手をあげて、ジェマの言葉を制した。「これから遺体安置室に行くところなんだけど、いっしょに来てもらえるとありがたいわ」


ホルボン署の外観は相変わらず無機質で、中に入っていきたいという気持ちを起こさせない。五月の明るい朝日が当たっていても、ガラスとねずみ色のコンクリートは無愛想なままだ。エントランス前の石段を上り、ポケットに入れておいたネックストラップを出して首にかける。受付のところで、出かけようとするフェイス警視正とぶつかりそうになった。

「おはようございます」反射的に挨拶したが、すぐに不安をおぼえた。こんな朝早く、どこに出かけるつもりなんだろう。「警視正、なにか……知らせが？」

「いや、変化はない」フェイスは疲れた顔をしていた。きのう以上に頰がこけている。

「ダイアンのようすをみにいこうと思ってね」眉をひそめ、ようやくキンケイドと目を合わせた。「きみはもう病院に行ったのか？」

キンケイドは一瞬考えた。病院に行ったところをだれかにみられたんだろうか。いや、そんなはずはない。集中治療室には近づかなかった。「いえ、きのう行ったきりです。ぼくもあとで行こうと思っています」

「そうか、ありがとう」フェイス警視正はキンケイドの肩をぽんと叩き、ドアに向かっていった。そのときはじめて、うしろにもうひとりいることにキンケイドは気がついた。

「ダンカン、久しぶりですね」ニック・キャレリーが手を差しだしてきて、キンケイドの手を強く握った。

キャレリーはテロ対策司令部の警部で、セント・パンクラスの手榴弾事件のとき、いっしょに捜査をした。ライアン・マーシュと知り合うきっかけになった事件だ。しかしキャレリーを含めたテロ対策司令部の人々には、マーシュのことはなにも話していない。キャレリーはいつもの服装をしていた。光沢のあるグレーのスーツだ。髪の色とよく合っている。年齢は四十代だろう。運動選手のような締まった体つきをして、軽く日焼けした顔には皺がない。

「やあ、おはよう」キンケイドは気さくな口調で応じたが、内心では、キャレリーのすました態度を快く思っていなかった。

「デニス・チャイルズ警視正のことはお気の毒です。なにか新しい情報はないかと、フェイス警視正を訪ねたところなんですよ。ダンカン、あなたはチャイルズの下で働いていたそうですね」

「ええ、まあ」キンケイドはそれ以上答えたくなかった。

キャレリーはキンケイドのつっけんどんな態度をなんとも思っていないらしい。「お友だちの、あの爆発現場で活躍した女性——タルボットだったかな。彼女はその後どうですか？」

キャレリーがメロディのことを覚えていたとは意外だった。しかも、気づかいまでみせるとは。「元気だよ。次に会ったら、きみが気づかっていたと伝えておこう」そのとき、気がついた。キャレリーの左手に包帯が巻いてある。

キンケイドの視線を追ったキャレリーは、笑顔をみせた。「料理中にちょっと。不器用なんですよ。では、そのうち一杯飲みましょう」そういって軽く会釈してから、エントランスに向かった。ドアの外ではフェイスがいらいらした顔で待っている。ふたりは階段をおりていくが、いっしょに病院に行くつもりなんだろうか。キンケイドは肩をすくめ、刑事部に向かった。

チームのメンバーはすでに揃《そろ》っていた。事件現場担当のサイモン・イーカス巡査部長は、いつものようにパソコンのキーボードに覆いかぶさるような姿勢をとっている。直属の部下のジャスミン・シダナ警部補は電話中だ。ジョージ・スウィーニー巡査は、机の横のごみ箱に両足をのせて、いかにも暇そうにだらだらしていた。とくに忙しそうな人間はひとりもいないのに、オフィス全体には月曜の朝特有の活気があった。

「おはようございます」イーカスが顔をあげて、にやりと笑った。「今日はお休みかと思いましたよ」

「そういう幸運はあまり期待しないほうがいい」

電話を終えたシダナが会釈する。「おはようございます」

イーカスがかけてくれた言葉に比べればそっけないが、少なくとも気さくな感じの挨拶だった。キンケイドが二月にホルボン署で働きはじめてから、シダナとの関係には悩まされてきた。シダナはどうして自分が警部に昇進できないのか、どうしてチームリーダーになれないのかという不満を持ち、キンケイドに反発していた。いまも不満はあるのかもしれないが、それでもふたりの関係は少しずつよくなって、シダナの態度も穏やかになった。気難しい女性だし、トレードマークのような白いシャツと同じくらい堅苦しいところもあるが、警官としては優秀だ。キンケイドは彼女に好感を持ち、捜査中にみせる洞察力にも一目置くようになっていた。

スウィーニーはまだごみ箱から足をおろそうとしない。この男こそ、キンケイドの悩みの種だった。傲慢で、仕事ぶりもずさんそのもの。こんな男がどうして刑事部に配属されたのか、どうして自分のチームにいるのか、不思議でならなかった。

注意をしてやろうと思ったとき、キンケイドの電話が鳴った。デニスのことだろうか。即座にそう考えたが、ディスプレイには母親の名前があった。個人オフィスに入ってドアを閉めてから、電話に出た。

「母さん、どうかした？」ローズマリー・キンケイドが仕事中に電話をかけてくるのはめずらしい。「子どもたちは元気？」妹のジュリエットには子どもがふたりいる。そのうち、キットよりほんの数ヵ月お姉さんのラリーは、なにかと問題を起こすことが多かった。

「子どもたちは元気よ」ローズマリーの温かな声が少し震えていた。「お父さんなの。心配かけたくなかったんだけど、ちょっと……発作を」

「発作を？」キンケイドはおうむ返しにいった。意味が理解できなかった。「いったいどういうこと？」

「きのうの夜遅く、胸がなんだか妙な感じだっていいだして。でも大騒ぎするようなことじゃないといって……。お父さんっていつもそうでしょ。消化不良かなにかだろうって。でも、妙な感じが消えていかないというの。結局はジムに電話をかけたわ。それで、すぐに入院することになったの」

ジム・ストレンジは、キンケイド家のかかりつけ医で、両親の親友でもある。

「具合は？　どうして知らせてくれなかったんだ？」個人オフィスの窓ガラスを通して、ジャスミン・シダナがこちらをみている。キンケイドは声を抑えてきいた。「いまはどこに？」

「だって、昨夜電話したって心配かけるだけでしょう。お父さんはだいじょうぶ。今日の午後、ちょっとした処置をすることになってるわ。ステントを入れるんですって」

「ステント？　そんなに――」

「循環器の先生によると、最近じゃごく当たり前の手術らしいわよ」母親はできるだけはきはきと話そうとしているようだが、それでも声は震えていた。「手術が終わったら、また電話するわね。だいじょうぶだから――」

「いや」キンケイドは母親の声をさえぎった。「ぼくもそっちに行く」

「ばかなことをいわないで。そんな必要はないわ。こんなことくらいで仕事を放ってきちゃだめよ」

「すぐそっちに行く」

9

フラム・ロードにあるチェルシー・アンド・ウェストミンスター病院に着いたとき、ジェマはまだこの状況に納得していなかった。ケリー・ボートマンに同行を頼まれたというより、命令されたような気がしたからだ。この病院は、火傷《やけど》の治療技術がロンドンで最高といわれていて、アンディ・モナハンのマネジャーのタム・モランがセント・パンクラスの手榴弾事件のときにひどい火傷を負って、運ばれてきたのもこの病院だ。

正面玄関の上のゆるく湾曲した庇《ひさし》をみるたび、バス停みたいだなと思ってしまう。ケリーがその下に立って、ジェマが来るのを待っている。まるで、なんでもない普通の春の日に普通の待ち合わせをしているかのようだ。ジェマは信号待ちをしながら、こちらに気づかず立っているケリーの姿を観察した。

ふたりで話しているときは感情を強くあらわすことなく穏やかな顔をしていたのに、いまは顔をしかめている。腕時計に目をやり、携帯電話を二度チェックしてから顔をあげ、ジェマに気がついた。

ジェマが近づくと、ケリーは前置きもなしにいった。「ジェマ、今日はすっかり時間を取らせてしまってごめんなさい。署ではこのことを話したくなかったんだけど、正直いって、わたし、困ってるのよ。いつもの仕事の相棒が産休に入ってるの。しかも今回の事件には上からのプレッシャーもきつくって。ほら、あなたのセレブなお友だちのおかげでね」ケリーは言葉を選び、あいまいな笑みを浮かべた。「部下がひとり割り当てられたんだけど、その巡査部長ときたら、やることなすことへマばっかり。もしこの事件が他殺だとしたら、大変なことになってしまいそう」

「わたしなら、その巡査部長より使いものになりそうだと？」ジェマは目を丸くして尋ねた。

ケリーはいたずらっぽい笑みをみせた。「そういうわけじゃないけど、頼りになると思ったわ。それに、亡くなった女性になにがあったのか、あなたも知りたいんじゃないかと思って」

たしかにそうだ。「じゃ、行きましょうか」

ふたりはガラス張りの部屋に通された。法医学者が剖検室の机に向かって座っているのがみえる。ふたりに背中を向けて、なにかメモをとっているようだ。ストレートの黒髪は白衣の肩のところにぎりぎり届くくらいの長さ。体が動くと髪も揺れる。ふたりがやってきたのが音でわかったらしく、振りかえった。同時にジェマが叫ぶ。「ケイト？」

「ジェマ!」ケイト・リンが立ちあがり、互いを仕切るガラスに笑顔で近づいてきた。前にいっしょに仕事をしてから、もうだいぶたつ。ケイトは前からとても華奢な体つきをしていて、いっしょにいるとこちらの体がごつく思えてしまうほどだったが、いまはさらに痩せたようだ。顔もやつれている。それでも、笑顔は本当にうれしそうだ。

「元気? ご家族は?」ケイトがいう。

「みんな元気よ。すごく久しぶりね。どこか別の地域で働いてるのかと思ってた」

ケイトは軽く顔をしかめた。「ちょっと休暇をとってたの。母が病気で」

「それは大変ね」ジェマはもっと話をききたかったが、ケリーが横で居心地悪そうにしているのに気がついた。ふたりは初対面に違いないと思い、紹介することにした。「ケリー、こちらはケイト・リン。ケイト、こちらはケリー・ボートマン警部」

「はじめまして」ケリーがいったが、ジェマは、その礼儀正しさの中に苛立ちを感じとった。「あの不審死に関して、犯罪の可能性があるとのことですが」

「ええ、まあ」ケイトは答えた。「みてみましょう」ヘッドセットと手袋をつける。ジェマとケリーはガラスのすぐそばに立った。「剖検の前に体表を調べていたときに気づいたことがあるの」声がスピーカーからきこえるので、同じ部屋にいるように感じられる。ケイトはジェマに横目で笑いかけた。ジェマが血をみるのが苦手なのを覚えていたのだ。

ケイトが、いちばん手前のテーブルにかけられていたシーツをはがす。ジェマが写真でみた顔がそこにあった。覚悟はしていたつもりだが、やはりショックだった。きのう会ったばかりの女性とよく似ている。リーガン・キーティングの母親、グウェンに会ったせいで、目の前の遺体がついこのあいだまで生きて呼吸をしていたのだと強く実感させられた。

「この女性は窒息死したんだと思う」ケイトが続ける。「まず、典型的な溢血点《いっけつ》があらわれていること」手袋をはめた指で片方のまぶたをめくる。溢血点とは、毛細血管が切れて出血することでできる小さな赤い点々だが、ジェマの位置からはそこまではみえなかった。

「絞殺ではないの？」ボートマンがきいた。

「喉に痣《あざ》ができていないわ。もちろん、皮膚下になにかあるかもしれないけど、わたしは絞殺だとは思わない」ケイトは視線をあげてふたりをみた。「鼻の中に微量の繊維があるわ。ワンピースの素材と同じもの」

ジェマはその意味を考えた。「ワンピースで鼻を拭ったとか？」

「唇の内側に歯が当たって切れるくらい強く？　口の中にも同じ繊維があるわ」ケイトは首を横に振った。「無理があるわね。歯の端にも繊維が引っかかってる。スカートの裾に血が少量ついてるわ」

「つまり、だれかがリーガンのスカートでリーガンの鼻と口を覆ったと？　抵抗した痕跡は？」

「爪に草が挟まってるけど、他人の皮膚組織や繊維は残ってない。口の中が切れていたり繊維が残っていたりすることについては、ほかのシナリオも考えられる。でも、みつかったのはそれだけじゃないの。これをみて」

ケイトはさらにシーツをめくり、リーガンの右肩についた紫色の痣を指さした。「左の太ももにはもっとたくさんついてる」

ジェマは犯行現場を思いえがいてみた。「だれかが彼女を押さえつけ、スカートで顔を覆って窒息させたということ？」

「犯人は右利きね」ボートマンがじっと考えてから口を開いた。「右膝と左手を使って押さえつけてる。けど、かなりの力が必要よね？」

「それは状況によるわ。いろんな要因が関係してくる」

「被害者の体調も含めてね」ボートマンは眉をひそめた。「血中アルコール濃度が高かったのよね。つまり、お酒を飲んでいた」

「決めつけるわけにはいかないけれどね。でも、たしかに、最初の検査の結果から考えると、体が正常な状態ではなかった可能性は高いと断言できる。それに、ドラッグを使った可能性もあるわね。毒物検査の結果はまだ返ってきていないから」

「性的暴行の痕跡は？」ジェマがきいた。

「ないわ。最近セックスをした痕跡はみられるけど、亡くなる直前の行為ではない」

「でも」ジェマは考えをめぐらせた。「ボーイフレンドと口論になったという可能性は除外されないわよね」リーガンの部屋のコルクボードに貼ってあった、ブロンドに青い目の男性のことが気になる。

ケイトは肩をすくめた。「そうね。ただ、口論があったにせよなかったにせよ、彼女を窒息死させた犯人は、犯行後、彼女の衣服の乱れを直し、まっすぐ寝かせた。自分で眠り姫みたいな格好になったわけじゃないのよ」


キンケイドは自宅の玄関前に立った。タクシーの音がラドブルック・ロードを遠ざかっていく。ノティング・ヒルはロンドンの真ん中にあるのに、なんだかゴーストタウンのようだ。あたり一帯が静まりかえって、車の一台も動いていない。犬の散歩をする人もいないし、ベビーカーを押す母親もおらず、緑色の平和に包まれている。鳥の声が響き、大きな公園の木々は深い緑色になって、夏を迎えようとしている。

家の鍵を出して、チェリーレッドのドアをあける。家の中は、外以上に静かだった。ジョーディが驚いたように甲高くひと声鳴いた。昼寝から目覚めたのだろうか。次の瞬間には二匹の犬が玄関に向かって走ってきた。尻尾を振り、鼻をひくひくさせての大歓迎だ。「ぼくが泥棒でも、そんなに歓迎するのか？」そういってジョーディの耳のうしろをかき、テスのもじゃもじゃの頭をなでてやる。家の中の空気もいつもと違うような気がした。人の気配はないのに、コーヒーと焦げたトーストのにおいが残っている。

　今朝はジェマにあれこれ押しつけてしまった。ジェマは不満を抱えているだろうが、父親のことを話せば許してくれるに違いない。ただ、いまは同情の言葉をきくのがつらすぎる。少し時間がほしい。車に乗ってしばらくたてば気持ちが落ち着くだろうから、それからジェマに電話をかけよう。

　昼間なら道路はすいているから、チェシャー南部までは時間もそれほどかからないだろう。両親と妹はナントウィッチというマーケットタウンに住んでいる。最寄りの病院はクルーという町にあり、八キロほどの距離がある。

　犬たちを引きつれて階段を上がり、一泊用のカバンに身のまわりのものを入れた。着替え用のシャツ、ひげそりのセット、厚めのジャケット。ロンドンは暖かいが、北のほうはもっと気温が低いかもしれない。しばらく部屋に立って、入れわすれたものはないかと考える。そのうち、しんとした家の中で自分の存在が浮いているような気がしてきた。ほかにだれもいないからこそ、ジェマや子どもたちの存在の大きさを実感する。家族の日々の生活は空気にしみついているのに、自分だけ存在感がないような、妙な気分だった。

急に、自分の人生そのものが、実体のないふわふわしたものに思えてきた。自分にとって大切なものが、風に吹かれた煙のように、いつ消えうせてもおかしくない。父親が病気になったといわれても、実感がわかない。両親が老いていくのはわかっている。自分だって年を重ねているのだ。しかし、ヒュー・キンケイドほどエネルギーに満ちた人間はいない。いつだって、次はなにをしようか、なにに情熱を傾けようか、と考えている。

母親の話では、発作は軽いものだという。デニスのことが心配なあまり、父親の病気に対しても過敏になっているのかもしれない。心配のしすぎでありますように――いまはそう願うしかない。

ブリクストンに向かうあいだ、メロディは父親にきいたデニス・チャイルズの話をジェマに伝えるべきかどうか迷っていた。父親はなにがいいたかったんだろう。それに、ジェマやダンカンからなんの連絡もないのはどうしてなんだろう。

今日は地下鉄で出勤した。ノティング・ヒル・ゲート駅へと歩いているとき、ニューススタンドで新聞を買った。〈クロニクル〉だけでなく、ほかの主要紙もすべて揃え、地下鉄の中でページをめくった。デニスが襲撃された事件については、いろいろな新聞で短く報じられていたが、目撃情報を求めているのは〈クロニクル〉だけだった。

ブリクストンに着くまでに、父親がほのめかしていたことを人にいうのはやめようと思った。少なくともしばらくのあいだは秘密にしよう。上司に報告するには、だれからきいたかを説明しなければならない。絶対に避けたいことだ。新聞を重ねて空席に置くと、メロディが車両から出る前にほかの乗客たちが手を伸ばしてきた。

地下鉄駅から署までは歩いてすぐだ。ブリクストン・ロードを北に向かう。途中にあるステーション・ロード・マーケットは、月曜の朝ということもあり、静かだった。ほとんどの店や屋台は閉まっている。それでも明るい日差しを浴びたマーケット一帯には陽気な雰囲気があふれていた。すれちがったドレッドヘアの若者が、メロディの赤い服をみてにこりと笑い、「いいねえ」とつぶやいた。自信をもらったメロディは、数分後に署の建物に入るときまで笑みを浮かべたままだった。

しかし、その笑みも、刑事部のオフィスに入るときには消えていた。ジェマの姿がない。上司のクルーガー警視は不機嫌そうで、不運な部下のだれかがそのとばっちりを食らうのは間違いない。クルーガーは電話中だったが、切ると同時に刑事部のフロアをみまわした。メロディに目を留めて、顔をしかめる。だれが犠牲者になるか、すでに明らかだった。

「巡査部長」クルーガーはメロディを自分のオフィスに手招きした。「こっちに来て」

クルーガーはスレンダーな体に黒髪の、四十代の女性だ。噂によると、ちょっと酒を飲むと悪趣味な冗談を飛ばす癖があるらしいが、メロディはまだその場に居合わせたことがなかった。

メロディは不安を覚えながらドアを閉めた。「おはようございます」

クルーガーは座ろうとしない。悪い兆候だ。「あなたの直属の上司は、どういうわけか、ほかの事件の捜査に協力することになったみたい」

「え？」メロディにはなんのことだかわからなかった。

「ノティング・ヒルの警視正から、いま連絡が入ったところでね。ある事件の被害者と個人的な関わりがあるとかで」〝個人的な関わり〟という言葉を、さもいやそうに口にする。

「関わり、ですか？」メロディはおうむ返しにいった。「どういうことでしょう？　なんの事件ですか？」きこえてくる自分の言葉がばかみたいだった。しかし、頭がパンク状態でまともに考えることができない。知り合いになにかあったんだろうか。それともデニスと関わりのあること？　でも、ノティング・ヒル署とデニスは無関係だ。それにデニスは――。

クルーガーはそんなメロディの思考を遮った。「ジェイムズ警部ったら、よほど動揺しているのかしらね。あなたにそのことを知らせないなんて。そのうちわたしたちのことを思い出したら、連絡をくれるかもしれないわ。そんなわけで、こっちの捜査はあなたが仕切ってちょうだい」

話はこれで終わりらしい。メロディは「わかりました」といってきびすを返し、自分の机に戻った。

同じチームのシャーラ・マクニコルズ巡査部長がメロディからクルーガーのオフィスに視線を移し、あきれたという顔をしてつぶやいた。「こわ！」

「あなた、なにか知ってる？」メロディは小声できいた。

「いえ、全然」シャーラは首を横に振った。細い三つ編みの端につけられたビーズがぶつかりあって、カチカチと小さな音をたてる。今日のビーズは青だ。

パソコンの電源を入れて、忙しく仕事をしているふうを装った。ありがたいことに、いま捜査中なのは、バターシー・パークでホームレスの男性の死体がみつかった事件だけだ。法医学者からの報告が届いている。それに目を通して、メロディはほっと安堵《あんど》の息を漏らした。栄養失調、低体温症、慢性的なアルコール摂取による腎不全と肝不全。つまり自然死というわけだ。亡くなった男性は気の毒だったが、そういうことなら、ジエマがすぐに戻ってこなくても問題はない。

クルーガーのオフィスをこっそりうかがいながら、机の下で携帯電話を持った。ジェマの番号を押し、「なにかあったんですか？　いまどこですか？」とメッセージを送る。

返信はなかった。

10
「現場がみたいわ」遺体安置室を出たジェマは、ケリー・ボートマンにいった。

「きのう行ったんじゃないの？」ケリーは携帯をチェックしていたが、視線をあげて訝《いぶか》しげな顔をした。

「キュージック家を訪ねはしたけど、庭に入る理由がなくて。詮索好きな人間だと思われたくなかったし」

「警官はみんな詮索好きだけどね」ケリーは上の空でいってから、鋭い視線をジェマに向けた。「被害者のボーイフレンドというのは？」

「リーガンの部屋に写真があったの。母親がいうには、名前はヒューゴー。ラストネームは知らないって。ただ、最近はあまり会っていないみたい、ともいってたわ」

「その男と口論になって、殺されたってこと？」ケリーは肩をすくめた。「ありうる話だけど、その人はどうやって庭に入ったのかしら」

「外に通じる門があるんじゃないの？」

「いいえ。ラドブルック・グローヴ側のレンガの塀にドアがあるけど、鍵がかかってる。塀をのぼって越えるのは、ニンジャじゃないと無理よ」

「だれかが鍵を持っていたとか」

「たしかに、だれかが鍵を持っていてもおかしくない」ケリーがいう。「でも、あの一画に住む人間か、家のひとつを通って庭に出られる人間が犯人、と考えるほうがずっと現実的じゃない？　三十分後に庭師と会うことになってるから、鍵のことをきいてみましょう」

それにも同行しなければならないのか。ジェマは首を横に振った。「でも、わたし、もうブリクストンに――」

「心配ないわ。さっきラム警視正と話したの。いまごろは警視正がそちらの警視に話を通してくれているはずよ」

「最悪」ジェマは思わずいった。クルーガーはかんかんに怒っているだろう。「ずいぶん強引なのね」

「いやならいつでも断ってちょうだい」

「ラム警視正の顔に泥を塗るわけにはいかないわ」ケリーのしてやったりという顔をみて、ジェマは、すっかり足元をみられていたと悟った。

コーンウォール・ガーデンズの横を走るラドブルック・グローヴで、クライヴ・グレンに会った。日が高くなるにつれて気温が上がってきた。ジェマは、頬や鼻の頭のほてりが気になった。こんな天気が続くなら、そろそろ日焼け止めを使いはじめなくては。

　クライヴ・グレンはすっかり日焼けしていた。アメリカの広告に出てきそうな、アウトドア活動のよく似合う、見た目のいい男性だった。年齢は三十代後半か四十代前半といったところ。髪と短いあごひげに白いものが混じりはじめている。体つきも精悍《せいかん》で、ジーンズとぴったりしたTシャツがよく似合う。しかし、口を開くと、その話しかたはメロディ・タルボットのように洗練されていた。ジェマは驚いたが、それを顔に出さないようにした。

　自己紹介を終えたとき、グレンの瞳がきらりと光った。きっと、さっきの驚きが顔に出ていたのだろう。内心笑っているのではないか、とジェマは思った。

　待ち合わせ場所にはグレンのほうが先に来ていて、庭の入り口近くに停めた小型トラックのうしろにもたれかかっていた。トラックの荷台には、庭仕事の道具や、根覆い用の土の袋が積んである。

　庭の入り口は、ケリーがいっていたとおりだった。落ち着いた青色に塗られた木製のドアが、高い赤レンガの塀にはまっている。塀は左右の家と家のあいだをふさいでいて、外から庭をみることはできないようになっていた。塀を乗りこえるとしたら、梯子《はしご》かなにかが必要だ。

「入り口はここだけなんですね？」ジェマはきいたが、自分でも意図しなかったきつい口調になってしまった。グレンがにやにやしているように思えて、それをやめさせたかったのだ。「ケンジントン・パーク・ロード側はどうなっているんですか？」もちろん何度も徒歩や車で通っている道だが、ここに庭があることなど気づいたことはなかったし、入り口をみた覚えもない。

「鉄のフェンスがある。高さ三メートル。セシル・ブルンネっていうバラがからみついてる。もちろんトゲつきだ。門はない」ジェマの目には、グレンはまだにやにやしているようにみえたが、ケリーは気づいていないか、気づいているとしても、なんの反応も示していない。

「じゃあ、こっち側から入るんですよね？　どうやって？」ケリーがきく。

グレンはジーンズのポケットから鍵を取りだした。黒ずんだレバータンブラー錠で、てのひらくらいの長さがあった。

「その鍵はひとつだけですか？」

「これはマスターキーだよ」グレンがいう。「A夫人が合い鍵を持ってる」

ジェマは眉をひそめた。「A夫人？」

「アーミテッジ夫人──庭の管理委員会の代表をしてる人だ。死体をみつけて警察を呼んだのもその人だ」

「ああ、そうですね」ケリーはそのことを知っていたかのように応じたが、口元がひきつっていた。知らなかったのではないか、とジェマは思った。「ドアを確かめさせてください」

「アーミテッジさんのことはよくご存じなんですか？」グレンのあとについてドアに近づきながら、ジェマはきいた。

グレンは肩をすくめた。「まあ、上司みたいなものだからね。いい人だよ。ちょっと口うるさいが、どこの庭でも、管理委員会の代表っていうのはそういうものなんだ」

「あちこちの庭の手入れを担当してるってことですね」

グレンは鍵穴に鍵を挿しこみながら、肩ごしに振りかえった。またにやにやしている。「まあ、そういう仕事だからね」

「でも、ひとりで全部やっているわけではないでしょう？」

「巡査部長さん、わたしは造園師なんだ。大きい仕事のときは人を雇うが、通常のメンテナンスはわたしひとりでやる」

巡査部長と呼ばれたジェマは、それを訂正しようとは思わなかった。開いたドアを通って、庭に入ったからだ。中の通路には玉砂利が分厚く敷きつめられていて、歩くと濡れた砂のように沈む。ここからだれかが入ってきたとしたら、必ず足跡が残るだろう。

低木や、大きな木々の幹が目の前にあって、庭全体をみわたすことができない。しかし、黄金色の日差しはあちらからもこちらからも漏れてくる。秘密めいた、ともすると閉所恐怖症を起こしそうな雰囲気さえ感じられる。グレンとケリーのあとについて、ジェマは右手の小道を歩きだした。「まあ」思わず声が出る。

庭はずっとむこうまで続いている。いま歩いている小道が庭全体をぐるりと囲むように作られていて、中央にはきちんと整えられた花壇がある。青々とした芝生のあちこちには幹の太い木々が生えているし、すぐ近くには鮮やかな花の咲いたツツジの植えこみもある。

事件現場であることを示す黄色いテープはない。

「どこで発見されたんですか?」ケリーがきいた。ジェマはそのときはじめて、ケリーが死体を現場ではみていないのだと知った。「この事件を捜査しろといわれたのは、今朝なのよ」言い訳がましくジェマにいう。「エンライト巡査部長のせいでね」小声でつけたした。

クライヴ・グレンは、芝生の端にあるとりわけ大きなプラタナスの下に歩いていった。庭仕事の道具をしまっておくのにちょうどいいサイズの物置小屋がすぐそばにある。より明るいところでみると、グレンの灰色の目のまわりには細い皺がたくさんあった。さっき思ったより何歳か上かもしれない、とジェマは思った。「この木の下、そこに倒れていた」木の下の、芝生に近いほうの一点を指さした。「あんなものをみたのははじめてだ」グレンの口調にはじめて動揺があらわれた。

「でも、あなたがみつけたわけじゃないんでしょう？」記録を確かめようとでもいうように、ケリーが携帯電話に目をやった。

「ああ、みつけたのはA夫人で、わたしはその直後にここに来た。警察が来る前だった。土曜日は住民が庭に出てくることが多いから、庭をきれいにしておきたかったんだ。風に飛ばされたごみが入ってくることもあるし、子どもたちがばか騒ぎして、ごみを置きっぱなしにすることもある」

「とくによくみかける子どもはいますか？」ジェマがきいた。頭の中にはジェシーの顔があった。ただ、ジェシーはまだ、夜遅くに庭でばか騒ぎをするような年齢ではない。しかしそのとき、いやなことを思い出した。ジェシーの母親は睡眠薬を飲んで早く床についたとのことだった。ジェシーがなにをしていたか、だれも知らないということではないか。

グレンは肩をすくめた。「いや、子どものことはなにもわからないな。だが、庭にいろいろ残ってるんだ。ビールの空き缶、使用済みのコンドーム、煙草の吸殻。いかにもティーンエイジャーが遊んだあとっていう――」

「リーガン・キーティングの遺体のそばにはなにかありましたか？」ケリーが鋭い口調できいた。

「いや、ただ、ふだんはそういうものがよく落ちてるってだけで」

「遺体をみつけるなんて、ショックだったでしょうね。あなたも、アーミテッジさんも」ジェマは相手に話を続けさせたかった。

「A夫人は冷静だったな。携帯電話を持っていなかったようで、だれかが庭に出てくるのを待とうと思っていたんだろう。わたしがそこのゲートから入ってくるのに気づいて、駆けよってきた。顔が真っ白だった。心臓発作でも起こすんじゃないかと思った」

「そのとき、アーミテッジさんがなんといったか覚えていますか？」

グレンは目を半分閉じて、手に持った鍵をくるくる回した。それが記憶を呼びもどしてくれるとでもいうようだ。「『あの子が――ベビーシッターが――死んでる』と。頭がどうかしたのかと思ったが、ついていった。そしたら、若い娘さんがそこに倒れてた。死んでるってわかったよ。一応バイタルサインは確認したが」本当だよというようにジェマをみる。「造園の仕事をやるには、応急処置の知識が必要なんだ。脈のとりかたも知ってる。だが――」傍目《はため》にはほとんどわからないくらい、かすかに体を震わせた。

「もう冷たくなってた」

「それからどうしましたか？」ジェマはきいた。

「九九九に電話した。それからA夫人に、ゲートのところで待っていてほしいといった。警察や救急を案内する人間が必要だし、夫人を、その……現場に残すのは気の毒だと思ってね」

　つまり、クライヴ・グレンは被害者のそばで、ひとりで過ごす時間があったわけだ。アーミテッジ夫人も同じだ。「亡くなった女性——リーガン・キーティングとは知り合いでしたか？」

　一瞬、グレンは答えないのではないかと思った。しかしグレンは片方の肩を持ちあげて、鍵をジーンズのポケットに入れた。「何度かみかけたことはある。世話をしてるっていう男の子といっしょにいた」

「話したことは？」

「ない。名前も知らなかった」グレンは足を踏みかえた。「仕事に戻ってもいいかい？スケジュールが狂うと困るんだ」ゲートの鍵ならアーミテッジ夫人に頼めばいいと付けくわえて、夫人の家を教えてくれた。庭のほうから訪ねることができる。

　ケリーは、合い鍵を手に入れることができるまではドアをあけておいてほしいということと、遺体があった場所には近づかずに仕事をしてほしいということをグレンに頼んでから、礼をいった。離れていくグレンの背中に、唐突な質問をする。「庭でみつけたごみのことなんですけど、ほかに思い出せることはありませんか？」

「いや」グレンは振りかえり、両手をポケットにつっこんだ。「わたしはここに住んでるわけじゃないからね。この庭の周囲には家が三十軒ほどあるし、その多くは分割してアパートみたいになってる。それでも、ここの仕事を担当してきた五年のうちに話をしたことがあるのはせいぜい五、六人なんだ」

グレンはケリーの目をみようとはしなかった。ジェマのほうに顔を向けたが、すぐに目をそらしてしまう。なにかいいたいことがあるようだ。「ええ。でも、なにかあるようですね」

グレンはポケットから手を出して、あごひげをなでた。さらにしばらくためらってから、やっと心を決めたらしい。「密告めいたことはしたくないんだが……。夏は朝早くから明るくなるから、早朝、暑くなる前に働くのが好きでね。そんなとき——みかけたことがあるんだ。人目を忍ぶなんとやらってのを」

「人目を忍ぶ?」ケリーはきょとんとしている。

ジェマには意味がわかった。実際に目撃したことはないが、自分たちの共有の庭でも、そういうことがあるという噂をきいた。「不適切な関係ってやつね。近所の人同士が付き合っていて、お互いの家をこっそり訪ねたり——」使用済みのコンドームの話を思い出して、付けくわえた。「——庭でささっとすませたり」

グレンはうなずいた。わかってもらえてうれしい、という顔をしている。「そのとおり」

一方、ケリーのほうは、その説明だけでは満足できないらしい。「具体的に、だれがそういうことを？　リーガン・キーティングもそのひとりだったんですか？」

グレンはかぶりを振った。「いや、それはわからない。そもそも、そういうことが起こっていそうだという印象を受けただけなんだ。薄明かりの中で人影が動いてたとか、ドアが閉まる音がしたとか。いや、いわなきゃよかったな。だれ、とはっきりわかったことはないんだよ」

「でも、どの家っていうのはわかるんじゃありませんか？」

「いや、それもわからない。申し訳ない」有無をいわせぬ口調でいうと、グレンは唇を引きむすんだ。

この人はなにか知っている、とジェマは確信した。

「鑑識チームに来てもらって、ここを調べてもらうわ」グレンがいなくなると、ケリーがいった。「まあ、なにかみつかる可能性はほぼゼロだと思うけど」携帯電話を耳にあててジェマから離れていき、砂利敷きの小道を行ったり来たりしはじめた。

ジェマは木陰に入り、リーガン・キーティングが横たわっていた場所に目をやった。どうしてここだったんだろう。木陰ぎりぎりの、この場所だったんだろう。なにか意味があるんだろうか。遺体が移動された可能性は？　ケイト・リンは、死斑についてはなにもいっていなかった。携帯電話を使うようになったいまもバッグにいつも入れている手帳を出して、思いついたことを書きとめていった。

木々がとてもきれいで、子どもの絵本の一ページのようだ。広い芝生もいい。キットがトビーに読みきかせをしていた古い絵本に出てきた〝翠色《みどりいろ》の草原〟という言葉が思い出される。言葉の感じからして、ナイトや魔法が出てくる物語だったんだろうか。いや、そんなふうに思ってしまうのは、被害者が眠り姫のように横たわっていた、という話をきいたからかもしれない。実際の現場写真をみてみたい。

芝生に争った形跡はなかったが、小道の端に、線状の凹《へこ》みが平行に二本ついているのが目についた。二本の線の間隔は三十センチくらい。たぶん、遺体を運んでいくときについたストレッチャーの跡だろう。とはいえ、ほかの可能性はもちろんある。犯人がどこかから遺体をここに運んできたとすれば、そのときについた荷車や台車のタイヤ痕かもしれない。手帳にそれも書きこんで、顔をあげた。庭全体の中で、この場所はどういう意味を持つんだろう。近くの家からみえるだろうか。

木々や植えこみがあるので、左側の家々からはここがみえない。右側の家々の手前にはそれぞれの家のパティオがあって、植えこみや、花の咲いた植物がたくさんあるが、二階や三階の窓からなら芝生の一部がみえるのではないか。あとは、庭の中からしかみえないだろう。

ツツジの植えこみが広がった先に、庭の中心の花壇がある。さまざまな色がにぎやかに混じりあった花壇だ。ところどころにチューリップやラッパズイセンを寄せ植えしたところもあるが、それらの花はもう盛りを過ぎている。もし目撃者が庭の真ん中にいたとしたら、なんの障害物もなく、現場がよくみえたことだろう。金曜日の夜遅い時間帯、ここはどれくらいの明るさがあるのか。建物がぎっしり並んでいるので、まわりの街灯の光は届かないはずだ。

人が死んでも気づかれにくい場所であることは間違いない。

バッグから携帯電話を出して写真を何枚か撮ろうとしたとき、ケリーが電話を終えて戻ってきた。「鑑識が来るわ。どれだけ意味があるかわからないけど。それと、巡回中の警官に連絡を入れてもらった。鑑識が来るまでのあいだ、周辺に目を光らせてもらえるように。まあ、現場保存といったって——」やれやれというように天を仰ぐ。「——無意味かもしれないけどね。週末のあいだ、住民や犬がたくさん出てきて、庭じゅうを歩きまわったんでしょうから。でも、来てくれる警官が、最初の通報に応じた警官だったらいいわね」

シフトの時間帯が違うのでは、とジェマは思ったが、口には出さなかった。

「庭師のことはどう思った？」ケリーがいう。「D・H・ローレンスの小説に出てきそうよね」

ジェマはよく考えて答えた。「リーガンのこと、じつはけっこう知ってるんじゃないかって気がしたわ。なにか隠してることがあるって感じたの。でも、たしかに洗練されててインテリっぽい感じね。そういうことがいいたいんでしょ？」

「そうそう。二十歳そこそこの女の子なら夢中になりそうよね」

「ええ。ただ、リーガンがグレンに夢中になったにせよ、グレンがリーガンに夢中になったにせよ、そう簡単に殺人事件に結びつくものじゃないわ」ジェマはいった。「グレンは結婚してるのかしら。指輪はしてなかったけど」

「調べてみましょう。個人情報は手に入ってるし。それと、夜中に不適切なことがおこなわれてるって話も、もしかしたら彼のでっちあげかもしれない——だれかをかばうための」

「まずはアーミテッジ夫人に話をききましょう。グレンは夫人に心酔してるようだった。夫人のほうがどう思ってるのかが知りたいわ」ジェマはまわりの家々に目をやった。住人の数については、クライヴ・グレンのいったとおりだろう。そして、自分の住まいを考えてみても、庭を共有する人々のあいだに交流はあまりないはずだ。庭に入れる人は限られるから、容疑者の数も限られるわけだが、リーガン・キーティングとつながりのあった人物を探すのはかなり難しい作業になりそうだ。

巡査がやってきた。土曜の朝に現場に駆けつけたのとは別の警官だった。ケリーはまた顔をしかめてから、持ち場を指示し、鑑識が来たらすぐ知らせるようにと命じた。

「わたしたちがここで待ってても時間の無駄だし、どうしましょうか。住民にききこみをするなら、殺人ではなく不審死ってことにしておきましょう。少なくとも当面のあいだは。被害者の母親の耳に、これが殺人事件だって話が入るのは避けたいわ。わたしたちが直接話をするまではね。母親にはさっき電話をかけてみたけど、ボイスメールが出るだけなの」

「グウェン・キーティングは、今日から仕事に戻るといってたわ。学期末が近づいているから、生徒たちをあまり長いこと放っておけないって。それに、仕事を休んだところで、できることはないんだもの。ひとりで家にいるだけなんて、かえってつらいでしょうし」

「午後にまたかけてみるわ」ケリーは不機嫌そうな顔をしていた。

クライヴ・グレンによると、アーミテッジ夫人は庭の北側、ケンジントン・パーク・ロード寄りの家に住んでいるとのことだった。ふたりが歩きはじめてすぐ、左側のいちばん近いところにある家から女性が出てきた。

「どうかしましたか？」女性がいい、戸別のパティオと共有の庭を隔てる背の低い鉄のフェンスの手前で立ちどまった。

「わたしたち、警官なんです」ケリーはバッグから身分証を出し、女性に近づいた。

「刑事さん？」女性はケリーの身分証をじっくりみて、それをケリーに返した。「亡くなった女の子のことでいらしたの？　書斎の窓からみていたのよ。さっき、クライヴと話していたでしょ」ほっそりとした体つきで、上品な雰囲気がある。濃いめの褐色の髪をショートに整えていて、声も穏やかだ。キンケイドの母親のローズマリーは、若いころこんな感じだったのでは、とジェマは思った。

「ええ、そのことでちょっと調べているんです」ケリーが答える。「あなたは？」

「マリアン・グラシースです」

ジェマは笑顔でゲートごしに手を差しだすと、自分を紹介してくれなかったケリーへの苛立ちがあらわれないように気をつけて、自己紹介をした。「ミセス・グラシース、ジェマ・ジェイムズ警部です。亡くなった若い女性、リーガン・キーティングさんをご存じですか？」初対面の女性を〝ミセス〟と呼ぶかどうかは、いつも悩ましい。未婚の女性や、夫婦別姓にしている人は、そう呼ばれるのが不愉快かもしれない。とはいえ、未婚か既婚かにかかわらず使える〝ミズ〟という敬称は、なんだかカジュアルすぎて、失礼ではないかと感じてしまうのだ。

「会えば言葉を交わしていたわ」マリアン・グラシースはいった。「とてもいい人にみえたわ。こんなことになって、お気の毒に。それで、なにかわかったことはあるんですの？」

「いま、捜査中です」ケリーがいう。「それで、ここコーンウォール・ガーデンズにお住まいの方々にお話をうかがいたくって。金曜日の夜、なにかおかしなものをみたりきいたりしませんでしたか？」

マリアン・グラシースは眉根を寄せて考えた。「でも……リーガンがここで亡くなっていたというだけでしょう？　おかしなものって、たとえばどんな？」

「たとえば、リーガンがだれかといっしょにいたとか」ジェマがいった。「リーガンが具合悪そうにしていたとか、ふるまいがいつもと違っていたとか、そういうことを知っていそうな人はいませんか？」

「リーガンがドラッグをやっていたんじゃないかって？　わたしは、それはないと思うわ」女性の表情が硬くなった。「自殺したとも思わない。ええ、本当よ」刑事たちが意外そうな顔をしたとでもいうように、付けたした。「いまはいろんな噂が流れてる。うちの息子たちも、ローランドさんの息子さんたちからきいたそうよ。もちろん、アーミテッジさんも、だれかに出会うたびにつかまえて、延々とこのことをしゃべりつづけるらしいし」この話しぶりからすると、彼女のアーミテッジ夫人に対する評価は、クライヴ・グレンのそれとはだいぶ違うらしい。

「息子さんたちは」ジェマがきいた。「ジェシー・キュージックのお友だちですか？」

マリアン・グラシースはニータ・キュージックと同年代だと思われた。

「友だちというわけじゃないわね。うちの子たちのほうがだいぶ年上。高校生なの。でも小さいころは、ジェシーはいつもうちの子たちのあとを追いかけまわしてた。バレエもいまほど熱心にやっていなかったし」マリアンは首を横に振った。「ジェシーの才能はすごいわ。こんなことがあってショックを受けてるでしょうね。去年もお友だちが亡くなったし」

「お友だちが亡くなった？」ジェマはきいた。そんな話は初耳だった。

「ヘンリー・スー。ジェシーと同じ学年の男の子よ。親しいわけじゃなさそうだったけれど」

「なにがあったんです？」ケリーがきく。

「喘息《ぜんそく》よ。夜、近所の人たちみんなで探したんだけど、結局、スー家の裏の古い物置小屋でみつかったの。かわいそうに、パニックを起こして、それが喘息の発作を引きおこしたんだろうとのことだった。とんでもないことになってしまって、両親は物置小屋を取りこわして、家の大規模な増築工事をした。そのことで、アーミテッジさんと対立したわ」グラシースはため息をついた。「アーミテッジさんが抗議するのももっともなんだけど、スーさん一家に文句をいう勇気のある人はほかにいないみたい」

「その子が亡くなったのはいつのことですか？」ジェマがきいた。

「クリスマス前ね。すごく寒い日だった。物置小屋なんかにいるなんて、だれも想像もしなかった」

「その子は――ヘンリーといいましたね――ジェシーと親しくなかったとのことですが、どうしてです？」ジェマには不思議だった。トビーなら、同い年の子どもが近所にいたら、喜んで仲良くするはずだ。

グラシースは答えにくそうだった。「亡くなった人のことを悪くいうのはどうかしら……。とくに、子どもだし」

一瞬の間を置いてから、ジェマは続きを促した。「ええ、でも、きかせてください」

グラシースはさらにためらっていたが、やがてしかたないというように肩をすくめた。「おとなって、なんとかして子どもを好きになろうとするものでしょう？　悪く考えちゃいけないって思う。うちの子たちだって、どうしようもないくらい手がかかることもあったけど、それでも嫌いにはなれないもの。だけど、正直、ヘンリー・スーはあまりいい子じゃなかったの。だからこそ、あのときはみんながつらい思いをしたのよ。いやな子だと思っていたことにうしろめたさを感じてしまって。わかってもらえるかしら」

「いやな子というのは、具体的にどういうふうに？」ジェマはきいた。隣のケリーが苛立っているのがわかったが、質問をやめなかった。

グラシースは唇を噛んで顔をしかめた。「正直にいうわね。ヘンリー・スーはいじめっ子だった。それはローランドさんにきくといいわ。ヘンリーと同い年の息子さんがいて、その子はヘンリーのおかげでひどい目に遭ったのよ」

携帯電話が鳴ったとき、メロディは電話を机から落としてしまった。クルーガーが刑事部のオフィスの戸口でこちらに背を向けて立っている。電話をきかれたくないと思って、あわてたせいだ。

「そろそろだと思ってました」電話を耳につけて小声で答える。かけてきたのはジェマだと思いこんでいた。

「なにが？」きこえたのはダグ・カリンの声だった。

「ダグ。わたし、てっきり――」メロディははっとして声を抑えた。「そのまま、ちょっと待ってて」刑事部のオフィスを出て、ジェマの個人オフィスにしのびこんだ。ジェマの代わりをするようにクルーガーから命じられたのだから、問題はないはずだ。ドアを閉めてジェマの机の奥に座る。「ジェマだと思ったの」低い声で話しはじめた。「ジェマとずっと連絡が取れなくて――」

「デニス・チャイルズが襲われた」ダグが話を遮った。息が切れているようにきこえる。「いま病院で、昏睡状態だそうだ」

「知ってるわ」

「知ってるって？」ダグの声が一オクターブ上がった。「なんで知らせてくれなかったんだよ」

「わたしとは話したくないんだろうと思って」

「ああ、そうか。きのう、携帯の電源が切れてたんだ」メロディが反応しないので、ダグは続けた。「すまない――ぼくが悪かった」

「まあ、そうよね」メロディはわざと意地悪な言葉を返してダグをからかった。

「その話は、またあらためてしよう」ダグが顔をしかめているのが、声にあらわれている。「ダンカンは知ってるのかな、デニスのこと」

「わたしがジェマに知らせたから、ジェマからダンカンに話してるはず。ただ、ジェマとはそれから話してない」

「待ってくれ。きみはだれからきいたんだ？」

メロディはためらった。廊下から人の声がきこえる。「ここでは話せない」ひそひそ声でいった。「ランチを早めにとるわ。ブリクストン駅の前にある〈カフェ・ネロ〉で会える？」ダグの返事を待たずに電話を切った。

古いデパート〈モーリーズ〉はメロディのお気に入りだ。そのうち改修されるか取りこわされるかするのだろうが、いまは、訪れるたびに何十年も前の時代に戻ったような感覚を楽しむことができる。〈カフェ・ネロ〉はその二階に入っている。一階の化粧品売り場を通って階段を上り、カフェに向かった。カフェラテのスモールサイズを買って、表に面した窓のそばのテーブルについた。地下鉄駅のマークが正面にみえる。そのうち、駅からダグが出てくるのがみえた。脱いだ上着を肩にひっかけてネクタイをゆるめている。歩きかたがおかしい。立ちどまってカフェを探してから、ずれていた丸眼鏡を指で押しあげた。

姿がみえなくなってからまもなく、ダグはカフェに入ってきた。足を引きずっているのがはっきりわかる。「階段はきついよな」ほっとした顔で椅子に腰をおろした。

「エレベーターもあるのに」

ダグは顔をしかめた。「探して歩きまわるのも大変なんだよ」

エレベーターのことをいっているのか、カフェのことをいっているのか、メロディにはわからなかった。しかし、どちらもすぐにみつかるはずだ。「で、どうしたの？」足首に視線を向けた。

ダグの顔がさらにゆがむ。ブロンドのさらさら髪と、ハリー・ポッターのような丸眼鏡が似合うダグの童顔には、そういう表情は似合わない。「コーヒーを買ってきてあげるから、答えを考えておいて」

コーヒーを持って戻ったとき、ダグの表情はいくらかやわらいでいた。顔が赤いのは暑いせいではなさそうだ。ひどく日焼けしているのだ。「ボートをがんばりすぎた」さつきの質問に答え、コーヒーをみてありがとうとうなずいた。

「そんなに日焼けするほど練習してたの？」

決まりが悪かったのか、ダグの顔がますます赤くなった。「それと、ちょっと掘りかえしてみたっていうか……」

メロディはいぶかしげにダグをみた。「掘りかえしてみたって……庭のこと？　どれくらい？」

ダグは肩をすくめた。「花壇全部。なんかさ……やりはじめたら止まらなくなっちゃって」

「あきれた。そんな足になるのも納得よ。ダグ・カリン、あなたって人は」

「いや、面目ない」ダグはコーヒーを口にしたが、その熱さに驚き、ふたを取って息を吹きかけた。「ばかだよな」一瞬、ふたりの目が合った。「きのうのこと、悪かった。どうかしてたよ」

「そうよね」メロディはつぶやいてから続けた。「あなたのこと、心配だったの」今度はメロディのほうが気まずさを覚えていた。「もういいじゃない。なかったことにしましょうよ」

ダグはほっとしたようだ。「うん、そうだね。ありがたい」そういってから、急に目つきを変えた。「その髪、どうしたんだい？」

メロディは笑いだした。抑えられなかった。隣のテーブルの客が迷惑そうな視線を送ってきたので、口元を手で押さえて笑いをこらえた。「ダグったら、ずいぶんと観察力の鋭い刑事さんね」

「いや、なんだか印象が違うな、とは思ったんだけどさ」顔がまた真っ赤になる。「いいよ……似合ってる」

「たまにはお世辞もうれしいものね」メロディはふざけた口調でいうと、天井に目を向けた。

「いや、お世辞なんかじゃ――」

「わかってるわよ。いいから、コーヒーを飲んで」メロディは腕組みをして、少し体を引いた。「で、わたしと話したいことがあったのよね?」

するとダグは身をのりだして、声を低くした。「警視正のこと、だれからきいたんだ? なにを知ってる?」

「父からきいたの。仕事で得た情報なんですって」

メロディがためらったのを、ダグの鋭い目はみのがさなかった。「お父さんもだれかほかの人からきいたってわけか?」

「父にはたくさん……情報源があって。わたしのきいたところだと、警視総監からの情報みたい。ただ……」

「ただ？」

メロディは両手でカップを包んだ。これはジェマには話さないと決めたことだ。でもダグになら話せる。ナンセンスだといって信じてくれないかもしれないが、それならそれでなかったことにすればいい。「父が、今朝、わたしに会いにきたの。大きいネタを仕入れたときの父の顔って、ほら、独特でしょ——」

「そんなふうにいわれてもなあ」ダグが話を遮る。「ぼくら下々の者は、きみのお父さんに会う機会なんかないからさ」

「そんなこといってないじゃない」メロディは傷ついていいかえした。「話、やめたほうがいいの？」

「いや、ごめん」ダグには反省の色はみえなかったし、メロディの反論に納得もしていないようだった。

「デニ——警視正のことだけど」メロディはテーブルに両肘をついた。「父がほのめかしていたの。過去にやったことのツケがいまになってやってきたんじゃないかって」

ダグはメロディをじっとみた。「信じられない」やっとのことでそういった。「警視正に限って……」冷めてきたコーヒーを飲みながら考える。「ただ、ここ数ヵ月というもの、おかしなことが多すぎる。ジェマもダンカンも異動になった——それも突然。ぼくもそうだ。まあ、ぼくに関しては単なる巻き添えくらいに思ってたんだけど。そして、警視正が何ヵ月も音信不通になって、あげくにこれだ。署に戻ってきてすぐに、たまた ま通り魔に襲われて死にかけた、なんていわれても信じられないよ」ダグはまばたきをした。

「わたしたち、警視正のことをなにも知らなかったのかも」メロディがおずおずといった。

ダグはかぶりを振った。「だからって、とてもじゃないけど信じられないし、信じたくない」

「信じたくないからといって、目を背けるわけにはいかないわ」

ふたりは黙ってみつめあった。やがて、ダグは眼鏡をはずして目のあいだを指でもんだ。眼鏡のレンズが日差しを遮ってくれたのか、赤い顔の中で、目のまわりだけが妙に白かった。眼鏡をかけなおすと、絞りだすように答えた。「ああ、そうだね。調べよう。きみのお父さんの情報が間違ってるってことを証明するためにも。きみもやるんだろう?」

「そうね」メロディは慎重に答えた。新聞社のデータベースを調べることはできる。前にもやったことだ。ただ、デニス・チャイルズの襲撃が通り魔ではなかったのなら、どんな問題に巻きこまれるかわからない。

テーブルをはさんで座る友人の姿が、なぜだか急に無防備にみえた。「ダグ?」

「なに？」メロディの声のトーンに、ダグはどきりとした。

「だれにも気づかれないようにしなきゃだめよ」

一九九四年六月

妻にキスをして玄関を出る。三ブロック歩いた先、自宅近辺よりにぎやかなところに、フォード・トランジットが昨夜から駐めてある。毎週当たり前のようにここを歩くが、これこそが、本当の自分から別の自分に変身するためのひとときなのだ。しかしこのごろは、そのふたつの生活を切り分けるのがだんだん難しくなってきている。

バンに乗りこんだとき、気温はすでにだいぶ上がっていた。車の中には汗と、食べ物の袋や包装紙のにおいがしみついている。先週末、抗議団体をデモの会場に連れていったときに残されたものだ。鼻にしわを寄せ、窓をあけた。

この車に乗りはじめて十年近くになる。外観はぱっとしないが、3リッターV6エンジンというパワフルな車だ。頑丈なのもいい。秘密捜査員の車には、そのふたつの要素が欠かせない。便利な交通手段を持っていれば、がっちりしたヒエラルキーのある抗議団体に受け入れられやすくなる。もちろん、どうしてそんな車を持っているのかという理由づけは必要だ。自分の場合は、ときどき庭師や造園師の仕事をするから、ということにした。体も大柄だしよく締まっているから、そういう仕事をしているといっても信じてもらいやすい。とはいえ、植物のことを学んで詳しくならなければいけないし、グループのメンバーに頼まれれば、本当に庭仕事をする必要もある。フルタイムの仕事ではないということにしておけば、デモなどの活動に参加しやすい理由にもなるし、また、参加したくない活動があれば、仕事を理由に断ることもできる。

ラジオ2をつけて、ロンドン中心部を走っていく。「愛にすべてを」のカバーバージョンが流れてきたとき、顔をしかめてラジオを切った。今夜メンバーたちに会ったときになにをどういえばいいか、考えはじめた。

秘密捜査員はみな、週に一度姿を消すことについて、念入りなストーリーを作っておかなければならない。今週は、ノーウィッチに住む父親がガンの末期状態で、面倒をみられるのが自分しかいない、ということにした。

実際はまったくちがう。多くの秘密捜査員は結婚しているから、週に一度だけ家族のもとに帰って一日だけ過ごすのだ。公安はあえて既婚者を起用しているに違いない。そうすることで、捜査員が潜入先に取りこまれて寝返るリスクを防ごうというのだ。その一方で、表向きは禁止といいながら、長期にわたって潜入捜査をしている捜査員には、〝柔軟な関係作り〟を推奨している。いいかえれば、敵と寝ろということだ。実際、多くの捜査員は、潜入先の女性メンバーと深い関係になることによって、組織の中に入りこむという手法をとっている。

自分はこれまでのところ、そういう面倒なことをせずにやってこられた。あの小さなグループに潜入するには忍耐が必要だったが、忍耐強いのが自分の長所だ。何ヵ月もかけて、ノティング・ヒルのコミュニティ・センターのまわりをうろつき、ターゲットのグループ集会があるときを狙って、メンバーたちに何気なく話しかけ、彼らがしている活動に関心があるのだが……と控えめにアピールする。やがて、パディントンの運河を渡ったところに借りたアパートで、安いワインのボトルを何本もあけながら、自分の身の上話を彼らに打ち明けることができた。若かった妻が交通事故で非業の死を遂げたせいで、自分は男やもめなんだ、というストーリーだ。話していてうんざりするような筋書きだった。そんな嘘をついていたら、妻が本当に死んでしまうのではないか。ハートフォードシャーで元気に暮らしているやさしい父親が病気になってしまうのではないか。そんなふうに思ってしまうときがある。

しかし、話を信じてもらうことはできたようだ。グループの女たちがかいがいしく世話を焼いてくれるようになったし、男たちは元気を出せと背中を叩いてくれた。その日を機に、リーフレットを配ったり、新しいデモを計画したりという活動に加わるようになった。

差別反対を訴えるグループで、結束力は強くない。白人もいれば黒人もいる。前年のロンドン南部で、スティーヴン・ローレンスという若い黒人が惨殺された事件に刺激を受けた人々の集まりだ。一九九三年四月二十二日、スポーツにも勉強にも熱心に励み、将来は建築家になるのが夢だった十八歳のローレンスは、叔父の家から、友人のデュウエイン・ブルックスとともにプラムステッドにある自宅に帰る途中だった。バスが来るのではないかと気になって先を歩いていたローレンスが、白人の若者五人組に襲われ、刺殺された。

ロンドン警視庁の捜査が適切でなかったことと、目撃者が何人もいたのにじゅうぶんな証拠を集められなかったことから、大規模な抗議の気運が生まれた。一九九四年四月に、スティーヴン・ローレンスの遺族は私人訴追という手段に踏みきった。はじめに訴えたのは二人だったが、のちに三人の被告人を追加した。警察は大混乱に陥った。公安は、ローレンス家の人々がどんな証拠を握っているのかを調べようとした。この件の捜査における警察の失態がこれ以上暴かれれば、市民生活の騒乱がさらに広がってしまう。

噂では、ある小規模な活動家グループがローレンス家とつながりを持っていて、警察を糾弾するための内部情報を共有しているかもしれない、とのことだった。

問題は、話をきけばきくほど、このグループが好きになるということだった。彼らの主張にも共感できる。そして、いっしょに活動すればするほど、リーフレットや活動計画についてのアイディアを積極的に出すようになってきている。

どちらも、秘密捜査員には厳しく禁じられていることだ。

11

クライヴ・グレンのおかげで、アーミテッジ夫人の家は簡単にみつかった。ジェマとケリーは薄板のゲートをあけてパティオに入り、好奇心いっぱいにあたりをみまわした。小さなパティオは、共有の庭以上に丹精されている。グレンが手を貸しているのかもしれないし、アーミテッジ夫人が自分でやっているのかもしれない。それほど詳しくないジェマでも、ここにあるバラのほとんどがモダンローズではなくオールドローズに分類されるものだとわかった。こぢんまりしたパティオの手前部分以外はバラで埋めつくされているので、日差しを浴びたバラが放つ芳香で目眩《めまい》がするほどだった。きれいに並べられた敷石の上には、チーク材の椅子がふたつと小さなテーブルがある。お酒を飲んだりバーベキューをしたりという場所ではなさそうだ。

ふたりはドアをノックした。おそらくドアのむこうには、汚れた靴を脱ぐためのスペースがあるに違いない。しかし、応答はなかった。ラジオやテレビの音もきこえない。庭に面した窓も、雨戸が閉まっている。しばらく待ってから、ケリーが肩をすくめてドアに背を向けた。「道路のほうにまわってみましょうか。留守なのかもしれないけど」

「ローランドって人に会ってみない？」ジェマがいった。マリアン・グラシースによると、ローランドの姓はピーコック。家は外に通じるゲートのすぐ北にあるとのことだった。「もしだれかがゲートを通ろうとしたり、塀を乗りこえようとしたりしたなら、なにかみたかもしれないわ」ローランド・ピーコックは在宅の仕事をしている、ともグラシースはいっていた。それなら、ここの住民たちのことをいろいろ知っている可能性がある。リーガン・キーティングや、亡くなったという男の子のこと以外にも。

ケリーがいらいらしたようすで腕時計に目をやった。鑑識がまだ来ない。「それもそうね」

ゲートのほうに歩く途中で、スー家をすぐにみつけることができた。建物の一階部分を鉄骨とガラスで増築している途中だ。もとはパティオや物置小屋があった場所をすべて住まいにしてしまうつもりらしい。建築法違反だということはひと目でわかった。自分の近所の人がこんなことをしていたらと思うとぞっとする。抗議をしたのはアーミテッジ夫人だけなんだろうか。

「すごいわね」ケリーも驚いて立ちどまった。「ここの家の人たちが皆殺しにされてもおかしくないんじゃない？　こんなことをして、どうして行政からなにもいわれないのかしら」

「袖の下でも渡してるとか？」ジェマは冗談半分でいった。「マッケンジーにきいてみ

——」いいかけて口を閉じたが、もう遅かった。いまのところ、ケリーにとってウィリアムズ夫妻は気に入らない人物リストに入っている。そのときケリーの携帯に電話がかかってきて、ジェマは救われた気分だった。

ケリーはしばらく話をきいてから、不運な相手にいいかえした。「あと一時間かかる、ですって？　なんのつもり？　ゆっくりランチでもしてるんじゃないでしょうね」のしのし歩いてジェマから離れ、背を向けたまま話を続ける。「巡査をもうひとりよこしてちょうだい。さっき来てくれた巡査が暇を持てあましていて気の毒だから」

暇を持てあましている、というほど時間がたったわけではない。それでも、ジェマも時計をみた。もう十二時だ。そういえば、ブリクストン・ヒル署に電話を入れていない。ケリーから話を通してあるといわれたとしても、自分も連絡すべきだった。それに、遺体安置室を出たあともずっと、着信音をミュートにしたままだった。シャーロットの保育園から連絡があったり、キットやトビーが連絡を取りたがったりするかもしれないんだから、もっと気をつけなければ。

バッグから携帯を取りだして、着信やメッセージをチェックした。メロディからメールが一通、ダンカンから着信が二件。留守電メッセージはない。胸がどきりとした。デニスについての連絡だったのかもしれない。

ケリーに近づいて、肩を軽く叩いた。電話をかけるジェスチャーをしてみせると、ケリーはうなずいた。ジェマはアーミテッジ家のほうに何歩か戻って、ダンカンの番号を押した。

発信音が五回ほどきこえたあと、ダンカンが出た。声がぼそぼそとしてききとりにくかった。

「どこにいるの？」アストラに乗っているとき特有の雑音がする。「車？　今朝は地下鉄で出かけたのに」

「いま、M6道路を走ってる」

「え？　どうして？」

「父さんが――」声がとぎれる。咳払い。できるだけ丁寧に答えようとしているのが伝わってきた。「父さんの具合が悪くてね。心臓発作を起こしたっていうんだ。だからチェシャーに向かってる」

ジェマは足を止めた。体がぐらりとする。なんとか足がその場に踏んばっていてくれたようで、倒れずにすんだ。

デニス・チャイルズが大けがを負い、命の危険にさらされているときかされた。悲しみにくれるグウェン・キーティングの話をきいているうち、なぜか、自分にとっても身近な存在だった女性が亡くなったかのように感じられた。それでもしっかりしていられたのは、目にみえないものに支えられていたからだ。

その支えが、突然なくなってしまったような気がした。どうしていいかわからない。

「そんな……お義父《とう》さん」

「だいじょうぶ？」電話を終えたケリーがそばに立っていた。ジェマは携帯を握ったまま、ぼんやり突っ立っていた。

「義理の父が――」ジェマはいった。「――心臓の発作を起こしたって」

ケリーは心配そうな顔をした。「だいじょうぶなの？」

「わからない。夫が向かってる。実家は――夫の実家は――チェシャーのナントウィッチにあるの」

「あなたも行く？　もちろん、止めはしないけど」ケリーはそういったが、強く勧めるような口調ではなかった。

「いえ、少なくともいまは残るわ。夫があちらに着いて、状況がわかったら連絡をくれるって」

「そう。じゃあちょっと休憩しましょう。ランチでも食べて落ち着きましょう」ケリーは少しぎこちない手つきでジェマの肩を叩いた。「このへんでいいお店を知ってる？」

〈キッチン・アンド・パントリー〉なら、ここから近い。

「ここでいいの？」ケリーは赤ん坊の泣き声をきいて、そういった。入り口に置いてあるベビーカーとアイスクリームのケースの隙間を通って店内に入る。

「あいた席が——ああ、あそこ」ジェマは窓際のテーブルに目を向けた。「あいてるわ。なにを頼むか決めて、席をとっておいてくれる？　わたしが注文するから」

数分後、ふたりは窓のそばのソファに腰をおろした。あけっぱなしの窓はケンジントン・パーク・ロードに面している。ジャケットポテトの皿を膝にのせ、コーヒーはぐらついた小さなテーブルに置いた。赤ん坊は泣きやんでくれていた。

ジェマがジャケットポテトとともに選んだのは野菜のロースト。ケリーはキノコのクリームソースだった。手にしたフォークから湯気があがっているのをみて、ジェマは揚げたてのポテトを口に入れるのを少し待つことにした。

ケリーはそこまで用心深くなかったらしく、口をあおぐように手を振っている。しかし、そんなことをしても舌の火傷が治るはずもない。「まいったわ」ようやくしゃべれるようになると、そういった。「アイスクリームにすればよかった」

「コーヒーが冷めててよかったわね」ジェマはあえて呑気《のんき》に応じた。

それからふたりは皿の上でポテトをつつきながら冷めるのを待ち、おそるおそる口に入れた。ケリーはすぐに食べおわったが、ジェマはいつのまにか食欲をなくしていた。野菜の上でとろけていたチーズが冷めて固まり、なんだかまずそうにみえる。

そんなジェマのようすをみていたケリーがいった。「コーヒーのおかわりをもらってくるわ。今度は熱くしてもらうわね」

ケリーがカウンターに行ってしまうと、ジェマは食べるのをあきらめて、窓の外に目をやった。そのとき、通りかかった人物に目が留まった。ニータ・キュージックだ。スカートにパンプスというビジネスふうファッションで、不機嫌そうな顔でだれかと電話をしながら歩いていく。窓はあいているし、ほんの一メートルほどのところにジェマがいるのに、気づきもしなかった。午後に自宅を訪ねても、会うことはできないかもしれない。コーンウォール・ガーデンズからノティング・ヒル方面へと歩いていたからだ。

ケリーがコーヒーを二杯持って戻ってきた。ジェマがキュージックのことを話す前に、ほとんど手がつけられていないままの皿に非難めいた目を向けて、いった。「義理のお父さんのこと、話して。親しくしていたの？　結婚生活がそんなに長いなんて思わなかったわ」

「そんなに長いわけじゃないけど、義父は――ヒューは――」ジェマの言葉がとぎれた。ヒュー・キンケイドの人となりをどう説明すればいいのかわからなかった。はじめてナントウィッチで過ごしたクリスマスが思い出される。義母のローズマリーには以前に会っていたが、ダンカンのほかの家族とは初対面なので、ものすごく緊張していたものだ。期待はずれの嫁だとか、キットの母親としてふさわしくないとか思われたらどうしよう、と不安だった。しかし、ヒューはとても温かくジェマを迎えて、できるだけのことをしてもてなしてくれた。町を案内し、いろんな質問をしてくれたし、こちらが話をすれば敬意をもってよくきいてくれた。自分の父親が絶対にしてくれないことだ。首を横に振った。涙がこみあげてくる。「ヒューは……ヒューだとしかいいようがないわ」そのとき、子どもたちに話さなければと気がついた。

ジェマとケリーがコーンウォール・ガーデンズに戻ったとき、すでに鑑識が到着していた。現場付近にいた巡査はゲートのほうに移動し、クライヴ・グレンは道具を片づけはじめていた。グレンが帰ってしまう前に、ケリーが声をかけた。

「鍵を貸してもらえないかしら」

「それは無理だな。アーミテッジ夫人に――」

「アーミテッジさんはお留守なんですよ。警察はどうしても、ここに出入りする必要があるんです」カフェから戻ってくる途中、家の正面のほうからもアーミテッジ夫人を訪ねてみたが、やはり夫人は不在だった。「鑑識も呼んでしまったし。鍵がなかったら、作業が終わったあとにどうしたらいいんです？　少しは頭を使ってくださいよ」

グレンの顔に浮かんだ表情をみて、ジェマは吹きだしそうになった。グレンはひとつ大きな息をついたが、日焼けして無精ひげの伸びた顔がさらに赤くなるのがわかった。

「だが――」

「鍵を」ケリーは片手を出した。「でないと、証拠として押収しますよ。二度とあなたの手元に戻らないかも」

ふたりはにらみあっていたが、この口論にどちらが勝つのかは明らかだった。

グレンは肩をすくめ、ポケットから鍵を出した。たこだらけの手で鍵をひとなでしてから、ケリーのてのひらにそれを落とした。「なくさないでくれよ、警部さん。もしなくしたら――」いいかけて、首を振った。「――A夫人にどやされるぞ。わたしならじゅうぶん気をつける」

そういってトラックに乗りこみ、グレンは去っていった。

ケリーは鍵をポケットに入れた。「じゃ、ピーコックさんに話をきいてみましょう」

ゲートの左側の家だった。ほかの家とは違って焦げ茶のレンガを使った家だが、漆喰《しっくい》を塗ってあるので違和感はない。焦げ茶のレンガの壁はゲートの塀にそのまま続いていて、全体として要塞のような印象を受ける。道路のすぐそばに建てられていて、敷地と歩道を隔てるのは背の低い生け垣だけだ。ドアはつやのある黒に塗られている。

「葬儀場みたいな家ね」ケリーはつぶやきながら呼び鈴を押した。ボタンはひとつだけ。つまり、建物全体がピーコック一家の住まいなのだ。呼び鈴の音が車のクラクションのように家の中に響いた。まもなく足音と男性の声がきこえた。なんといったのか、ききとれなかった。

「なんのセールスだか知らんが、さっさと帰れ」ドアがあくと同時に、男性はいった。「いい加減に――」途中で言葉を切って、ふたりをみつめる。「あんたたち、だれだ？」

ジェマは先に自己紹介がしたかったが、ケリーはすでに身分証を手にしていた。「警察です」さらりといって身分証を掲げる。「ピーコックさん、お話をうかがえますか？」

ローランド・ピーコックは背が高く、痩せていて、老眼が進んでいるようだった。身分証をじっとみてから首を振った。「眼鏡がないとみえないな。だが、信じるよ。まあ、保険のセールスにはみえんからな」自分のユーモアに満足したようににっこり笑うと、ふたりを招きいれた。「だが、これが駐車場の件なら、あいつら、刑事をよこすとはたいしたもんだ。あんたたち、刑事なんだろう？」ふたりを振りかえってみた。ケリーは紺色のスーツ姿で警官らしくみえるが、ジェマは黄褐色のズボンと黄色いポプリンの薄手のジャケットというカジュアルな服装だった。

ジェマは手を差しだした。「ジェマ・ジェイムズ警部です。こちらはボートマン警部です」

ピーコックは目を丸くした。「駐車場の件じゃないってことか。じゃ、中で話そう」家に入っていった。ふたりもあとについていく。フォーマルな感じのリビングルームとダイニングルーム、そして幅の広い立派な階段があった。全体が濃いチョコレート色とクリーム色で統一されていたが、通された奥の部屋は深いテラコッタ色だった。天井がとても高く、床から天井までの本棚が壁のほとんどを占めている。窓からは庭がみえた。部屋の奥にはオープン型のキッチンと、居心地のよさそうな家族用のダイニングエリアがある。テーブルとソファには本と新聞、そしてがらくたが散らかっている。ジェマにとってはほっとする光景だった。さっきまで子どもたちがここで遊んでいたのだろう。

リビングスペースには、年季の入った革張りの肘かけ椅子が、庭に向けて置いてある。その横にはシェードのついたランプ。オットマンには、書類、開いたままのノートパソコン、ワイヤーフレームの眼鏡が適当に置いてある。「お仕事中だったようですね」ジェマは話の主導権を握りたかった。ケリー・ボートマンに捜査協力を要請された以上、メモを取るだけで終わるつもりはない。「ご近所のマリアン・グラシースさんから、ピーコックさんのお名前をうかがいました。わたしたち、リーガン・キーティングさんが亡くなった件について捜査しています」

「ああ、そうか。そういうことか。たしかにその話はきいた。だが、どうせドラッグかなにかだろうと思っていたんだが、どうして捜査を？」ピーコックは眼鏡をかけ、鋭い視線を向けてきた。澄んだ青い目をしていた。

「いまのところ、不審死として扱っています」ケリーがいった。「グラシースさんによると、あなたは在宅でお仕事をされているとか。それなら、庭でなにかおかしなことが起こっていたとしたら、気づかれたのではないかと思いまして」

「だが、死んだのは夜中だときいた。気の毒にな」

「こういうことがあったときは、徹底的に調べるのが警察の仕事です」ケリーの口調はそれまでより柔らかくなっていた。「つまり、ご近所のみなさんにできるだけたくさん会って、お話をうかがいたいんです。できれば――」

「ああ、なるほど」ピーコックは少しくたびれたベルベットのソファを指さした。オットマンをわきにどけて、自分は肘かけ椅子に長身を落ちつける。「だが、なにを話せばよいものやら」

ジェマはソファの肘かけ椅子に近いほうの端に浅く座った。「ピーコックさん、どんなお仕事を？」

「フリーランスのジャーナリストをやってる。経済関係の。上に仕事部屋はあるんだが、ここで原稿を書くのが好きでね。とくに天気のいい日は」窓があけられているが、庭の西の端には木がたくさんあるので、プライベートな空間という雰囲気がある。

「奥様は？」

「建築家で、アメリカとドイツに支社があるから、出張がすごく多い」

つまり、ローランド・ピーコックは、日中、家にひとりでいるわけだ。子どもは学校に行っているだろうから。そして、妻が出張に行っていれば、夜もひとりで過ごす時間があるだろう。とても魅力的な男性だ、とあらためて思った。映画スターのようにハンサムかというと、そうではない。顔が長すぎるし、額も広くなりつつある。しかし、全体的にみると独特な魅力があるのだ。青い目も、いまは眼鏡のせいで少し翳《かげ》ってみえるが、はっとするほど美しい。若い女性が惚《ほ》れこんで……というシナリオもじゅうぶんに想像できる。「ピーコックさん、リーガン・キーティングとは知り合いでしたか？　息子さんのひとりがジェシー・キュージックと同い年だとききましたが」

「ああ、うちのアーサーはジェシーと同い年で、友だち付き合いをしていたよ」

「していた？」ジェマはきいた。子どもになにかあったんだろうか。

「いや、いまも友だちではある」ピーコックは訂正した。「だが、アーサーはいま遠くの学校に行っているから、会う機会がないんだ。それに——去年あんなことがあってから、子どもたちの日常生活が変わってしまった」

「男の子が亡くなった件ですか？」ピーコックのほうからその話を出してくれて、ジェマはほっとした。

「ああ、そうだ。ヘンリー・スー」

「三人で仲良くしていたんですか？」

「いや、仲良くなんかしていなかった」ピーコックは意外なほどはっきりいいきった。

「同い年で、アーサーとジェシーは気の合う友だち同士だったが、ヘンリーは……違った」

「違った、とは？　どんなふうに？」ケリーが鋭い口調できいたので、ピーコックははっとしてケリーをみた。ケリーがそこにいるのを忘れていたかのようだった。いいよどんでいるピーコックをみて、ケリーは付けたした。「亡くなった人のことを悪くいいたくない、とかいうのはなしでお願いしますね。死んだ人は傷つきませんから」

「だが、今回のこととは関係が――」

「関係があるかどうかはわかりませんよね」

ローランド・ピーコックはケリーをみつめ、しばらくすると眼鏡をはずして顔をこすった。「ヘンリー・スーはいじめっ子で、問題ばかり起こしていた。両親にひどく甘やかされていたせいなのか、もともとの性格なのか、そこはわからないが。ほかの子どもたちにとことん嫌がらせをするんだ。正直、うちのアーサーを遠くの学校にやることに決めた理由のひとつでもある。地元の学校に進めば、同い年のヘンリーとまたいっしょになる。学校でも家でも、さんざんな毎日を送ることになる」

「ヘンリー・スーになにがあったのか、詳しく教えていただけますか？」ジェマはきいた。

マリアン・グラシースからきいた話の裏付けがほしかった。

ピーコックは顔をしかめ、また眼鏡をかけた。そのせいで表情が読みとりにくくなった。「ヘンリーはどこかに隠れるのが好きだった。そうやって、人にかまってほしかったんだろう。子どもたちはたいてい無視していたし、短いあいだだけでもいなくなってくれるのを喜んでいた。だがあの日、ちゃんと探していたら……」首を横に振る。「あんなことにはならなかったかもしれん。

ヘンリーは喘息持ちだった。父親が庭仕事の道具をしまっていたあの小屋に閉じこもったんだが、出られなくなったんだろう。焦ったせいで喘息の発作が起こったんじゃないかと思う。吸入器を持っていなかったから、息ができなくなったんだ」

「窒息死だったんですか？」

「みつかったとき、すでに無反応だった。もう暗くなっていて、両親は必死で探していた。いや、まわりのみんなも探してた。その後一週間、延命措置を受けていたが、医者が両親に、もうあきらめたほうがいいと説得したそうだ。だが両親は、臓器提供はいっさいおこなわなかった」ローランドはまた首を振り、口を引きむすんだ。「まあ、気持ちはわかる。あんなに悲しいことはないからな。だが、ほかのだれかの命を救うことができたら、ヘンリーも無駄死にではなかったのにな」

ジェマはふとデニスのことを思った。家族から臓器提供を受けたことで新しい命を得たようなものなのに、せっかくのその命が、いま危機に瀕《ひん》している。

「さらに悪いことに」ピーコックが続けた。「ヘンリーの両親はいま、小屋のあったところに家を増築してる。違法建築だし見た目もひどいんだが、だれも文句をいえないでいる。なんだか無神経な気がしてな。ただ、アーミテッジ夫人は別だ。庭の管理委員会の代表者だからな」ピーコックの表情が緩んで、笑みが浮かんだ。「デリカシーとは無縁の人なんだ」

「リーガン・キーティングを発見したのはアーミテッジさんですよね?」ケリーがいった。

「そうきいてる。あの子もかわいそうにな。なにがあったんだろう」

「リーガンとは知り合いだったんですか?」ジェマは、さっきと同じ質問をした。さっきは答えがなかったのを意識していた。

「会ったことはあるよ、もちろん。ヘンリーがみつかったとき、ひどくショックを受けているようだったのを覚えてる。だが、アーサーが遠くの学校に行ってからは、めったに会わなくなったな。もともと、知り合いというほどよく知っていたわけじゃないし」

「このあたりの家で、リーガンと特に親しかった人はいませんか?」

ローランド・ピーコックは眉根を寄せてしばらく考えた。「エイジア・フォードに話をきいてみたらどうかな。キュージック家の隣の隣だ。ガーデンパーティーがあったとき、リーガンと親しそうに話していた」

「ガーデンパーティー?」ジェマはきいた。

「二週間前に開かれた。毎年春の行事なんだ。ゲームをやったり、軽い食事をしたりフルーツパンチを飲んだりする。スプーンに卵をのせて運ぶ競走とか、くだらないゲームばかりなんだが。ただ、実際はもっといろんな飲み物が出るんだがね。エイジアは自家製のリモンチェッロを勧めてきたよ。風呂用の洗剤みたいな味だったな」勘弁してくれというように手を振る。「要するに、成金《なりきん》たちが自分たちのセレブぶりをアピールするためのパーティーだよ。おれたちみたいな中流階級の専門職とか、家を相続しただけの人間とか、そういう住民をここから追いだしたいと思ってるんだ。そうしたら不動産価値が上がるからね」

「わあ、素敵な環境」ケリーがサメのような笑みをみせた。「きいた話だと、夜の庭で、なんというか……不適切な関係を楽しむ人たちがいるってことなんですが。不倫ってやつです。互いの家にこっそり出入りしたり」

「不適切な関係か。ずいぶん遠回しな表現だな。いや、そんな話はきいたことがないな。おれがやったら妻に殺される」

その直後、ピーコックははっとした。自分のいった言葉がどういう意味を持つのか、気づいたようだった。

パティオに藤棚がある家だからすぐにわかるよ、とローランド・ピーコックはいっていた。その家ならジェマの記憶に残っていた。午前中、庭の南側の小道を歩いていたとき、藤が目についたのだ。すばらしい香りが朝の空気のなかに漂っていたが、気温の上がったいま、その香りはさらに強くなっていた。パティオの両側にはレンガの塀が立ててあり、その上に藤棚がセットされている。まるで紫色の洞窟のようだった。

　いくつもの花房の下にはレンガが敷いてあり、古そうだが座り心地のよさそうな、籐《とう》の椅子が置いてある。小さな温室もあった。中にはさまざまな鉢植えや植物やガーデニングの道具が所狭しと置かれている。棚にはガラス瓶がきれいに並べられていた。藤棚からは電飾用の豆電球がいくつも吊りさげられている。

　多くの家と同じように、共有の庭とパティオとのあいだには、背の低い鉄のフェンスとゲートがある。ゲートの前で、ジェマはためらった。パティオがあまりにもプライベートな空間のようにみえて、入るのが申し訳ないと思ってしまったのだ。

　鑑識のようすをみてきたケリーがジェマのところにやってきたとき、家のドアが開いた。

　女性が笑顔で出てきた。「うちにご用ですか？　キッチンの窓からみえたので、出てきたんですけど」

「エイジア・フォードさんですか？」ジェマはきいたが、間違いないと思っていた。ちょっと変わった名前とありふれた姓の組み合わせが、この女性にぴったりだった。ゆるくまとめた髪、コットンのTシャツ、さらりと流れるようなスカート。第一印象は若い女性という感じで、リーガンと同年代かと思ったが、女性がゲートのそばまで出てきて日差しを浴びると、明るい褐色の髪に白髪が光っていた。顔にも若干皺がある。

「そうです。なんでしょうか？」エイジア・フォードはケリーのかっちりしたスーツをみて、顔から笑みを消した。「つなぎを着た人たちがみえたけど、リーガンのことですか？」

「ええ、そうなんです」ジェマは答えてから自己紹介をした。「少しお話をうかがえますか？」

「え、ええ」フォードは口元に手を持っていったが、顔にあらわれた不安を隠すことはできなかった。「あんなことが起きるなんて」頭を左右に振り、ゲートの掛け金をはずした。「どうぞこちらへ。ちょうどレモネードを作っていたの。ピッチャーを持ってくるわね」

ケリーがなにかいおうとしたが、ジェマがすかさず応じた。「ありがとうございます。とてもうれしいです」ランチがジャケットポテトとコーヒーだったので、喉が渇いていた。気温もかなり上がっている。籐の椅子のひとつにありがたく腰をおろすと、ケリーもしぶしぶついてきて座った。甘い香りがあたりに漂って、まるで香りが実体のあるもののように思える。

しばらくすると、ジェマは好奇心に負けて立ちあがり、フォードがあけっぱなしにしていったドアに近づいた。「お手伝いします」声をかけ、キッチンとリビングをのぞきこむ。

ローランド・ピーコックのリビングは日常生活に必要なものが散らかっていたが、モダンで、お金をかけて設計されたものだというのがよくわかった。しかしエイジア・フォードのキッチンとリビングをみた瞬間、タイムマシンでここにやってきたかのような錯覚にとらわれた。

巨大なクリーム色の、レイバーン社製クッカーが鎮座している。薪を使う年代物の調理器具で、これがあれば、冬は家全体が温まるだろう。食器棚も傷のある年代物だ。パティオにあるような籐の家具、花模様のクロスをかけたテーブルもある。レイバーンのクッカーの横には、作られた時代も、もとの色もわからないほど古いソファがあり、カシミアのショールがかけてある。窓際には、昔の農場にあったようなシンクと、オーク材の調理台。

さまざまな写真や絵やポスターが貼ってある壁は淡い緑色。ジェマが子どものころに住んでいた家の壁と同じ色だ。部屋のあらゆるところに、磁器や本や、切りたての花を活けた花瓶が置いてある。

人によっては、狭苦しくて息が詰まりそうだと感じるかもしれない。しかしジェマは、この部屋にすっかり惚れこんでしまった。「わあ、素敵なお部屋」思わず声をあげた。

フォードはばらばらのグラスをブリキのトレイにのせているところだったが、顔をあげていった。「気に入ってくださったのね。この家は両親のものだったの。現代ふうに直そうという気にならなくて。正直、そんなお金もないし。最近はリフォームも高くつくでしょう？」スライスしたレモンが浮かんだ透明のピッチャーと、氷を入れた小さなボウル、それと花瓶もトレイにのせる。花瓶には庭の端のほうにあったのと同じバラが活けてあった。「セシル・ブルンネっていうバラなのよ」フォードはジェマの視線を追って、説明した。「クライヴ・グレンが切ってきてくれるの。香りがいいのよね。ドアを押さえておいてくださる？」ふたりでパティオに戻った。

ジェマはピーコックの言葉を思い出していた。家を相続しただけの住人が成金たちからよく思われていない、とかなんとか。リフォーム業者に頼んだりしたら、この家の古いキッチンを取りこわして、最新式のキッチンに作りかえようとするだろう。そう思うとなんだか悲しくなる。フォードもピーコックも、それほど高齢ではない。フォードは五十代、ピーコックは四十代といったところか。ただ、中年男性の年齢はわかりにくい。

「ご両親は——こちらに長くお住まいだったんですか？」ジェマはきいた。

「母が生まれた家なの。父は工場長をやっていて、まさに中流階級って感じの人だった。ただ、そのころにはノティング・ヒルも昔ほどの高級感はなくなっていたんだけど。両親は布教活動をやっていたから、この家を分割して人に貸していた時期もあったわ」フォードはそれぞれのグラスに氷をふたつずつ入れて、ピッチャーのレモネードを注いだ。

ジェマがイメージしていたのは炭酸飲料か、缶入りのレモネードだった。しかし口をつけてみると、きりっとしたレモンの酸味が口に広がった。思わず唇をすぼめてしまう。グラスの半分ほどを一気に飲んだ。「とってもおいしいです」

「レモンもうちで育てているのよ」フォードは温室を指さした。並べられたガラス瓶のむこうに、つやつやした深緑色の葉を繁《しげ》らせたレモンの木がみえる。そういえば、ローランド・ピーコックがリモンチェッロの話をしていた。

「ミス・フォード、ローランド・ピーコックにきいたんですが、あなたはリーガン・キーティングと親しかったそうですね。ガーデンパーティーでもおしゃべりしていたとか」

「エイジアと呼んで。ミス・フォードと呼ばれると、なんだかオールドミスみたいだから」その後、エイジアの顔から豊かな表情が消えた。ため息をついて話しはじめた。「リーガンはいろいろわたしの手伝いをしてくれたの。ここに座るのも大好きで」パテイオのことをいっているのがわかった。「夏にピクニックをするのが楽しみだった」

「では、リーガンと過ごす時間は長かったんですね」

「たぶん、ニータの家はあまり……」エイジアはいいかけて、はっとした。「いえ、ただ――リーガンはホームシックにかかっていたんじゃないかと思うの。お母さんが恋しかったのね。ずっと母娘《おやこ》ふたりで暮らしてきたんだし、仲のいい親子だったから。お母さん、さぞかし悲しんでいらっしゃるでしょうね。刑事さん、お母さんにはもう会えたのかしら？」

「ええ、きのう」ジェマは答えたが、どういう状況で会ったかはいわなかった。「いまはもうカーディフに帰っていると思います」

「手紙を書くわ。ニータが住所を知ってるはず」エイジアは首を振った。「リーガンがもういないなんて、信じられない。美しくて健康な若い娘さんが、突然亡くなってしまうなんて。いったいなにがあったの？」ケリーをまっすぐみた。「なにかご存じなんでしょう？」

「いまはまだ捜査中です」ケリーが答える。「不審死と判断されたので、よく調べなければなりません」

「自殺するような子じゃないわ」ケリーの口調から、なにかを感じとったようだった。

「いつも前向きな子で、いろんなことに興味を持って、熱心に取りくんでた。人生の目標も持ってた」

「悩みを打ちあけられたことはありませんか？」ジェマはきいた。「なにかご存じなら教えてください」エイジアがいいにくそうにしているので、さらに促した。「どんな情報が捜査の役に立つかわかりません」

エイジアは三つのグラスにレモネードを注ぎたして、ピッチャーをふきんで拭いた。「最近、ボーイフレンドとうまくいっていないようだったわ。ブロンドの、とてもハンサムな青年よ。もちろん、見た目がいいから好きになったというわけじゃないと思うけど。少なくとも、見た目だけで好きになったわけじゃないはず」笑顔で付けたした。

「ヒューゴーですね？」ジェマがきいた。

「ええ、そうよ。ここにも何度か連れてきてくれた。とても魅力的な青年だったわ」ほめているわりに、冷めた口調だった。

「ヒューゴーのこと、あなたは気に入っていなかったんですね」

「気に入らない、とまではいわないわ。育ちのいい、上品な男性だったし。礼儀はいつも完璧だった。でも――」エイジアは眉をひそめた。「わたしのことを下にみているっていうか。そりゃあ、わたしはもう若くないし、ああいう人が興味を持つ対象じゃないってことはわかってる。でもとにかく、なんていうか……いつも、どこか見下されている感じがするの。礼儀正しくふるまいながら、そういう気持ちをにおわせてくる」

「そのせいでリーガンとうまく行かなくなったんでしょうか？」ケリーがきいた。

「リーガンは気づいてなかったと思うわ。わたしからもなにもいわなかったし。まあ、わたしが神経質になりすぎてただけなのかもね。でもそんなとき、レンガ事件があって」

ふたりがきょとんとしたせいだろう。エイジアは温室のドアのそばに積んであるレンガに顔を向けた。「温室の床をパティオと同じレンガ敷きにしたくって。ある日、リーガンがヒューゴーに『手伝ってあげたら？』といったんだけどそれ以来、ヒューゴーはうちに来なくなったのよ」笑顔が浮かぶ。悲しみを一瞬忘れることができたようだ。

ジェマにはわかるような気がした。あれだけ美形の若者だ。ちょっとした肉体労働であっても、自分がそんなことをするなんてとんでもないと思って、逃げたのだろう。

「じゃあ、それが原因だったんでしょうか？」

「でも、わたしの存在がリーガンにとってそこまで大切だと考えるのも、どうかと思うの」エイジアはグラスのレモネードをくるくるかき混ぜながら考えた。「リーガンはときどき、すごく頑固になることがあるの。融通がきかないっていうか」そういって顔をあげた。めずらしい色の瞳だ、とジェマは思った。琥珀《こはく》色に近い金色だ。エイジアはゆっくり付けたした。「ヒューゴーがなにかをして、リーガンがそれを許せなかった。そういうことじゃないかと思うわ。リーガンは、ヒューゴーと別れようと思ってたはず」

ヒューゴーのことはそれ以上はわからない、とエイジア・フォードはいった。名前もフルネームは知らされていないという。ただ、ロンドンのどこかの大学で経営学を学んでいるようだった、とのこと。ノティング・ヒルに詳しかったから、この近くに住んでいるのかもしれない、ともいっていた。

次はアーミテッジ夫人だ。しかし、エイジアが最後に「今日はブリッジの日よ」と教えてくれた。ジーン・アーミテッジは、週に一度ブリッジを楽しむ。そのあとは買い物をするので、丸一日出かけているらしい。

「お友だちなんですか?」ジェマはきいた。アーミテッジ夫人が気難しい女性だという印象を受けていたので、好奇心をそそられた。

「この土地への愛情という点でつながっているわ。おかしな話だけど。ジーンとご主人があの家を買ったのは、わたしがティーンエイジャーのころだった。当時は彼女のことがすごく怖かったけど、いまになってみれば、そんなに歳が違うわけじゃない。それに、彼女のほうも、若いわたしを警戒していたのよね。それから何十年ものあいだ、ご近所さんとして暮らしているの」

ジェマはもっとききたかったが、鑑識からケリーに連絡が入ったので、エイジアに礼をいって、庭に戻ることにした。

鑑識チームのひとり、丸顔に赤みをおびた金色の無精ひげをはやした男が、現場の近くでふたりを迎えた。「芝生にいくつかへこんだところがありました。争っているうちにできたものだと思われます。それらと遺体の位置とを照合するつもりです。それと、ちょっとおもしろいものがありました」証拠保存用のビニール袋をみせる。入っているのは白い物質で、直径五センチほどのものだった。「キャンドルの蠟《ろう》です。容器も芯もなく、ただ蠟だけが固まっていたんです」

「遺体との関係は?」ケリーが嚙みつくような口調できく。

鑑識スタッフはケリーをにらみつけた。「遺体がここにある時点で呼ばれなかったので、そのとき撮られた写真をもとに推定することしかできませんが」そこまでいってから、現場のほうに顔を向けた。「遺体との距離は五十センチから一メートルくらいではないかと。もう少し範囲を広げて調べます。ただ、照明や発電機を持ってきてまでやる意味があるかどうかは微妙ですね」

日差しの角度に気がついて、ジェマははっとした。腕時計に目をやってから、ケリーを脇に連れていく。「わたし、もう行かないと。ダンカンはチェシャーに行ってるし、子どもたちのお迎えをだれにも頼んでいないから」

「悲しみにくれる母親には、わたしから連絡しなきゃいけないのね」ケリーがいった。

「明日も朝からよろしく」

ジェマがシャーロットとともに帰宅したころには、キットとトビーも帰ってきた。キンケイドからの連絡はまだない。またこちらからかけてみたが、ボイスメールが流れてきた。現状がわからないが、子どもたちになにも話さないわけにはいかない。

おやつをあげると子どもたちにいって、冷蔵庫のチーズをサイコロ状にし、リンゴも切った。用意ができると、下のふたりを食卓につかせ、リビングにいるキットも呼んだ。小さい子じゃないんだからおやつなんかいらないよ、といいそうだったが、キットも食卓についた。チーズとリンゴを一気に半分食べて、キッチンの外に目をやっている。

「キット――」

「宿題があるんだ」

「わかってるけど、ちょっとだけ待って。三人に話があるの。今夜はパパが帰らないから――」

「へえ、すごいニュースだね」キットがリンゴを口に運びながらいった。

「ふざけてる場合じゃないの」ジェマは苛立っていた。「仕事じゃなくて、チェシャーに行ってる。おじいちゃんとおばあちゃんのところに」

「え？　なんで？」キットの表情が変わった。「どうして黙って行っちゃったの？」

「今朝わかったことなのよ」トビーとシャーロットはチーズの取り合いをしている。そこでジェマはキットをまっすぐみていった。「きのう、おじいちゃんが胸が痛いといって、今日の午後に手術を受けることになったのよ。ステントを入れるんですって。ステントっていうのは——」

「知ってる。ステントだけ？　どれくらい悪いの？　バイパス手術もするの？」キットの頰にピンク色の斑点が浮きあがっていた。声が大きくなる。「それなら胸を切らなきゃならない」

兄の声の調子が変わったのに気づいたトビーが、チェダーチーズの最後のひとかけらをシャーロットに譲って顔をあげた。「胸を切るの？　おじいちゃんの？　おじいちゃん、死んじゃうの？」

「ううん、おじいちゃんは死なないわよ」ジェマは答えた。「心配しないで。ちょっと具合が悪かったから、それを治してもらうんですって。パパが会いにいってるから、そのうち電話をくれるわ。トビー、シャーロットといっしょに犬の散歩に行ってくれる？　パパから電話があったらすぐに知らせるから」

フランス窓が閉まる音がきこえたとき、突然ヘンリー・スーのことを思い出した。子どもたちが共有の庭で遊んでいるときは心配したことがなかったが、そこまで過信してはいけないのかもしれない。

キットに向きなおった。「パティオからあまり離れないように、ふたりにいってくれる？　わたしは――」

「自分で話してよ」キットがいう。「ぼくは宿題があるんだ」携帯を手にしてキッチンをとびだしていった。ナントウィッチにいるいとこのラリーにメールをしているんだろう。気が立っているのは不安のせいだ。キットを責めることはできない。

ため息をつき、子どもたちの様子をみるためパティオに出るドアに向かおうとした。そのとき玄関の呼び鈴が鳴った。「今度はなに？」つぶやいて玄関に行き、ドアをあける。

メロディ・タルボットが立っていた。さっきのキットみたいに、あからさまにふてくされている。ジェマが口を開く前に、メロディがいった。「今日はいったいどこに行ってたんですか？」

12

「中に入って」ジェマは困惑していた。そういえば、結局メロディに折り返しの電話をかけることができなかった。しかし、だからといって、こんなに不機嫌になるものだろうか。それに、メロディの姿があまりにもひどい。赤いシルクのブラウスは、裾の一部がウエストから出てしまっているし、髪は湿ってぐしゃぐしゃになっている。「車は？」ジェマは通りに目をやった。

「ホランド・パーク駅から歩いてきたの」

ジェマはもっといろいろききたかったが、まずはメロディを中に入れた。「お湯をわかすわね。ふたりとも、紅茶が必要だわ」メロディにも、エイジア・フォードのレモネードを飲ませてあげられればいいのだが、いま出せるのは紅茶がせいぜいだ。キッチンに戻りながら、ふと気づいた。子どもたちの声がきこえない。「ちょっと待ってて。怪獣さんたちのようすをみてくる」

フランス窓から外をみると、子どもたちはずいぶん遠くに行ってしまっていた。シャーロットは木にかけたぶらんこに乗り、ジョーディが大興奮で耳をぱたぱたさせながら、そのまわりをぐるぐる走っている。トビーの姿がみえない。どきりとしたが、よくみると、しゃがんで地面のどこかを掘っているのがわかった。

「シャーロット、気をつけて。トビー、やめなさい。ふたりとも、パティオに戻ってきて。そんな遠くだと、おうちからみえないでしょ。お願い」

メロディがうしろに来ていた。「がみがみママになっちゃいそう」叫んでいるのをきかれたのが恥ずかしくて、ジェマはいった。「でも今日は、ちょっと過保護な気分なの。よかったら、ここでお茶にしない？　ふたりに目を配っていたいの」子どもたちに話をきかせたくないから、パティオには出ないほうがいい。それに、家の中のほうが涼しくて快適だ。

ジェマは手早く紅茶をいれた。ヨークシャー・ゴールドのティーバッグをマグカップに入れ、熱湯を注いでから牛乳を加える。いつものメロディならてきぱきと手伝ってくれるのに、今日は黙ってみているだけだ。リビングにマグカップを運んでいるとき、ジェマは気まずさと不安を感じていた。もう一度子どもたちのようすをみてから肘かけ椅子に腰をおろし、両足を体の下に折りこんだ。メロディはソファに浅く腰かけた。校長室に呼ばれた子どものように、背すじをぴんと伸ばしている。カップはサイドテーブルに置いたままだ。

「今日はごめんなさい」ジェマがいった。「じつは――」

「クルーガー警視に呼ばれて、八つ当たりされたんですよ。ボスが別の署を手伝いにいった、といって」

「手伝いにいったというより――」ジェマは説明しようとしたが、メロディが遮った。

「デニスのことは？」

そういえば、ダンカンが病院に行って以降、メロディと一度も話していないのだ。

「きのう、メロディと話したあと、ダンカンが病院に行ったの。デニスは薬で昏睡状態にされてる。頭を殴られたので、脳の腫れを抑えるためですって。それと、肝臓のこともあって」

「肝臓？　どういうことです？」

「移植手術を――」いいかけて、ジェマははっとした。デニスの肝移植手術について知っているのは、土曜の夜にデニスがダンカンに話したからだ。ダンカンは、デニスが襲われる数分前に自分と会っていたことを、できるだけ人に知られたくないと思っている。

しかし、肝移植については、ほかにも知っている人がいるはずだ。たとえばフェイス警視正も、病院でその話をきいたに違いない。

「教えてください」メロディがせっついてくる。「なんの話ですか？」

なんでもない、とはもういえない。ここまで来たら話すだけだ。ひとつ息をついてから、口を開いた。「デニス・チャイルズは肝移植手術を受けたの。しばらく姿を消していたのは、そのせいだったみたい」

「でも――そんなの、おかしいじゃないですか」メロディは眉をひそめた。「たしかに、デニスが病気だったというのは信じられますけど。この一年か二年くらい、具合が悪そうでしたから。でも、どうしてこんなに……秘密ばっかりなんですか？」

「病気のことを人に知られたくなかったんだと思う」メロディにすべてを話せないのがもどかしい。ジェマは不快感を隠すように、姿勢を変えてからいった。「デニスのこと、ほかになにかきいてる？」

メロディはようやくマグカップを手にして、ジェマとは目を合わせずに首を振った。「いえ、なにも。でも、ボスはわたしより詳しいはずだと思って――。もちろんダンカンも」

「ダンカンはいないの」ジェマは唐突にいった。「チェシャーに帰ってる。ゆうべ、お父さんが胸の痛みを訴えたそうなの」子どもたちの前では落ち着いて話せたが、いまは相手がメロディなので、思わず涙ぐんでしまった。

「そんな……。そんなときにごめんなさい」メロディは急にしおらしい態度になった。紅茶が赤いスカートにこぼれたが、気にするようすもなく続けた。「ボスのお義父さんのヒューね？　具合はどうなんですか？」

「わからないの。ダンカンがまだ連絡をくれなくて。あっちに着いてもう何時間もたってるはずなのに」

「きっと、ご家族に久しぶりに会って、自由な時間がないんですよ。あの、さっきはごめんなさい。こんなふうにおうちに押しかけたりして。心配事があって大変なときだっていうのに。本当にごめんなさい」

「いいのよ、あなたは知らなかったんだもの。わたしだって今朝は知らなかった。それに、今日ブリクストンに行かなかったのは、そのせいじゃないわ」

ジェマはメロディにすべてを話した。バレエ教室でジェシーと知り合ったこと。きのう、マッケンジーに頼まれて、リーガン・キーティングの母親に会いにいったこと。今朝、出勤の途中でマーク・ラムから電話がかかってきたこと。ケリー・ボートマンと再会したことや剖検のこと、女性が亡くなった現場を訪れたことなど。

メロディは目を丸くして話をきいていた。「うわあ、大変」話が終わると、そういった。「大忙しだったんですね。その警部――ボートマン警部でしたっけ――前にも会ったことがあるってことですけど、どんな人なんですか。自分の失敗を人のせいにしようとしてるとか？」

「まあ……」ジェマは考えて答えた。「刑事としては優秀だと思うわ。ラム警視正とウィリアムズ夫婦からプレッシャーをかけられて、苦労してるんだと思う。とはいえ、ビルとマッケンジーが徹底した捜査を求めるのはもっともなことよね。リーガンとは親しくしてたんだし。それに、ふたりの直感は正しかった。あの女性は自然死じゃなかった」

「密室とは違うけど、外部から侵入できない庭で起こったミステリってわけですね」

「ええ、あのゲートからはだれも入れないはず」

「なんだか不気味な感じですよね。白いドレス、芝生に落ちていたキャンドルの蠟。なにかの儀式でもやってたみたい」

ジェマは眉をひそめた。「いままでにきいた話からすると、リーガン・キーティングはそういうことをするタイプじゃなさそうなのよね。それに、携帯電話がなくなってるのも、それだと説明がつかない」

「パソコンは？」

「彼女の部屋の机にプリンターがあったけど、パソコンはなかったわ。デスクトップもノート型も。どちらか持っていたとしたら、それもなくなってるってことになる。明日、調べてみるわ」

メロディの顔が急に暗くなった。自分は部外者なんだと思い知らされた、そんな表情をしている。「うまくいくといいですね」腕時計をみて、ジェマににっこり笑いかけた。すっかり冷たくなった紅茶を一気に飲みほす。「じゃ、わたし、これで——」

「ボートマンのところは明らかに人手不足なの」ジェマが遮っていった。「あなたも加わってもらえるような手立てがあるといいんだけど――」

ジェマがいいおわる前から、メロディはかぶりを振っていた。「今日のクルーガー警視の顔、ボスにもみせてあげたかったですよ。湯気が立ちそうでした。クビにされると困るし、それにわたし、ボスの代わりにチームを仕切ることになってるんです」さっきより自然な笑みをみせた。

「夕食を食べていって」立ちあがったメロディに、ジェマはいった。まだ帰ってほしくなかった。

メロディはちょっとためらったが、残念そうな顔をして答えた。「それが、そうもいかなくて。約束があるんです。でも、ありがとうございます」

「デート？　でもアンディはいま――ドイツだったかしら？」

「残念でした」メロディはおおげさに肩をすくめてから説明した。「デートじゃありません。〈ジョリー・ガーデナーズ〉でダグに会うのはデートじゃないでしょう？　少なくともわたしはデートと思ってないし」

メロディが帰ってから、ジェマは子どもたちを庭から呼びもどし、ダイニングでジェンガをさせた。夕食前にテレビやビデオゲームに夢中になると、面倒だからだ。しかし、ジェンガはシャーロットにはまだ難しいから、いつ癇癪を起こしてもおかしくない。テーブルに乗っていた子猫たちがゲームの邪魔をしないよう、おろしてやらなければならなかった。

三毛猫のローズがキッチンに入ってきて、ジェマの足首にまとわりついた。人なつこいかわいい猫で、きょうだい猫のジャックのようにいたずら好きでもない。ジェマはすっかりローズを贔屓《ひいき》していた。しゃがんでローズを抱きあげ、なでてやる。「ここでママと女子会をしましょうか？　みんなには内緒よ」ローズは両目のまわりが黒くなっていて、しかもその大きさが左右で違うので、まるで海賊のようだった。両目のあいだはオレンジ色。きれいなピンク色をした鼻のまわりは真っ白だった。猫の毛の色がどのように遺伝するのか、キットが何度も説明してくれるのだが、何度きいても右の耳から左の耳に抜けていってしまう。記憶に残っているのは、三毛猫はほとんどがメスだということだけだ。

子猫は飼い主にかわいがられることより調理台の海老《えび》に興味を持ったらしい。ジェマの手から抜けだして調理台にあがろうとする。「だめよ」ジェマはきっぱりといって、子猫を床におろした。エシャロットを刻みはじめたとき、ジェンガが崩れる音がダイニングからきこえてきた。子どもたちがいいあらそう声がどんどん大きくなる。そのとき呼び鈴が鳴って、ジェマは救われた気分になった。

「ちゃんと拾っておいてね」廊下を歩く途中で子どもたちに声をかける。「気が変わったの？」とメロディにいうつもりで、玄関のドアをあけた。

しかし、そこにいたのはメロディではなく、マッケンジー・ウィリアムズだった。オリヴァーもいる。母親の手をぎゅっと握り、巻き毛の頭を脚に押しつけていた。「ジェマ、押しかけちゃってごめんなさい。ちょっと話したいことがあって」

オリヴァーがマッケンジーの手を引っぱった。「ママ、入っていい？」

「お招きを受けてからよ」マッケンジーは息子をたしなめた。

「もちろんいいわよ」ジェマはオリヴァーの背中をぽんと押した。「どうぞ。シャーロットとトビーがダイニングでゲームをしてるわ。おとなはキッチンで話しましょうか」

最後はマッケンジーをみていった。

「長居はできないの」走っていくオリヴァーをみながら、マッケンジーが小声でいった。「ビルには、買いわすれたものがあるといって出てきたから」

キッチンへと歩くマッケンジーをみて、ジェマは心配になった。目の下にはくまができているし、豊かな髪はクリップで適当にまとめてあるだけだ。ブラシも使っていないようにみえる。

「それ、わたしももらっていい？」マッケンジーはジェマが飲んでいたワインをみて、いった。

「もちろん」ジェマはもうひとつのグラスにワインを注いだ。ボトルにたっぷり残っていてよかった、と思った。キッチンのテーブルにふたりで座ると、ワインを注ぎたした自分のグラスを持ちあげ、マッケンジーのグラスに軽く当てた。「乾杯」

マッケンジーはひと口飲んでからグラスを置き、身をのりだした。肩に力が入っているのがわかる。「ジェマ、きいて。今日は面倒なことに巻きこんじゃって、ごめんなさい。ビルが今朝あなたの元上司に電話をかけて、リーガンの捜査にあなたを加えてほしいと頼んだんですってね。ビルって、こうと決めたら猪突猛進《ちょとつもうしん》っていうところがあって。でも、あなたの仕事に口を出す権利なんかない。結果として、あなたは職場で気まずい思いをすることになるのに」

今朝のクルーガー警視のようすについては、さっきメロディからきいたところだ。たぶん、気まずいどころではすまないだろう。それでもジェマはこういった。「心配しないで。あなたのせいじゃ――」

マッケンジーが手を振って話を遮る。「ううん、きいて。わたし、あなたとの友情に付けこんでしまった気がするの。きのう、いっしょに来てほしいとお願いをしたときは、こんなことになるなんて思ってなかった。それに、そもそもわたしの過剰反応だったかもしれない。リーガンは病気だったのかもしれないし、自分ではそのつもりはなくてもなにかを飲みすぎたりしたのかもしれない。なのに、わたしったら――」

「マッケンジー」ジェマは小声でいった。ダイニングから小さな声がきこえる。そこには小さな耳もあるのだ。「遮ってごめんなさい。でも、過剰反応なんかじゃなかった。今朝、リーガンの剖検に立ち会ったわ。リーガンは殺されたとわかった」

マッケンジーは愕然《がくぜん》としてジェマをみつめ、声にならない声でいった。「そんな」震える手でワイングラスに触れたが、持ちあげはしなかった。「本当に？」

「ええ、残念ながら。科捜研の報告が届くまでにはしばらくかかるけど、剖検の結果はほぼ確定。殺人事件として捜査を進めることになる」

「でも……どうやって？」マッケンジーの声には力が入らないままだった。

ジェマはためらった。しかしこの情報はまもなく公開される。捜査員だけが知っていることがあるというのは、事情聴取のときに大きな強みになる。それができるだけ長く続くほうが捜査がやりやすいが、だからといってマッケンジーに知らせることにはなんの問題もないはずだ。「ビル以外、だれにも話さないでね。リーガンは、窒息死だった」

「窒息死？」マッケンジーは椅子に深く座りなおして目をしばたたいた。肌が羊皮紙のように白くなり、黒い髪とのコントラストが際立っている。「そんな……そんな……いったいだれが、リーガンにそんなことを？　もしかして――」恐ろしい考えが浮かんだが言葉にできない、そんなふうにみえた。

「ううん」ジェマはマッケンジーの手を握った。「性的暴力はなかったわ」マッケンジーは真っ青になっている。このまま気を失ってしまいそうだ。「マッケンジー、だいじょうぶ？　ショックだったわよね」

「とても信じられなくて……」

「だれだってそうよ。しかも、自分の知り合いがこんなことになるなんて」ジェマはマッケンジーの手にワイングラスを近づけた。「ほら、飲んで。それともお水かお茶のほうがいい？」

マッケンジーは首を振ってグラスを手に取り、素直にひと口飲んだ。顔をゆがめ、グラスを押しやる。「だめだわ……ごめんなさい。ちょっと気分が悪いの。このことで頭がいっぱいで……」

ジェマは立ちあがり、ケトルに水を入れた。「紅茶を一杯飲んでいって。少しは落ち着くはずよ」またジェンガが崩れる音がした。甲高い叫び声が続く。シャーロットの声かオリヴァーの声かわからないが、いずれにしても、大騒ぎになるのは時間の問題だ。

マッケンジーもそのことに気づいたらしい。「お茶はいいわ。ありがとう。もう帰らないと。ビルには、ジェマと話をしたっていうわね。ただ、わたしはいまも、ビルがあんなふうにあなたを巻きこんだことに納得がいかない。それはそうと、ジェマ、リーガンにひどいことをした犯人について、なにかわかってるの？」

「最近、ボーイフレンドとうまくいってないらしいのはわかったけど、それだけ。それに、ファーストネームしかわからないのよ。ヒューゴーっていうの」

マッケンジーがジェマをみつめた。「ヒューゴー？」

「ブロンドの美形。あの男性に間違いないと思う。リーガンの部屋のコルクボードに写真が貼ってあったの」

「そんなこと、信じられない」マッケンジーは目をみひらいて、片手を口元にやった。

「え？」ジェマはマッケンジーをみつめかえした。「まさか、知ってる人？」

「髪はこれくらいでしょ？」マッケンジーは手をあごのすぐ下にあてた。

「ええ」

「でも――そんな――まさか……」

「マッケンジー、わたしの目をみて」ジェマはテーブルごしに手を伸ばして、マッケンジーの手を軽く叩いた。ショックを受けている相手をせかしたくはないが、事実を早く知りたかった。「知ってる人なの？」

マッケンジーはゆっくりうなずいた。「ヒューゴーよ。ヒューゴー・ゴールド。でも、あのふたりが付き合ってるなんて、知らなかった」

「どういう知り合いなの？」ジェマはできるだけ淡々とした口調できいた。

「うちでモデルをしてもらったの」

車が北に向かうにつれて、大西洋から雲が広がってきた。空に毛布をかぶせたかのようだ。キンケイドは体をぶるっと震わせて、アストラのヒーターのレベルを上げた。ロンドンの天気の変わりやすさはよくわかっているが、こんなふうに冷えてくると、気分も沈んでしまう。コッツウォルズの丘陵地帯の風景に気持ちを集中させようとした。道路からみえる範囲だけでも、驚くほど鮮やかな緑が美しい。しかし、はるか遠くの地平線は灰色だ。

バーミンガムまで来たとき、雨が降りだした。しかし、ナントウィッチで高速を下りるまでには、雨はすっかり小降りになり、西の空のところどころに青い色がみえはじめた。いい兆しだ、と自分にいいきかせた。ふだんは縁起をかついだりしないほうだが、ここ数日の出来事のせいで、なにかにすがりたい気分になっている。

レイトン病院はナントウィッチ北部、Ａ５３０道路沿いにある。田舎の小さな病院にみえるのは、複雑な造りをしたロイヤルロンドン病院と比べてしまうからだろう。循環器科はすぐにみつかった。待合室には母親ひとりが座っていた。キンケイドは一瞬足を止め、ガラスのドアの手前から母親を観察した。ローズマリー・キンケイドは凛《りん》とした女性で、華奢な骨格が年齢とともに際立ってきた。ふだんは、エレガントとはいえないまでも、小ぎれいな格好をしている。ナントウィッチは小さな田舎町だし、書店主が着るものにこだわる必要などない。それでも、母はいつも身なりに気を遣っていた。その母が、今日はジーンズとカーディガンを着ている。母がいつも〝農作業の服〟と呼ぶ格好で、どちらも父親のものだ。それと、庭仕事用の古い靴。なんでもいいから手近にあるものを身に着けてきたのだろう。

母親は顔をあげるとダンカンに気づき、ぱっと立ちあがった。「ダンカン」といいながらドアをあける。顔に笑みが浮かび、憔悴《しょうすい》の色が一瞬消えた。ダンカンは母親を抱きしめた。その頭が胸にぴったりおさまったことに驚かされた。母はみあげるもの、という記憶が意識に刻みこまれていたのだろうか。

「母さん」一歩さがったが、両手は母の肩に置いたままだった。「元気？　父さんは？」

「あなたに電話するかどうか考えていて、もう少し待ってからにしようと思ったところだったの。手術は終わったわ。入れたステントはひとつだけ。いまはまだ少しぼんやりしてるわね」

「けど、無事なんだね？」

「ええ、問題ないといわれたわ。血管の詰まりがひどくならないうちに処置ができてよかったって。まったく、お父さんの頑固一徹にはあきれるわね」最後は声が震えていた。ダンカンは母親を椅子に座らせ、自分も隣に腰をおろすと、母の手を握った。ほっとして体に力が入らない。

「詳しく話してくれないか」

「ゆうべ遅く……というか、午前四時ごろね。腕をさすっていたの。左腕」母親は手を動かしてそれを再現し、体をぶるっと震わせた。「わたしの運転で病院に行くといってきかないの。救急車なんておおげさだからって。

ひどいでしょ。雨も降ってたし、道路は真っ暗。わたしの心臓がどうかなっちゃうと思ったわ」そういって、弱々しく微笑んだ。

「きのう、父さんはなにをしてたの？」ダンカンは気になって尋ねた。父親がどういう人間かはよくわかっている。どうせくだらないことをしていたんだろう。

「サムのために秘密基地を作ってた」

「はあ？」想像以上にくだらない。

「あきれるでしょ。でも、ジュリエットにはいわないでね。あの子には、お父さんは納屋で働いてたっていってあるから」

「ジュリエットは？」

「ここに来てたけど、一時間ほど前に帰ったわ。あなたが来るから、夕食の支度をしてる。でも、寝るのは農場がいいわよね？」

「父さんは？　いつ家に帰れる？」

「今夜は病院で様子見ですって。わたしはお父さんから目を離さないつもりよ」

ヒュー・キンケイドは、病院のベッドでうとうとしていた。ダンカンはデジャヴュをみた気分だった。しかし、デニス・チャイルズと違って父親は目をあけ、息子の姿に気がついた瞬間に目を輝かせた。

「ダンカン。ロンドンからはるばる見舞いとは大変だったな」父親の声は弱々しく、スコットランド訛りがいつもより強く感じられた。

「そう思うなら、もっと気をつけてほしいな」ダンカンはからかい気味にいって、椅子をベッドの近くに寄せた。「なにを考えてるんだよ？　サムはもう秘密基地遊びなんかする歳じゃないだろ？」

ヒューは少し申し訳なさそうに肩をすくめた。「ティーンエイジャーにだって隠れ家は必要なのさ」

ダンカンは立ちあがった。もっと話していたかったが、しかたない。父親の声に疲れがにじんでいる。「ゆっくり休むといい。お利口さんにしててくれよ。やんちゃをしたら、明日の朝には全部バレるからそのつもりで」

ヒューはダンカンの手を握った。「明日も来てくれるのか？」

「もちろん。来るなといわれても来るよ」ダンカンは衝動的に身をかがめ、父親の頬に軽くキスをした。子どものころ以来していなかったことだ。

13

一九九四年七月

男はアールズ・コート駅の向かいにあるカフェに座り、不安な気持ちでドアをみつめていた。ハンドラーへの報告は、ふだんは電話ですませる。潜入している抗議団体の会合があるときはとくにそうだ。しかし今朝は例外で、ここに呼びだされた。今日は休みなのでできるだけ有意義に時間を過ごしたかったし、せっかくの好天だから、妻と郊外のドライブでも楽しもうと思っていたのに。

指定された時刻よりあえて早めにやってきた。ここは労働者のためのカフェだ。テーブルはメラミン素材、床はリノリウム、料理はカウンターで注文して受け取るスタイルだ。しかし清潔だし、料理がおいしくてボリュームもあることで知られている。パディントンでベジタリアン生活を一週間続けたあとなので——抗議団体のメンバーはみなベジタリアンかヴィーガンなので、肉を食べるところをみられるわけにはいかない——ベーコンとソーセージと揚げ物がたっぷり盛りつけられた朝食を注文した。ベジタリアンにとっては悪夢そのものともいえる、豚の血を使ったプディングもあった。濃い紅茶はもう二杯目。ドアのみえる席に座って、外の景色を眺めていた。

そんなわけで、レッドが男に気づく前に、男がレッドに気がついた。レッドの素の表情をみた瞬間、食べたばかりのものが胃の中で鉛のように重くなった。

入ってきたレッドはこちらに気づき、つかつかと近づいてきた。いつもの歩きぶりだ。目的地を決めたら、早足で歩かずにいられないらしい。テーブルまでやってくると、マグカップをみて「もう一杯飲むか？」といったが、口先だけの言葉だというのは明白だった。

「いや、いい。まだあるんだ」二杯目の紅茶はまだ減っていない。カップを指先で叩いてみせてから、レッドがカウンターでコーヒーを買うようすをみまもった。私服なのに、刑事だということがすぐにわかる。背すじがぴんと伸びているし、褐色の口ひげも、警官か軍人くらいしか好まないスタイルに整えられている。ポロシャツの裾はズボンのウエストにきっちりしまわれて、スポーツジャケットはちょっと上質すぎる感じだ。

戻ってきたレッドはちょっと不機嫌そうな顔をして、前の客がこぼした数滴の紅茶を薄いペーパーナプキンで拭いた。腰をおろし、カフェ全体をみまわす。朝食と昼食のあいだの中途半端な時間なので、客の姿はまばらになっていた。顔をしかめて男をみると、「ひどい格好だな」といった。

身だしなみのことをいわれているなら、たしかにそのとおりだった。無精ひげはいつもある程度放置して、髪も耳や襟にかかるまで伸ばしている。ダンガリーシャツは袖まくりして、ズボンは分厚いキャンヴァス地の、いかにも作業着といったもの。こうして、臨時雇いの造園業者という仮面をかぶっているのだ。「それはどうも」

「ほめられたつもりか？　いい気になるなよ」レッドはむっとして顔をしかめた。テーブルに身をのりだし、声を低くする。「で、状況は？」

まばたきをして答えた。「状況？　話したとおりです。リーフレットをいくつか作って、ロンドン南部でのデモ行進を――」

レッドはもういいというように手を振った。「わかってるだろう。そういう意味じゃない」レッドはもう一度店内をみまわした。傍目には、やけにこそこそした男にみえただろう。「ローレンスの家族のことはどこまでわかった？　新しい情報はないのか？」

ああ、その話か。やっとわかった。抗議団体の中でも、とくに気をつけて調べるべきだということがわかってから、まだ一ヵ月ほどしかたっていない。二十七歳のアネット・ホワイトリーは、最近売れはじめたばかりの女優だ。父親は西インド諸島出身の黒人で、母親は白人。ノティング・ヒルで育った彼女は、人種差別への抗議活動に心血を注いでいる。ローレンス事件が起こってからも何度か、公共の場で意見を表明した。彼女のそこそこの知名度を利用すれば、ローレンス一家に個人的に近づき、情報を得られるのではないか――ロンドン警視庁はそう考えた。「いえ、まだなにも」男は慎重に答えた。

レッドは苛立ちをみせた。「しっかり働け。だらだらしてるだけじゃ税金泥棒と同じだぞ」

国民が税金の使い道を知ったらどんなに驚くだろう、と男は思った。これまでに何度も思ったことだ。できるだけ穏やかな口調で答えた。「こういう仕事には時間がかかるものなんですよ」

「そんなことはわかってる。おれに説教するな」その顔色をみると、レッドというニックネームがついた理由がよくわかった。赤いのは髪だけではなかった。「警察は大ピンチなんだ。すべてはおまえの力量にかかってる」

今週の〈クロニクル〉にもまた、ローレンス事件に関連して警察の無能ぶりを批判する記事が出ていた。「しかし」男はさらに声を低くした。男のことをよく知る人間なら、それが怒りのあらわれだと気づいただろう。「なにもないところから情報をでっちあげるわけにはいきません」

「だったらもっとよく調べてみろ。でないとおまえにとって面倒なことになるぞ」

男はテーブルのむこうにいる小柄な男をにらみつけた。「脅しているんですか？」

レッドはふんと笑った。人をばかにした表情は、口ひげでは隠しきれていなかった。

椅子の背に体を預ける。「おまえがあの抗議グループの薄汚れた女たちのひとりとよろしくやっていると知ったら、かわいい奥さんはどう思うんだろうな」

「いったいなにを……？　わたしはそんなことは――」

「意気地がないだけだろう。据え膳にも手を出せないなんてな。図体《ずうたい》だけはでかいくせに」レッドは肩をすくめた。「だが、実際にやったかどうかは関係ない。そう思わないか？」ポケットからスナップ写真を取りだした。「だれかがこの写真を奥さんにみせたら、奥さんはおまえを信じると思うか？」写真をテーブルに置く。

男は信じられない思いでその写真をみつめた。「ふざけたことを！」屋外で撮られた写真だ。〈タバナクル〉の近くで、みんなでビラ貼りをしていたときのもの。横にいたアネットが通行人とぶつかってよろけたので、手を伸ばして肩をつかみ、支えてやった。顔をあげたアネットがこちらをみて楽しそうに笑った。その瞬間を切りとったものが、こんなに親密そうにみえるとは。

さらに問題なのは、アネット・ホワイトリーが息をのむほどの美人だということだ。

「だれもがうらやむ光景だよな」レッドは写真をポケットにしまった。「これをみて、夫を信じられる妻なんていないんじゃないか？」

パトニー橋を渡ってレイシー・ロードに入ったころには、すっかり汗ばんで、赤い服がしおれたようになっていた。〈ジョリー・ガーデナーズ〉の外のテーブルはスモーカーたちで埋まっていた。メロディは屋内に入るしかなかったが、大きな窓のそばのテーブルがあいていた。煙草の煙が混じった生ぬるい夕方の空気が流れこんでくる。

パトニー・ハイ・ストリートからすこし入ったところには小さめのテラスハウスが並んでいるが、このパブは一戸建てだった。ヴィクトリア朝ふうにもみえるし、エドワード朝ふうにもみえる古い建物だが、改修を重ねてしっかり維持されている。むきだしのシンプルな床にはばらばらのデザインの家具が置かれ、天井の高さや窓の大きさを際立たせている。

メロディは外をみながら、バーカウンターで買ってきた白ワインのグラスをなでた。せっかく急いでここまで来たのに、ダグはまだ来ていない。この店に入る前、メロディは通りの先にあるダグの家に目をやった。玄関の緑と金色のステンドグラスの奥に明かりはなかった。ふだんのダグは時間厳守だ。メロディはバッグから携帯電話を取りだして、着信やメールが入っていないことを二度確かめてから、テーブルの上に置いておいた。

しかしそのあとすぐ、頭をさっと横に振ると、携帯をバッグにもどした。パブに女がひとりで座ってメールを待ちつづけるなんて、そんなみじめな姿があるだろうか。パブが混雑してきた。立ったまま飲んでいる常連客たちが、メロディの向かいの空席にちらちら目を向けてくる。メロディは作り笑いをして、バッグを椅子に置いた。ワインはグラスの半分になっている。いま席を立ったら、テーブルはすぐに取られてしまう。ひと口飲んでから、グラスをわきに押しやった。ダグはどうしたんだろう。

あのままジェマの家にいればよかった。でも、なんだか居心地が悪かったというか……。招かれて訪ねたわけでもない、迷子の猫のような存在だった。ジェマの家はすべてが満たされた完璧な世界だった。子どもたちと犬、さらには猫もいて、いつだってなにかしらの動きがある。それに比べて自分のマンションは、いつもがらんとしていて、帰る楽しみさえ感じさせない。どうしてあんなところで暮らさなきゃならないんだろう。

そのとき、義理の父親のことを心配するジェマの顔を思いだした。人のことをうらやんでばかりの自分が恥ずかしくなった。

再び携帯を取りだして、ジェマにメールを送ろうとしたとき、頭上から声がきこえた。「ごめん、地下鉄が来なくて」

「ちょっと!」メロディは携帯を落とした。今日二回目だ。それを床から拾いあげるあいだに、ダグは椅子からバッグをどかして腰をおろした。「驚かさないでよ。突然あらわれるなんて」メロディは携帯を手にして、体を起こした。

ダグは携帯に目を向けていった。「なんか忙しそうだったからさ」

「そういうわけじゃ――」メロディはいいかけて、首を振った。「ううん、もういいわ。飲み物を買ってきたら？」

　ダグはメロディのグラスに触れた。「おかわりは？」

　メロディはうなずきかけたが、急にひどい喉の渇きを感じた。「炭酸水をお願い。氷入りで」

　ダグはいぶかしそうに片方の眉を吊りあげたが、混雑した店内を歩いてバーカウンターに行った。ダグはここの常連だ。バーテンダーがダグのオーダーをきいて微笑むのがみえる。メロディはふと思った。自分にはそんな店はない。

　ジェマとノティング・ヒルで働いていたときはよかった。コーヒーショップもサンドイッチ屋もベーカリーも、お気に入りがあった。店員もこちらの顔を覚えてくれた。署の近くのパブで同僚と飲んでいると、店員が笑いかけてくれたし、いつもの注文も覚えていてくれた。ブリクストンではそういうことがまるでない。ルーティーンが生まれない。自分の居場所がみつからない。アンディがツアーに出てしまったいま、ダグとダグの家とこのパブだけが、自分の〝テリトリー〟にいちばん近いものなのかもしれない。

　ダグが戻ってきた。片手にビール、片手にサンペレグリーノの大瓶とグラスを器用に持っている。メロディはありがたくグラスを受けとった。注いだ炭酸水を一気にほとんど飲みほす。

「気分でも悪いのかい?」ダグは心配そうにききながら腰をおろした。

「だいじょうぶ。今日は暑かったし、一日じゅう移動してばかりだったから」

ダグは意外そうな顔をした。「家に帰ったのか?」

「いいえ」メロディはまた水を飲んだ。「ジェマに会いにいったわ。今日ブリクストンに来なかった理由が知りたかったの。クルーガー警視がかんかんに怒ってた。ジェマがよそのチームを手伝いに行ってしまったって。しかもジェマからはなんの連絡もなくて――」そこまでいって、口をつぐんだ。放っておかれたようで悲しかった、とはいいたくなかった。

「話をしたんだね。なにがあったんだい?」ダグはビールのグラスを置き、上唇についた泡を無意識に拭った。一瞬、アイスクリームを食べた男の子のようにみえて、メロディは笑いたくなった。

「というか、ジェマが進んでよその署の捜査を手伝いにいったわけじゃなかった」メロディは、庭で亡くなっていたというリーガン・キーティングの話をした。その女性がジェマの友だちの友だちだったということも。「ジェマは巻きこまれたようなものなのよ。クルーガーは、マーク・ラムが彼女にひとことの相談もなくジェマの力を借りることを決めたってところに腹を立ててるわけ」

「なのに、ラム警視正じゃなくジェマが悪者にされてるってわけか」

メロディはうなずいた。「そうみたい。でも、わたし……」

「どうした？」

メロディは首を横に振った。ダグにも本心は明かしたくない。自分もケンジントンでジェマといっしょに働きたい、なんて。

「よその捜査に協力するなんて、苦労が多いものだよ。呼ばれずにすむならそのほうがいい」ダグはメロディの気持ちをみすかしたようにいった。

「そうね」メロディはまたグラスに水を注ぎたした。氷はもう溶けてしまった。いくら水を飲んでも、喉は渇いたままだった。

ダグが身をのりだした。真剣な顔をしている。「デニスは？　ジェマはなにかいってた？」

「ジェマからというより、ダンカンからの情報よ。ダンカンはいま、チェシャーに行ってるけど。お父さんが病気なんですって。ただ――」ダグに言葉を挟ませずに続ける。「――ジェマがいうには、ダンカンはきのう、デニスの病院に行ったそうよ」

「けど、デニスとはなにも話せないんだろう？」

「ええ。薬で昏睡状態にされてる。頭を殴られたから。それより、ジェマがいってたんだけど――」メロディはいいかけてためらった。話してしまっていいんだろうか。でも、ジェマから口止めはされていない。「デニスは肝移植手術を受けたんですって。だからしばらく姿をみせなかったの」

ダグは、メロディが正気をなくしてしまったのかとでも思ったようだった。「はあ？　なんだ、それ」

「あなたも知らなかったのね？」

「知るわけないだろ。知ってたらきみに話してた」ダグは少し考えてから続けた。「そんなこと、よく署内で広まらなかったよな。ダンカンとジェマはどうしてそのことを知ったんだ？　ダンカンがここのところずっとぼくに連絡をくれなかったのは、そのことと関係があるのかな」

メロディは、ダグは傷ついているんだと思った。自分が一日だけジェマから連絡をもらえなくてこれだけつらい思いをしたのだから、ダグの気持ちは察して余りある。「それは違うと思う。ダンカンもそのことは知らなかったのよ。病院で、だれかになにかをきいたんじゃないかしら」

ダグは体をうしろに引き、ビールを飲んで眉をひそめた。「なんなんだよ。デニスって男は秘密ばかりじゃないか」

「ほかにもなにかみつけたの？」メロディは脈が少し速くなるのを感じた。興奮のせいなのか恐怖のせいなのかわからない。「教えて」

「いや、そう軽々しく話せることじゃ――」

「いいから、教えて」メロディはいつのまにかグラスをぎゅっと握っていた。

「インターネットで徹底的に調べてみた。いろいろわかるもんなんだな、驚いたよ。デニス・チャイルズは、警察のトップに登りつめる条件を完璧に備えた人間なんだ。大学はオックスフォード――」ダグはうれしそうににこりと笑った。「――専攻は古典文学。そして警察学校を首席で卒業した。制服警官として二年ほど働いたあと、刑事部に異動になり、すぐに巡査部長に昇進した」

メロディはやきもきしながら続きを待った。

「それからあちこち異動したが、珍しいことじゃない。いろんな研修も受けた。だがそれから――」ダグはいったん言葉を切り、ビールを口にした。「――姿を消した。突然いなくなったんだ。三年間、なんの記録も残ってない。そして、ふたたびあらわれた。ロンドン中部で警部補として働きはじめた」

ふたりは顔をみあわせた。しばらくして、メロディが口を開いた。「公安の秘密捜査員?」

「そう考えるのが自然だよな」

「公安といっても、スパイ防止活動とは限らないわ。いろんな仕事がある。女王の警護なんかも」

ダグはにやりと笑った。「デニスには尋常じゃない過去があるっていうのは、そういうことか。なるほど、きみの父上はさすがだな」

「やめてよ」メロディはいいながら苦笑した。「調べてみることはできる？　あなたなら、過去のファイルをみたりできるでしょ？」

メロディがいいおわる前から、ダグは首を振っていた。「公安の資料をハッキングするって？　ぼくはそこまで無鉄砲じゃないよ」

その日の午後、ヘイゼル・キャヴェンディシュはイズリントンの家でパンとケーキを焼いていた。キッチンがプロ仕様というわけではないが、バターシーに借りている小さな家のキッチンに比べればずっと大きいし、道具もいろいろ揃っている。いまやロンドン西部にある六ヵ所のカフェにパンやケーキを納入しているので、週の半分ほどは、七歳の長女ホリーを学校に迎えにいったあと、イズリントンのキッチンに立つようになった。

「〝イズリントンの家〟か」最後の天板を洗いながら、ヘイゼルはつぶやいた。〝ティムの家〟でもなく、〝わが家〟でもない。いまもティムと自分の家であることには変わりがないが、自分だけがこの家を出て、もう二年になる。

そう、あれはちょうど二年前だった。家を出て、逃げるようにスコットランドに帰った。その少し前、ジェマをつれてスコットランド旅行をしたとき、自分で作りあげた災いにみずからはまって自滅したのだ。

洗った天板を拭きながら、窓の外の庭をみる。影が長くなってきた。ガレージを改装した離れに明かりはついていない。ジェマとトビーがここから転居していったあと、ティムも自分も、そこをほかの人に貸す気にはなれなかった。だれかに貸せば経済的に助かるとわかっているのに、そうしていない。ティムはひとりだけの収入でこの家を維持するだけでなく、別居している妻に援助までしてくれている。どうしたらそんなことができるんだろう、という思いがわいてくる。

今夜はティムに誘われて、こちらの家で食事をすることになった。ティムはいま買い物に出かけているので、そのあいだに明日のタルトを焼きあげたところだ。ホリーは近所のお友だちの家に遊びにいっていて、ティムが買い物の帰りに迎えにいってくれることになっている。

かつては親しかった隣人たちとは、顔を合わせないように気をつけている。自分自身に対してでさえ、夫との関係を説明するのは難しい。別居はしているが離婚はしていない。〝子どもの共同養育者〟という言葉は嫌いだ。友だち同士、というべきか。この二年間でそんな感じになった。とても妙な感じだ。ふたりでなにかを話し合うときのスタンスは、夫婦として暮らしていたときのそれとはまったく違っている。

恋人同士……になることも、ときどきある。そう考えたとき、顔が赤くなった。ふきんをたたみ、グラスをひとつ取ると、冷蔵庫にある飲みかけの白ワインを注いだ。裏口から外に出てテラスの椅子に座った。ジェマがここにいたころは、子どもたちを庭で遊ばせて、ふたりでこうして夏の夜を楽しんだものだ。でも最近はなんとなくジェマを避けてしまっている。ティムとの関係がどうなっているかを報告すべきなのに、あまりに恥ずかしくて、相手が親友であっても話す気になれない。

この家で——何年ものあいだベッドを共にした部屋で——ティムと抱きあうことはない。ふたりで会うのはいつも、ヘイゼルが借りている家だった。ホリーが学校に行っているあいだや、友だちの家にお泊まりに行っているとき。なんだか親の目を盗んでこっそりセックスをするティーンエイジャーになったような気がしていたし、これまでよりよかった。またいっしょに暮らすようになったら、どうなるんだろう。いまよりつまらないものになってしまわないだろうか。満足できるだろうか。

そんなことを考えていたとき、元気な声がきこえた。ホリーが門をあけて駆けこんでくる。手にはひどくくたびれた感じの人形を持っていた。「ママ、アマンダがバービーちゃんをくれたの」人形を振りまわしながら、ヘイゼルのところまでやってきた。「もらってもいい？　アマンダはもうお姉さんになったから、お人形はいらないんだって」

「アマンダのママはなんて？」

「いいっていってたよ。新しいバービーちゃんを買うんだって。これよりもっと胸とかお尻とかが出てるやつ。でもアマンダは、そんなのいらないっていってた」

ヘイゼルは、いっしょに帰ってきたティムに目をやり、もうひとつのグラスにワインを注いだ。隣に座ったティムをみて、困ったわねという表情を作ったが、ホリーにはこういった。「アマンダはどうして、胸とかお尻とかが出てるお人形がいやなの?」

「だって、そんなのバービーちゃんらしくないじゃない」ホリーは七歳なりに生意気な口調でいった。そんなの当たり前でしょ、といいたいのだろう。

「だが――」なにかいいかけたティムを、ヘイゼルが止めた。ふたりはホリーに、バービー人形で遊んではいけないといったことはない。禁じられればよけいに欲しがるだけだろうと考えたからだ。しかし、買いあたえたこともない。「そう、いいわよ」不自然なプロポーションの人形をみても、顔をしかめないように気をつけた。「バービーちゃんと遊んでいらっしゃい」ヘイゼルは娘の黒い巻き毛をくしゃくしゃとなでてやった。

ホリーがうれしそうに走っていくと、ティムはグラスを持ち、ヘイゼルのグラスに軽く当てた。「いい判断だ」

「ジェンダー問題がどうこうって話をしても楽しくないでしょ。せっかくのカクテルアワーに、難しいことは考えない」

「まあね」ティムは笑った。「セラピストっぽくていいね」

ヘイゼルはティムの腕を叩いた。「やめてよ」

「まじめな話、人形遊びなんてすぐに飽きるさ。しかも、いまどきバービーなんて」

ホリーが庭の隅で遊ぶ声がきこえたので、ヘイゼルは目をやった。ホリーはバービーの片足にぶらんこのロープをくくりつけたようだ。人形は逆さまになってぶらさがっている。ヘイゼルもティムも笑い声をあげた。「たしかにね。あなたのいうことはいつも正しいわ」ヘイゼルは笑いながらいった。

「そういってもらうと、生きる励みになるよ」ティムはふざけた口調でいった。しかしヘイゼルは真顔になって庭に視線を移した。離れにタイマーつきの照明をつけたほうがいいかもしれない。

ヘイゼルとティムはどちらも家族療法士だが、仕事は別々にやっていた。しかし、スコットランドからロンドンに戻ってきたヘイゼルは、他人の家庭問題にあれこれ口を出す気にはなれず、仕事に復帰していない。「医者の不養生、みたいなものね」ぼそりといった。

ティムは鋭い視線をヘイゼルに向けた。

「セラピストのアドバイスが欲しいなと思ってたところなの」ヘイゼルは話題を変えようとしていった。

グラスを持つティムの指に力が入ったのがわかる。「なにかあったのか？」淡々とした口調だった。感情を抑えているのだろう。なにか爆弾を落とされるのではないかと恐れているのかもしれない。

「メロディ・タルボットのことなんだけど」ヘイゼルは、安心してというように、ティムの腕に軽く触れた。「きのう、会ったの。すごくようすがおかしくて、それからずっと気になってるの」ケンジントン・スクエアでメロディとばったり会ったときの話をした。「すごく動揺してるっていうか、なにか考えごとで頭がいっぱいというか、そんな感じだった。日曜のランチを実家で食べてきたところで、気分が悪い……とかなんとかいってたけど」

「もっともな理由ではあるんじゃないか？　家族との関係がうまくいってないならとくに」

「でも、そういう感じじゃなかった。なにかあったんだなって確信できるときってあるでしょう？　肌で感じるような」

ティムはしばらく口をつぐみ、ホリーを眺めていた。「メロディは、セント・パンクラスの事件で大変な目に遭ったんじゃなかったか？　トラウマが残っていて、それと闘っているのかもしれない」

ヘイゼルはうなずいた。「わたしもそれを考えてた。けど、わたしが迷ってるのは――ジェマになにかいったほうがいいのかってこと。友人として」

「メロディの友人として？　ジェマの友人として？　どっちだい」ティムは眉根を寄せた。「いまは仕事としてやっていないが、きみはセラピストだ。話をきいてあげたいというのは、セラピストとしての気持ちなんじゃないか？」

「うーん」ヘイゼルは椅子の背に体を預け、ワインを口に運んだ。「そういわれると思った」

「自分の判断にもっと自信を持つべきだ。どうすればいいか、答えはきっとみつかる」

ヘイゼルはよく考えてから答えた。「まずは話をしてもらわないと。ランチにでも誘ってみるわ」

「で、あの色っぽい巡査はどうしたんだ？」ダンカンがきいた。

ロニー・バブコック警部はビールのグラスを口につけたまま、ふんと笑った。手の甲で口元を拭ってから答えた。「色っぽい巡査？　おいおい、ダンカン、時代錯誤もいい加減にしろよ。そんな言葉が彼女の耳に入ったら、徹底的に締められるぞ」

警察学校の同期だったふたりは、ナントウィッチ中心部のセントメアリー教会の裏手にある居心地のいいパブ〈ボウリング・グリーン〉でくつろいでいた。ダンカンの妹ジュリエットの家からは歩いてすぐの場所だ。父親が落ち着いて休んでいるという連絡が母親から来たので、翌朝、退院する父親の世話を手伝うと約束しておいた。

〝色っぽい巡査〟というのは、チェシャー州警察のシーラ・ラーキン巡査だ。二年前のクリスマスにダンカンがジェマといっしょにこちらに来ていて巻きこまれた事件では、ロニーの部下として有能な働きぶりをみせてくれた。「お気に入りじゃなかったのか」ダンカンはたしなめられても動じなかった。

「みんながみんな、同僚と付き合う勇気を持ってるわけじゃないさ。それに」ロニーは照れくさそうにいった。「もっといい話があってね」

ダンカンはグラスを持ち、友人のグラスに軽く当てた。「その話に乾杯しよう」当時のロニーはラーキン巡査とやたら親しげに振るまう一方で、つらい状況にあったジュリエットのことを心から心配していてくれた。その思いやりが愛情に変わったということだろうか。「で、具体的にはどうなってるんだ?」

「おいおい、兄さん風を吹かせて聞いてくるなよ」ロニーはふざけているだけではなさそうだった。

ダンカンは肩をすくめた。さっきジュリエットの家に行ったとき、すでに食卓についていたロニーをみたときは、ふたりの関係が以前と違うものになっているとまでは思わなかった。「いや、単なる好奇心だから気にしないでくれよ。似合いのふたりじゃないか。それに、妹にはもっと人生を楽しんでほしいと思っていた」ダンカンは思わず涙ぐみそうになってあわてた。

ロニーはさらに真剣な表情になった。「ふたりとも、ゆっくり進んでいこうと思ってる。ふたりともバツイチだし、ジュリエットは単なる離婚よりずっとつらい経験をしてる。子どもたちの生活も大きく変わることになるから、急ぎたくないんだ」にやりと笑った。「親密な関係になったたってだけでも大きな進歩だよ」

「おっと、そういう話はそこまでにしてもらおうか」ダンカンは笑った。

「ジェマは元気か？」ロニーがきいた。

あのとき、ジェマはロニーのことをすごく気に入っていた。ダンカンが軽く嫉妬を覚えるほどだった。「元気だよ。ただ、忙しい」夕食前、ジュリエットの家からジェマに電話をかけた。ヒューの体調が落ち着いているのを知ってほっとしているようだったが、連絡が遅かったことを不満に思っているのは明らかだった。あとでもう一度電話をかけよう、とダンカンは思った。しかし、いまはロニーと大切な話がしたい。問題は、どこから話せばいいかわからないということだ。

「どうした？」ロニーがいぶかしげな視線を向けてきた。「まさか、浮気でもしてるんじゃないだろうな？」

「まさか」ダンカンは驚いてロニーをみつめかえした。「そんなことするわけないだろ。どうしてそう思った？」

「なんだか落ち着きがないというか、そわそわしてるからだよ。何度も時計をみたり、携帯に目をやったり」

「ああ、そうか。そういうことじゃない」ダンカンはかぶりを振った。「上司の――前の上司のことなんだ。いま入院してる。容態が気になって、連絡が入っていないかチェックしていたんだ」

「病気なのか？」ロニーはほっとしたようだ。まなざしが優しくなった。

「いや、病気じゃない」ダンカンはまず、デニスが襲われたことから話しはじめた。そして、去年の秋以降のデニスの不可解な行動について。「ボート選手でもある女性警官が殺された。その捜査をするうちに、アンガス・クレイグという副警視監が何年にもわたって悪事を働いていたことがわかったんだ。その男は別の女性警官もレイプして殺していたんだ。

ところが上司は——デニスは——すぐに逮捕しようとするぼくたちに、ひと晩待てといった」ダンカンは、自分が汗ばんでいるのを感じていた。今夜は涼しいし、パブの窓はあいていて、外の空気が入ってくるというのに。咳払いをして続けた。「翌日の朝早く、アンガス・クレイグとその妻の遺体がみつかった。自宅ごと燃えてしまったんだ」

「殺されたのか？　それとも自殺か？」

「答えるまでもない。ぼくは、デニスが関与しているんじゃないかと思った。逮捕を引きのばしたんだからな」

急に店内の物音が気になりはじめた。くぐもった話し声。グラスのぶつかる小さな音。大きな声でしゃべりすぎただろうか。近くのテーブルの人々は、なにも気にかけていないようにみえる。しかしロニーは真剣な顔をしていた。若いわりにしわの多い顔。いまは眉間にもしわが寄っている。

「それから？」ロニーがきく。

「その事件のあと、ぼくはシャーロットの育児休暇をとった」夕食の席で、子どもたちにシャーロットの話をし、写真もみせた。ジュリエットには、子どもたちの学校が夏休みに入ったら家族全員で遊びにくることを約束させられた。ダンカンはビールを少し飲んで、話を続けた。「休暇が終わってヤードに戻ったら、ぼくのオフィスは空っぽになってて、机に辞令が置いてあった。デニスが書いたものだ。ホルボン署の殺人課に異動せよ、と。その後、デニスにはまったく連絡が取れなかった。説明もなかった。だから――」顔をしかめた。「――異動は、デニスの判断を批判したことへの懲罰なんだろうと思った。腹が立ったよ。だが……」そのあとは、まだジェマにしか話していないことを話した。ここまで来たら話すしかない。しかし、気は進まなかった。

ロニーは動じることなく、口を挟むこともなく、まっすぐな視線を送ってくる。いい警官だ、とダンカンは頭の隅で思った。ただ黙って耳を傾けることは、相手の話を引きだすための効果的なテクニックだ。ダンカン自身、話しつづけるしかなかった。

「土曜日、ヤードにデニスが戻っていることを知った。会いにいったんだが会えなかった。するとデニスからメッセージが来た。その日の夜、ホルボンのパブで会いたいと。

そこできいた話によると、デニスは健康上の理由で長期休暇を取っていたと。そして、ヤードの中には、デニスが病気のまま引退することを願っているやつらがいる、とのことだった。ぼくを異動させたのはぼくのためだった、デニスとのつながりをなるべくなくしたほうが安全だから、ともいわれた。だから、よけいなことに首を突っこむな、それが身のためだぞ、と」

「なんだか大仰な話だな」ロニーはやっと口を開いたが、その表情からして、話の内容を疑う気持ちはなさそうだった。

「ぼくもそう思った。だが、パブを出てほんの数分後、デニスは何者かに襲われて、瀕死の重傷を負った」ダンカンは両手でグラスを包んだ。「あの夜デニスに会ったことは、ジェマにしか話してない」

「それで、デニスは――」

「意識不明だ。薬で昏睡状態にされてる。回復するかどうかはわからないそうだ」

「通り魔だとは思っていないんだな？」

「ああ、通り魔なんかじゃない。なにも奪われてない。たまたま通りかかった学生が通報してくれなかったら、そのまま死んでいただろう」

「たまたま人が来たから、なにも盗られなかったんじゃないのか？」

「わからない。だが、何者かがデニスを狙っていたんなら、ぼくと会っているところもみられていたはずだ……」ダンカンは視線を落とした。ビールのグラスが空になっている。ロニーがおかわりを勧めるしぐさをしたが、ダンカンは首を横に振った。頭をはっきりさせておきたかった。

「ちょっと考えすぎなんじゃないか？　そうじゃないっていうなら――」ロニーは青い目で射るようにダンカンをみた。「――話してないことがほかにもある。違うか？」

「じつは――」ふいに、気が変わった。やはりもう一杯飲もう。酒の力でも借りなければ、こんな話はできない。ダンカンは黙ってふたりのグラスを持ち、バーカウンターに向かった。戻ってきたとき手にしていたのはビールではなく、店でいちばんいいウィスキーだった。ダブルを二杯。

それをごくりと飲む。刺激のせいで出てきた涙がおさまり、息が普通にできるようになるのを待って、ライアン・マーシュが死んだ夜のことを打ち明ける。「ぼくがあの場所に行ったことは、だれにも話してない。ジェマにも。神様に願うばかりだよ。あのとき現場にいた警官がだれもぼくの顔を覚えていませんように、とね」

ロニーは黙ってウィスキーを飲んでいた。目の焦点が合っていない。すべてを話し終えたダンカンは疲れを感じて目を閉じた。ロニーの低く抑えた声をきいて、はっと我に返った。「自殺じゃないと思ってるんだな？」

「ああ。自殺だなんて絶対に信じられない。法医学者の友人に、剖検の報告書を調べてほしいと頼んである」

ロニーはしばらく考えこみながら、人さし指でテーブルを叩いていた。「つまり、こういうことか。警察内部のだれかを恐れている警官が、ダンカンの知り合いの中にふたりいる。ひとりは殺された——証拠はないが、そう考えられる。そしてもうひとりも殺されそうになった。これも証拠はない。そしてきみは、そのふたりとの関わりのせいで、自分も犯人に目をつけられているかもしれないと考えている」

ダンカンはしぶしぶうなずいた。「頭がおかしくなったと思ってるんだな」

「そんなの、いまに始まったことじゃないだろ。少なくともジュリエットはそういってる」ロニーはそういって、唐突に笑った。真顔になって続ける。「ただ、この件に関しては、たぶん……例外じゃないかと思う」

「例外？」ダンカンは眉をひそめた。「つまり、ぼくの頭がおかしくなっているわけじゃないと？」

「第一に、突然分別を失ったとかじゃない限り、きみの直感は鋭いし、判断力もしっかりしてる。どちらも自信を持っていい」ロニーはダンカンの目をみつめた。「それと、気になることが別にある。しばらく前にこっちにやってきた元警官がいたんだ。ロンドン警視庁を早期退職して、健康のために地元に帰ってきたんだそうだ。ただ、その健康問題っていうのが、酒のせいなんじゃないかって印象を受けた。しょっちゅう深酒をしていたからな。その男は警部だったそうだが、ひどく酔っぱらったときに、『おれは知りすぎたんだ、だから追いだされた』とかなんとか愚痴ってた。最近はその男の姿をみないんだが、探してみたほうがよさそうだな。名前はフランク・フレッチャー。心当たりはあるか？」

ダンカンがかぶりを振ると、ロニーは話を続けた。「じゃ、関連はないのかもしれないな。アルコールのせいで被害妄想に陥ってたのか。まあ、酒飲みってのは、自分の失敗を人のせいにするもんだ。だが、警官としては優秀な男だったと思う」肩をすくめた。「ロンドン警視庁には汚職の噂が絶えないからな。まあ、そんなのは警察だけの話じゃないんだろうな。だいたいの噂はデマにすぎないが――」

「火のないところに、ってやつか」ダンカンは反射的にいったが、その言葉のせいで、いやな光景が脳裏によみがえってきた。ウィスキーをもうひと口飲んで、あのとき口の中に広がった焦げくさい味を洗いながそうとした。

「それで」ロニーはまたテーブルを指で叩きながらいった。「その法医学者の友だちが『あれは自殺じゃない』といったら、どうするつもりなんだ？」

ダンカンはまばたきをした。「わからない」

ロニーは首を左右に振った。身をのりだして、テーブルに肘をつく。「闇夜の鉄砲ってやつじゃないか。そんなんじゃだめだ。そのふたりのことをよく知らないのが問題なんじゃないか。その警官が死んだときにまだ秘密捜査員をやっていたのかどうかわかってこともわかってないんだろう？　チャイルズとマーシュにつながりがあったかどうかもわからない。違うか？」

「そのとおりだ。たしかに——」ダンカンはいいかけて口をつぐみ、必死に記憶をたどった。「待ってくれ。デニスがぼくをホルボン署に異動させる数ヵ月前にライアン・マーシュは再開発に抗議する活動家グループに加わった。デニスが襲われたあの夜、デニスはいっていた。ぼくがもしかしたら——フェイス警視正を信頼しているから、ぼくをホルボン署に行かせたんだと。だが、もしかしたら——ライアン・マーシュの事件の捜査をぼくが担当することになると知っていたのかもしれない。だとしたら、デニスはマーシュを知っていたことになる。あるいは、あのグループのことを知っていた——」言葉を切り、顔をこすった。「いや、さすがに考えすぎか。ロニー、きみのいうとおりだ。闇の中を走りつづけても答えなんか出てこない」

　ロニーが深く身をのりだしているので、ダンカンの顔に息がかかるほどだった。息に混じったウィスキーのにおいも感じられる。「マーシュって男のことを徹底的に調べるべきだ。もちろん、元上司のことも」ロニーはそういって、ダンカンの胸に人さし指を突きたてた。「それと、ジェマにすべて話せ。いますぐ。でないと泥沼にはまるぞ」

14

火曜日の朝に目覚めたとき、ジェマの怒りは昨夜寝たときから少しも冷めていなかった。ダンカンから二度目の電話があったとき、子どもたちはもうベッドに入っていて、ジェマは犬を外に連れだしていたところだった。携帯はキッチンのテーブルに置いていたので、ほんのわずかなタイミングのずれで、電話に出ることができなかった。残されたメッセージは、今夜は実家の農園には帰らず、ジュリエットの家のソファで寝る、というものだった。少し呂律《ろれつ》が怪しかった。

こちらからはかけなおさなかった。

何度も目が覚めた。そのたびに寝返りを打って時計をみた。足元にコッカースパニエルと子猫が二匹寝ているのに、ベッドは冷たく寂しく感じられた。

太陽が出ると、ベッドから出る口実ができたような気がしてうれしかった。子どもたちの身支度をしているうちに、メロディとコーヒーを飲みながらおしゃべりをするひとときが楽しみでしかたなくなっていた。しかし、すぐに気がついた。今日もブリクストンには行かないし、メロディにも会えないのだ。メロディにはメロディの仕事がある。

昨夜マッケンジーがヒューゴー・ゴールドというフルネームと電話番号を教えてくれたので、ケリー・ボートマンに電話をかけてそれを伝えた。ケリーはその後すぐに電話をかけてきた。ゴールドと午前九時に会うことになったという。場所はケンジントンの〈ビルズ〉。

ケンジントン・ハイ・ストリートの地下鉄駅入り口で九時少し前に落ち合うことにした。カフェは地下鉄駅のアーケードにある。

今日もいい天気だ。地下鉄駅の前に立ったときには、ジェマの機嫌も少しはましになっていた。ケンジントン・ハイ・ストリートの雑踏を眺めながら、つかのまの日光浴を楽しむ。ケリーはアールズ・コート・ロードのほうからやってきた。今日はきのうより肩の力が抜けているようだ。

「歩いてきたの」元気そうねといったジェマに、ケリーは答えた。「頭の中がすっきりしたわ」肩に引っかけていた紺のジャケットを着る。「それに、今日は朝から仕事らしい仕事ができそう。あなたのおかげよ」

「でも、こんなところで話をきくことになるとは思わなかったわ」ジェマはアーケードに視線を向けた。

「ヒューゴー・ゴールドのほうから、ここを提案されたのよ。住まいはホランド・パークで、ここなら大学に行く途中に立ち寄れるからって。話した感じでは、ガールフレン

ド が亡くなったことでかなり落ちこんでた」

「亡くなったと知っていたの？」

「ゆうべ、あなたのお友だちのウィリアムズ夫人が電話で知らせたんですって。少なくとも本人はそういってる。まあ、話をきいてみましょう」

「このカフェ、来たことある？」ジェマはアーケードを指さしてきいた。

「仕事帰りにときどき寄って、ラテを飲むわ。ちょっと座って考えごとをするにはいい店よ。緊張と緊張の合間の息抜きっていうか」

「住まいは？」

「ペカム・ライ。いかにも郊外って感じの町よ。夫がランベスの議会で働いてて、通勤が楽なの」ケリーは腕時計に目をやった。「さて、もう来てるかしら」

ジェマはケリーのあとについて店内に入り、コーヒーとベーコンの香りを楽しんだ。落ち着いた雰囲気のカフェだ。内装は木とレンガ。合皮の長椅子が並び、鉄の螺旋《らせん》階段で二階に行けるようになっている。カラフルなほうろうのティーポットが目を引く。ビスケットやオートミールの空き缶にナイフやフォークが入れてある。適度なざわめきが店を明るい感じにしている。友だちと食事やお茶を楽しんだり、ひとりで考えごとをしたりするにはもってこいの場所だろう。ケリーがときどき来るといっていたが、その気持ちがよくわかる。

ヒューゴー・ゴールドの姿はすぐ目に留まった。奥の長椅子に座っている。リーガンの部屋のコルクボードにあった写真よりもおとなびた印象だし、痩せている。目の下のくまはふだんからあるものなのか、それとも眠れぬ夜を過ごしたせいでできたんだろうか。それでも、ちょっとフェミニンな感じの髪形にしたブロンドといい、もともとの顔だちといい、人目を引く美形であることには変わりがない。同じテーブルには、ヒューゴーのほかに、若い男女がひとりずついた。

「あの人よね？」ケリーはつぶやいて、案内係のスタッフに手を振って追いかえした。ジェマがうなずくと、ケリーはいった。「あなたからきいた特徴そのままね。助《すけ》っ人《と》を連れてきたのかしら」

ふたりはテーブルのあいだを縫うように進んでいった。ヒューゴー・ゴールドが顔をあげた。ぼんやりしていた顔がはっと引きしまる。いかにも警官然としたスーツ姿のケリーが近づいてきたからだろう。熱心なようすでヒューゴーに話しかけていた若者も口をつぐみ、うしろを振りかえった。

「ヒューゴーね？」先にテーブルに近づいたケリーがいった。「ボートマン警部です」手を差しだすと、ヒューゴーは腰を半分あげて、その手を握った。「こちらはジェイムズ警部。座っていいですか？」

ヒューゴーの隣にはスペースがあった。ヒューゴーが友人たちにうなずいて合図をすると、ふたりはそれまでの場所から腰をあげた。男性がヒューゴーの隣に座り、女性は別のテーブルからあいた椅子を引いてきた。男性がふたり並んだのをみて、意外だなとジェマは思った。男性は見た目がいいとはいいがたいタイプだ。ヒューゴーの横に並ぶと、よけいにその印象が強くなる。褐色の髪はヒューゴーのように長めのスタイルにしているが、整えられてはいない。年齢は二十代前半だろうか。まだ顔にはそばかすがたくさんある。

「シドニーです。シドニー・ワイアット」男性の口調は少し反抗的だった。茶色の汚れたTシャツには、かすれた感じのプリントで、ジェマの知らないバンドのロゴがついている。ヒューゴーの服装はそれとは対照的で、白いTシャツにロイヤルブルーのジャケット。まるでなにかのファッション誌から出てきたかのようだ。

女性が小声で自己紹介した。名前はシア・オショー。つやつやした黒い肌をしている。ふっくらした唇に高い頬骨、黒い瞳。切れ長の目の形が、巧みに引かれたアイライナーで強調されている。頭の片側は剃りあげられ、反対側の髪は長く伸ばしてたくさんの細い三つ編みにしてあり、それぞれの先端には鮮やかな色の丸い飾りがつけられている。多くの人が魅了されてしまうようなヘアスタイルだ。自然な笑顔だったが、目には涙があふれていた。「わたしたち、リーガンになにがあったのか知りたくて。リーガンは大切な友だちだったから」

つまり、ヒューゴーを支えるために来たわけじゃないのね、とジェマは思った。少なくともシアがここに来たのは自分のためなのだ。

ウェイトレスが来た。ケリーはラテを頼んだが、ジェマは首を振り、手帳を取りだした。飲み物よりも会話に集中したかった。

「リーガンが亡くなったこと、知らなかったのね？」ジェマはシアに向けていった。

シアはかぶりを振った。三つ編みの先の飾りと飾りがぶつかって小さな音を立てる。瓶の王冠を平らにつぶしたものだ、といまになってわかった。「金曜の夜からずっとメールをして、電話もかけてたのに。忙しいんだろうなって思ってた。ジェシーのバレエ教室とか、モデルの仕事とかで」

「返事が来ないから心配していたのね」相手の言葉がとぎれたので、ジェマがいった。

「ええ。そのうち、容量がいっぱいでメッセージが残せなくなった。心配になったけど、まさかこんな……」

「家を訪ねはしなかったの？」ケリーがきいた。ちょうどそこへウェイトレスがやってきて、きれいなアートを施したラテをテーブルに置いた。「お待たせ！」という言葉から、ケリーがときどきどころかしょっちゅうここに来ていることがうかがえた。

「とんでもない」シアは驚いたように答えた。「リーガンは、友だちが家に来るのがいやだったの。わたしは行ったことがあるけど、正直いって、歓迎されてる感じがしなかったもの」タンクトップのストラップがかかっているだけの肩をすくめる。「リーガンを雇ってる女の人が、わたしのことをよく思ってなかったんじゃないかな」顔を軽くゆがめて、人さし指を自分の頬に向けた。肌の色のことをいっているのだろう。その動きはなめらかで無駄がない。ジェシーのバレエのようだ。シアもバレエをやっているのかもしれない。彼女とヒューゴー・ゴールドとはどんな関係なんだろう、と最初に思わなかったわけではないが、いまは、特別な関係はないと断言できる。シアが話していてもヒューゴーは無表情だ。顔はシアのほうを向いているのに、目がシアをみていない。ふたりのあいだに特別な空気感はない。

「ヒューゴー」ラテに力をもらったとばかりに、ケリーががらりと口調を変えた。「最後にリーガンに会ったのはいつ？」

ヒューゴーは、すぐには会話に集中できないようだった。「……金曜日」きれいな発音だ、とジェマは思った。それなりの育ちなのだろう。しかし、声は甲高くて耳障りだ。「みんなでピアノバーに行った」同意を求めるようにシドニーとシアをみる。ふたりはうなずいた。

「ピアノバー？」

「〈ケンジントン・ピアノ〉って店だよ。道路を渡ってすぐのところにある」ヒューゴーがいった。「二階の店だ」

ジェマはその店に入ったことはないが、そこは何度も通っていて、一階にある黒い入り口のドアはよく知っていた。

「リーガンとは付き合っていたのよね？」ケリーがいった。「週末なのに、連絡しようとしなかったの？」

ヒューゴーは椅子に座ったまま姿勢を変えた。「そのバーでちょっと口論になったんだ。だから、リーガンが怒ってると思った。気持ちが落ち着いたら、彼女のほうから連絡をくれると思ってた。つまり、謝ってくれるのを待ってたんだ」

ケリーは意外そうな顔をした。「リーガンが謝らなきゃならなかったってこと？　なにがあったの？」

ヒューゴーは肩をすくめた。「あの日はとにかく機嫌が悪くて、みんなにつっかかってた。落ち着け、金曜の夜じゃないか、もっと楽しもうぜっていったんだけど、それでもおれに嚙みついてきた」

「彼女は酔ってたの？」

ヒューゴーは肩をすくめた。「いや、飲んでも一杯か二杯だ。リーガンはそんなに飲むほうじゃない」

「それからなにがあったの？　家まで送った？」

「いや、ひとりで帰っていった。まだ十時半くらいだったたし。彼女は頭が痛いといっていた」

「リーガンは携帯電話を持っていた？」ジェマがきいた。行方不明の携帯のことが気になっていた。

「ああ、もちろん」ヒューゴーはいったが、なんだか自信がなさそうだった。「というか、持ってたはずだ」腕を一本なくしたまま帰るわけがないだろ、とでもいっているかのようだ。

シアがいった。「持っていたわ。メールを打ってるのをみたの」

「メールの相手はわかるかしら」ジェマはきいた。

シアは首を横に振った。「さあ。仕事じゃないかな。それか、お母さん」

シアは知っているんじゃないか、とジェマは思った。知らないとしても、心当たりがありそうだ。ニータ・キュージックもグウェン・キーティングも、金曜の夜にリーガンから連絡があったとはいっていなかった。「リーガンが連絡を取りそうな、ほかの友だちを知ってる？」

「いちばん親しくしてたのはおれたちだ」シドニーも会話に加わったが、やはり挑戦的な口調だった。まるで、リーガンにほかの友だちなんかいるはずがない、そんな権利なんかないんだ、とでもいっているかのようだ。シアがシドニーに視線を送る。その目には嫌悪感があふれていた。どうやらこの三人は、必ずしも固い友情で結ばれているわけではなさそうだ。

「携帯電話を店に忘れていった可能性はないかしら」ジェマはきいた。

「それはないんじゃないかな」シアが眉をひそめる。「でも、店のどこかに落としてそのまま気づかなかった、みたいなことならあってもおかしくないかも。ものすごく混雑してたから。ふだんの週末も混んでるけど、あの日は婚約パーティーやら誕生日パーティーやらがあって、ぎゅうぎゅうだったの。友だちをみつけて近寄っていきたくても、全然動けないくらい。リーガンはほかの店に行こうっていってたけど、みんな知らん顔だったのよね」不満そうにいった。

ヒューゴーが反発した。「あの店がどれくらい混んでるかなんて、リーガンは知ってたはずだ。前にも行ったことがあるんだから」

人に批判されるのが嫌いなタイプなんだろう、とジェマは思った。ケリーも同じ印象を持ったのではないか――そう思ったとき、ケリーが鋭い口調でいった。「混んでる店で、ガールフレンドの気分が悪くなって、帰ることにした。なのに送りもしなかったの？　心配じゃなかった？」

ヒューゴーはケリーをにらみつけた。「そんな必要ないだろ？　いいおとななんだ。バスですぐ帰れるんだからさ」

ジェマはあきれた。リーガンは、こんな男のどこがよかったんだろう。やさしさのかけらもない。

嚙みついたのはシアだった。「その結果、どうなったのよ？　彼女は死んだのよ！　あなたが——だれかが——送ってあげれば、そんなことにはならなかったかもしれない」シアはジェマからケリーに視線を移した。「で、まだだれも教えてくれないんだけど、彼女になにがあったの？　マッケンジー・ウィリアムズがヒューゴーにいったのは、庭で遺体がみつかったってことだけ。リーガンはどうして死んだの？　なにか恐ろしいことがあったんでしょ？　自然死だったら、えらい刑事さんたちが話をききにくるはずがない」

ジェマは質問には答えなかった。「あなたたち、キュージックさんの家に行ったことはあるのね？　リーガンは友だちを招きたがらなかった、とのことだけど」

三人はうなずいたが、わずかなためらいもうかがえた。ヒューゴーはシドニーにちらりと視線を送ってから口を開いた。「何度か迎えにいったことがある。彼女がまだ出かける支度ができていないときや、ニータの帰りが遅くて子どもを置いて出かけられないときなんかは、中に入れてくれた。それと、ニータがいないときに何度か遊びにいった。けど、やましいことをするためじゃない」非難されるのを見越したかのように付けたした。

「シア、あなたは？」ジェマは視線を移した。

「あるわ。二、三回。もっとかも。でも、たいていはニータがいないとき」

「リーガンの部屋にも行った？」

「ええ、もちろん」

「部屋にはパソコンがあった？」

シアはうなずいた。「いいやつを持ってた。彼女、お金を貯《た》めてた。住み込みシッターの仕事をしてたのも、そのためよ。家賃を払わなくてすむから。でも、パソコンとかプリンターとか、そういうものにはぽんとお金を出す感じだった」パソコンとプリンターのメーカーも口にした。

ジェマがメモをとっているあいだにケリーがいった。「庭は？　だれか、庭に出たことのある人はいる？」

「パティオまでなら、一度か二度出たわ」シアが答えた。「家も庭も、なにもかもがきちんとしてきれいだった。ごみひとつ落ちてないから、なんだか居心地が悪かったわ。ニータはリーガンにキッチンも使わせないのよ」最後は現在形になっていたが、シアは気づいていないようだ。

「ヒューゴー、あなたは？」

ヒューゴーはおそるおそるという感じで答えた。「ああ、何度か。あちこち歩きまわったこともある。彼女はどこで――」いいかけて、息をのんだ。

ケリーは答えなかった。「ゲートのほうにも行ったことはある?」

「いや」ヒューゴーは眉をひそめた。「ゲートなんか通る必要はないからね。いつも家を通って庭に出るんだから」

「金曜日の夜、彼女がバーを出たあと、追いかけて庭で話し合いをしたんじゃないの?」

「そんなことはしてない。話し合うことなんかなかった」ヒューゴーの声が大きくなった。

「わかったわ、落ち着いて」ケリーは微笑んだが、かえってヒューゴーの不安を煽《あお》っただけにみえた。「いくつか質問があるの。正直に答えてくれればすぐに終わるわ。金曜の夜にバーを出たあと、どこに行った?」

ヒューゴーはまたシドニーに視線を送った。「UCLの学生寮でだらだらしてた。へべれけに酔ってたからね」

「ここにいる三人とも?」

「いや、シドニーとおれのふたりだけ。シアは用事があるとかでね」

「そのことを証言してくれる人はいるかしら」

「まあ、いるんじゃないかな。みんなの記憶が残ってればの話だけど。それにみんな、警察と話をしたがるかどうか」ヒューゴーははじめて不安そうな表情をみせた。もしかしたらドラッグをやっていたのかもしれない、とジェマは思った。

「できるだけ感じよく話すようにするわね」ケリーがまじめくさっていう。ジェマは笑いを噛みころした。「シア、あなたは？」

「ボーイフレンドの家に行ったわ。あのバーがあまりにもうるさくて、疲れちゃったの。ふたりでゆっくりテレビをみてた」ヒューゴーと違って、シアは落ち着いたようすで話している。「でも、リーガンのようすをみにいけばよかった。そうしていれば、もしかしたら……」

「それを考えてもしかたがないわ」ジェマが声をかけた。しかし、気持ちはよくわかった。

「できるだけ詳しく話してくれる？　いっしょにいたお友だちと――」ケリーはヒューゴーとシドニーの顔をみてから、シアに視線を移す。「――ボーイフレンドの連絡先を教えてちょうだい。バーを出た時刻は？　三人同時に出たの？」

「ええ」シアが答えた。「地下鉄でユーストン・ロードまで戻って、そこで別れた」

「それぞれ、ケンジントン署まで来てもらう必要があるわ。いま話してもらったことを正式な調書にしなきゃならない」三人が抗議の声をあげる前に、ケリーは続けた。「授業や用事があるかもしれないわね。午前中はしかたがないけど、今日中にすませてもらえるとありがたいわ。パトカーが迎えにくるなんて、いやでしょ？」ラテの残りを飲んで、ウェイトレスに会計の合図をした。

ケリーが支払いをすませ、ジェマとふたりで席を立った。ジェマはドアのところで振りかえった。三人はテーブルに身をのりだし、顔を寄せあっている。シドニーがヒューゴーの上着のポケットに軽く手を添えている。妙に親密なしぐさだ。

通りに出たとき、シアが走って追いかけてきた。「授業に遅刻するといって出てきたんだけど」そういってカフェのほうを振りかえる。「じつは話しておきたいことがあって。リーガンはヒューゴーと別れようとしてたと思う。新しい彼氏ができたから」

「だれかわかる?」ジェマがきいた。

「エドワード・ミラー。ニータ・キュージックのお客さんよ」

火曜日の朝目覚めたとき、ダンカンは軽い疲れを感じていた。ソファで眠ったので体がこわばっている。ソファの長さが三十センチほど足りなかったせいだ。ジュリエットが家じゅうを走りまわって、子どもたちに「早くしないと学校に遅れるわよ」とどなっている。こんなうるさい家の中でよくいままで眠れたものだと、自分でも感心した。

「今日は工事現場に行かなきゃなの」ジュリエットは、キッチンに入っていったダンカンに紅茶のカップを渡してくれた。自分の紅茶はサーモスに注ぎ、ミルクと砂糖を加えた。「シャワーを浴びたら?」その姿はちょっと、という目でダンカンをみる。「わたしは仕事のあとで浴びるから」ジュリエットは現場用のつなぎ姿で、それがかえって女らしくみえた。

　制服を着たサムとラリーがばたばたと下りてきた。バックパックを背負う姿をみて、ダンカンは急に家が恋しくなった。ゆうべは子どもたちにおやすみをいうことができなかった。ジェマが電話を折りかえしてくれなかったからだ。朝になればなったで、いつものルーティーンが恋しくなってしまう。

　ジェマはどうして電話をくれなかったんだろうと思っているうちに、ジュリエットが持っていくものの準備を終えて、ダンカンの頬にキスをした。

「今日は父さんのこと、よろしくね」

「もちろん」ダンカンは妹をハグした。「ぼくがロンドンに帰ったあと、経過を知らせてくれよ」子どもたちの前では言葉にしなかったが、母親が話したがらないようなことがあっても、すべて連絡してほしかった。

「ロンドンに帰っちゃうの？」サムが残念そうにいった。

「ああ、仕事があるからね。それに子どもたちも待ってる」サムの頭をくしゃくしゃとなでた。ラリーにも同じことをしたかったが、やめておいた。代わりに身をかがめ、頬にそっとキスをした。「ママをよろしく頼むよ」

　ラリーはうなずいて、顔をあからめた。ポケットから折りたたんだ紙を取りだした。

「キットに渡してくれる？」

「ああ、もちろん」それを丁寧にシャツのポケットに入れた。

「オリガミなの。いま、練習中なのよ」

「渡すよ。きっと喜ぶ――」

「ほら、急いで」ジュリエットが声をかけて、子どもたちを玄関に押しやった。

戻ってきたジュリエットに、ダンカンはいった。「ありがとう。いろいろ助かったよ。それと――」にやりと笑う。「――ロニー・バブコックと仲良くな」


家に帰ってきた父親のようすは落ち着いていたが、実家を出たダンカンは、両親を心配する思いで胸がいっぱいだった。しかし一時間ほどたってバーミンガムにさしかかったころ、前夜の疲れが押しよせてきた。車内が暖かいこともあって、うとうとしてしまう。古いアストラの窓を大きくあけてラジオをつけたが、眠気は消えていかなかった。

「飲酒運転よりまずいな」つぶやいて、最初にみえてきたサービスエリアに入った。

駐車場の空きスペースに車を停めてエンジンを切ると、何秒もたたないうちに眠りに落ちた。

三十分後、はっとして目が覚めた。口の中が古びた革のようにからからになっていたし、頭もずきずき痛む。できるだけ身なりを整えてから車を降り、売店にコーヒーを買いにいった。そういえば、ゆうべからなにも食べていない。サンドイッチと水も買って車に戻り、それらをおなかにおさめた。さっきより頭がすっきりしたところにさらにコーヒーを飲んで、車を高速道路に戻した。

運転するうちに、いつのまにか、ゆうべのロニー・バブコックとの会話を思い出していた。ロニーのいうとおりだと思う。デニスやライアン・マーシュに起こったいろんなことのせいで感情的になりすぎて、警官としての基本的な仕事がおろそかになっていた。とはいえ、痕跡を残すことなくこの件を調べることができるだろうか。うまくやらないと、自分だけでなく家族も危険にさらしてしまうことになる。

西に広がるコッツウォルズの丘陵を眺めているうちに、まだはっきり形をなしていない考えが頭の中にちらつきはじめた。さっきの深い眠りから目覚める直前に生まれた考えだ。夢をみていたんだろうか。ライアンに関することか？　道路の上に掲げられた標識に目をやった。もうすぐオックスフォードの出口だ。オックスフォードからさらに南に下っていけば、ソニングという町がある。その近くに、ライアン・マーシュの妻クリスティが住んでいる。ダグとメロディといっしょに一度訪ねたことがあるが、彼女はいまもそこに住んでいるんだろうか。だとしたら、彼女にも監視の目がついているはずだ。もう一度訪ねてみたいが、危険すぎる。

そのとき、ライアンが隠れていた場所のことを思い出した。テムズ川の中洲《なかす》。ディドコットの近くだった。クリスティが夫のあとをつけてみたことがあり、おおよその場所を知っていて、教えてくれたのだ。ダグとふたりでそこに行き、いっしょに来るよう説得した。あんなことをしなければ、ライアンはいまも生きていたんだろうか。ライアンが死んだあと、クリスティはあの場所をみつけただろうか。みつけていないとしたら、ライアンの私物があそこに残っているかもしれない。

決めた。ダンカンは車のハンドルを切り、オックスフォードの出口に向かった。あの場所をみてみよう。

15

　地下鉄駅のアーケード内にある〈ビルズ〉を出たあと、ジェマとケリーはケンジントン・ハイ・ストリートのピアノバーに行ってみた。ドアは閉まって、鍵がかかっている。書かれている営業時間からして、午後五時まではあかないのだろう。「出直すしかないわね」ケリーがいった。「四時半くらいにくれば、客が来る前に、従業員に話がきけるかも」ジェマはうなずいた。今日も長い一日になりそうだ。ダンカンからはまだ連絡がない。帰ってきて、子どもたちの面倒をみてくれるんだろうか。

　ピアノバーからは歩いてケンジントン署に戻った。ケリーのオフィスで戦略会議をしたが、ケリーはまたコーヒーを飲んだ。血液中にカフェインが流れていないとだめなタイプなのだろう。

「あの三人組のこと、どう思った?」ケリーはきのうやっていたように、机の端に寄りかかった。

「おかしな取り合わせだと思った」ジェマはちょっと考えてから答えた。「どの角度からみてもね。リーガンはしっかりした女性だったと思うの。ヒューゴー・ゴールドのどこに惹《ひ》かれたのか、全然理解できないわ。ただ、部屋にあった写真は魅力的だった。ふたりともモデルの仕事をしてたから、ヒューゴーがカメラの前でみせる表情に魅力を感じたのかも」

「なるほど。でも、シドニーって男はかなり態度が悪かったわね」ケリーは不愉快そうに顔をしかめた。

「シドニーにとって、ヒューゴーは憧れの存在みたいね。ヒューゴーはそれでいい気分になっているんだろうけど、シドニーのことは見下してると思う。シアは――あの子、どうしてあんな男たちと友だち付き合いをしてるのかしら」ジェマは首を横に振った。

「マッケンジー・ウィリアムズにヒューゴーのことをいろいろきいてみるわ」手帳を取りだし、「マッケンジーと話す」とメモした。

「三人の金曜夜のアリバイを、チームのだれかに調べさせるわ」ケリーがいった。「シドニーは進んでヒューゴーをかばいそうよね」

「それにシドニーは、ヒューゴーを独り占めしたいと思っていそう」

ケリーの目がきらりと光った。「シドニーがリーガンを殺したのかも?」

「嫉妬のせいで? あり得るわね。でも、どうやって?」

「なんだかこそこそした男って印象を受けたわ」ケリーがいう。「うまいこと家に入りこんだんじゃない? あるいは、ゲートの塀をよじ登ったか。ただ、だれかが塀をよじ登った形跡は、いまのところみつかってないけど」ため息をついて首を振る。「でも、リーガン・キーティングがシドニーとふたりきりでいるところなんて、想像ができない」

　ジェマはうなずいた。「そうよね。それに、ここまでに得られた情報からは、リーガンの血中アルコールレベルが高かったことの説明がつかないのよ。ふだんからあまり飲むほうじゃなかった。店で飲んだのは一杯か二杯。そんなんじゃ、人事不省になるなんてあり得ない」

「ヒューゴーが会いにいったんじゃない？　それならあり得ると思う。で、新しい彼氏のことで口論になり、ヒューゴーが怒ってもみあいになった。リーガンが窒息死して、ヒューゴーが証拠をすべて持ち帰った」

　ケリーは夢中になって話していたが、ジェマはそれを否定してやらなければならなかった。「でも、血中アルコールの件が説明できないわ。とくに、リーガンがヒューゴーに腹を立てていて、気分もよくなかったのなら、なおさら。それに、ヒューゴーがあの家のことをよく知っていて、自由に動きまわれるようじゃないと、証拠になりそうなものやパソコンなんかを持ち帰るのは難しいんじゃないかしら。しかも、だれにも気づかれずに出ていかなきゃならないんだし」

「被害者は、人目のないところでこっそり酒を飲む習慣があったのかも」ケリーの苛立ちが口調にあらわれていた。「死んだ人のことをまわりがどういっていても、すべてを額面どおりに受けとることはできないわ。頭痛だって、嘘だったのかもしれない。とにかくバーを出たかっただけなのかも。新しい彼氏に会う約束があったのかもしれないし」

ケリーのいうとおりだ。しかしジェマは、リーガン・キーティングに抱いていた印象が間違っていたとは思いたくなかった。「エドワード・ミラーって人と話してみないとね。そのためには、まずニータ・キュージックに会いましょう」

「その前に――」ケリーはコーヒーの残りを飲みほして机の奥にまわり、古めかしいデザインの重そうな鍵を取りだした。「造園師の鍵をアーミテッジ夫人に返さないと。鑑識の作業は終わったから、鍵はもう必要ない。それに、アーミテッジ夫人と話してみたいのよ」

今回はコーンウォール・ガーデンズの北側に車を駐めた。車から降りた瞬間、ジェマはまぶしくて目を細めた。日差しがかなり強くなっていた。建ちならぶテラスハウスの影があるのがありがたい。顔をあげて、あらためて思った。この庭はほんとうに密室そのものだ。家々と高い塀に囲まれて、外界から完全に遮断されている。

アーミテッジ夫人の家の表側は淡いローズピンク色に塗られていた。パティオ側から家をみたときから、この色以外にないとジェマは思っていた。玄関のドアは塗りなおしたばかりなのか、つやつやと黒光りしている。真鍮《しんちゅう》のドアノブも完璧に磨いてあった。ニータ・キュージックの家と同じく、表側に大きな窓がある。しかし、中のリビングが丸見えになっていたキュージック邸と違って、アーミテッジ邸の窓にはパネルカーテンがはめられて、中がみえないようになっていた。

ドアに近づいたとき、半開きになった半地下の窓からラジオの音がきこえてきた。無駄足ではなかったようだ。アーミテッジ夫人は家にいる。

ケリーがドアをノックすると、まもなく女性の声がきこえた。「いま行くわ。ちょっと待ってて」ドアがさっとあいたとき、ジーン・アーミテッジは驚いたようすもみせず、ふたりをじっと観察した。

「アーミテッジさんですね？」ケリーがきいた。「わたしはボートマン警部、こちらはジェマ・ジェイム――」

「わかってるわ」アーミテッジ夫人はいった。「いつになったら来ていただけるのかしらって心配していたのよ。さあ、入ってちょうだい」

「きのうもうかがったんですよ」

「きいているわ。きのうはブリッジの日だったのよ。ご近所の人たちの家をいくつもまわっていたようだけれど、自分の番をいつまでも待っていられなくて、出かけてしまったの」

玄関ホールの薄暗さにジェマの目が慣れてきた。床のリノリウムは古そうだがぴかぴかに磨かれているし、階段の手すりもよく磨きこまれている。蜜蠟《みつろう》とラヴェンダーの香り、そしてパンかケーキの焼けるいいにおいがする。

キュージック邸を左右反転させたような間取りだが、それ以外に似たところはひとつもない。リビングのソファや椅子は花柄のチンツ生地で、壁紙はそれとは違う花柄だ。ペルシャ絨毯《じゆうたん》はかなり使いこまれたもののようだが、上質なものであることはひと目でわかる。そして、驚くほど大きなフラットスクリーンのテレビがある。奥の窓には表側の窓と同じパネルカーテン。それでも外はよくみえる。居心地のよさそうな、生活感のある空間だった。

アーミテッジ夫人の印象は、ジェマが予想していたのとはまったく違うものだった。年齢は七十前後か。しかし、見た目は若々しさを保っている。それも、化粧や美容整形に頼っているわけではなさそうだ。かなり白くなった髪はシンプルにカットしただけ。黄褐色のツイルのズボンをはき、すっきりしたウエストにベルトを締めている。上半身は、薄手の白いコットンのブラウス。顔にはしわが少なく、青い目には輝きがあってきりっとしている。全体として、魅力的な女性だ。クライヴ・グレンが夫人のことを話していたとき、尊敬と称賛の思いが伝わってきたのにも納得がいく。

「キッチンで話しましょうか」アーミテッジ夫人はいった。「ニータ・キュージックのためにタルトを焼いていたの。お気の毒に、あんなことがあってショックだったわよね」

ケリーが「ええ、もちろん」といった。キッチンに行くことに同意したようにもとれたし、ニータ・キュージックが気の毒だという言葉に同意したようにもとれた。いずれにしても、アーミテッジ夫人のあとについて、素直に階段をおりていく。ジェマも従った。

キッチンはリビングと同じ、クラシカルな雰囲気にまとまっていた。居心地がよくて、使いこまれた感じだ。調理台には焼けたばかりのタルトが並んでいる。粗熱をとっているところらしい。テーブルには老眼鏡とペン。〈タイムズ〉のクロスワードパズルが半分ほど埋まっている。

「脳活のためにやってるの」アーミテッジ夫人はジェマの視線に気づいていった。ジェマは、メロディの言葉を思い出した。うちの父親は〈タイムズ〉のクロスワードを毎日やっているんですよ、脳活なんて必要ないような人なのにね、といっていた。「ちょうど午前のお茶の時間だったのよ」夫人が続ける。「おふたりも、お茶とタルトをいかが？」

「喜んで。ありがとうございます」ジェマは、ケリーが辞退の言葉を口にする前に、すばやく答えた。「お手伝いします」

「お皿とカップはそこの戸棚にあるわ」アーミテッジ夫人はシンクの右側に視線を向けた。「じゃ、お湯をわかすわね」

いわれたとおりに皿とカップを出しながら、ジェマは窓に目をやった。ここにも同じパネルカーテンがかかっている。パティオの景色をやわらかな色合いで楽しむことができた。パティオのバラの隙間から、そのむこうの景色もみえる。素敵としかいいようがない。しかし残念なことに、この家は、リーガン・キーティングの遺体が発見された場所とは反対側の端に位置している。パティオに面したドアはあけっぱなしになっていて、外の空気が入ってくるのがありがたい。日が高くなって気温があがっている上に、オーブンを使ったせいで、キッチンは半地下にあるというのにむっとする暑さだった。

ケリーはすでにテーブルにつき、携帯電話をチェックしている。アーミテッジ夫人は不愉快そうだ。ジェマは、自分の携帯がサイレントモードになっていますようにと心から願った。

「いいカップを使ってね」アーミテッジ夫人は、ジェマが日常使いのマグカップに手を伸ばしたのをみて、声をかけてきた。

いいカップというのは、金縁飾りのついた白いボーンチャイナのことだった。マグカップではなく、ソーサーつきのティーカップだ。ケーキ用の小さな皿もある。どれもシンプルでエレガントだ。「素敵」ジェマは思わず声をあげ、カップを注意深くテーブルに置いた。

「夫が生きていたころは、よくこのカップでティータイムを楽しんだものよ。いまはそういう機会があまりなくてね。ブリッジの集まりを持ちまわりでやっているから、その順番がうちにまわってきたときくらいかしら」アーミテッジ夫人の口調がはじめて弱々しくなった。

「ご主人、亡くなられたんですね」ジェマはいった。「亡くなってどのくらいたつんですか？」

「二年になるわ。金婚式の直後だった。心臓発作でね」

ジェマはヒューのことを考えないようにした。「大変な思いをされたことでしょうね。おひとりで暮らしていて、リーガン・キーティングの第一発見者になってしまうなんて」

「まあ、なにごとも冷静に対処するというのがわたしの信条なの。ハロルドにいつもそう教えられていたから」アーミテッジ夫人は首を軽く振ったが、ジェマの言葉を好意的に受け止めたようだった。「さあ、座って」お湯を注いだティーポットと、タルトをのせた大皿をテーブルに置いた。

「アーミテッジさん、リーガンのことはよくご存じだったんですか？」ジェマはカップとタルトを受け取りながらきいた。表情からして、ケリーは紅茶が好きではないらしい。なにもいわずにカップを受け取ったが、砂糖をスプーンで何杯も入れた。

「よく知っていた、とまではいえないわ。でも、ハロルドが亡くなったとき、親切にしてくれたの。ニータのところに来て二、三ヵ月しかたっていなかったのに、カードとお手製のビスケットを持ってきてくれた。親御さんの教育がよかったのね、という感じの子よ。それにとってもきれいだったし」

ケリーは紅茶は好みではないようだが、タルトをうれしそうに受け取り、半分食べてからきいた。「金曜日の夜、おかしなものをみかけませんでしたか？　鋭い観察眼をお持ちですよね」

ジェマは、A夫人——クライヴ・グレンの呼びかたが記憶に残っていて、頭の中ではどうしてもそう呼んでしまう——がしゃべっているあいだにひと口食べるのがやっとだった。タルトはミンスパイだった。柑橘類《かんきつるい》の酸味がきいていて、各種スパイスの深い香りもする。パイ皮はさくさくに焼けていた。ラードを使っているんだろう。パン屋の娘らしく、材料のことを考えてしまう。ニータ・キュージックはそんなことを考えたりしないだろう。ミンスパイがジェシーの好物でありますように、と思った。

ケリーのほめ言葉をきいて、アーミテッジ夫人は微笑んだ。そして残念そうにかぶりを振った。「まわりのいろんなものをしっかり観察するのは好きだけど、このことについてはお力になれそうにないわね。あの夜は、十時のニュースをみてから床についたの。生活のルーティーンを守るのが好きだし、眠りは深いほうよ」カップの縁ごしにふたりをみる。「リーガンは殺されたのね？」

「そう考えています」ジェマが答えた。ケリーがグウェン・キーティングと話したことは知っているが、ニータにはまだ剖検の結果を知らせていない。「アーミテッジさん、だれかからきいたんですか？」

「ええ、ニータから。今朝会ったの。リーガンのお母さんと電話で話したといっていたわ。ひどく動揺していたわね」アーミテッジ夫人もショックを隠しきれていない。「だれかがここの庭に入ってきて、リーガンに……ひどいことをした、ということ？」

「庭のゲートを調べてみました。クライヴ・グレンにも話をききました」ケリーはミンスパイを食べおえて、いった。「外部からだれかが侵入した形跡は、まだみつかっていません。ということは、リーガン・キーティングを殺した犯人は、ここに住んでいる人間か、あるいは、ここの家のどこかに出入りすることができる人間ということに――」

ケリーがいいおわる前から、アーミテッジ夫人は首を振っていた。「そんなこと、信じられないわ。コーンウォール・ガーデンズの住人がそんなことをするなんて」

「アーミテッジさん、ここの住人すべてをご存じなんですか？」ケリーがきいた。そんなことはないでしょう、というような口調だった。

「そういうわけじゃないわ。建物を分割して人に貸してる家もあるし、人が住んでいるのは一年のうち数ヵ月だけ、という家もある。でも、ここではいままで一度もこんなことはなかったの」

「でも最近は、アーミテッジさんが快く思わないようなことも起こっているんですよね？」ジェマがいった。「増築とか」

「ああ、あの人たちね」アーミテッジ夫人は口を固く引きむすんだ。「考えに入れていなかったわ」

「アジア系の家族なんですか？」

「中国ね。少なくともあの父親はそう。でも、そんなことは関係ないわ。ただ、あの人たちがまわりの住人のことをなにも考えていないということが問題なのよ。ルールを守ろうとしないというか」

「ルールを守らずに増築している、と？」

アーミテッジ夫人はうなずいた。「不愉快このうえないわ。あの人たちにはあの人たちの苦労があるんだろうし、とてもお気の毒なこともあったけれど、そんなことは言い訳にはならない」

「息子さんが亡くなったそうですね」ジェマはそういって、ふと気がついた。スー家の息子も窒息死だったという。「リーガンとその男の子のあいだに、なにかつながりはあったんでしょうか？」

　アーミテッジ夫人は眉根を寄せた。「それは知らないわ。リーガンがあの子を叱っているところは何度かみたことがあるけど。別の男の子とふたりで庭に出ていたときね。リーガンが叱るのも当然だった。あまりにも無分別なんだもの。両親と同じ。しかも、いじめっ子だった」ちょっと決まりの悪そうな顔をした。「死んだ人のことを悪くいうつもりじゃなかったんだけれど。でも、本当のことなのよ」

　息子が死んだのはリーガンのせいだとスー夫妻が考えて、復讐のためにリーガンを窒息死させた――そんな考えもできる。ここの住民だから庭にも自由に出られる。しかし、筋書きのその他の部分がうまく嚙みあわない。

「あの家の人たちに話をききたいなら、出直してこなきゃだめよ。夫婦ふたりとも、一日中働いているから。あんな非常識な人たちを雇おうって人の気が知れないわね」

　ジェマは、その男の子のことを考えた。意地悪で嫌われ者だった、と何人もの人にいわれた子。両親はいつも家を空けていた。こういう話をきくと、いつも胸がずきんと痛む。自分だって、子どもたちと向き合う時間はけっしてじゅうぶんではないからだ。しかし、そんな思いを押しやっていった。「アーミテッジさん、よくみていらっしゃるんですね。リーガンと知り合いだった人がほかにいたら教えてください」

　アーミテッジ夫人はしばらく考えてから答えた。「エイジアと仲良しだったわね。エイジア・フォード。ブレナム・クレセント側の家に住んでる女性よ」

「そのかたにならきのう会いました」ケリーがいった。「なんだか奇妙な取り合わせですよね。年齢がだいぶ違うでしょう」

アーミテッジ夫人はむっとしたようだ。「エイジアはいっしょにいて楽しい女性よ。本をたくさん読んでいるし、旅行もあちこち行っているし。奇妙でもなんでもないわ」

ジェマは別の角度から当たってみた。「リーガンは若くて魅力的な女性でした。ここの男性の中で、とくに親しかった人はいませんか？」

アーミテッジ夫人は口をつぐんだままだった。このまま答えないつもりだろうか、とジェマが思ったとき、夫人はため息をついていった。「そういうことを軽率に話すわけには……」ためらってはいるが、話したくないわけではなさそうだ。ジェマは期待をこめて、沈黙が破られるのを待った。

「気づいたことがあるの」アーミテッジ夫人がとうとう語りだした。「ローランド・ピーコック、とてもいい人よ。ガーデンパーティーのとき、リーガンにかなり関心をもっていた。なにか意味があるとは思わなかったけれどね。シャンパン・パンチやエイジアお手製のリモンチェッロがふるまわれて、みんな陽気に楽しんでいたわ。でも、彼の奥さんはおもしろくなさそうだった」首を左右に振った。「パメラ・ピーコック。古いビートルズの歌に出てきそうな名前でしょう？」

ジェマはうなずいた。「本当に。どんな人なんですか？」

「いやな女、としかいいようがないわね」アーミテッジ夫人の言葉にはこれまでにない嫌悪感がこめられていた。「さっきもいったように、ローランドはいい人なのよ。あの奥さんのせいで心のオアシスをよそに求めるようになったとしても、わたしはちっとも驚かないわ」

季節が変わると、川の景色はまったく違ってみえた。

ダンカンにとっては意外だったが、あの小さな貸しボート屋は苦もなくみつかった。カヌーを借りたとき、思わず笑顔になった。前にここに来たとき、ダグ・カリンが、足首にひどいけがをしていたにもかかわらず、ボートを自分が漕ぐといってきかなかったのを思い出したからだ。あのときダグにはいえなかったが、ダンカンにもボートの経験はある。シュロップシャー運河や川のそばで育ったので、子どものころからずっと、さまざまな種類のボートを漕いでいたのだ。

記憶を頼りにカヌーを進める。蛇行する川をみわたし、小さな中洲を探した。岸とのあいだが広くて、かなり近づかないとそこに中洲があることがわからない、そんな場所だった。

前に来たときより、すべてが穏やかにみえる。草が茂っているせいで、川の曲線まで変わってしまったかのようだ。しかし、大きなカーブを越えたとき、やぶに覆われた地面がみえた。あれだ。パドルを操ってカヌーを寄せていく。前回ダグが使ったのと同じ、V字形に地面が切れこんだところに接岸すると、スニーカーがびしょ濡れになった。立ちあがってあたりをみまわし、進むべき方向を確かめた。二月のあの日、ここは不気味に静まりかえり、たまに鳥の声が響くだけだった。今日はさえずりがうるさいくらいだ。しかし人の気配はない。そういえばライアンは、ここには携帯の電波も届かないといっていた。なんだか急に心細い気分になってきた。

目を閉じて、一心に記憶をたどった。目をあける。ライアンが野営していたのは、あの木立がとぎれたところだ。下生えのあいだを注意深く進んでいく。自然が元の姿に戻ろうとする力に驚かされた。ライアンが炉を作っていたところは、いまではただ地面がくぼんでいるだけで、雑草やイラクサに覆われてしまっている。しかしきっとなにかが残っているはずだ。

こんなところに人が隠れすんでいたなんて、信じられないくらいだ。防水シートを屋根がわりに張り、調理用の炉を作っただけでなく、急ごしらえのベンチまで置いてあった。あの日、ライアンは防水シートを置いたままここを出た。その後だれかがここに来てそれをみつけ、ラッキーとばかりに持ちさったのだろうか。だったら、こんなところに来たのは時間の無駄だったということになる。そもそも、感傷から生まれた単なる思いつきだった。さっさとロンドンに戻って、デニス・チャイルズを襲ったのはだれなのかを調べるべきではなかったのか。

しばらくそこに立ったまま、野営地の残骸をぼんやり眺めていた。人の声や薪が燃えるにおいがよみがえってくる。そのとき、ライフルのことを思い出した。あの日、ライアンはライフルを構えていた。しかし、それを持たずにここを出た。ここに置いていったはずなのに、どこにもない。防水シートと同じく、だれかが持ちさったのだろうか。

いや、もっとしっかり探してみよう。野営地の中心からはじめて、捜索範囲を少しずつ広げていく。錆《さ》びた銃が下生えの中に転がっているのではないかと思ったが、そんなものはどこにもなかった。そのとき、子どものころのことを思い出した。妹のジュリエットとふたりで考古学者になったつもりで、父親が地中に埋めた〝人工物〟を探したのだ。掘りかえした跡を探したあのときの経験が、警官になってからも役立ってくれた。といっても、その結果みつかったものやその場面は、思い出して楽しいものではない。

柔らかい地面では、種が芽を出しやすい。だから、まわりの地面に比べると、生えている草が淡い色をしているものだ。野営地の中心部から数メートル離れたところに、そういう場所があった。脈が速くなる。縦一メートル、横五十センチほどの長方形だ。さらに注意深く探すと、もう一ヵ所みつかった。さらにもう一ヵ所、今度は丸い形をしている。あたりをみまわした。土を掘るのに使えそうなものはないだろうか。なんの準備もせずにここに来たことが悔やまれる。結局、先のとがった枝でなんとかすることにした。

もう昼をだいぶ過ぎている。最初の長方形を掘りはじめると、強い日差しが当たって首のうしろが熱いくらいだった。掘った穴の深さが三十センチほどになったとき、手を止めた。枝を支えにして、額から垂れる汗を拭う。ライアンがなにかを地中に埋めて隠したとしても、これ以上の深さだったとは考えにくい。

貸しボート屋で水を一本買ってくればよかったと思いながら、次の場所を掘りはじめた。掘るというより、地面を引っかいている感じだ。それでも、深さが十センチほどになったとき、硬くてなめらかなものに当たった。同じ深さまで、もっと広く掘ってみると、埋められていたものがみえた。白くてつるつるして、丸いもの。塩ビのパイプだ。さらに掘りひろげる。ここに敷設された配管ではない。

それまでよりも作業に熱が入る。土を掘り、どけていく。両膝をつき、すでにずきずき痛む両手を使う。枝をわきに放りだして、長さ六十センチ直径十五センチほどの塩ビパイプを取りだした。片側は蓋が接着してあるが、片側の蓋は回転式だった。取り外しができる。

慎重に蓋をあけた。手前には青い布がぎゅっと詰めてある。取りだしてみると、重くてざらざらしたものが包んであるのがわかった。触った感じからすると、乾燥剤ではないだろうか。あらためて布をみると、それはバンダナだった。紺色のインド綿。ここを出たときのライアンも、同じもの――あるいは似たようなもの――を身につけていた。

地面に尻をついた。奥に入っているものを取り出さなければならないのに、急に気が進まなくなってしまった。パイプを置いて、掘った土の山を平らにならした。そして、蓋が接着されているほうの端をつかんでパイプを傾け、中身をそこに出していった。ひものついた巾着袋のようなものがふたつ。ひとつには手帳が入っていた。書かれていることのほとんどは、キャンプ用品のリストだった。パスポートもある。ライアンの写真の下には、ロジャー・メドウズという名前。RMというイニシャルが好きだったんだろう。あるいは、本能的にそうしただけかもしれない。そして、輪ゴムでまとめた百ポンド紙幣の束があった。

もうひとつの袋の中身は、形から想像できた。あけてみると、丁寧に扱ってよかったと思った。ピストルだ。ワルサーの九ミリ。スペアの弾倉もある。じっとみつめて眉をひそめた。もしもこれがライアンの銃なら、彼の命を奪った銃はだれのものなのか。

もう一度バンダナをみた。ライアンがこの手の布を何枚も持っていたことはじゅうぶんに考えられるが、あの日ここを出たときは、バンダナを身につけていた。そして、死んだときには身につけていなかった。もしも持っていたバンダナが一枚きりだとしたら、彼は一度ここに戻ってきたということになる。

二月、ライアンはダグの家で一週間暮らした。囚人のように閉じこめられていたわけではない。日中、ダグは仕事で家を空けていたのだから。つまり、ライアンは毎日自由に過ごすことができたわけだ。しかし、ここに戻ってきたとしても、交通手段は？　ヒッチハイクでもしたのか。それとも車を借りたのか。現金はあっただろう。ここに札束が隠されていることからもわかる。ボートは？　借りたかもしれないが、記録が残らないよう、どこかで盗んだとも考えられる。

ライアンがここに戻ってきたとしたら、なにを持ちだしたんだろう。いや、それより、ここになにかを隠していったのではないか。それはなんだろう。

矢も盾もたまらず、パイプに入っていた最後のアイテムを手に取った。ペパーミント缶だ。五センチ×七センチ、厚みは一・五センチほど。蓋をあけると、キャンプに使う小道具が出てきた。マッチ棒、火熾し用の綿埃《わたぼこり》、撚糸《ねんし》、超小型のスイスアーミー・ナイフ。その下に、小さくて平らな紺色のものが隠れていた。親指の爪くらいの大きさだ。綿埃をよけて、その小さな長方形のものを手に取った。メモリーカードだ。

アーミテッジ夫人の言葉を信じなかったわけではないが、ジェマとケリーはスー家とピーコック家を訪ねた。ローランド・ピーコックは毎週火曜日に新聞社に行くとのことだった。夫人の言葉はもちろん正しかった。どちらの家も留守だったので、ふたりはブレナム・クレセントに行き、ニータ・キュージックの家の呼び鈴を鳴らした。応答はなかった。そこで今度はケンジントン・パーク・ロードまで行って、ニータが住所を教えてくれたオフィスを訪れた。小さいけれどエレガントなオフィスだった。両隣は高級食料品店とイタリア料理店。何軒か先には〈キッチン・アンド・パントリー〉がある。オフィスの看板はないが、ドアには〈キュージック広告代理店〉という真鍮のプレートが掲げてある。窓からみえる部屋は、オフィスというより、落ち着きのある応接室のような感じだ。

ジェマがドアをあけると、軽やかなベルの音が響いた。ニータが急ぎ足で奥の部屋から出てくる。「あら、あなただったの」という言葉をきいたジェマは、だれを待っていたんだろうと思った。ニータは、日曜日に会ったときより五歳くらい老けてみえた。あのときも痩せているとは思ったが、力強さを感じたものだ。ところが今日は、頰がこけているだけでなく、袖なしのワンピースから出た肩が、やたらと骨っぽくごつごつしてみえる。

「キュージックさん、少しお話をうかがってもいいですか？」ケリーもなにかを心配するような口調になっていた。

「あ、ええ」ニータはまごついていた。どう答えるべきか考えているのだろう。「もちろん。奥にいらして」招かれた部屋は窓のないオフィスで、散らかっているというわけではないが、自宅のどこにもなかった生活感のようなものがそこにはあった。奥の壁にはバレエをしているジェシーの白黒写真がびっしり貼ってある。トビーより幼いころの写真もあった。踊る姿勢が成長とともに美しく優雅になっていくのがわかって、ジェマは魅せられてしまった。

ニータは勧めてくれなかったが、ジェマとケリーは客用の椅子に腰をおろした。

「リーガンが殺されたこと、もうご存じなんですね」ケリーは前置きなしにきいた。

「グウェン・キーティングが朝いちばんに電話をくれたの」部屋は暖かいのに、ニータは体を震わせて、椅子の背にかけてあったカーディガンをはおった。「まだ信じられないわ。亡くなったってだけでも悲しいのに……」首を横に振る。「殺されたなんて。なにかの間違いじゃないの？」

「いえ、間違いではありません。わたしたちはなんとしてでも犯人をみつけるつもりです。ですから――」

ニータがケリーの言葉をさえぎった。「リーガンの……遺体のことなんだけど。グウェンがお葬式をしたいといってるの。その、警察が遺体になにをするのか知らないけど、それが終わったなら……」考えがまとまらないようだった。気分も悪そうで、ジェマはみていて気の毒になった。

「リーガンをお返しできるようになったらすぐ、あなたにもキーティングさんにもお知らせします」ジェマはいった。

「グウェンはカーディフでお葬式をやりたいんですって。もちろんその気持ちはわかるけど、でも……ジェシーのことを考えると……」

「お葬式に行きたいと？」

「わからないの。わたしになにも話してくれないから」

ニータの口調には怒りがにじんでいた。ジェマは、それまで彼女に対して覚えていた同情心が薄れていくのを感じた。ジェシーと同じ年頃だったときのキットのことを考えずにはいられない。母親が死んだとき、そのショックと悲しみを乗りこえようとしていたキットの姿がよみがえってくる。「まだ十歳なんですよね。すごくつらい思いをしているんでしょう」

「そうよね」ニータはうなずいた。「ジェシーの父親が、ジェシーをしばらく預かりたいっていってきたわ。でもわたしは、そんなことをしたら、こっちに帰ってきたときにまたつらい思いを繰りかえすだけだって思うの」

一理ある、とジェマは思った。それでも、ジェシーの父親のほうが正しいと思えてしまう。

「キュージックさん」ケリーがいう。「リーガンが、あなたの顧客のひとりと知り合いだったという情報があるんです。エドワード・ミラーというかたなんですが」

ニータは眉をひそめた。「エドワード？　もちろん、ふたりは知り合いでしたよ。トマスとふたりで、家にもたまに来ていたので」

「トマス？」ジェマがきいた。

「エドワードのお兄さん。兄弟でジンの蒸留所を経営しているの。将来有望なのよ」

将来有望なのは、ジンのことだろうか。それとも兄弟のことをいっているんだろうか。「リーガンの友人からの情報ですが、リーガンはエドワード・ミラーと付き合っていたらしいんです」ケリーの警官然とした話しかたがうつってしまったみたい、とジェマは思った。

「え？」ニータは、部屋に爆弾でも落とされたかのような顔をした。「エドワードとリーガンが？　そんなことはあり得ないわ。ミラー家は名門で――」

「リーガンは良家の息子にふさわしくないと？」

「そりゃあそうよ。リーガンはとてもいい娘さんだけど、育ちが違うんだもの。リーガンは専門学校卒、エドワードはハロウからオックスフォードに行ったエリートよ。それに、もしそれが本当だとしたら――わたしは嘘だと思うけど――リーガンが分をわきまえない行動をしたってことになるわね」子どものシッターをしているような女性が良家の息子に手を出すのが間違っている、というわけだ。

「ミラーさんに会いたいのですが」ケリーは遠慮なくきいた。

「蒸留所に行けば会えるんじゃないかしらね」ニータはしぶしぶいった。「〈レッド・フォックス・ジン〉。シェパーズ・ブッシュにある、とてもおしゃれな蒸留所なの。正直、巻きこまないでもらえるとありがたいけど」

貸しボート屋の主人はおしゃべり好きな男だった。カヌーを返したダンカンは、なにも問題はなかった、楽しかったよ、といって車に戻った。使い古しの乾いた靴下をバッグから取りだして、後部座席で靴ごと履きかえた。貸しボート屋の駐車場のむこうにみえる川は平和そのものだ。いまのダンカンの気持ちとは正反対だった。

あのあと、ライアンが隠していたものをみながら、長いこと立ちつくしていた。そして、メモリーカード以外のすべてを戻して、パイプを埋めなおそうとしたが、途中でもう一度取りだし、乾燥剤をパイプにあけた。バンダナを持ち帰ることにしたのだ。それからあらためてパイプを埋め、地面を木の葉や枝で覆った。

両手がすりむけて赤くなっている。みつけたものをどうしたらいいだろうか。ライアンはどうするつもりだったんだろう。それに、ここまで念入りに隠したメモリーカードには、いったいどんな情報が入っているんだろう。

家のパソコンでみる勇気はない。そこまで専門知識があるわけではないから、だれかに調べられたときのために痕跡を完全に消すことができるかどうか、自信がない。

なにより、だれかに意見がききたい。信頼できる人間に話をきいてもらいたい。これまで、いろんなことを秘密にしすぎてしまった。そろそろ詫びを入れてもいいのではないか。

携帯電話を手にして、ダグ・カリンの番号を押した。

16

一九九四年七月

カフェでは怒りを抑え、レッドに情報を与えなかった。もともと軽率な行動をするほうではない。あれから数日間はいつものように過ごした。仕事をしたり、〈タバナクル〉でお茶を飲みながらおしゃべりをしたり。やはりレッドの指示に従いたくはないので、与えられた脅しを無力化することにした。

決まった日とは別の日に家に帰った。いつものように、バンを家から少し離れたところに駐めて、そこから歩く。秘密捜査員として潜入しているコミュニティのだれかにみられるのを避けるためのやりかただが、今回は、レッドの手先にみられるのを避けるためでもあった。

前回帰ってきたときは、近所の人とすれちがってもまったく気づかれなかった。人の目はちょっとしたことでごまかせるものだ。髪をぼさぼさにして、あごひげはきれいに剃らずに不精ひげ程度の長さを残し、スーツではなくフランネルのシャツとTシャツとジーンズを身につけた。着るものだけで、人の印象はがらりと変わる。そのおかげで、もしも友だちや知り合いに出会っても気づかれる心配はしなくてもすむのだ。とはいえ、そんな格好で家に入るのだから、それはそれで問題がある。近所の人たちに、妻が妙な男を家に引きいれていると思われかねない。

だから、ドアをノックするふりをしてから、合い鍵でドアをあけた。家の中はテレピン油のにおいがした。においのもとをたどってキッチンに行くと、妻がいた。梯子に乗って、調理台のそばの壁から古い絵をはずしているところだった。

妻は驚いた顔で振りかえった。「あなた！　どうしたの？」梯子から軽やかにとびおりて、笑顔で抱きついてきた。

男は妻をぎゅっと抱きしめてから体を離し、両手を肩に置いたまま、妻の姿をみつめた。ペンキで汚れた古いジーンズとタンクトップを着て、黒髪にスカーフを巻いている。「テレピン油のにおいがする。警官の妻にはとてもみえないな」

「あなただって、警官にはみえないわ」妻は笑って男の顔をみあげた。これが夫婦のお決まりの会話だった。「でも、本当にどうしたの？　なにかあったの？」

「お茶をいれてくれるか」

レッドが知らなかったことがひとつある。男がすべてを妻に話していたということだ。キッチンのテーブルにはペンキの缶が並び、床には新聞紙が広げてある。それらを片づけることもなく、ふたりでテーブルにつくと、男はレッドにいわれたことを妻に伝えた。

「ひどい話よね。ローレンス夫妻もお気の毒に。子どもをなくすなんて。どうして警察は遺族を悪者にしたがるの？」

「捜査に失敗したもんだから、遺族の評判を落とすことで、世間の目をそっちに向けたいんだよ」男はあえていわなかったが、捜査に加わった警官たちが犯した罪は、職務怠慢だけではないと思われた。抗議グループのメンバーたちの主張によると、少なくともひとりの警官が、捜査初期に浮かんだ容疑者の父親から賄賂を受けとったというのだ。

「ひどい話ね」妻はかんかんに怒っていた。こういうところが好きだ、と男は思った。

「あなたは屈しないわよね？」妻は急に不安そうな表情をみせた。

男は妻の手を取り、レッドに脅された話をした。写真もみせる。抗議グループにはどんなメンバーがいるか、毎週帰宅するたびに妻に詳しく話していたので、アネット・ホワイトリーの名前を出すと、妻はうなずいた。「ふたりが親密にみえるような写真を一枚撮るだけでも、そうそう簡単にできることじゃない。つまり、やつらはわたしの動きをずっと追っているんだと思う」

妻が目を丸くした。「恐ろしい話ね。辞めることはできないの？　こんな仕事はもうしたくない、そういえばいいんじゃないの？」

「そういうわけにはいかないんだ。また警官の仕事に戻りたいなら、とくにね」男は妻の手を握って微笑んだ。「そのうちどこかなにもない田舎の巡査になって、のんびり働くよ」

妻は笑った。「のんびり働くことなんてできないくせに。でも、デニス、わたしは本気で――」

「わたしは警官なんだ。警官だからこそ、今回の仕事からは抜けられない。わたしが抜けたら、だれか別の人間がローレンス夫妻を貶《おとし》めにかかるだけだ。うまく切り抜ける方法を考えてみるよ」

妻は男をじっとみつめた。あけはなした窓から温かい風が入ってきて、妻の髪をそよがせた。ヤグルマソウのような青い瞳をみて、男は思った。このまま週に一度しか会えない生活を続けるのはつらすぎる。飢えた男に与えられる配給みたいなものではないか。しかし、いまはどうしようもない。「あなたが自分でいったんでしょ」妻が小声でいった。「あなたは警官よ。警官らしく働いてほしい。そして、気をつけて。本当に気をつけて」

ニータ・キュージックが教えてくれた住所を訪ねてみると、〈レッド・フォックス・ジン〉はロンドン西部の道路沿いにあるガレージのような工場だとわかった。「本当にここ？」ジェマは運転席のケリーにきいた。

「番地からして、ここでしょ」駐車スペースに車を入れながら、ケリーはいった。「ほら、あれをみて」指さした先には、ガレージのドアの横につけられた小さな飾り板があった。笑ったアカギツネの顔が描かれている。「レッド・フォックスでしょ」

たしかにそうかもしれない、とジェマは思った。しかし、これが〝おしゃれな蒸留所〟なんだろうか。抱いていたイメージとはだいぶ違う。

まわりの住宅やガレージと違うのは、そこがつやのある赤に塗られていることだけだ。ガレージの横には小さなドアがあり、呼び鈴と、小さな真鍮のプレートがある。〈レッド・フォックス・ドライジン蒸留所〉と書いてある。

ケリー・ボートマンはジェマに目をやった。「ここね」呼び鈴を押す。

かなり長く待たされたあと、若い女性が出てきた。背が低くて、どちらかというとがっしりした体つき。青いショートヘアをつんつんと逆立てて、白いコットンのタンクトップを着ている。手首から肩まで広がる鮮やかな色のタトゥーをみせつけているかのようだ。「すみません」ロンドン東部のアクセントでいう。「今日は人が少なくて。それに、うちは一般向けの販売はしてないんですよ」

「客じゃないんです」ケリーは身分証をみせた。「エドワード・ミラーさんにお話をうかがいたくて」

若い女性はふたりをじっとみてから、きつい口調で答えた。「今日はだれにも会わないといってます。電話番号をいただければ――」

「すみません」ジェマは笑顔で話しかけた。「どうしてもお目にかかりたいんです。重要なお話があって」

「わかりました」女性は少しためらってから肩をすくめた。「入ってください」大きくあけてくれたドアの中は、商品の展示室と店を兼ねているらしかった。一面の壁をガラスの棚が埋めていて、レッド・フォックス・ジンのさまざまな種類のボトルがきれいに並べられている。六種類か、それ以上あるようだ。ジェマは驚いた。カウンターとソファもある。モダンで座り心地のよさそうなソファだ。

ドアがふたつある。ひとつはガレージにつながるものだろう。もうひとつのドアのむこうには、ガレージの右側にあった駐車場に面した部屋があるに違いない。

後者のドアが勢いよく開いて、男がずかずかと入ってきた。「アガサ、だれが来たのか知らないが、とっとと帰ってもらえと――」いいかけて、口を閉じた。客がすでに室内にいると気づいたのだ。男は長身で、もじゃもじゃの、はっとするような赤い髪をしていた。赤銅色をしたジェマの髪とは違って、鮮やかな赤だ。学校でからかわれるような色。その髪に指を通すようすからして、男は動揺しているらしい。「アガサ、なんで――」

「エドワード、おふたりは警察のかたなの」

「ミラーさん」ジェマがいった。「リーガン・キーティングのことでお話をうかがいたいんです」そして自己紹介をしたが、ミラーの耳に入っているのかどうか、怪しかった。

アガサがいった。「エドワード、オフィスにご案内したら？　お茶をいれてくるわ」

エドワード・ミラーの腕にそっと触れると、ミラーはゆっくりうなずいた。

「ああ、ありがとう」ミラーはそういってから、ジェマとケリーをみた。説明しないとまずいとでも思ったかのようにいう。「経営アシスタントのアガサです。すべてを仕切ってくれています」ミラーの目は赤く、まぶたが腫れていた。ニータ・キュージックは、リーガンのことをこの男にも伝えたのだろう。

ミラーはいま出てきた部屋にケリーとジェマを招きいれると、書類の散らかった机の奥の椅子に体を沈めた。そのうしろにはキャビネットがあり、さっきの部屋に並んでいたジンのボトルと、グラスがいくつか置いてある。

ミラーの椅子のほかには机の前に小さめのソファがひとつあるだけなので、ジェマとケリーは体を寄せあうように並んで座るしかなかった。「失礼」ミラーがいう。「ミーティングはたいてい、さっきの部屋かガレージでやるんです。しかし……」言葉がとぎれる。ぼんやりした顔でふたりをみた。ふたりがなんのためにここに来たのかを忘れてしまったかのようだ。

ジェマはケリーに視線を送ってから、口を開いた。「ミラーさん、リーガン・キーティングと親しくされていたそうですね。彼女が亡くなったこと、もうご存じですね？」

ミラーは顔をしかめてうなずいた。「ニータが電話をくれた。まだ信じられない」ミラーは大きな頭を横に振った。

エドワード・ミラーの見た目はいい。骨太な体で、大柄な男性には不似合いな、ちょっと上向きの鼻をしている。年齢は、ヒューゴー・ゴールドとあまり変わらないかもしれない。ただ、ヒューゴーはまだ青年、ミラーはおとなの男性という感じがする。そんなイメージを守ろうとでもするかのように、必死に動揺を鎮めようとしている。

ごくりと唾をのみ、頭をもう一度振ってから、ミラーはいった。「それで、どうしてここに？」

「協力が必要なんです」ジェマはいった。「まず、最後にリーガンに会ったのがいつか、教えてください」

ミラーは少し考えた。「ガーデンパーティーのあとだから、先々週の月曜日かな」

「そのあと、電話で話したことは？」

「ああ、話しましたよ。金曜日の夜に会おうといってたんです。ぼくは酒関係のイベントがあったんですけどね。金曜日は見学希望が多いんですよ。しかしリーガンが、そのあとに会いたいといって。彼女とは――ちょっといいにくいんですが――」そのときアガサが入ってきたので、ミラーは言葉を切った。アガサが持ってきたのはばらばらのマグカップと、縁のかけたティーポットだった。無駄のない動きで紅茶を注ぎ、心配そうな視線をミラーに向けた。

「トマスから電話があったわ。これから来てくれるそうよ。だから、いつ家に帰ってもだいじょうぶよ」

「帰ってなにをしろっていうんだ？」強い口調でいってから、首を振って謝った。「ごめん、アガサ。家に帰るより──ここにいるよ」

アガサはなんとも思っていないようだ。「ええ、でも、帰りたくなったらそうして」

ジェマとケリーに軽く会釈して、出ていった。

「トマスというのは、お兄さんですよね？」ジェマはきいた。

「共同経営者でもあります。きっと──ああ、いや、アガサがもう話したんだろうな。きっとショックを受けてる。リーガンのことを気に入ってたから」ミラーは紅茶を飲もうともせず、カップを遠くに押しやって顔をこすった。

「リーガンとはだいぶ前からの知り合いなんですね？」

「彼女がニータのところに来たときからです。ニータはぼくたちがこの仕事をはじめるのを手伝ってくれた。ほかのみんなには、ばかな夢をみるなといわれていたのに」ミラーはじっとしていられないとでもいうように立ちあがり、キャビネットに並んだボトルを一本取り、グラスのひとつに中身を注いだ。手が震えている。「いちばんの薬だ」グラスを高く掲げてからひと口飲んだ。「飲んでみますか？」

つんとする杜松《ねず》と柑橘系の香りがジェマのところまで流れてきた。なにかのスパイスも使っているのだろうか。興味をそそられる。「わたしたちは紅茶をいただきます。ありがとう」

「結果的には、お仕事はとてもうまくいっているようですね」ケリーが背すじを伸ばし、ジェマから体を離そうとした。警官同士がぴったりくっついて座っているのはどうにも格好がつかないと思ったらしい。ケリーがどんな角度から仕掛けようとしているのか、ジェマは見守ることにした。

「ええ、こんなにうまくいくとは思いませんでした」ミラーは苦しげな笑みを浮かべた。「自分たちもばかな夢だと思っていたんですがね。いまでは蒸留器をふたつ増やそうとしているほどです」

「この敷地内で蒸留を？」

「ええ。いまはまだ、蒸留器はひとつきりですが。うちのオリジナルの、赤銅のやつです」

「高濃度のアルコールを使うんですよね？」

ミラーは訝しげな顔でケリーをみた。妙な質問だと思ったのだろう。警戒はしていないようだ。「ええ、もちろん。高品質の穀物エタノールを——うちの場合は大麦由来のものを——使います。アルコール度数は六十度くらい。それに数種類のボタニカルを加え、一定の温度でひと晩置いて浸漬《しんせき》し、これをゆっくり蒸留すると、複雑な香りがつくんです」ケリーの表情は、まるでギリシャ語でもきいているかのようだった。「うちのはスモールバッチで、大手の蒸留所で作られるものとはまったく違います。大手の会社は——」

ケリーはあいたほうの手を振って話を遮った。「ジンって、トニックウォーターで薄めて飲むものですよね？」

「まあ、ほかにもいろんな飲みかたがありますよ」ミラーの表情が一瞬変わった。ケリーがなにもわかっていないことに気づいておもしろがっているのだ。

ケリーがジンのことを知りたがっているのはわかったが、ジェマは話題を変えた。「金曜日の話が途中でしたね。キーティングさんと会うことになっていたと。どうなったんですか？」

ミラーは肩をすくめた。「彼女は来なかった」

「電話やメールはしましたか？」

「もちろん」ミラーの顔に赤い斑点が浮かんだ。肌の白い人が赤面するとそんなふうになる。「反応はありませんでした。ここにはまだスタッフが何人かいて、翌日の出荷ぶんのチェックをしていたので、ぼくも残って、メールの返信を待っていました。すると、妙な返信が来たんです。ああ、すっぽかされたんだな、と思いました」

「みせてもらえますか？」ジェマはきいた。「彼女からの返信だけでいいので」ミラーが気まずそうなのをみて付けたした。

ミラーはしかたないなというように肩をすくめ、机に置いてあった携帯電話を手に取り、何度か画面をタップした。それを持って机の奥から出てくると、携帯をジェマに差しだした。メッセージの横にリーガンの小さな顔写真があった。リーガンが生きているかのような、奇妙な感覚に襲われる。ジェマはケリーにきこえるように、声に出してメッセージを読んだ。「ごめんなさい、頭痛がして無理」

「これだけ？」ジェマは顔をあげてミラーをみた。画面をスクロールしたかったが、やめておいた。

ミラーはうなずき、携帯を受けとると、自分の椅子に戻った。

「そのあと、連絡を取ろうとしなかったんですか？」

ミラーはもうひと口ジンを飲み、ジェマと目を合わさずに答えた。「ええ。少なくともきのうまではそのままにしていました。しかし、きのうはもう留守番電話がいっぱいになっていて。さっきもいったように、ちょっといいにくいんですが――」顔がさらに赤くなる。「――リーガンとぼくは、互いに好意を持っていました。といっても……寝てはいません。彼女には恋人がいたので。その人との関係をきれいに終わらせてからでないとだめだと……」咳払いをしたあと、警官たちに挑むようにいった。「ちゃんとした子だったんだ」

「わかります」ジェマはいった。「約束をキャンセルしたあと連絡もくれないから、ボーイフレンドと別れるのをやめたと思ったんですね？」

「いや、どう解釈したらいいのかわかりませんでした。女の子がだれかと会いたくないときって、頭痛を理由にするものですよね？」

「それはありますけど、リーガンはあの夜、ほかの人たちにも頭が痛いといってました。具合が悪かったのは事実だったかもしれませんよ」

「けど、そのせいで亡くなったわけじゃないんでしょう？」ミラーがリーガンの死について具体的な質問をしたのは、これがはじめてだった。

「キュージックさんからきいていないんですか？」ケリーがきいた。

ミラーはかぶりを振った。「いや、教えてくれたのは、リーガンが……」ごくりと唾をのむ。「殺された、遺体がみつかった、ということだけで。殺されたということは、たぶん――そう考えるとあまりにつらくて……」

「いえ、レイプはされていません」ジェマはいった。「ニータはいってませんでしたか？」

「ええ。ニータはあまりぺらぺらしゃべる人じゃないから。じつは、ニータに対してもちょっと気まずいというか……」

ジェマは眉根を寄せた。「どういうことですか？」

ミラーはためらってから口を開いた。「当然ですが、ぼくはリーガンのことが心配でした。なんの説明もなく物事を放りだすような子じゃない。ぼくと付き合うのをやめるつもりなら、きちんとそう話してくれるはずだと思ったんです。

だから本当はニータに電話をかけて、ようすをききたかった。しかしニータは……ぼくたちが付き合うことをよく思わないだろうと、リーガンがいっていました。だから、ニータには連絡したくなかったんです。リーガンは、ぼくとの関係をそのうちニータに話すつもりだといっていました。もしニータが賛成してくれないなら仕事を辞める、とも。その覚悟はできていたものの、できるだけそれを引き延ばしたいと思っていたようです。子どものことが心配だったから」

「ジェシーのことですね。どうして？」

「バレエスクールの入団テストのことでプレッシャーを感じていたようです。入団が決まるまではそばにいてあげたい、とリーガンはいっていました。ジェシーはリーガンを心のよりどころにしている、と。両親の離婚で傷ついていたそうです。父親には新しい恋人がいて、頼れないんですよ」ミラーは立ちあがり、キャビネットのジンのボトルをきれいに並べなおしはじめた。手の動きがぎくしゃくしている。「あの夜ニータに電話をかけるか、家を訪ねていくかすれば、もしかしたらリーガンは……」ふたりに背中を向けたまま、そういった。

「ミラーさん」ジェマはいった。「エドワードと呼ばせてもらうわね。リーガンからそのメッセージが来たのは何時だったの？」携帯をすぐに返してしまったので、タイムスタンプをチェックすることができなかった。

エドワードは振りかえって鼻をすすった。「さあ。スタッフがみんな帰ったあとでした。午前零時過ぎだったかと」

「そんなふうに自分を責めるべきじゃないわ」ジェマはいったが、どこか上の空だった。リーガンの死亡時刻が午前零時前なのか後なのか、法医学者はどれくらい確信を持って判断してくれるだろう――そのことで頭がいっぱいだったからだ。

ダグ・カリンは、話をするのもいやがったし、ましてや会うことなどとんでもない、という態度だった。

「デニスが戻ってきたことを、どうして教えてくれなかったんですか」どこかで一杯飲もう、とキンケイドがいいかけたとたん、ダグはいった。

「ぼくも知らなかっ――」

「襲撃されたことは知っているんですよね？　なんで教えてくれなかったんですか？」ダグのエリート校卒業生ならではの発音がふだんより強く感じられる。怒るといつもそうなるのだ。「それに、ここ二ヵ月くらいのあいだ、ぼくを煙たがっていたのはどういうわけなんです？　いまさら急に一杯飲もうなんて、わけがわかりませんよ」

「きいてくれ、ダグ。複雑な事情があるんだ。いま、ウォーリンフォドの近くにいる。仕事のあとに会えないかな。近くまで行ったら連絡を――」

「ウォーリンフォドでなにをやってるんですか？　そこは――」

「ウォーリンフォドがどういうところかはわかってる」キンケイドも苛立ってきた。「とにかく会ってくれ。電話じゃできない話なんだ。なにか口実を作って出てきてほしい。だが、ぼくに会うことはいうな。だれにもいっちゃだめだ。わかったな？」

「まるでスパイものの小説ですね。おおげさじゃありませんか？」ダグはそういったが、興味を持ったのが口調にあらわれていた。

「全部説明する。約束するよ。そうだな――」キンケイドは少し考えた。「――〈スコッチ・モルト・ウィスキー・ソサエティ〉で会おう。知ってるだろう？　ロンドンまで戻ったらメールする」

キンケイドは電話を切った。ダグがしゃべりだしたら止められないので、そうするしかなかった。

車のエンジンをかけ、貸しボート屋の駐車場を出ようとしたとき、電話が鳴った。ダグではないだろう。ディスプレイをみると、ラシードだとわかった。

「ラシード、なにかわかったかい?」電話に出るとすぐにきいたが、次の瞬間、パニックが襲ってきた。「まさか、デニスのことじゃないよな?」

「いや、デニスのことはなにもきいてない。例の件なんだが、よかったらここに来てもらって——」

「いま、ロンドンにいないんだ。このまま電話で話してもらえないか——」

「いや、会って話したい」ラシードはいつになくぶっきらぼうな口調でいった。「みせたいものもあるし。今日は当番じゃないんだが、オフィスで待ってる」

ロンドンの道路は混んでいた。ようやく病院に着いたとき、キンケイドは汗ばんで、神経がぴりぴりしていた。まだ待ってくれているだろうか。心配だったが、ラシードは約束どおりオフィスにいた。

「ダンカン」ラシードは立ちあがった。いつもはさりげない笑みを浮かべているのに、今日は真顔だ。そしてキンケイドの記憶にある限りでははじめて、オフィスのドアを閉めた。「来てくれてありがとう」キンケイドにいつもの椅子を勧め、自分は机の奥の椅子に戻った。「強引に呼んでしまって、申し訳ない」

キンケイドの心の中で鳴っていた警報音が、また少し大きくなった。「ラシード、いったいどうしたんだ？」

ラシードはペンを手にした。それを手の中でくるりと回して、いった。「ダンカンはここのところ忙しすぎて、被害妄想気味になっているんじゃないか——きみの友だちの話をきいたとき、正直そう思った。だがそうじゃなかった。疑って悪かった」

キンケイドは黙って座っていた。ラシードがどんな情報をつかんだのか知らないが、悪いことなのだろう。

「写真を何枚かみてほしい。こっち側に来てくれないか」ラシードはあいたほうの手でパソコンのマウスを何度かクリックした。キンケイドはラシードの横に立った。「銃創はみたことあるよな？」いつもはきちんとした英語をしゃべるラシードが、コックニー訛りでしゃべっている。キンケイドの緊張が高まった。

キンケイドはうなずいた。口の中がからからだった。

「じゃ、これをみてくれ」ラシードは、机に置いてある大型モニターのひとつに写真を表示させた。「これは頭を自分で撃ったときの銃創だ。何度もみてきたから、すぐわかる。普通は、銃を皮膚に直角に当てるものだ。こめかみ、あるいはあごの下を撃つことが多い。ここをみてくれ。射入口のまわりに水ぶくれができている」ペンをポインター代わりにした。「弾丸が入っていく反動で、ガスが逆噴射されるような現象が起こるんだ。そしてこれは、きみの友人の写真だ」ラシードは体の向きを変え、もうひとつのモニターを示した。

キンケイドはまばたきをして、あの夜みた光景を頭から追いだそうとした。「ああ」知らない人物の写真だと思おう。頭にあいた射入創のクローズアップ写真をみながら、自分にいいきかせた。

「水ぶくれがないだろう？」ラシードはスクリーンをペン先で叩いた。

ラシードのいうとおりだった。「どういう意味だと思えばいい？」

「皮膚から離れたところで銃を構えて自殺する人はめったにいないってことさ。だれかと口論しながら撃ったとか、最後の最後に撃つのをやめようと思ったのに、指が動いて撃ってしまったとか、そういうケースは考えられるが、いずれにしてもそうそう起こるもんじゃない。それに――」ラシードは写真を拡大した。銃創が別の惑星の写真のようにみえてきたとき、キンケイドはほっと小さな息をついた。「みてくれ。傷にプラスチックの破片がついている。みえるかい？」再びペンをポインター代わりにした。「つまり――」ラシードはキンケイドをみた。優等生が正解を出すのを待つ教師のようだった。

「サイレンサー。プラスチックのボトルを使ったんだ」

「そのとおり」ラシードはうれしそうだった。「自殺する人がサイレンサーを使うことがないわけじゃない。実際、一度そういうのをみたことがある。ひとり暮らしをしてた男が、隣人に気を遣ったらしい。何週間もたってから、だれかが悪臭に気がついた」

「だが、この件では考えられない。ほかには？」

「弾丸の射入角度だ。いうまでもなく、遺体が発見されたのはリビングの真ん中だった。椅子やソファには座っていなかったし、ベッドに横になっていたわけでもない。立ったまま自殺する人間がどれくらいいると思う？　まあ、これもないわけじゃない。酔っぱらって妻と口論になった男が、立ったまま自殺した。だが、その男だって、銃をこめかみにつけてから引き金を引いたんだ。なにがいいたいか、わかってくれるよな？」

ラシードは別の写真を表示させた。

キンケイドは胃がよじれるような感覚を覚えた。現場で撮った遺体の写真だ。鑑識が広角レンズを使って撮ったものだろう。ライアンはリビングの真ん中で、手足を広げて床に倒れていた。顔は横に向き、腕はまっすぐ伸びていた。頭の下には赤黒い血だまり。右手の指は、セミオートマチックのピストルを握った形に曲がっていた。

あのときのにおいが一気によみがえってきた。生温かい金属臭に排泄物《はいせつぶつ》のにおいがかすかに混じっていた。両手をポケットに入れて、震えを止めようとした。

写真をじっとみていると、遺体のまわりの風景がはっきりみえてくるような気がした。安っぽいリビングルームだ。しかし、あのときみた風景となにかが違う。「バックパックがない」

　ラシードが顔をあげてキンケイドをみた。黒い眉が吊りあがる。

「思い出した。ぼくはあの部屋に一分もいなかった。死んでいるのがひと目でわかったし、ライアンとぼくの関係を印象づけたくなかったんだ。だがどういうわけか、自殺ではないと確信していた。部屋にあったバックパックのせいだ。口があいた状態で、ソファのそばに置いてあった。ライアンは荷造りをしていたんだ。あの部屋に置いてあったものを——それがなんだかわからないが——取りに帰ったんだろう。そして、最初の通報から鑑識が写真を撮るまでのあいだに、だれかがそれを持ちさった」

「なるほど」ラシードがいった。「その直感は正しかったわけだ。ぼくも、もしこの事件を担当していたら、自殺という判断は絶対にしなかったと思う」

「だが——」キンケイドは懸命に気持ちを落ち着かせようとした。「どういうことなんだ？　どうして自殺ってことになってるんだろう」

「法医学者がそう判断したってことだ」ラシードが顔をしかめた。

「担当はだれだったんだ？」

「ケイト・リンだ」

　シーツに体を押さえつけられていて窮屈だ。つかもうとしたが、手が動かせないことに気がついた。縛られているんだろうか。身をよじろうとしたが、体がいうことをきいてくれない。
「楽にしてください、チャイルズさん」だれかがいった。どこかできいたことのある声
だ。「ここは病院です。覚えていますか？」
もちろんだ、と思った。手術。そう、手術を受けることになっていた。もう終わった
のか？　妹はどこだ？　「リズ？　リズ、どこだ？」いおうとしたが、声も出せない。
猿ぐつわを嚙まされているのか。敵の手に落ちたということか？　パニックが襲って
くる。逃げなければ。ダイアンが危ない。クレイグがそういっていた。
「チャイルズさん、動かないでください。じっとしていてくださらないと、また鎮静剤
を打たなければなりません」
鎮静剤？　どうしてそんなものを？　心臓がどきどきする。とにかく手を自由にした
い。
声が遠くにきこえる。「血圧と心拍数が急上昇しました。今夜、もう一度ためしてみ
ましょう。奥さんがいるときに」
すべてが霧に包まれた。

17

「法医学者の話では、最近だれかとセックスした痕跡があったのよね」ケリー・ボートマンが、ケンジントンに戻る車の中でいった。「エドワード・ミラーがいっていたことが本当だとして――眉唾だけどね――リーガンとのあいだに肉体関係がないとしたら、セックスの相手はヒューゴー・ゴールドってことになるのかしら。だとすると、みんなが思っているほど、ヒューゴーのことを嫌いになってなかったのかもしれない。あるいは、別れる前にもう一度だけやらせてあげた、みたいな？」

「ずいぶん辛口ね」ジェマはおもしろがっていった。

ケリーはにこりと笑ってブレーキをかけた。フォードのバンにあと五センチでぶつかるところだった。「仕事柄、そうなるわよね。彼女がバーを出たあとにミラーと会っていたっていう線はあるかしら。ロマンティックな内緒話をしながら、あのおしゃれなジンを飲む。ちょっとだけ、なにかヤバいものを入れてあったかもね。今夜こそリーガンをモノにしてやるぞって、下心満載で」

「それから？」ジェマはきいた。ケリーがシナリオ作りを楽しむのはいいが、道路のほうにもしっかり目を配っていてくれますように、と祈っていた。

「ヒューゴーと寝ちゃったの、とリーガンが打ち明ける。ロマンティックな気分もぶちこわしね。尻軽女だな、とミラーは思う。リーガンを自分だけのものにするために、力ずくで押さえつける。すると彼女はあっけなく死んでしまった。そこで、清らかなお姫様みたいにリーガンを寝かせた」ケリーのふざけた口調には怒りが混じっていた。

「メールの件は？」

「ミラーの自作自演。リーガンの携帯を使って、自分に送ったのよ。携帯は、帰り道にどこかのごみ箱にでも放りこんだんじゃない？」信号に引っかかりそうになったので、ケリーはアクセルを踏みこみ、ル・マンのドライバーのようなハンドルさばきをみせた。

「うーん」ジェマはなるべく穏やかに反論した。「ミラーにはアリバイがあるみたいじゃない？　真夜中くらいまで」

「そのあと会ったんでしょ」

ケリーがエドワード・ミラーのことをいけすかない男だと思っているのは明らかだった。しかし、だからといって正しい答えが導きだせるとは限らない。〈レッド・フォックス〉を出る前に、ふたりはエドワードの兄のトマスと、金曜の夜遅くまで残っていたスタッフふたりの連絡先を手に入れた。そのうちのひとりはアガサ・スミスだ。エドワードの話をどこまで信じていいものか、ジェマは疑問に感じていたが、アガサが嘘をつくようなタイプにはみえなかった。「ケイト・リンに、死亡推定時刻を絞りこんでもらわないとね。それと、リーガンがケンジントンのバーを出た時刻についても裏を取りましょう」

シェパーズ・ブッシュ駅の近くで、ケリーはまた急ブレーキを踏んだ。車の時計をみてうなずく。四時をまわったところだった。「ケンジントンに着くころには、ピアノバーにだれかが来てるかもね」ゆっくりアクセルを踏み、ホランド・パーク・ロードに入った。ときどき癇癪を起こすのが欠点だが、ケリーは運転がうまかった。

でも、どうしてあんなにエドワード・ミラーを毛嫌いするんだろう。ジェマは興味をそそられた。

ピアノバーのドアは、よろい戸が半分あけられていた。それをくぐって中に入り、狭い階段をのぼる。ケリーは早くも文句をいっていた。閉所恐怖症気味なのかもしれない、とジェマは思った。二階のドアをあけたとき、ケリーは泳ぎつかれた人のように息を切らしていた。

細長い造りの店で、通りをみおろせる大きな窓があり、グランドピアノが置いてあった。ビストロふうのテーブルと椅子、長椅子が壁際に並び、中央を人が通れるようになっている。お酒と汗のにおいがかすかに残っているが、不快な感じはしない。昔、こういうバーには、ひと晩置きっぱなしにされた灰皿のにおいがしみついていたものだ。

奥にはバーカウンターがあり、バーテンダーが布でグラスを拭いている。

「おや」バーテンダーが顔をあげた。「店は五時からだよ。外に書いてあっただろ？」

ケリーが身分証をみせて、警官然とした態度で答えた。「警察です」

バーテンダーはふんという顔をして、片方の眉を吊りあげた。「違法な営業をしてないかって？」

「刑事部よ」ケリーがにべもなく答えた。バーテンダーは一瞬目をみひらいた。

ふきんを置いた。「まあ、そんなにぴりぴりしなさんな。なにを調べてるんだい？」

薄くなった髪をうしろでひとつにまとめている。ぴったりした黒のTシャツを着ているので、出っぱりはじめたおなかまわりが窮屈そうだ。しかし、笑顔には愛嬌《あいきょう》がある。あの笑顔を武器に、いままで生きてきたのではないか。

ケリーがこれ以上高圧的にふるまう前に、ジェマは満面の笑みを返した。「まず、お名前を教えていただける？」

バーテンダーは一瞬ためらったが、肩をすくめて答えた。「ダレル。ダレル・バード。バンドの名前と同じで、綴《つづ》りにyが入る」

「先週の金曜日の夜もここで働いていたの？」

「金曜と土曜はいつも仕事だね。スタッフは、おれと、あとふたり。なにしろ大混雑なんだ。で、なにか？」

「いま捜査してる事件について、いくつか質問に答えてほしいの」ちょっと芝居がかった感じで攻めたほうが反応をえられるかも、とジェマは思った。しかし「殺された若い女性」という言葉は使いたくない。重すぎて、素直に答えてくれなくなるおそれがある。携帯電話にリーガンの写真を出して、差しだした。「金曜の夜、この女性が来たのを覚えてる？」

ダレルはふきんでもう一度手を拭いてから携帯を受け取り、写真をじっくり眺めた。

「ああ、覚えてるよ。けど、金曜だったか土曜だったか、自信がないな」

「彼女のこと、どうして覚えてるの？　常連？」

ダレルは首を振った。「いや、常連じゃない。けど、美人だからさ。となりのきれいなお姉さん、みたいな感じだ」

「彼女にお酒を出した？」ケリーがきいた。

「もちろん。それがおれの仕事だからね」ダレルは冷めた目でケリーをみた。「未成年ってわけでもないし。もしかして、そういう話なのか？」

「いえ、そうじゃないわ」ジェマが答えた。「彼女は何杯か飲んだってこと？」

「いや、一杯だけだ。うちの名物カクテル。おれが作った。ひと口飲んで顔をしかめたから、好みじゃなかったんだろうな」ダレルはちょっと傷ついたような顔をした。

「それだけ？」

「ほかのスタッフから買ってたら別だが、それはないと思う。わりと早く店を出てったし。男と口喧嘩してたんだよな。トイレの近くでやってたから、気がついた」バーテンダーは、奥に通じる狭い廊下に顔を向けた。「ちょうど、ウォッカを取りに倉庫に行こうとしたときだったんだ」

「口喧嘩の内容もわかった？」

「うーん、はっきりとはわからないな」ダレルは少し考えてから続けた。「彼女が男に、浮気がどうのこうのっていってたな」

「男が浮気していると？　彼女の浮気じゃないのね？」ジェマは、ヒューゴーがエドワード・ミラーのことを知って喧嘩になったのではと考えた。

「ああ、おれはそう解釈した。とにかく、あんな男のどこがいいのかって思ったね」ダレルはあきれたというように天を仰いだ。「青臭いマスかき野郎。おっと、失礼」

ジェマは眉をひそめた。ケリーも当惑している。「ブロンドの髪をこれくらいに切った人でしょ？」あごのラインで手を横に振る。「すごくハンサムな、モデルみたいな人」

ダレルもケリーと同じくらい当惑していた。「違う。ひ弱そうな、ぱっとしない男だよ、ほうれん草でも食ってろって感じの。髪は茶色で、顔はそばかすだらけだった」

キンケイドは車を病院の駐車場に残して、ホワイトチャペル駅に行った。ファリンドン駅で地下鉄を降りて、グレヴィル・ストリートを少し歩いたところに、〈スコッチ・モルト・ウィスキー・ソサエティ〉がある。店は三階。一階と二階は〈ブリーディング・ハート・タヴァーン〉だ。

一時期、この店を隠れ家のように使っていた。ホルボン署に異動になってからは、署から歩いていけるようになり、訪ねる頻度もあがった。しかし、ホルボン署の同僚や部下を連れてきたことはない。

一時的にであっても、ほっとできる場所があるのがありがたい。ゆっくり考えごとをするにももってこいの場所だ。〈ブリーディング・ハート〉の前に立ったときには、時刻は五時に近づいていた。早くも、ハットン・ガーデン界隈《かいわい》のパブで一杯飲んで、出てくる人たちがいる。〈ブリーディング・ハート〉の横の小道に入って、〈ウィスキー・ソサエティ〉のブザーを押す。鍵のあく音がきこえると、階段をのぼりはじめた。

〈ウィスキー・ソサエティ〉にはいくつかの部屋があるが、メインの部屋にはバーカウンターと、居心地のいいテーブルやソファの席がある。中は明るく、白い壁にモダンアートの絵画が飾られている。部屋の中央には暖炉があり、冬の雰囲気は最高だ。いまは暖炉は使われておらず、大きな窓をあけはなして、少しでも外の空気が入るようにしてある。バーの片側には小さな個室があって、細長いテーブルと、このクラブが所有する特別なウィスキーのボトルを並べたラックが置いてある。

キンケイドはバーカウンターで入店の手続きをして、サンドイッチを注文した。「それと、ウィスキーを選んでくれないか。元気の出そうなやつを頼むよ」

「大変な一日だったんですね」若いバーテンダーがいった。

「まあね」

「ふうむ」バーテンダーは少し考えてから、番号を振られたボトルの一本から、スニフターグラスに注いだ。「これがいいかと」グラスをキンケイドに差しだす。「乾杯」

キンケイドは礼をいい、グラスを手にすると、部屋の隅にあるローテーブルの席についた。話し声を人にきかれない場所でなければならない。ダグには、ファリンドン駅から歩いてくる途中でメールを送った。簡素な返信が来たが、それによると、署で足止めを食らっていたが、いま向かっているとのこと。

しばらく考えて、ジェマにもメールをした。ロンドンに戻ってきた、もうすぐ家に帰る、とだけ書いた。ジェマにどう話したらいいのか、まだ整理ができていない。そもそもなにから話せばいいのか。今日していたことをどう説明すればいいのか。ジェマや子どもたちのことが恋しくて、胸が痛いほどだ。しかしいまはそんなことをいっていられない。これまでに得た情報をどう理解すればいいのか、じっくり考えなければならない。

　グラスを手にして、ウィスキーを口に含んだ。スモークしたピートを液体にしたものが、喉を焼きながら流れていく。こみあげる涙を押しとどめた。元気が出そうなやつを、と頼んだが、そんな言葉ではいいあらわせないような酒だった。あらためてグラスを手にして、よく観察した。ウィスキーは淡い黄金色。かすかに緑がかっている。テーブルに置いてある水差しの水を一滴入れて、次のひと口をおそるおそる味わってみる。スモーキーな味わいの中に、甘さとなめらかさが生まれた。薬用ハーブの香りが広がり、最後にダークチョコレートのような味わいが残る。もうひと口飲んで、体を椅子に預けた。体から緊張が抜けていく。顔をあげると、バーテンダーがこちらをみて微笑んでいた。キンケイドは親指を立ててそれに応えた。

　サンドイッチが届いた。キンケイドはダグがやってくる前に食事を終え、ウィスキーを飲み、ふたりぶんのコーヒーを注文した。入ってきたダグがこちらに気づく前に、ダグを観察した。最後に会ってから二ヵ月になる。いつもの丸眼鏡をかけた顔がやつれているこことに気づき、愕然とした。しかもひどく日焼けしている。いったいなにをやっているんだろう。上着は着ていない。ネクタイをゆるめ、ワイシャツの袖をまくり、リュックを肩にかけた姿は、これまで以上に学生のようにみえる。

　やがて、ダグがこちらに気づいた。笑顔もみせずに近づいてくる。キンケイドが手を差しだすと、ダグはためらってから短い握手をした。気まずい再会だった。それに、キンケイドは土を掘ったせいで手がずきずきしていた。

「来てくれてありがとう」キンケイドはダグに椅子を勧めた。「コーヒーを注文した。頭をはっきりさせておきたくてね。だがウィスキーを飲みたければ、なにか頼むといい」

「いや、コーヒーを」

「ダグ、どうした？」キンケイドはダグの赤い顔をみていった。「コスタ・デル・ソルにでも行ってきたのか？」

「ガーデニングです」ダグが顔をしかめる。世間話をする気分ではなさそうだ。

バーテンダーがコーヒーを持ってきた。キンケイドは礼をいってふたりのカップに注ぎわけた。ダグが砂糖とクリームをたっぷり入れる。キンケイドは、ダグが話をきく態勢になるのを待って、話をはじめた。ライアン・マーシュが死んだ夜のことから話すと決めていた。

「現場にいたんですか？　みたんですか？　どうして話してくれなかったんです？」

「それは……」キンケイドはあたりをみまわした。近くのテーブルの人々がそれぞれの会話に夢中になっているのを確認してから、話しはじめた。「怖かったんだ。ライアンが命を狙われて怯えていたのは知っていた。セント・パンクラス駅で爆発した手榴弾は自分を狙ったものだと思っていたんだ。それにぼくは、あの現場をみて、なにかがおかしいと思った」

「けど――」

「ぼくたちがライアンと関わったことをだれにも知られないほうがいいと思った。きみに、ライアンは自殺したんだと思っていてほしかった。そのほうが安全だからだ。そのまま何週間かたって、自分の頭がいかれてるだけなんじゃないかと思うようになったが、それでも――」いったん言葉を切り、両手をじっとみつめてから、左右の親指をこすりあわせた。「――話す気にはなれなかった。どうしても」ダグをみつめる。少したって、ダグがゆっくりうなずいた。

「どうしても？」

キンケイドはうなずいた。「ああ、どうしても」

「なのに、いま話してくれているのは？」

「ぼくの頭がいかれてたわけじゃないとわかったからだ」キンケイドはラシードにきいた話を伝えた。

説明が終わる前から、ダグは頭を横に振っていた。「なんでいまさら？　ラシードにきくのだって、どうしていまなんですか？　二ヵ月も放っておいて、どうしていまさらぼくにこんな話を？」

「デニスのことがあったからだ」

ダグはキンケイドをみつめた。「デニスとどういう関係が?」

キンケイドはまた店内をみまわして、声を低くした。「ぼくはデニスに会ったんだ。土曜の夜。ぼくは、襲撃前にデニスが会った最後の人間ってわけだ。ホルボンのパブに呼びだされた。デニスは、自分が何者かにみはられている、あとをつけられている、と感じていた。ライアンと同じだ。警察内部に腐敗があることをほのめかしたあと、なにも疑問に思うな、調べようとするな、と警告した。ぼく自身、そして家族の安全のために。だが、そこからの帰り道、デニスは襲われた」

「そうか……」ダグがつぶやいた。「その夜、デニスに会ったことを知っている人はいるんですか?」

「チェシャーの友人に話した。警官で、いいやつなんだ。ロンドン警視庁と関わりのない人間に話したかった」

「チェシャー?」ダグがびくりとして首をかしげた。

「父が心臓発作を起こしてね。見舞いに行ってきた」

ダグは顔をしかめた。「だけど、いまぼくに話す理由がまだわからない」

キンケイドはひとつ息を吸った。「きみを危険にさらすまいと思っていたが、なにも知らせないままではきみを守れないと気づいたんだ。それに……」冷めたコーヒーを飲みほして、最後のハードルに備えた。「きみの助けがほしい」

「じゃ、リーガンとヒューゴーが口論してたっていうのは嘘だったの？　それとも、リーガンはヒューゴーと口論してただけじゃなく、シドニーとも口論してたってこと？」ケリーがいった。「それに、シドニーに浮気だなんだといってたって、どういうこと？」ふたりはケンジントン・ハイ・ストリートに立っていた。ジェマは〈カルッチオ〉にでも入ってコーヒーを飲みたい気分だったが、ケリーの気分はエスプレッソどころではなさそうだった。

「シア・オショーに電話してみるわ」ジェマは携帯電話を取りだした。「あの夜になにがあったか、もっといろいろ知ってるはず」しかし、教えられた番号にかけても応答はなかった。そこで、できるだけ早く電話をくださいとメッセージを送った。そのとき、ピアノバーにいるあいだにキンケイドからメッセージが来ていたのに気がついた。

「もう！」メッセージを読んで、思わず声が出た。

「どうかした？」

ジェマは作り笑いをみせた。「夫が放浪に出ちゃった。今日はもう終わりにしていい？　でないと子どもたちのお迎えをだれかに頼まなきゃならなくなるの」

ケリーは気の毒そうな顔をしたが、首を横に振った。「リーガンが完全無欠のいい子ちゃんだったとは思えないの。だれにだって欠点はあるでしょ？　剖検の結果、最近だれかとセックスしたのはわかってる。でも、精液のDNAがわかるまでは、相手はヒューゴーだろうと思うしかない。あのひょろっとしたシドニーが相手とは想像できないのよね。まあ、想像できないことが起こるのが現実だけど。あのすかしたミラーのいってたことが本当かどうかもわからない。造園師だってアリバイはないし、ローランド・ピーコックだって怪しい」腕時計に目をやる。「ピーコックの妻が帰宅してるかもよ」

出てきた女性は細身のブロンドだった。エレガントな雰囲気をみて、今日一日、暑さの中をあちこち歩きまわったジェマは、自分のくたびれた姿がみじめに思えてしかたがなかった。

「ピーコックさんですね？」ケリーが自己紹介した。パメラ・ピーコックは不安よりも苛立ちをにじませながら、ふたりを家に招きいれた。

「夫にきいたわ。亡くなった女の子のことで捜査をしてるんですってね」歩きながら話す。

ケリーがエドワード・ミラーを毛嫌いしたように、ジェマはパメラの気取った態度が好きになれなかった。「女の子というか、リーガン・キーティングです。二十四歳だったので、女の子と呼ぶのはどうかと」

「シッターさんだったのよね？」パメラはなにかをおもしろがるような目でジェマをみた。「三十歳以下の女性はみんな、わたしにとっては女の子よ。ええと、巡査部長さんだったかしら？」

「警部です」ジェマはできるだけ穏やかに応えた。パメラ・ピーコックは四十代前半だろうか。ニータ・キュージックと同じく、見た目の若さを保っている。お金の力には感心してしまう。自分の母親が四十歳のときは、どこからどうみても四十歳だった。

キッチンに入った。ル・クルーゼのキャセロールが火にかけられていて、おいしそうな香りが漂ってくる。ジェマはつい、夫のローランド・ピーコックが作ったものでありますようにと思ってしまった。上品な麻の服や完璧な化粧を汚したり崩したりすることなく、この女性がごちそうを作れるなんて、納得がいかない。しかし、きのうローランドが座っていた椅子にはだれもいない。仕事の道具も片づけられていた。

「ご主人はご在宅ですか？」ケリーがきいた。

「いえ、息子をラグビーの練習に送っていったわ。どうぞ、かけてください」パメラはダイニングの椅子を勧めたが、紅茶もコーヒーも出そうとしない。

「そうですか」腰をおろして、ケリーがいった。「奥さんのお話をうかがいたかったので」

パメラは細い眉を片方だけ吊りあげた。「お話というと？」

「リーガンのことをもっと詳しく知りたいんです。まだ断片的にしか――」

「殺されたんですってね。ジーン・アーミテッジがローランドに話したそうよ。正直、ばかばかしいと思ったわ。殺されたんじゃなくて、ドラッグのやりすぎじゃないの？」

「どうしてそう思うんですか？」ジェマがきいた。

「だって、よくあることじゃない」パメラは肩をすくめた。「そうでしょ？」

「リーガンのことを個人的によくご存じで、そうおっしゃってるんですか？」

「いいえ、ほとんど知らないけど」

「でも、ご主人はかなり親しくしていたようですね。最近も、ガーデンパーティーのときにおしゃべりしていたとか。先々週の日曜日でしたっけ」

パメラはアイランドタイプの調理台に寄りかかっていたが、ジェマの言葉をきいて体をまっすぐにした。腕組みをして答える。「ジーン・アーミテッジにきいたのね。ローランドがしたことは、ただの礼儀よ。パーティーはパーティーだもの。夫はけっこう魅力的な男性だし、ああいう人に話しかけられたら、若い女性は喜ぶものでしょう。それと、ジーン・アーミテッジのいうことは話半分にきいたほうがいいわ。おおげさな作り話をして楽しむような人だから」

パメラ・ピーコックとジーン・アーミテッジのどちらの話を信じるかといえば、断然ジーン・アーミテッジだ。要するに、パーティーではみんながシャンパン・パンチやりモンチェッロで酔っぱらっていたということだろう。ローランドはリーガンにしつこくいいより、リーガンはそれをはねつけたりはしなかった。ジーン・アーミテッジはただのおせっかいおばさんなのであって、作り話をしたわけではない。

「おっしゃるとおりですね、ピーコックさん」ケリーは笑顔でいって、むっとしているパメラをなだめようとした。「それはそうと、先週金曜日の夜のことを話してくださいますか？」

「息子が胃腸かぜにかかってね」パメラは、思い出しただけで吐き気を催したかのような顔をした。「ローランドがずっと付き添ってくれたわ。わたしは出張から帰ったばかりで。そもそも、ジョージの看病はいつも夫の仕事なの」

病気になった子どもの看病で眠れない夜を過ごしたことなら何度もある。ジェマはそういう状況をパメラのように簡単に割り切れる人がうらやましいと思ってしまいそうだった。「証明できますか？」

「もちろん。かかりつけの医者に電話して、来てもらったから」

電話一本で往診に――しかも真夜中に――来てくれる医者なんて、どうやったらみつかるんだろう。「息子さんは回復されましたか？」

「ええ、今日から学校に行けるようになったわ」パメラの口調が少し穏やかになった。

「胃腸かぜ、本当にきつかったみたい。だから今日も、ラグビーの練習に夫がついていってるのよ」

「ご主人によると、お子さんはもうひとりいらっしゃるんですよね。ジョージのお兄さんということでしょうか。いまは遠くの学校に行っているとか」

「いえ、ジョージが長男よ。次男はアーサーで、遠くの学校に行ってるわ」パメラは首を振った。「いまとなっては、そんなことをする理由もなくなってしまったわ。来年度はこっちの学校に行かせようかと思ってるの。

正直、アーサーはつらい思いをしてるみたい。子どもがいじめにあったからって、寄宿学校に入れるのは最善の策とはいえないようね」パメラは弱々しく笑った。「でも、あのときはほかにどうしようもなくて」ふたりが黙っているので、パメラは苛立ったように続けた。「ジーン・アーミテッジからきいてるんでしょう？　ヘンリーのこと。ヘンリー・スー」

「ご主人からうかがったと記憶しています」ジェマはいった。「亡くなった男の子ですよね？」

パメラは顔をしかめた。「悲惨な出来事だったわ。でも、あの子のせいでアーサーがあまりにも苦しんでたから、寄宿舎に入れることをもう決めてしまっていたの」

「つらかったでしょうね。ジェシー・キュージックはヘンリーにいやがらせをされなかったんですか？」

「バレエをやってるせいで、アーサーよりいじめの標的になりやすいと思うでしょう? でも、アーサーは勉強好きで運動が苦手だった。ジェシーは体がしっかりしてた。バレエのおかげなんでしょうね」パメラの口調から悪意は感じられなかった。息子を愛する気持ちが意外なほど強くあらわれていた。

「ジェシーには会ったことがあるんです」ジェマはいった。「目標に向かって突き進む感じの子ですよね」

パメラは笑い声をあげたが、ちっとも楽しそうではなかった。「まあ、そうね。だからこそ、ヘンリー・スーの呪いをはねのけられたんだわ。スー夫妻は、ヘンリーが死んだのはジェシーとリーガンのせいだといってたのよ」

「リーガン? どうしてですか?」

「あの日、リーガンがジェシーのことをもっとしっかりみていたら、ヘンリーがいなくなったことにもっと早く気づいたはずだって」

「でも、ヘンリーの世話はリーガンの仕事じゃありませんよね」

パメラはため息をついた。「子どもをなくして、それをだれかの責任にしたいと思っている親にとっては、そんなこと関係ないのよ」

「はあ?」ダグが感情をこめていった。キンケイドが午後の出来事について話したところだった。「ウォーリンフォドにいたのは、そのためだったんですか。ぼくも行きたかった」今年のクリスマスはないよといわれた子どもみたいな落胆ぶりだった。

「うん。だが、その場の思いつきだったんだ」

「で、なにかみつかったんですか？」

キンケイドは小声で説明した。

「ライアンは逃げるつもりだったんですね」ダグは少し考えてからいった。「自殺なんかするつもりじゃなかったんだ」

「そうだ」

「潜入したグループのだれかとつながりができたのかもしれませんね。あるいは、家族を連れて海外に逃げるつもりだったのかも。海外なら、自分が何者かをだれにも知られていない」ダグは眉をひそめ、カップを揺すった。底に残った甘ったるい液体がぐるぐる回る。「秘密捜査員のほとんどは、脱出戦略を何年も前から用意しているものですよね。普通の警官の仕事に戻る人もいるけど、ライアンは本気で逃げるつもりだったんだ」ダグはなぜだかほっとしたような表情を浮かべた。「ライアンの記録を調べていたときのことを覚えてますか？　最初は制服警官、次は刑事部。そのあとはどこにも登録されていなかった」

キンケイドはうなずいた。なんの話につながるんだろう。

　ダグはキンケイドに目をやり、またコーヒーに視線を落とした。どんなふうに話すべきか迷っているのだろう。「デニスが襲われたのを最初に教えてくれたのは、メロディのお父さんなんです。過去のツケがまわってきた、とかなんとかいっていたそうです」

「過去のツケ？」キンケイドは驚いてきいた。

「ぼくもなんのことだかわかりませんでした。けど、それで、調べてみようと思ったんです。パターンがあるから調べやすかった」

「パターンとは？」

「ライアンの職歴を思い出してください。制服警官から刑事になって……みたいな。デニスは巡査部長としてハックニー署の刑事部にいました。一年後、記録が消えた。存在がぱっと消えてしまったんです。そして三年後、警部補としてチャリング・クロス署に復帰した」

　キンケイドは体をうしろに引いて、ダグをみつめた。「そうか。デニスも秘密捜査員だったんだ。そんなこと、夢にも……」

「ですよね。けど、それでつじつまの合うことはあります。アイヴァン・タルボットがほのめかしていた人脈は――潜入先の人物でしょうか。それとも公安の仲間でしょうか？」

　キンケイドは前に考えたことを思い出した。「デニスはライアン・マーシュを知っていたのかもしれないな。あるいはライアンの話をきいたことがあるとか。ぼくがホルボン署に異動させられた時点で、ライアン・マーシュがマーティン・クインのグループに潜入して何ヵ月もたっていた」

「なんでもアリだと思えてきました。デニスは情報を集めるのがすごくうまかったんだろうな」ダグは眼鏡を指で押しもどし、リュックの中を探った。「そのメモリーカード、ここにありますか？　みてみましょう。ライアンがいろいろ教えてくれるかもしれませんよ」

キンケイドはもう一度まわりをうかがった。自分までスパイになった気分だ。財布に入れておいた長方形の小さなカードをダグに手渡した。

ダグがノートパソコンをテーブルに置いたとき、キンケイドの携帯電話がポケットの中で振動した。取りだしてディスプレイをみると、ジャスミン・シダナの名前があった。ホルボン署の部下だ。キンケイドは顔をしかめた。電話に出るべきだろうか。しかしシダナが些細《ささい》なことで電話をかけてくることはない。椅子を少しうしろに引いて、ダグの邪魔にならないようにしてから電話に出た。

「ボス」シダナがいった。「ご家族のことでお忙しいところ、すみません。ですが、お伝えしたいことがあって。キングズ・クロスで、運河から死体が引きあげられました。それについて、警視にみていただきたいものが」

「じつは、もうロンドンに戻ってる」キンケイドは腕時計をみた。ここから署まで歩いたら何分かかるだろうか。「三十分後に戻る」

電話を切ると、ダグがパソコンの画面をみて難しい顔をしていた。「どうした？」

「カードの中身ですが、写真ばかりなんです。一貫性がなくて、意味がわかりません」ダグはパソコンの向きを変えて、キンケイドにみえるようにした。

キンケイドは画面をスクロールしながら、十枚余りの写真をみた。新しい写真をみるたび、動揺が増していく。村の中心。パブ。屋根つきの門が特徴的な教会。どれもよく知っている。「ハンブルデンだ。これはアンガス・クレイグの家だよ」

最初にみたときの、燃える前の家だ。まわりの木々は秋の色をしている。そういえば、ダグは、クレイグ夫妻が死んで家が全焼したあとしかみていないのだ。

18

一九九四年七月

新聞紙やペンキの缶が並ぶキッチンの床で、ふたりは抱きあった。なにか悪いことをしているような気分で激しいセックスをしたせいで、その数時間後に〈タバナクル〉に行ったときもまだ、体のあちこちがずきずきしていた。

仲間たちは〈タバナクル・カフェ〉のコーヒーを飲みながら、揃って浮かない顔をしていた。アネット・ホワイトリー、まじめそうな顔をした黒人のマーヴィン・エンバ、そのほか五、六人が集まっていた。

「なにかあったのか？」デニスは尋ね、コーヒーを注文するのも忘れて腰をおろした。

「どこに行ってた？」マーヴィンは最初から喧嘩腰だった。上からみおろすような格好できいてくる。「アパートに何度も電話をかけたんだぞ」

「仕事だった」想定外だった。シナリオを作っておかなかったのが悔やまれる。「ロンドン北部に行ってた」手にペンキがついていることに気がついて、こすった。いつのまについたんだろう。「なにかあったのか？」もう一度きいて、メンバーの数を黙ってかぞえた。いつものメンバーが全員揃っている。

「ホワイトウォッチ」アネットがいった。ホワイトウォッチは、小規模だがもっとも過激なファシストグループで、最近ロンドンで活動をはじめた。公安も目をつけているはずだ。「カーニヴァルでデモをやるらしいわ。けが人が出る」

「なんとかしないと」マーヴィンが加わる。「われわれが抗議するべきだ」

「それこそけが人が出る」デニスはできるだけ落ち着いていった。ノティング・ヒル・カーニヴァルは、はじまったころからずっと、人種差別関連の暴動の舞台になっている。今年のカーニヴァルまで、あと一ヵ月ほど。警察は出動するだろうが、あちこちで起こる小競り合いをすべて押さえることはできないから、結局は乱闘に発展してしまう。

「デン、あいつらがどういうグループか、わかってるでしょ」いつもはデニスの肩を持つアネットが、今日は鋭い目でにらみつけてくる。「なにもしないでみてるわけにはいかないわ」

　ホワイトウォッチは、その名前にもあらわれているように、人種差別的思想を持っている。だが単なる白人至上主義ではなく、白人と黒人のあいだに生まれた人々をとくに忌みきらっている。アネットもターゲットのひとりということになる。「だが、あの手のやつらに関わるのは、火に油を注ぐようなものじゃないか。騒ぎを大きくしたいやつらにとっては、思うつぼだ。そうだろう？　いちばん効果的なのは、平和なメッセージを送ることだ」

「だったら平和にデモをやりましょう」デアドレがいった。デアドレは教師だ。ちりちりの髪の毛をして、十年前に流行した大きなレンズの眼鏡をかけている。なんでも先頭に立って仕切るのが好きだ。しかし、ほかのメンバーは期待をこめた目でデニスをみていた。デニスは自分のことをリーダーだと思ったことはないし、リーダーになりたいと思ったこともない。しかし、警官という職業柄、自然とリーダーシップを感じさせるふるまいをしてしまうものなのかもしれない。秘密捜査員はおそらくほとんどがそうだろう。

「デモをするのもいいが、それより、平和なカーニヴァルを実現させようという趣旨のリーフレットやチラシを配るのはどうだろう。暴動や乱闘はなんとしても防ぎたい」何人かがしぶしぶうなずいたが、反抗心がくすぶっているのも肌で感じられた。「どこできいた話なんだ？　ただの噂じゃないのか？」

「兄にきいたの」ベバリーと呼ばれている女性メンバーがいった。「車の修理工場で働いてるんだけど、そこのスタッフのひとりが、ホワイトウォッチと関わってるんですって。カーニヴァルで大暴れしてやる、と息巻いていたそうよ。そして、その……」ベバリーもデアドレも、白人だ。白人のメンバーはいつも、人種をあらわす言葉の扱いに困っていた。

「口だけかもしれないな。だが、目は光らせておこう」今度はメンバーのほとんどが力強くうなずいた。しかしデニスは、だれひとりとして――アネットでさえ――信用していなかった。だれがよけいな噂を流してもおかしくないのだ。話題になればなるほど、本当に暴動が起こるおそれは大きくなる。

気は進まないが、そろそろレッド・クレイグに報告したほうがよさそうだ。この先はクレイグの仕事になる。


ピーコックの家を出たジェマとケリーは、ウェストボーン・パーク・ロードを歩きはじめた。スー家に近づくにつれて、ジェマは気が重くなっていった。子どもをなくし、悲しみを癒《いや》す方法が近所に敵を作ることだけ――そんな夫婦にどう話しかけたらいいんだろう。

家の表側は、通りに並ぶほかの家々と同じような造りだ。しかし、たいていの家には、真鍮のノッカーやトピアリー、窓辺の鉢植えなどがあるのに、スー家にはそういうものがなにもない。この家だけ生気が感じられない。

ケリーが元気よく階段をのぼっていき、呼び鈴を押した。もう一度押してから、ようやく応答があった。

ジェマは、スー夫妻はどちらも中国人だろうと思っていた。しかし、出てきた女性は白人だった。パメラ・ピーコックと同じくブロンドで、ほっそりしている。ただ、パメラのような優美さはない。険しい顔をして、赤い唇を一直線に引きむすんでいる。ケリーが身分証をみせてふたりの名前をいうと、女性は無表情になった。甲高い声で応じる。「もうたくさん。いったいだれの差し金で、刑事なんかが来るわけ？　嫌がらせもいい加減にして」

ケリーが驚いて尋ねた。「スーさん？　リサ・スーさんですね？」

「わかってるくせに。わかってるから来たんでしょ。話すことなんかなにも――」

「スーさん、なにか誤解があるようです。わたしたちがなんのために訪ねてきたと思ってるんですか？」

「増築のことでしょ」

怒りの表情が顔に貼りついてしまっているが、それさえなければきれいな女性だろうに、とジェマは思った。頭の内側から押されたみたいに、目が少しだけ出ている。

「増築工事のこととは関係ありません」ケリーがいった。「ご主人はご在宅ですか？」

「ええ。でも、邪魔しないでちょうだい」スー夫人は急に不安そうになった。「なんの用で来たのか、教えてくれない？」

「中でお話ししてもいいですか？」ケリーはきいた。ここまでの会話を玄関でしていたのだ。二軒隣のジーン・アーミテッジの家に目を向ける。「それに、とても重要なことなんです。ご主人にもぜひお話をきかせていただきたいと思っています」

「わかったわ」スー夫人はおおげさなしぐさでふたりを招きいれた。玄関ホールでふたりを待たせて、自分だけ階段をおりていく。「ベン？　いま——」ドアがしまる音がして、声がきこえなくなった。

　リビングに通じるドアも閉まっている。壁にはなにもかかっていない。家の外と同じで、人が住んでいるという印象が皆無だ。

　ベン・スーが先に立って、階段をのぼってきた。ジェマはまず驚いた。こんなにハンサムな人だとは思っていなかった。背が高く、すらりとして、豊かな黒髪はこめかみのところが白くなりかけている。整った顔には、妻と同じ怒りの表情が貼りついていた。リサ・スーはただ不機嫌にみえるだけだが、ベン・スーは……危険な感じだ。ジェマは反射的に一歩さがろうとしたが、うしろはドアだった。

「なんの用だね？」訛りのない、きちんとした英語だった。

「庭で女性が亡くなっていた事件について、調べています」ケリーがいった。「リーガン・キーティング。ご存じですね？」

「なんの話だ？　人が死んだなんてきいてないぞ。もう——」

「あのシッター？」妻が口を挟んだ。「え、あの人が死んだの？」

ケリーはジェマをちらりとみた。知らなかったなんて、本当だろうか。いや、あり得ることだ。近所に友だちがいないし、一日じゅう出かけている。増築のせいで、半地下からも一階からも、庭は全然みえないだろう。

「そうです、シッターさんです」ジェマが答えたが、この夫婦の態度にすっかり苛立っていた。「金曜日の夜に庭で殺されました。あなたがたは、息子さんが亡くなったのは彼女のせいだといっていたそうですね」

スー夫人が目をぎょろつかせた。「だれにきいたの？　わたしたちがいってたのは、あの子がもっと気をつけててくれれば――」

「リサ、もういい」夫がどなった。そしてケリーとジェマにいう。「おれたちはなにも知らない。おれも妻も、あの娘と話したことなんか片手で数えるくらいなんだ。わかったら、もう――」

「おふたりとも」ケリーは困りはてているようだった。「貴重なお時間をいただいて、申し訳ないと思っています。ですが、若い女性が殺されたんです。金曜日の夜、なにかおかしなものをみたり、きいたりしませんでしたか？」

リサ・スーは首を横に振った。「わたしはその日、姉の家に泊まりにいってた。ミルトン・ケインズの」

「ご主人は？」

　答えないつもりだろうか、とジェマは思った。しかし、ベン・スーは口を開いた。

「銀行のクライアントと出かけていた。帰ってきたのはもう遅い時間だった」

「何時ごろですか？」ケリーがきく。

　この質問にもすぐには答えなかった。「三時ごろ」

「証言してくれる人はいますか？」

「もちろんだ。だがその前に弁護士に――」

「あの男の子が悪いのよ」リサ・スーが割りこんだ。「バレエをやってる、あの子。ベンが彼女に話したのは、そのこと。あの男の子がうちのヘンリーをいじめなければ、ヘンリーは物置小屋に隠れたりしなかった。絶対に。だってヘンリーは、狭いところが嫌いだったんだから。それに、吸入器を持ってなかったのは、よっぽどあわててたからよ。ベンはあのシッターにそういったの」

「リーガンに？」ジェマはベンにきいた。「いつのことですか？」

　答えたのはリサだった。「あのばかばかしいガーデンパーティーのときよ。だれもわたしたちに話しかけてこないの」大きな目が涙でうるむ。

「待ってください」ジェマはリサの肩をつかみ、黙らせた。「ジェシー・キュージックがあなたがたの息子さんをいじめていた、そういうことですか？」

「まったく、とことん感じの悪い夫婦ね」歩きながら、ケリーがいった。「あんな態度なのは、息子が死んだからなの？　それとも、ろくでもない両親のもとに生まれた子どももろくでなしになって、その子が死んだからますます態度が悪くなったの？」

「ジェシー・キュージックがヘンリーをいじめてたなんて、わたしは信じない」ジェマはまだ怒っていた。ベン・スーは名刺の裏に銀行の同僚の名前と電話番号、スーの姉の連絡先を書いて渡してくれた。さらに弁護士の連絡先も書きくわえ、なにかあったらそっちにいってくれ、といった。ジェマはいまにも怒りを爆発させてしまいそうだった。

車に戻ると、ケリーがジェマに目をやった。「一杯飲まない？　今日は本当にきつかったもの」

ジェマは断れなかった。子どもたちのお迎えと世話は、ウェズリー・ハワードに頼んだ。ダンカンが遅くなってもこれで安心だが、自分が遅くなるという連絡は、ダンカンにはしてやらないことに決めた。

ケリーが選んだのは、アールズ・コート・ロードの〈ハンソム・キャブ〉だった。土曜日にジェマが訪れた〈ラッセルズ〉という園芸店の隣で、並びにはケンジントン署もある。こぢんまりして気取りのない店で、椅子の座り心地がいいし、中央のバーカウンターがとてもゴージャスだ。地元の常連客が多い店らしい。ケリーは角のテーブルを選び、詰め物をした椅子に体を落ち着けると、ほっと安堵の息をついた。

「足が痛くて死にそうだったの」そういって、テーブルの下でこっそり靴を脱いだ。「ここって、歴史のあるパブなのよ。みただけじゃわからないけど、ピアーズ・モーガンがオーナーのひとりだった。あとはモーガンの弟のルパート、ターキン・ゴーストっていうすごい面々が経営してた。セレブの集まる店だったわけ。まあ、それも過去の話なんだけど。いまは普通の、感じのいいパブ。でも、ビールも食べ物もおいしいのよ」

ウェイトレスが注文をとりにやってきた。〈レッド・フォックス〉のアガサ・スミスと同じくらい派手にタトゥーを入れた気さくな女性だった。ケリーはビターを頼んだ。ジェマはバーカウンターに目をやった。知っているロゴがある。「レッド・フォックスを飲んでみるわ。ジントニックで」

「ジェマ、あの男が気に入ったんでしょ」ウェイトレスが戻っていくと、ケリーはいった。

「エドワード・ミラーのこと？」ジェマは少し考えて答えた。「そうね、悪くないと思ったわ。だからって、容疑者リストからはずしたりはしないけど。あなたは気にいらなかったみたいね」

ケリーは肩をすくめて、悲しそうな顔をした。「ただの偏見よ。彼が個人的にどうこうってわけじゃない」ジェマが続きを待っていると、ケリーはため息をついた。「わたし、勉強のできる子だったの。両親はなけなしのお金を使って、わたしを私立の学校に行かせてくれた。いい大学に行けるようにってね。そんなわけで、わたしは六年間、エドワード・ミラーみたいな英語を話す人たちに見下されて過ごしたの。場違いな学校に来ちゃったんだねって思われながら」

「それはつらいわね」ジェマはわかるわというように笑った。

「最悪よ」ケリーがいったとき、ウェイトレスが飲み物を持ってきた。ケリーはグラスを手にした。「乾杯。事件解決を願って。スー夫妻、あるいはそのどちらかが犯人だったらすっきりするのにな。残念ながら、アリバイがあるみたいだけど」

「あのふたりはリーガンの事件とは無関係でしょうね」ジェマはジントニックを口に運んだ。「どんな状況だったら、リーガンがあの人たちのどちらかといっしょに庭に出るのか——なにも思いつかないもの」

ジェマは眉をひそめ、陰気で不機嫌なベン・スーのことをさらに考えた。あの男は、怒りだけでなく、権力のにおいを発散させていた。しかもものすごくハンサムだった。

「前言撤回するわ」ジントニックをもうひと口飲む。きりっとしたハーブの香りが気に入った。「リサが本当にお姉さんの家に行っていたとする。リーガンがヘンリーの件についてうしろめたさを感じていたら？　ベン・スーに庭で会いたいといわれたら、謝罪のチャンスだと思って出ていくかもしれない」

「ありそうよね」

「リーガンの謝罪をきいてもベンが満足せず、死んで謝れといってリーガンを窒息させた——あり得る話よね。でも、ふだんからお酒をあまり飲まなかったリーガンが、ベンとふたりで大量のお酒を飲んだりするかしら？」

食事のメニューをみていたケリーが、よしとばかりにメニューを置いた。「チキンパイがお勧めよ。ここの名物なの」

「わたし、食事は——」ジェマはいいかけてやめた。子どもたちはウェズリーがみてくれている。ダンカンはなにをしているのかわからない。自分だって好きなようにしてやる。注文用のメモを持ってやってきたウェイトレスに、ジェマはいった。「チキンパイを。それと、ジントニックをもう一杯お願い」

ケリーが片方の眉を吊りあげた。

「だいじょうぶよ」ジェマはいったものの、舌の動きが鈍くなったような気がした。

「車じゃないし」

「ジンって強いお酒でしょ」ケリーはジェマのグラスをみていった。「わたしは飲めないけど、あなたのお気に入りのミラー氏がいってたわよね、もっと強いアルコールを使うんだって。その強いお酒を、リーガンが普通のお酒だと思っている飲み物に混ぜたとしたら？　それを何杯か飲んだら、リーガンは自分でも知らないうちに酔ってしまうんじゃない？」

ジェマはさっきケイト・リンにメールして、死亡推定時刻を絞りこんでほしいと頼んでおいた。しかしまだ返信が来ない。「可能性はあるわね。でもたぶん、リーガンが亡くなった時刻にはまだ仕事場にいたと思う」

「メールが気になるのよね」ケリーは顔をしかめたままビールを飲んだ。「気に入らない。それに、あの三人組が嘘をついたのも気に入らない。リーガンと口論してたのはシドニーだったのに」

「ヒューゴーとシアはそれを知らなかったんじゃない？　でも、リーガンとシドニーのあいだになにがあったにせよ、あのふたりが庭で会ってたなんて、信じられない。結局、全員のアリバイがはっきりするまでは、あれこれ考えても答えは出ないわね。それに、人物像がまだよくわかかなな――」舌がすっかりもつれてしまった。しかし、頭は明晰に働いている。「リーガンの人物像がまだよくわからない。ニータ・キュージックは、リーガンの友人たちをよく思っていなかったし、リーガンの私生活にまったく関心がなかったみたいなのよね。でも、まだ話をきいていない人がひとりいる」

「だれ？」ケリーがちょっと間抜けな声できいた。

「ニータの別れた夫。ジェシーの父親よ」

キンケイドが先を歩いた。ダグは、せめてホルボン署まではいっしょに歩くといったのだが、キンケイドが注意した。「ぼくといっしょにいるところを人にみられないほうがいい。とくに、そのメモリーカードを持っているいまは」

「ホルボンから地下鉄に乗ります。まさか、だれかが襲いかかってきて、パソコンを奪ったりしないでしょう」ダグはおもしろがるようにいった。その後、キンケイドがあごで示した標識をみて、「あっ」と声をもらした。ここがどこなのか気づいたからだ。

ふたりはクラーケンウェル・ロードを歩いていた。デニスが土曜の夜に歩いた道路だ。ロジャー・ストリートにあるパブへの行き帰りは、このルートだったはずだ。時刻は午後六時を回っている。クラーケンウェルは多くの歩行者でにぎわっている。家に帰る人もいれば、パブに向かう人もいる。

「デニスが通った道ですね。けど、襲われたときは真っ暗だった。それに、場所だって道路じゃなかったんですよね？」ダグはそういってから、不安そうに周囲に目をやった。「デニスはなにか持っていたんでしょうか」

「奪われたものはなにもないようだ」

「けど、デニスがなにかを持っていて、そのことをだれも知らなかったとしたら？」

キンケイドは考えて、かぶりを振った。「デニスを襲った人物は、人が通りかかったのに気がついた。たぶん、九九九に通報した女の子たちだろう。そうでなければ、ポケットの中身をすべて持ちさったに違いない。それに、確実にとどめを刺したはずだ」

頭の中が混乱していた。ライアン・マーシュが隠しもっていた写真のことを考えてしまう。最後の写真には、緑色のスカーフを身につけたエディ・クレイグが写っていた。あの日、村の教会の外で会ったときに巻いていたのと同じスカーフだ。背景には、彼女がかわいがっていたバーニーというウィペット犬。リードをつけていなかった。あの写真は、火事の直前に撮ったものに違いない。つまり、ライアンはあの日、あの家にいたということか？　ライアンとクレイグ夫妻は知り合いだったのか？

どういう形であれ、ライアンがアンガス・クレイグの手下として働いていた可能性はあるだろうか。

あれらの写真についてのシナリオはもうひとつ考えられるのではないか。それが頭の隅に引っかかって、追いはらうことができない。しかし、いまは考えたくない。

「どうしたんですか」ダグがキンケイドの腕に手を置いた。「ぼく、五分もひとりで話してたんですよ。署に行きますよね？　ぼくはこのまま駅に行きます」

いつのまにかクラーケンウェルを出てシオボルズ・ロードに入っていた。ラムズ・コンデュイット・ストリートとの角から、ホルボン署の大きな建物がみえる。「すまない。そうだ、メロディに話すつもりだと思うが？」

ダグは、どうしよう、という顔をした。「話さないほうがいいですか？」

「いまさら、だよ」キンケイドは笑顔を作ろうとした。「途中まで知っていることなんだから、残りも話していい。お父さんがなにをいおうとしていたのか、ぼくも知りたいからね。アイヴァン・タルボットは、警官には手が届かないところにも目と耳を持っている。それと、ケイト・リンのことがなにかわかったら、知らせてほしい」

「わかりました。電話します」

ダグが歩きだそうとしたとき、キンケイドはいった。「ダギー」今度はダグの顔に笑みが浮かんだ。ダグはこのニックネームを嫌っていた。「来てくれてありがとう」めずらしく、ダグが言葉に詰まった。力のない敬礼をして、体の向きを変えて歩きだした。リュックを肩にひっかけたその姿が人込みの中に消えるまで、キンケイドは見送った。大切な友人が危険な目に遭わないように、と願いながら。


ホルボン署の刑事部のフロアは、前日の朝にキンケイドが出ていったときのままだった。はいているジーンズが乾いて少しごわついているのをみて、時間がたったんだなと実感した。あごに手をやる。不精ひげがだいぶ伸びているが、どうしようもない。顔がほてっていた。ダグのように日焼けしてしまったんだろうか。そのとき、ジャスミン・シダナが机から顔をあげた。キンケイドに気づくと、安堵の笑みを一瞬浮かべた。

サイモン・イーカスはいつものようにパソコンのモニターをにらみつけている。スウイーニー巡査はもう家に帰ったようだ。かえって好都合だ、とキンケイドは思った。シダナが「ボス」というと、サイモンも顔をあげた。

サイモンが立ちあがった。「ボス、仕事に来ていいんですか？　お父さんはいかがですか？」

キンケイドは、ナントウィッチを出てから一度も母親に電話をしていないことに気づいて、申し訳ない気持ちになった。「ああ、父のようすは落ち着いてる。もう自宅に帰ったんだ」

「帰りに釣りでもしてきたんですか？」サイモンがいって、キンケイドの服装に目をやった。一度濡れたので、くしゃくしゃになっている。

当たらずといえども遠からずってやつか。キンケイドは思ったが、それには答えなかった。「で、なにがあった？」

シダナが立ちあがり、フロアをみまわした。何人かが残って仕事をしている。「ボスのオフィスで話せませんか」

キンケイドはシダナとサイモンを連れてオフィスに入り、ドアを閉めた。だれも座らない。こんなにこそこそしなければならないなんて、どういうことだろう。想像もできなかったが、緊張で胃がよじれた。「どうしたっていうんだ」

サイモン・イーカスがシダナをみる。シダナがうなずいた。「今日、キングズ・クロスのリージェンツ運河から、死体が上がりました。〈ガーディアン〉の近くです。ひどい状態でした。水に二、三日浸《つ》かっていたんでしょう。ところが、遺体安置室に運んでいってはじめて、ただの水死体ではないとわかりました。刺されていたんです」

「それで？」

シダナが続きを話す。「財布と携帯もポケットにありました。運転免許証の名前はマイケル・スタンリー。五十二歳の白人男性です。免許の種類からして、トラック運転手かと。ところが、指紋を照会すると、マイケル・スタントンと出てくるんです。警視庁のデータベースにありました。警官なんです」

「なんだって？」キンケイドはふたりをみつめた。またこのパターンか。

「そうなんです」サイモンがいう。「警官だった、というべきでしょうか。退職したという記録はないのに、十年前から、所属の記録がありません。それと、素行に問題があるとの記載が出てきました」

「携帯は？」

「たぶんだめです。水に長いこと浸かっていたので。それに、そもそもプリペイドのやつなので」

「免許証の住所は？」

「ハックニーの住所が書いてありますが、部屋番号が実在しません」

きけばきくほどいやな気分になる。ハックニーという住所からして怪しい。ライアン・マーシュが借りていた部屋もハックニーにあった。「ハックニーのどこだ？」きつい口調になってしまった。サイモンとシダナがはっとする。

サイモンは訝しげな顔をして、正確な住所を口にした。ライアンが住んでいた建物ではない。しかし、共通点がありすぎる。

「担当する法医学者は？」

「遺体はロイヤルロンドンに運ばれました」シダナが答えた。「まだ担当は決まっていないんじゃないかと」

「ラシード・カリームの担当になるよう、とりはからってほしい。それと、サイモン、その男の本当の住所を調べてくれないか。なにかからたどれるはずだ」

「ボス」シダナがめずらしく遠慮がちにいった。「じつは、ちょっと迷ってしまって。被害者の指紋が警視庁のデータベースにあったことは、フェイス警視正にはまだ話していません。警視正はあまりにもお忙しそうなので」

「たしかに」その男も秘密捜査員なのか？　いや、考えすぎだろうか。しかし、パターンには合致する。それに、もしそうなら、あまり多くの人間に知らせないほうがいい。このふたりは信頼できる。トマス・フェイスも信頼できるが、フェイスのところにあがった報告は、さらに上へと送られていくことになる。心配だ。「警視正に報告するのは、もう少し調べてからにしよう」キンケイドがいうと、シダナとサイモンはほっとした顔になった。

「写真は？」

シダナが、持ってきたフォルダーを渡してくれた。開いてみると現場写真があった。死体がみつかった運河の場所にはみおぼえがある。運河沿いの道は、昼間はたくさんの人が歩いているが、夜はジョガーがたまに通るくらいだろう。といっても、発見された場所と水に落ちた場所は違うかもしれない。

被害者は前から刺されたのか、それともうしろから刺されたのか。争って刺されたのか、背後から不意打ちをされたのか。

遺体のクローズアップ写真をみた。刺入創は左の肋骨《ろっこつ》の下。剖検をおこなえば、ナイフが上向きに刺さったかどうかがわかる。上向きなら、確実な殺意がある。次に顔をみたが、膨張していて、どんな顔なのかよくわからなかった。首に小さな痣のようなものがあるが、写真をみただけでは、圧迫された痣なのか、生まれつきの大きなほくろなのか、わからない。タトゥーかもしれない。

次の写真には、運転免許証を拡大したものがあった。顔写真もついている。これといった特徴のない顔だ。薄くなった髪はブロンドといっていい色だ。ちょっと時代後れなスタイルの口ひげ。死体にはなかったものだ。目は茶色。身長百七十五センチ。どういうわけだろう。平凡な見た目の男なのに、この男には背中を向けたくないと感じてしまう。

「預かっておいていいかな？」シダナにきいた。

「ボスのぶんのコピーです」

「ラシードの剖検の予定を確かめておいてくれ。早いほうが助かる」

「ボス、お疲れでしょう」シダナがこんなふうに心配してくれることはめったにない。

「帰って休んでください」

たしかに、そうするべきだ。しかし、帰ったあとは長い話し合いになるだろう。気が重い。

19

一九九四年八月

雨が降ってほしいと思っていた。しかし、カーニヴァルの当日は快晴だった。気温も上がるだろう。暑い日は暴力行為がエスカレートしがちだ。ノティング・ヒル・カーニヴァルは、警官にとっては悪夢のようなイベントだ。百万人近くの人々が狭い地域に押しよせてくるし、その多くは酒をたっぷり飲む。

初日は日曜日だった。人出はそれほど多くならないだろうし、比較的穏やかに過ぎるかもしれない。それでも、人の波をかきわけなければ〈タバナクル〉にたどりつけなかった。グループはそこで集まることになっていた。

プラカードを持つのはやめようと、仲間たちを説得しておいた。「カーニヴァルは文化の調和を楽しむところだ。わざわざそれを主張する必要はない」

「スティーヴン・ローレンスにいってやれよ」マーヴィンがいうと、ほかの全員がうなずいた。

バッジを作ろうというアイディアを出したのはアネットだ。スティーヴンという名前と顔写真を組み合わせたデザインのバッジを注文し、たくさん作った。そのバッジとリボン、たすきを身につけ、道行く人々にもバッジを配ることにした。

デニスが〈タバナクル〉に着いたとき、仲間たちはそれぞれがクリスマスツリーのようになっていた。全身につけたバッジがじゃらじゃら音をたてる。いつもはストレートヘアのアネットは、髪を細かい三つ編みにして、先をビーズとリボンで飾っていた。彼女が大きなたすきを渡してきた。大きなバッジをびっしりつけてある。「これ、あなたのために作ったの」

デニスはそれを手に取った。「けど……ピンクか」そういって、にやりと笑った。カーニヴァルの興奮が街全体に広がっていた。スチールパンの音楽が、カーニヴァルのルート沿いに置かれた巨大なスピーカーから流れている。デニスはたすきを肩にかけた。メンバー同士、互いの服装をみては、パーティーに出かける前の子どもみたいにくすくす笑いあった。

「ばらけないようにしてくれよ」準備ができると、デニスはいった。「トラブルも起こさないこと。いいな？」

「口うるさいお母さんみたいね、デニー」アネットが笑った。「本当は学校の先生なんじゃないの？　だいじょうぶ、いい子にしてるわ。だからあなたも楽しんでね」今日はやけに近づいてくるな、とデニスは思った。少なくとも、楽しんでいるふりをしなければばならない。

　時間がたつと、楽しんでいるふりをするのは簡単だとわかってきた。ノティング・ヒルは、音と色と動きの万華鏡のようになっていた。特大ステージのＤＪたちがレゲエ音楽をかける。スチールパンのバンドが行進する。人々の衣装は色とりどりで、みんなが踊っている。ジャークチキンやトウモロコシやジャマイカふうの豆料理を屋台で買い、食べた。バッジはすぐになくなった。集まった人々の半分以上は黒人だ。みんながにこにこして楽しんでいた。知らない者同士が、日差しの下でいっしょに踊る。朝着ていたカーディガンを脱いで腰に巻き、カリブ風のスカートみたいにした女性もいる。エルギン・クレセントでは、三人の制服警官がダンスを披露しはじめた。あらかじめ振り付けを決めて練習してきたのだろう。通りかかった人々が拍手喝采を送っていた。

　警官たちは人々に溶けこんで、楽しい雰囲気を作っている。小競り合いがあったとしても、デニスはみかけなかった。

　疲れて喉も渇いてきたので、〈タバナクル〉へ戻ることにした。あたりのにおいがすごい。食べ物のにおいだけでなく、汗のにおいや、こぼれたラムやビールのにおいもする。なにより、目を刺すような尿のにおいがきつい。カーニヴァルでは簡易トイレが用意されるが、もともと数が足りない上に、ビールを飲む人が多いので、こうなってしまう。歩道には煙草の吸殻やこぼれた食べ物、つぶれたビールの空き缶が散らばっている。

ウェストボーン・パーク・ロードまで来たとき、デニスはなにかぬるっとしたものを踏んだことに気がついた。下をみると、溶けたアイスクリームとつぶれたコーンがあった。歩道のきれいなところに靴底をこすりつけていると、背すじに寒けを感じた。顔をあげる。

彼らは白いTシャツを着ていた。赤いWの文字をふたつ重ねたデザインは、ホワイトウォッチのシンボルマークだ。五人が横並びになり、ウェストボーン・パーク・ロードを西方向に進んでいく。指でゆるく持ったビールの瓶がぶらぶらと揺れていた。五人――スティーヴン・ローレンスを襲ったのも五人組だった。白人の五人組。ズボンのベルト通しにチェーンをつけている。

デニスはかがめていた体をゆっくり起こし、反射的に手を伸ばすと、近くにいたアネットとマーヴィンをさがらせようとした。スチールパンの音楽が消えてしまったかのようだ。自分の心臓の音しかきこえない。そのとき、五人組の真ん中の男がはっきりみえた。脳がフリーズして、それがだれの顔かを認めようとしない。

ミッキーだ。ミッキーもまっすぐこちらをみて、にやついている。

「ピンクのたすきか、かわいいなあ」ミッキーが声をかけてきた。あとの四人がやじと笑い声をあげる。酒かドラッグをやっているんだろう。両方かもしれない。足どりが不安定だし、目もとろんとしている。一瞬、自分がターゲットなのかと思った。ミッキーが右翼グループにいるのは知っていたが、ホワイトウォッチだとは思いもしなかった。レッド・クレイグに、自分たちがカーニヴァルに参加することは話してあったが、これがクレイグの答えなのか？

そのとき、ふと心配になった。ミッキーに正体をばらされるかもしれない。

「黒人やハーフといっしょに遊んで楽しいか？　軟弱男め」右の男がいい、五人いっせいに笑う。あまりの醜悪さにぞっとして、髪が逆立った。ミッキーめ。いったいなにを考えてるんだ？

アネットが一歩前に出た。息を吸って、なにかいおうとしている。デニスは彼女を引きもどした。

「消えろ」デニスは五人に向けていった。目はミッキーをまっすぐみていた。挑発的な動きはしない。声も荒らげなかった。

「消えてほしけりゃ、力ずくでやってみな」右の男がいう。

静かになった見物人の群れの中から、ひとりの黒人が出てきた。五人組の正面に立つ。若くて細い体をしている。顔は怒りでゆがんでいた。「おい！　ここはおまえたちが来る場所じゃない。これはぼくたちのカーニヴァルだ。出ていけ」

ミッキーの目から表情が消えた。その瞬間、デニスは思った。あいつは気が変になっている。

視界の隅で、なにかが光った。横をみると、金髪で大柄な男がカメラを構えていた。プロのカメラマンだろう。その顔はカメラに隠れてほとんどみえない。

デニスは怒りと抗議をあらわすために、片手をあげた。フラッシュの光が視界から消えた瞬間、ミッキーの手から瓶が飛ぶのがみえた。瓶は黒人の若者の頭に当たった。若者は歩道に倒れて身悶《みもだ》えした。頭皮が破れて血が噴きだしている。

群衆が同時に怒りの声をあげ、一気に前に進みでた。デニスは戻れと叫んだ。遠くのほうから、警官のホイッスルの音がきこえはじめた。ミッキーは立ったまま前後に体を揺らして、勝ちほこったような顔をしていた。いつでもかかってこいよ、といいたげだ。しかし、ほかの四人は焦りはじめた。ホイッスルの音が大きくなると、四人は逃げだした。ミッキーはデニスのほうをちらりとみてから踵《きびす》を返《かえ》し、逃げていった。

デニスは倒れた若者のそばに膝をついた。なにかないだろうか。なんでもいい。頭の出血を止めてやりたい。すでに血まみれになった両手で、傷の具合を確かめようとした。そのとき、なにか白いものがそばに落ちてきた。アネットのカーディガンだ。それをつかもうとしたとき、手がずきりと痛んだ。ガラスの破片でざっくり切ってしまったらしい。

痛みを無視して、若者の頭を包んだ。「だれか、九九九に通報を！」そのとき、黒人の女性がそばにしゃがんだ。片手によちよち歩きの子どもを抱えている。「ウェズリー、Tシャツを脱いで、このおじさんにあげて」

子どもを連れてさがっていろ、といおうとした。巻きこまれてからでは遅い。しかし、顔をあげてみると、ミッキーと仲間たちは群衆の中に消えていた。

ダグが話したいことではちきれそうになっているのが、ひと目でわかった。しかしメロディは、まだ日のあるうちに庭をみせてほしいといった。「これだけやったら、日焼けして真っ赤になるのも当然ね」薄明かりの中に、完璧に整えられた花壇が広がっていた。

「でもまだ助けが必要なんだ」

「もちろん手伝うわよ」メロディはそういったが、さまざまなアイディアも情熱も、いまではすっかり消えうせていた。これだけの花壇を花で満たす作業がどれだけ大変なものか、想像もつかない。「週末にでも相談しましょう」

家に入って紅茶を入れると、メロディは聞き役になった。

ダグは、その日キンケイドからきいたことをすべて話した。

メロディは混乱するばかりだった。「ライアンは自殺じゃなかったの？　でも……」

全身から力が抜けていった。ライアン・マーシュが自殺したという事実とともに、この二ヵ月間を生きてきたようなものなのだから。頭に銃を押しあてるライアンの姿が、夢に何度も出てきたものだ。煤《すす》けた顔に光る青い目でこちらをみつめながら、引き金を引くのだ。自分にできることはなかったのか、止めてやることはできなかったのか、とどれだけ考えたかわからない。彼がセント・パンクラス駅で起こった爆弾騒ぎの恐怖に取りつかれたあげく、死を選んでしまったんだとすれば、自分だってあの日の傷が癒えることはないのかもしれない——そんなふうに思っていた。

急に怒りがわいてきた。「ダンカンはどうして黙ってたの？　早く教えてくれればよかったのに」

「証拠がなかったんだ。それに——」

「証拠なんか、わたしたちが探すわよ。わたしたちだって——」

「それが、話さなかったもうひとつの理由なんだ」ダグはメロディの言葉をさえぎった。「ライアンが殺されたんだとしたら、探りを入れるぼくたちの命が危なくなる。デニスになにがあったか、知ってるだろ」

「けど、ライアンとデニスにはなんのつながりもないじゃない。おそらくふたりとも秘密捜査員として働いていた、それだけでしょ？」

オットマンにまたがるようにして座ったダグは、ビールの瓶を振って自分の言葉を強調した。「ふたりとも、自分が見張られていると思っていた。ライアンはなんらかの形でアンガス・クレイグとつながっていた可能性がある」

「そんなの嘘」メロディは熱くなっていた。

「ライアンはクレイグの自宅の写真を持っていた。もしかしたら、クレイグを見張る側の人間の下で働いてたのかもしれないな」

「それって——」

「ほかにもある。きみがここに向かってるとき、ダンカンから電話があったんだ。今日、キングズ・クロスの運河で死体がみつかった。指紋を調べると警官だとわかったんだが、IDが偽物だった。十年間、ロンドン警視庁のどこに所属していたのかって記録がまったくないんだ。住所も偽物。該当する部屋番号が実在しないんだって。けど、その住所はハックニーで、ライアン・マーシュが借りてた部屋から近いそうだ」

メロディの好奇心が怒りに勝ってきた。「所属の記録がない？　十年間も？　その人は何歳だったの？」

「五十二歳と、運転免許証には書いてあったそうだ。ダンカンによると、男は素行に問題がある、との記録があったそうなんだが、ぼくが調べてみたら、もっといろいろわかった」ダグは立ちあがってキッチンに行き、冷蔵庫から次のビールを出した。メロディにみせるとうなずいたので、もう一本出した。

メロディはビールを飲まずに、冷たい瓶を顔に押しあてた。ダグがオットマンに腰をおろす。外は暗くなってきた。ブラインドの隙間から街灯の光が入ってくる。メロディは急に寒けを感じて立ちあがり、ブラインドをぴったり閉めた。「なにがわかったの？」ダグを振りかえる。

「男の名前はマイケル・スタントン。姿を消したのは一度だけじゃない。巡査として十二年勤め、そのあいだ昇進は一度もしなかった。それから一九九三年の夏、ふっといなくなった。次にあらわれたのは三年後。さまざまな部署を渡り歩いた。暴力ざたで何度も注意を受け、女性の同僚からセクハラの被害を訴えられた。それからまた姿を消して、それきりだ」

「九三年の夏？」メロディは眉をひそめた。「デニスが記録にあらわれたのは九四年の終わりよね？　なにか関係はあるのかしら」

「デニスと、そのクズ野郎と？　どうかな」

「偶然にしてはできすぎてるもの」メロディは室内を行ったり来たりしはじめた。「わたし、偶然なんて信じない。デニス・チャイルズは、九四年になにをしていたの？」

「教えてくれそうな人がいるじゃないか」ダグは遠慮がちにいった。

「はあ？」メロディは眉を寄せてダグをみると、ビールを口元に近づけた。「どういうこと？」

「『どういうこと』じゃなくて『だれのこと』だろ。きみのお父さんさ」

玄関の前に立ったとき、家の中は静かで暗かった。もう九時を回っている。小さい子どもたちはもうベッドに入っているだろうが、それにしても静かすぎる。なんだかいやな感じがした。ばかなことを考えるな、と自分にいいきかせたが、犬の声がきこえ、こちらに向かって走ってくるジョーディの姿をみたときは、ほっと救われる気がした。

「ママはどうした？」ダンカンはジョーディに話しかけて、なめらかな耳をなでてやった。人間の言葉を理解しているジョーディは、ダンカンを連れてキッチンに向かった。ジェマがテーブルについていた。作業台の小さなランプだけをつけて、その光の中で紅茶かなにかを飲んでいる。

「ジェマ」強い口調になってしまった。「こんな暗いところでなにをしてるんだ？　子どもたちは？」

「シャーロットは寝てる。トビーは本を読んでるけど、あと五分でタイムアップ。キットは宿題をしてる」ジェマは一語一語をはっきり発音した。怒りがにじんでいる。よくない予兆だ。「わたしもきいていい？　今日はどこに行ってたの？　お母さんから電話があったわ。お父さんのことが心配だろうからって」

「だいじょうぶなんだろう？」ダンカンはどきりとしていった。

「ええ、まあね。ちょっと機嫌が悪いらしいけど」

「よかった」胸に安堵が広がる。「子どもたちのようすをみてくるよ」

「その前に、なにがどうなってるのか話してよ」ジェマは身をのりだして、正面の椅子を指さした。「座って」ランプの光がジェマの顔を照らす。表情が冷えきっているのがわかった。

「どこから話していいものやら」ダンカンは戸棚からとっておきのスコッチを出した。ボトルを置き、タンブラーに二、三センチほど注ぐ。ジェマにもボトルをみせた。

ジェマは首を振った。「今夜はじゅうぶん飲んだからいいわ」

「スコッチを？」

「いえ、話せば長くなる。いまは話さない」

ボトルをしまって、ジェマに指示された椅子に座った。ジェマがなにげない口調でいった。「あなただからないと思うけど、普通なら浮気を疑うところよ」

「浮気？」ダンカンはびっくりしてジェマをみつめた。「そんなばかな」

「そう？　だって、ずっとよそよそしいんだもの。なにかと理由をつけて出かけていくし。そして、外でなにをしていたのか説明もしてくれない。今日だってそうよ。お父さんのお見舞いにチェシャーまで行って、帰ってからお母さんに電話もしない。メールのチェックもしない。ちゃんと話して」

ダンカンはウィスキーをごくりと飲んだ。喉が焼けるような感覚を味わってから、ひとつ息を吸って口を開いた。ダグに話したときと同じく、ライアン・マーシュが死んだ件からはじめた。話が進むにつれて、ジェマの目が大きく見開かれる。顔の凹凸が強調されているかのようだ。ふっくらした唇はきつく引きむすばれていた。ナントウィッチでロニー・バブコックに会ったところまで話すと、ジェマが言葉を挟んできた。

「ラシードに全部話したのに、わたしには話さなかった。ロニーにも話したのに、わたしには話さなかった。どういうこと？」

「わざとじゃないんだ。きみに心配をかけたくなかったし、考えすぎかもしれないと思って――」

「それでも話してくれたらいいじゃない。考えすぎなら考えすぎで、わたしがからかってあげるわよ」

「本当にそうかな。もしぼくが、ライアンが死んでるのをみた、あれは自殺じゃない、証拠はないけどそう思う、といったら……きみはどうする？」

ジェマはのりだしていた体をうしろに戻して、しばらくしてから答えた。「わからない。動揺してるからいろいろ考えちゃうのね、みたいに思ったかも」

「まあ、そうかもしれないな」皮肉めいた口調になってしまう。ウィスキーをもうひと口飲んだ。「けど、ぼくは正気だ」次に、ラシードと二回目に会ったときのことを話した。ただ、ライアン・マーシュの検視をしたのがケイト・リンだというのはいいづらい。ジェマがケイトのことを好きだと知っているからだ。もちろんダンカンもケイトが好きだ。こういう話はききたくないというのがわかる。

「なにそれ」話し終えると、ジェマはいった。

「だよな」ダンカンは立ちあがり、ウィスキーのボトルを取ってくると、ジェマの空になったティーカップに注いだ。「それだけじゃない」

川の中洲に行った話をした。メモリーカードをみつけたこと。メモリーカードの中身のこと。

ジェマはわけがわからないという顔をした。「待って。どうやって——」はっとして表情が変わる。「あなたはノートパソコンを持っていかなかった。職場のパソコンも使わないはず。ってことは、ダグに頼んだのね」

ダンカンはしぶしぶうなずいた。「今日の午後、電話をかけた」

「メロディは？　メロディも全部知ってるの？」

ここまで来たらごまかしようもない。「ダグが話すと思う。メロディのお父さんが、デニスのことをなにか知ってるみたいだ」アイヴァン・タルボットがほのめかしていたことも話した。

ジェマは呆然としてウィスキーを口に含んだ。顔をしかめてカップを押しやる。「アイヴァン・タルボットがなにかを知ってるといっても、必ずしもすべてが事実とは限らないわ。それに、いまのところ、ライアンがアンガス・クレイグの写真を持っていた理由が説明できてない。ライアンはクレイグのことを探っていたの？　だれの差し金？　それに、ライアン・マーシュの剖検の結果だっておかしいじゃない」ジェマの顔にはじめて恐怖の色が浮かんだ。「よほどの情報と権力を握った人間じゃないと――」

「ジェマ、ライアンの剖検をしたのはケイト・リンなんだ」

「え？」ジェマはダンカンをみつめた。ショックで血の気が引いていた。「そんなの、嘘。わたしは信じない」

「報告書に署名があった」

「でも――じゃあ、ラシードが間違ってるんじゃない？」

「ラシードの徹底した仕事ぶりは知ってるだろう？　間違うことなんかない」

「そうだけど、でも……。じゃ、ケイトの凡ミス？」ジェマは譲らないというように顔を上に向けた。

「凡ミスだらけってことになるぞ」

「剖検って、主観的なものでしょ。それに、彼女――」ジェマはいいかけてやめた。

「どうした？」

ジェマは首を振った。「なんでもない」ダンカンと目を合わせようとしなかった。「これからどうするつもりなの？」

運河で死体がみつかった警官——元警官——のことを、まだ話していないと気がついた。しかしダンカンは疲れはてていた。体も汗くさい。それに正直なところ、これからなにをすればいいのか、まったくわからない。「調べつづけるしかないだろうな」手であごをなでた。「意外な人物と人物がつながっているのかもしれない」

「あなたには協力者がたくさんいていいわね。おかげでわたしの力なんか借りなくてすむ」

ジェマは立ちあがり、カップのスコッチをシンクに捨てた。「寝るわ。あなたは好きにして」

20

一九九四年九月

ノティング・ヒル・カーニヴァルの事件があった翌日、デニスはレッド・クレイグに面会を要求した。カフェはいやだといった。こそこそしたくない。ホランド・パークのケンジントン・ゲートのそばを指定した。そして、そのあたりをぶらぶら歩きながら待った。包帯で覆った手がずきずきした。

クレイグは遅れてやってきた。いつものように身なりを完璧に整え、人をこばかにしたような、ちょっとふざけた表情を浮かべていた。デニスは怒りをあらわにして、公園の中へと歩きだした。クレイグがあとからついてくる。人が通りかかることのない奥まったところまでやってくると、いった。「きのうのあれはなんなんだ？　ミッキーのやつ、完全にイカレてたじゃないか。わかってるのか？　一般市民にけがをさせたんだぞ」

「ミッキーによると」クレイグはいって、少し早い落ち葉を襟から払いおとした。「ミッキーとその仲間たちは、おまえとその黒人に対して恐怖を感じたんだそうだ。自分を守るための行動だったといってる。話に信憑性《しんぴょうせい》はあった」

デニスはクレイグをにらみつけた。「信憑性？　ばかな。あの若者は死んでもおかしくなかったんだ。ミッキーの行動が暴動につながるかもしれなかった」震える手で口元を拭った。「暴動だぞ！　暴動が、警視庁のせいで起こるかもしれなかった」

「警視庁は、秘密捜査員とは公式なつながりを持たない」

ショックを隠しきれなかった。「やつが勝手にやったことだと？」

「おまえだってそうだぞ」クレイグが微笑んだ。「まあ、きのうの大活躍をせいぜい利用して、仲間の信頼を得ることだな。こっちは本物の情報がほしい。ローレンス事件がらみの抗議活動がさっさと廃れてほしいんだ。おまえにそれができないんなら、ほかの人間にやらせるまでだ」

デニスは、秘密捜査員の集まりにそれから六週間参加しなかった。クレイグとの連絡は簡潔なメッセージを送るだけにした。クレイグにも、ミッキーにも、警察にも、自分自身の無能さにも、腹が立っていた。一ヵ月たつころには、いっしょに暮らすのはつらいから、週に一度しか帰ってこないのがありがたいわ、と妻からいわれるようになった。

唯一うまくいったと思えるのは、グループとホワイトウォッチの衝突があれ以来起きていないという点だ。ところが、次に〈タバナクル〉を訪れたとき、アネットが庭で待っていた。天気が悪くなって、その日は暗くなるのが早かった。パウィス・スクエアに明かりがつきはじめたとき、アネットはデニスの腕を取った。「ちょっと歩きましょう」そのときはじめて、デニスはアネットの肩に手をまわしたくなった。癒しとぬくもりがほしかった。いや、それ以上のものがほしかったのかもしれない。しかしアネットはそんなデニスの腕をぎゅっとつかみ、離した。手袋をはめた手を前後に振って、肌寒い空気の中をきびきびと歩いていく。一瞬の欲望は消えた。

アネットはデニスのほうをみて、すぐに目をそらした。「デニー、わたしたちのことを心配してくれるのはうれしいわ。あなたの行動をみてると、気にかけてくれてるのがよくわかる。それに、カーニヴァルの日も、あなたの対応はすばらしかった。でも、集まってコーヒーを飲んでるだけじゃ、世の中はよくならないのよ。なにか意味のあることをやらなきゃ」

「殉教でもしようっていうのか？」デニスの怒りがふくれあがり、アネットにも向けられるようになった。

「そうじゃないわ」アネットは言葉を選んで話した。「だれもそんなことは望んでない。ただ、スティーヴンを殺したやつらが裁かれずにいるのは正しくないってことを世間に主張したいだけ。声をあげなきゃ主張はできない」

デニスはゆっくりとアネットに顔を向けた。葛藤していた。アネットたちに協力すれば、罪もない人たちを危険にさらすことになる。拒否すれば、仕事を失うことになる。おそらく職そのものを失うだろう。それに、アネットやマーヴィンやほかの仲間たちを、彼らを確実に裏切る人間の手に委ねることになる。

自分のやるべきことはなんなのか。なにが正しいのか。デニスは決めた。

「わかった」ついに答えた。「おれもやる」

ダンカンは落ち着かない夜を過ごした。疲れはてているのに、水と血の夢ばかりみる。そしてずっとジェマのことを気にかけていた。ジェマはベッドの端で身を縮めている。明け方になって、ジェマは寝返りを打ってダンカンのほうに近づいた。リラックスして、ぐっすり眠っていた。

完全に目が覚めてからも、ダンカンはじっと横になっていた。ジェマを起こしたくない。しかし、ジェマの体のぬくもりを感じて、規則的な寝息をきいていると、気持ちが落ち着いた。そしてようやく、また眠りに落ちていった。今度はハンブルデンの夢をみた。メモリーカードの写真のように、ばらばらの風景が次々にみえてくる。燃える前の家。屋根つき門のある教会。緑色のスカーフを巻いて夕闇を歩くエディ・クレイグ。その顔はいつも遠くに向けられている。視界の外で、エディの犬が激しく吠えている。アンガス・クレイグが、犬を黙らせろと妻にどなっている。

はっとして目が覚めた。犬が吠えている。しかしそれは自分たちの犬だった。それに、楽しそうに吠えているのであって、なにかを警告しているわけではない。もう朝になっていた。子どもたちは起きて、ジェマもベッドからいなくなっていた。バスルームでシャワーを浴びる音がする。ダンカンは横になったまま、夢の断片をたどっていた。夢はぼろ布のように破れて、手をすり抜けていく。犬が吠えていた。エディ・クレイグの犬だ。火事の夜、どうしてあの犬は家の外にいて、死を免れることができたのか。ダンカンは体を起こしてまばたきをし、上掛けをはねのけた。

朝食のテーブルでも、ジェマはまだ冷たい態度をとっていた。

「子どもたちはわたしが送る」先に申し出たダンカンを無視して、ジェマがいった。ダンカンもさすがにうんざりだった。「バックパックを持ってきなさい」有無をいわさぬ口調で子どもたちに命じた。

子どもたちが部屋にあがっていくと、ダンカンはジェマの出口をふさぐように、ドアの前に立った。「ジェマ、もうやめてくれ。きみのいうとおり、ぼくが悪かったよ。隠しごとはすべきじゃなかった。すまない」

ジェマは腰に両手をあててダンカンをみた。「あなたになにかあったらどうなってたと思う？　わたしはなにも——なにひとつ——知らないのに。あなたはデニスの忠告を破って、問題に首を突っこんだ。デニスになにが起こったか、知ってるのに」

「ぼくにどうしてほしかった？　なにも知らないふりをして、災厄が去りますようにと祈っていればよかったのか？」

「そうじゃないけど――ううん、そうかもしれない」

「ライアン・マーシュを殺した犯人をそのままにしていいのか？」口論がエスカレートして、トビーが「ひそひそげんか」と呼ぶレベルになってしまった。ダンカンはなるべく穏やかに話そうとした。「デニスを襲った犯人がつかまらなくてもいいのか？　きみらしくない」

ジェマは腕組みをしてダンカンをにらみつけたが、しばらくしてため息をついた。「わかったわ。でも、これからは絶対に隠しごとはやめて」

「わかった。約束する」

ダンカンはジェマの肩に手を置き、頰にキスした。ジェマはいやがらなかった。

戸口からトビーの声がする。「ママ、もういい？」

「ちょっと待って」

「今朝はホルボン署には行かない」ダンカンはジェマにきかれる前にいった。「一応報告しておくよ」

「え？　どうして？」

「ハンブルデンに行くんだ。犬のことで、話したい人がいる」

ジェマは子どもたちをそれぞれの学校に送り、そのまま車でケンジントン署に行った。赤信号に何度も引っかかり、そのたびに、あれこれと考えごとをした。ダンカンにはまだ腹が立っていた。というか、まだ納得がいかなかった。

しかし、ライアンが死んだ夜、ダンカンから話をきいたとしたら、自分はどうしていただろう。考えすぎよ、といっただろうか。きのうラシードがダンカンに話したことからして、ダンカンがあれは自殺じゃないと思った理由はわかる。荷造り途中のバックパックのこと。死体が部屋の真ん中にあったこと。ほかにも、意識下に残るような、些細ではあるが不自然なことがいろいろあったのだろう。それに、ライアンはダンカンの知人だった。直感を信じるべきだった。

いや、実際に、ダンカンは直感を信じたのだ。だから怖くなって現場から逃げた。そうしていなかったら、どうなっていただろう。現場の捜査に口出しをしたり、都合の悪い質問をしたりしたら？　デニスやライアンのようになっていたんだろうか。

朝から気温が高いのに、寒けがした。これからいったいどうなってしまうんだろう。それに、犬のことって？

車を駐車場に入れたとき、携帯電話が鳴った。ディスプレイにあらわれた名前はケイト・リン。「あっ」ジェマは思わず声をもらした。この事件の捜査でケイト・リンと関わっていることを、ダンカンに話すべきだった。ひとつ息をついてから、つとめて明るく電話に出た。「おはよう、ケイト。どうしたの？」

ケイト・リンはふざけた口調でいった。「電話がほしいっていったのはジェマでしょ？　もうそんなに耄碌《もうろく》しちゃったの？」

「ああ、そうだったわね」ジェマは笑った。自分の笑い声がわざとらしくきこえた。「リーガン・キーティングの死亡推定時刻。午前零時前なのか後なのか、はっきりさせてもらえたらと思ったの」

ケイトのため息が電話ごしにもはっきりきこえた。「ジェマ、わたしはそういうことはしたくないのよね。ただ、オフレコでいいなら個人的私見を教えるわ。午前零時少し前。それでいい？」

「ええ、ありがとう」

「どういたしまして」ケイトは親しみをこめて小さく笑った。

ジェマはもう一度お礼をいおうとしたが、電話は切れてしまった。

ジェマはシートに座ったまま携帯をみつめた。気分が悪くなってきた。ケイトはどうして、ライアン・マーシュの剖検報告書に間違ったことばかり書いたんだろう。昨夜ダンカンとも話したが、やはりラシードの意見のほうが正しいと思う。

窓を叩く音がして、思わずとびあがりそうになった。ケリー・ボートマンがこちらをみている。ジェマはエスコートのエンジンを切って、ドアをあけた。

「さっきから声をかけてたのよ」ケリーがいった。「完全に宇宙に行っちゃってたわね。だいじょうぶ？」

「ええ」ジェマはバッグをつかみ、ドアをロックした。ケリーをみてうなる。「まさか、今日も歩き？」

「近いから。アールズ・コート駅のすぐむこうよ。ニータ・キュージックの元夫と、バークストン・ガーデンズのホテルで会うの。三十分ずらしてくれっていわれたから、ゆっくり向かいましょう。それに、あそこらへんじゃ車を駐める場所もないし」

本当は、歩きながら考えをまとめられるのがありがたかった。ケリーにもすべて話せればいいのに。なによりメロディの存在が恋しい。

ケイト・リンからの電話の内容をケリーに話した。

「零時少し前？」ケリーは考えこんだ。「とすると、リーガン・キーティングからエドワード・ミラーへのメールは、リーガン本人が送ったものじゃないのね。それと――」

ジェマが反論しようとしたとき、ケリーは足を止めた。「――エドワードのお兄さん、アガサ・スミス、ほかのスタッフふたり、全員から証言が取れた。エドワードは少なくとも午前一時まで仕事場にいたそうよ。しかも、自社製品を飲んでへべれけに酔ってた。ふらつきながら自宅に帰るのがやっと、という状態だったというの」

ジェマはほっとした。エドワード・ミラーがリーガンを殺すような人物にはみえなかった。ただ、眼鏡違いということもあるだろうと思い、自信がなかったのだ。

「シア・オショーのボーイフレンドにも連絡した。シアにはアリバイがあるわ」ケリーが続ける。「ヒューゴーとシドニーの大学の友だちによると、ふたりが学生寮に来たのは十一時ごろだったそうよ」

「残念」ジェマがいうと、ケリーはにやりとした。

「本当に。で、残ってるのは？」ふたりはクロムウェル・ロードとの交差点で、また足を止めた。すぐ横を車が走っていくせいで、声がきこえにくい。

信号が青になると、

「ピーコック夫妻、スー夫妻、造園師、まだレーダーに引っかかってない、コーンウォール・ガーデンズの住人。あるいはまったく別の、わたしたちが知らない人」

「役に立つ情報をありがとう」ケリーはジェマに視線を送った。「わたしたちが知らない人といっても、リーガンとは関わりのあった人よね。ニータの元夫がなにか役立つ情報をくれるかも」

地下鉄駅の前を通りすぎるとすぐ、左手のバークストン・ガーデンズに入る。ゲートのある庭を中心にしたきれいな区画で、喧騒に包まれたアールズ・コート・ロードから入っていくと、まるで平和なオアシスのように感じられる。まわりの建物は、赤レンガと白い縁取りのテラスハウスで、チェルシーやサウス・ケンジントンの雰囲気に似ている。約束したホテルはまもなく左側にあらわれた。

「ここに泊まってるわけじゃないのよね？」感じのいい受付エリアを歩きながら、ジェマはきいた。

ケリーは肩をすくめた。「さあねえ。ここのレストランでっていわれただけなの」

レストランは、三つの部屋をつないだような場所だった。いちばん奥にバーがある。通りに面した大きな窓から光がたっぷり入ってくる。ちょうど、メインエリア中央のテーブルから豪華な朝食ビュフェの料理を片づけているところだった。まだ食べている客も何人かいるが、ノートパソコンをテーブルに置いて会議をしているビジネスマンのほうが多い。

赤毛の男性がにこにこして出迎えてくれた。「いま、朝食の時間が終わったところなんですよ」スコットランドの訛りがある。「でも、よろしければなにかお作りすることもできます」

ケリーも好感を持ったようだ。笑顔で答える。「待ち合わせなんです。キュージックさんというかたと」

「ああ、そうでしたか。クリスは個室にいます。お客さんが来るからよろしくといわれていました。ご案内します」

いる。

案内されたのは、奥のダイニングエリアの左側にある小さな部屋だった。ゆったりしたソファとローテーブルのある感じのいい部屋で、奥の壁は一面すべてが本棚になっている。

肘かけ椅子のひとつに座ってノートパソコンにせっせとなにかを打ちこんでいた男性がこちらをみて、パソコンをわきにどけて立ちあがった。

「ダレン、ありがとう」男性はそういってケリーとジェマに手を差しだした。「クリス・キュージックです」ふたりに近くの椅子を勧める。「どうぞおかけください。コーヒーか紅茶をいかがですか」

ジェマは、ダイニングを歩いてきたとき、客のひとりがきれいなラテを飲んでいたのを思い出した。「ラテをいただけますか？」今朝はコーヒーが飲めなかったので、ありがたかった。

「わたしも」ケリーはうれしそうだった。

キュージックはダレンに近づいて言葉を交わし、元の椅子に腰をおろした。背が高く、あごひげを短めに整えた男性で、ジェシーと同じく褐色の柔らかい髪をしている。動きが優雅でむだがないという点も息子と同じだ。「わざわざ来ていただいてすみません」クリス・キュージックはいった。「どうしてここなんだろうと思ったでしょうね」

「たしか、銀行にお勤めでしたよね」ジェマがいった。

キュージックは微笑んだ。あごひげのせいで歯の白さが際立つ。しかし、目の下にはくまがあった。「ええ、銀行員です。投資銀行で、一日中パソコンを触っています」いまは閉じられたノートパソコンを指さした。「家でもできる仕事なんですよ。自宅はこのバークストン・ガーデンズの端にあります」そういって、また手を動かした。優雅な動きに思わずみとれてしまう。「しかし、ガールフレンド——というか、パートナーといったほうがいいかな——のパーミンダーが、ドクターヘリに乗る救急救命士なもので、夜のシフトがあるんです」また笑みを浮かべた。「どういうわけか、ドクターヘリが呼ばれるのは夜間なんですよね」肩をすくめる。「というわけで、朝は彼女を静かに休ませてあげたいので、たいていここに来ているんです」

「なるほど」ケリーがいったとき、ダレンがラテを持ってきた。ケリーはいまにも喉をごろごろ鳴らしだしそうな顔になっていた。

「お話はリーガンのことでしたね」ふたりがカップを受けとると、キュージックはいった。柔和な印象の男だが、会話の主導権を握るのには慣れているんだろう、とジェマは思った。ニータはそれをどう感じているんだろう。

「ニータからきいたとき、本当に驚きました」キュージックが続ける。「リーガンはいい子で、ジェシーの面倒もよくみてくれた。亡くなったなんて、いまも信じられませんよ。ニータがいってたんですが、殺されたとか？」ふたりをまっすぐにみながら話す。

それは間違いだといってほしいのだろうか。

「奥さんのおっしゃることが信じられないと？」ジェマがきいた。

「元妻です」キュージックは鋭い口調で訂正した。「ニータはちょっと……話をおおげさにするきらいがあって」

「あなたの関心を引くために、作り話をすることもあると？」今度はケリーがいった。来たばかりのラテが、もう半分になっている。

キュージックは目を見開いたが、肩をすくめた。「話を盛るんですよ、ときどき」

「いまも連絡を取りあっているんですか？」

「ジェシーのことは、共同親権を持って育てているのでね。それに、コーンウォール・ガーデンズのあの家は、わたしの所有物でして」

ケリーはうなずき、またコーヒーを飲んだ。「ずいぶん太っ腹なんですね」

「息子の家でもあるので」

「リーガンがシッターとして暮らしはじめたときは、まだあそこに住んでいたんですか？」ジェマがきくと、キュージックはレーザー光線のように鋭い視線を向けてきた。

「ニータと別居したのは、リーガンが来た半年後です。リーガンとわたしの関係を疑っているんでしょうが、そんな事実はありません。わたしたちは友人同士でした。離婚するとき、リーガンがジェシーをケアしてくれたのがありがたかったですよ。パーミンダーも、リーガンのことをとても気に入っていました」

「キュージックさん」ジェマはさらにきいた。「これはみなさんにおききすることなので、ご理解ください。金曜日の夜、どこにいましたか？」

「ああ、かまいませんよ」まったく怒っていないようだ。「あの夜はパーミンダーがオフだったから、友人を呼んで食事をしました。それからここに来て酒を飲んだ。パッションフルーツのマーティニが絶品でね」

「ここを出たのは何時ごろですか？」

キュージックは肩をすくめた。「午前零時近くだったかな。金曜の夜、ここのバーはすごく混むんだが、そのときはもうがらがらになっていた。それから自宅に戻って、映画をみた。パーミンダーが休みの夜は、できるだけいっしょに過ごすことにしているんです」

ケリーがパーミンダーの電話番号をきき、自分の携帯に番号を打ちこんだ。最後にお礼をいおうとしたとき、キュージックがいった。「ジェシーはどうしていますか。ショックを受けているのでは？　電話をかけても折り返してくれないんです。パーミンダーがかけてもだめで。いつもなら、ドクターヘリで運ばれるけが人のことをいろいろききたがるのに。うちに泊まりに来ることになっているのは週末だけだから、心配なんですよ」

「わたし、ジェシーに会いました」ジェマはいった。「すごく不機嫌でした。奥さんも、話しかけても答えてくれないと嘆いていました」

「かわいそうに」キュージックは顔をゆがめたが、なにかを決意したように、コーヒーカップを乱暴に置いた。カップがソーサーに当たって大きな音がした。「今夜、会いにいこう。平日は面会しないことになっているが、たまにはニータに大目にみてもらう」

「キュージックさん」立ちあがろうとしたキュージックの腕に軽く触れて、ジェマはずっと気になっていたことを質問した。「息子さんが土曜日の朝にどこにいたか、ご存じありませんか？　お母さんに行き先も告げず、朝早く家を出たとのことなんです。奥さんは必死に探したそうです。リーガンがあんなことになったばかりでしたからね。午後になって、友だちがようやくみつけました。〈タバナクル〉のバレエ教室で」

「ニータはそんなことはいってなかった」キュージックは首を振り、苛立たしそうに唇をすぼめた。「どこにいたか、わかりますよ。母親にいわなかった理由も。ジェシーは、フィンズベリ・パークの〈ロンドン・ボーイズ・バレエ・スクール〉で週何回かレッスンを受けているんだ。それがニータがリーガンを雇っている理由のひとつでね。つまり、送り迎えが必要なので。まあ、地下鉄を使ってひとりで通える年齢だと思うんだが。で、十一歳から入れる上級者クラスへの入団テストが、土曜日の朝にあった。それを受けていたんだと思う。母親にいわなかったのは、ニータがそのことに賛成していないからです」

「どうしてですか？」ジェマにはわけがわからなかった。「ジェシーほどの才能がある子には、できるだけチャンスをあげたいと思うものじゃないんですか？」

「ニータはそうは考えない。〈ロンドン・ボーイズ・バレエ・スクール〉は、世界でも唯一の、男性だけのバレエスクールで、その実績もすばらしい。しかしニータは〈ロイヤル・バレエ〉以外は認めない。ジェシーが三歳のとき、教室の先生に将来有望だといわれて以来、そうなんですよ」


すべてはここからはじまった。キンケイドはそう思いながら、ヘンリー・オン・テムズの橋の手前で車のスピードを落とした。七ヵ月前、ジェマと子どもたちといっしょにグラストンベリに行き、その帰りにデニス・チャイルズ警視正から電話がかかってきた。シャーロットを引き取ったばかりで、翌週から育児休暇をとることになっていた。デニスもそのことを知っていた。

亡くなったのは著名人で、事故かもしれないが、近くにいるなら現場をみにいってくれないか、といわれた。個人的な依頼という感じがした。

ジェマが不機嫌になるのはわかっていたが、キンケイドは了承した。あのとき走ったのもこのルートだった。ヘンリーを抜けてマーロウ・ロードを北に向かい、蛇行するテムズ川沿いの道を進んだ。

遺体はハンブルデンの川の堰《せき》でみつかった。ハンブルデンにはアンガス・クレイグ副警視監の家があるということを、デニス・チャイルズは知っていた。また、犯人がクレイグではないかとチャイルズは考えていたし、それにはしっかりした根拠もあった。いまのキンケイドは、そうしたことをすべて知っている。

そんな事件の渦中に、チャイルズはキンケイドを放りこんだのだ。

捜査の過程で、アンガス・クレイグがほかの殺人事件にも関与していることを示す証拠が出てきた。しかしチャイルズは、クレイグの逮捕を待てといった。

その翌朝、クレイグの自宅は炎に包まれた。クレイグとその妻エディの遺体が、焼けた家から発見された。一方は自殺、一方は他殺であることが明らかだった。

状況は単純明快だったといっていい。エディはキッチンで、アンガスは書斎で発見された。どちらも、アンガスが握っていたと思われるピストルで撃たれていた。火事のせいでそれ以上詳しいことはわかっていない。

しかし、あの夜の出来事のなにかが、どうしても引っかかっている。今朝の夢できいた犬の声と、自分の犬の声が、それがなんなのかを教えてくれた。エディ・クレイグが飼っていた小型のウィペット犬バーニーが、火事の数時間前に激しく吠えていたと、クレイグの隣人がいっていた。隣人はクレイグ家に電話をかけたが、応答がなかったので、犬をひと晩預かる旨の伝言を残したという。

エディ・クレイグは虫の知らせを感じて、犬を外に逃がしておいたのではないか――そんな考えがずっと頭から消えていかなかった。しかし、もしその考えが正しいとするなら、隣人が犬を保護してから家が燃えはじめるまでのあいだに、なにがあったんだろう。うまい説明がひとつも思いつかない。

現場にいた巡査が、隣人の名前はウィルソンだといっていた。村のはずれにあった豪邸は、エディが実家から相続したものだ。いちばん近くにあるのは、あの邸宅から一キロ近く村のほうに行ったところにある家だと思われる。まずはそこに行ってみよう。足がつくのを避けたいので、ヘンリー署に問い合わせはしない。ただ、あのとき会ったイモジェン・ベル巡査にもう一度会えたらうれしいのだが。

前回ハンブルデンに来たのは秋。黒っぽい石の壁と赤い屋根の家が多いので、若葉の繁るこの季節はいっそう美しくみえる。前に立ちよってビールを飲んだパブや、エディ・クレイグと出会った教会の前を通る。村の中心地を過ぎると、家から次の家までの距離が遠くなる。やがて、見覚えのある場所にやってきた。小道から少し奥まったところにある平屋の家だ。手入れの行き届いた庭に、さまざまな花が競いあうように咲いている。以前ならば、遠くにクレイグ邸の赤い屋根がみえていたはずなのに、いまはそれがない。

路肩が広くとられているところに車を駐めて、外に出た。今日はそれなりの服装をしてきたが、朝、車に乗ってすぐ、上着を脱いでネクタイをゆるめた。アストラにはエアコンがないのだ。おかげで犬の毛がついてしまった上着を後部座席から取って袖をとおし、ネクタイの結び目を一センチほど押しあげた。

門扉をあけて庭に入ったとき、玄関のドアがあいて男が出てきた。二匹の小型犬につけたリードに引っぱられるような格好で、こちらに来る。犬の一匹はキャバリア・キング・チャールズ・スパニエル、もう一匹はひと目でわかった。バーニー――エディ・クレイグが飼っていたウィペット犬だ。

「あなたが引き取ったんですね」キンケイドは声をかけた。

「はい？」男は当惑している。警戒もしているようだ。「なんのご用ですか？」

「バーニーですよね。エディ・クレイグの」

自分の名前を呼ばれたせいなのか、あるいはキンケイドの声を少しでもおぼえていたからなのか、犬は尻尾を振ってリードを引っぱった。キンケイドがしゃがむと、男は門扉が閉まっているのをみて、リードを放した。バーニーはキンケイドに駆けよってにおいを嗅いだあと、うれしそうに手を舐めはじめた。

「ええと、どちら様ですか？」男がいう。

キンケイドは犬をもう一度なでてから立ちあがり、衣服の乱れを直した。「キンケイドといいます」ポケットから身分証を出して開き、相手によくみえるように掲げた。本当は、警視という立場を相手に知らせたくはなかったが、しかたがない。身分証を上着のポケットに戻して、手を差しだす。「ウィルソンさんですよね？」

男はうなずき、キンケイドの手をおそるおそる握った。手は湿っていた。「ダンフォース・ウィルソンです。どんなご用ですか？」

ウィルソンは小柄な男で、そろそろ中年から初老に差しかかる年頃だった。金縁の眼鏡をかけて、妙に凝った柄の、しかも季節はずれのベストを着ている。訝しげな顔でキンケイドをみた。身分証をみてからは不安も感じているようだ。

「どこかでお話をうかがえますか？」キンケイドはきくと、またしゃがんで犬をなでた。「そのキャバリアもかわいいですね」

ウィルソンの表情がやわらいだ。「どうも。ローラといいます。朝の散歩に行くところだったんですが、そうですね、庭で話しましょうか」これでもかというように繁るバラのあいだにベンチがあった。ウィルソンの隣に腰をおろすまでに、バラのとげにあちこちを引っかけてしまった。上着を車に置いてくればよかった、とキンケイドは思った。

「グレアム・トーマスですよ」ウィルソンがいった。「きれいでしょう」

この黄色いバラのことをいっているとは、キンケイドはすぐにはわからなかった。蔓があちこちから伸びてきて、視界がほぼふさがれてしまっている。「ええ、きれいですね」強い日差しの下にいると、香りが強すぎてくどいくらいだ。横目でウィルソンをみた。「それで、ウィルソンさん――」

「どうしてバーニーを知っているんです？　ここに来たことが――」

キンケイドは首を振って答えた。「会ったことがあるんです。エディ・クレイグに飼われていたときに。ここで幸せにしていてほっとしました」

「引き取る人がいなかったので。クレイグ夫妻はともに、ほかに家族がいなかったんですよ。土地はいまも、相続の検認中です」どうしてそこまで知っているんだ、という顔をキンケイドがしたせいだろう。ウィルソンは続けた。「パブでみんながそういってるんで。犬を引き取りたいという人はいなかった。それならわたしが喜んで世話をしようと。いまでは愛着がわいてしまって……。ところで、警察のかたなんですよね？」

「バーニーのことで、ウィルソンさんに会いにきました。エディとバーニーには一度だけ会い、火事のあとにも一度、ここに来ています。今日は、たまたまヘンリーを通ったので、バーニーが元気にしているかどうか気になってしまって。ほかの警官から、あの夜、あなたがバーニーを預かったとききました」少なくともここまでは真実だ。「あのときなにが起こったか、詳しく話していただけませんか？」

ウィルソンは黙りこんだ。金縁の眼鏡に風景が映って、目の表情が読めない。垂れさがったバラの花から、花びらを一枚むしった。「あの日のことは考えたくないんだ」ようやく口を開いた。手入れの行き届いた爪を使って、花びらを細く引きさいていく。「あんなことになると知っていたら……。わたしがなにかしていたら……。家を訪ねていたら、クレイグは……とね」体がぶるっと震える。それ以上の説明は必要なかった。「たしかに、つらい話です」キンケイドはいった。「しかし――バーニーが夜に外に出されていたことは、それまでにもあったんですか？」

「いや、一度もなかった。だから……だからこそ、変だと思った。リードをつけて、家まで連れていってやればよかった」

「あの夜の出来事を詳しく話してくれませんか」

「寝る前に、ローラを庭に出してやった。いつもみているテレビ番組は、もう終わっていた。わたしは宵っ張りなので」ウィルソンはキンケイドのほうをみて軽く笑った。夜更かしをするのは悪いことだといっているかのようだ。「そうしたら、吠え声がきこえた。どういうことかわからなかった」

「何時頃でしたか？」

「さあ、わからない」ウィルソンはずれてきた眼鏡を押しもどした。ダグとよく似たしぐさだ。「そのテレビ番組が終わるのは十一時四十五分だったと思う。それからトイレに行った。そして、少し寝酒を用意した」また微笑んだ。これも告解のようなものなのか。

キンケイドは黙って続きを待った。

「だれかが犬の散歩をしているのかと思った。ならばそのうち通りすぎるだろう。そう思って待っていたが、犬の声はいつまでもきこえる。ローラを家に入れて、懐中電灯を持って外に出た。するとバーニーがいた。うちのフェンスの外の草地に立って、吠えていた。名前を呼ぶと、来てくれた」

「バーニーのようすは、いつもと同じでしたか?」

「震えていた。だが寒い夜だったし、バーニーは短毛種だから」ウィルソンの口調には愛情がこもっていた。「エディが近くにいるのかと思ったが、いなかった。だからバーニーを家に入れて――」言葉を切った。「――正直、どうしたらいいのかわからなかった。クレイグ家の電話番号は知っていたが、知っているからといって……。バーニーを連れていって、庭に入れておいたらどうか、とも思ったが……」

「考えた結果、電話をかけたんですね」キンケイドは話の先を促すつもりでいった。

ウィルソンはうなずいた。「ああ。伝言を残した。三十分待っても折り返し電話がなかったから、バーニーをキッチンに入れて水をやり、ベッドの代わりにタオルを敷いてやった。翌日の朝いちばんに、家まで連れていってやるつもりだった。ところが――」言葉を切って眼鏡をはずし、指先でフレームをいじりはじめた。「――サイレンの音で目が覚めた。煙のにおいもした。自分の家が燃えているのかと思って驚いたよ。しかし、窓の外に目をやると……みえたんだ、燃えているのが」

「ショックだったでしょうね」沈黙が流れたあと、キンケイドがいった。「それで、どうしたんですか」

「服を着て、歩いていった。なにかできることはないかと思って。だが、追い払われた。ただの野次馬だと思われたんだな」ウィルソンの声に悲しみがにじんだ。

「しかし、もう一度行ったんですね？」

「明るくなってから。離れたところで足止めされたが、バーニーはわたしが預かっているとエディに伝えてほしい、と警官にいった。そのあとパブに行ったときはじめて、ふたりとも亡くなったと知らされた」ウィルソンは眼鏡をかけて両手を膝の上で組み、ぼんやりと前をみた。「なにがあったのか、みんなでいろいろ話してた。わたしは――どうしてそんなことを、としか思えなかった」

　キンケイドは黙って座っていた。犬たちは陰になっているところで寝そべっている。賢そうな目をしたバーニーは、あたりを警戒する一方で、人間たちを信頼しているのがわかる。「たしかに。ぼくもそう思います。ウィルソンさん、あの夜、なにかいつもと違うことはありませんでしたか？」

「いや、覚えている限りでは、なにもない。ああ、車に乗った男たちをみたが、時間はずっと早かった。そのことは巡査に話したよ」

キンケイドは腰をあげようとしていたが、これをきいて座りなおし、ウィルソンをみつめた。「男たち？」

「四輪駆動車――レンジローヴァーに乗ってた。新車だったな。ただ、車は新しいのにナンバープレートが泥だらけで、なんだか妙だと思った」

「それをどこでみたんですか？」キンケイドはゆっくり尋ねた。

「パブの前。ローラとわたしは――いまはバーニーもだが――ほぼ毎晩、あのパブに寄るんだ。五時半くらいかな。停まって道を横断させてくれるのかと思ったら、そのまま行ってしまった。乱暴な運転だと思ったね。後部座席の窓ガラスには黒いフィルムが貼ってあったが、運転席と助手席の男ははっきりみえた。クレイグ家のほうに走っていったから、警察関係者かと思ったが……警察官にはみえなかった。わたしに近いほうの席――助手席――にいた男の目つきがやけに鋭かった。ひとにらみで人を殺せそうな目だった。乱暴な運転をするなといってやりたかったが、あの目をみたあとは、とてもそんな気になれなかった」

「そうですか」心臓の音が耳に響いている。「ウィルソンさん、男たちの特徴を教えてください」

「巡査に話したんだが」ウィルソンはつらそうな顔をした。

「はい、しかしぼくもききたいんです」

ウィルソンはため息をついた。「助手席の男のほうが年上で、人好きのする顔じゃなかった。首のここらへんに痣のようなものがあった」首の横を指さした。「大きいほくろか、もしかしたらタトゥーかもしれない」

恐怖がむくむくとふくれあがる。「運転していた男は？」

「若い男で、見た目もよかった。髪は茶色で短かった。最近流行《はや》りの、無精ひげみたいなあごひげを生やしていた」

礼をいって握手をして、もう帰ろう――キンケイドはそう思ったが、座ったまま宙の一点をみていた。するとバーニーが駆けよってきて、鼻先をキンケイドの膝にのせた。

「ウィルソンさん、ご協力ありがとうございます。ほかになにか思い出せることはありませんか？」

ウィルソンは顔をしかめた。懸命に記憶をたどっているようだ。「どうしてそう思ったのかわからないが、男たちが口論しているような印象を受けた。運転していた男はぶっとしていた。わたしを轢《ひ》くつもりじゃなかったようだ。それに、おしゃれな男だったな。首にバンダナを巻いていた」

21

　車の近くまで戻ってきたとき、携帯電話に入っているもののことを思い出した。回れ右をして戻っていくと、ウィルソンは犬たちを連れて門の外に出ようとしていた。「ウィルソンさん、ちょっとみていただきたいものがあります」携帯を差しだした。スクリーンに表示させたのは、昨夜ダグに送ったマイケル・スタントンの写真だった。運転免許証の顔写真だ。「この人物に見覚えはありますか？」

　ウィルソンは真剣な顔で写真をみてから、視線をあげた。「あの車に乗っていた男だと思う。助手席のほうだ。何者なんだ？　ああいう男には、もうここに来てほしくないんだが」

「心配いりません」キンケイドは携帯をポケットに戻して作り笑いをした。「この男があなたに迷惑をかけることは二度とありません」

　車に戻ってウィルソンに手を振ると、車をUターンさせた。クレイグの家の焼け跡には近づきたくない。早く村を出たかった。

　来た道を戻る。スピードを落としてヘンリーを通りぬける途中、両手が震えているのに気がついた。本道からそれた瞬間、川景色の中に自分の姿をみたように思った。ヘンリーで過ごした秋の数日間が思い出される。ボート選手レベッカ・メレディスが川で亡くなった事件の捜査だった。我に返ったとき、車はニュー・ストリートを走っていた。〈オテル・デュヴァン〉がみえる。運良く路肩に空きスペースをみつけたので、車を駐めて外に出た。上着を脱いでネクタイをはずし、車に置く。ニュー・ストリートはそのすぐ先で右にカーブして川沿いの道になり、橋を渡るハート・ストリートと交わる。道路と川のあいだには駐車場とボート乗り場があった。桟橋の端まで行って足を止め、川の反対側にある〈リーンダー・クラブ〉を眺めた。スカルが何艘《そう》か、昼前の練習をしている。

　まもなく、頭と顔が強い日差しを浴びているのに気がついた。しかし、動けなかった。目の前には川ではなく、クレイグ邸の内部の光景が広がっていた。火事で燃える前の家だ。これまで何度も頭の中に思いえがいた光景だった。

　エディがキッチンの真ん中に倒れている。顔はぼやけてはっきりみえない。みえないというより、みたくない。

　アンガスは書斎の床に倒れている。その直前、会って話をきいた場所だ。ライアン・マーシュと同様、部屋の真ん中で死んでいた。みる者を威圧するような大きな机の前。机の奥の革張りの椅子で死んだのではない。もしそうなら、机に突っ伏して死んでいたのではないか。ライアンと同じく、手にピストルを握っていた。自分自身とエディを撃ったピストルだ。

アンガス・クレイグは、本当に自分で自分を撃ったんだろうか。妻を撃ったんだろうか。そうみえるように細工されただけなのでは？　ライアンが自殺したようにみせかけられていたのと同じように。

あの夜、だれかがクレイグの家に侵入して、これからなにかが起こるなどとは思いもせずにキッチンに立っていたエディを撃ち、それから書斎に行ってアンガスを撃ったのでは？　犯人がサイレンサーを使ったとしたら、アンガスは妻が撃たれたときの銃声に気づかなかっただろう。

どちらかが今際《いまわ》のきわに苦しんでもがいたとしても、直後の火事のせいでそうとはわからなかったのかもしれない。

犯人は、あの家のことをよく知っていた人物ということになる。偵察を続け、写真を撮っていた人物。

そこまで考えると、気分が悪くなってきた。

しばらくして、キンケイドは車に戻った。車体に寄りかかってダグに電話をかける。

「クレイグ夫妻が死んだ夜、ライアンとスタントンがハンプルデンにいたことがわかった」ダグが電話に出るとすぐ、そういった。

「え？　いったいどういう……？」ダグはすっかり面食らっている。

キンケイドは詳しく説明した。

ダグはしばらく黙っていたが、やがてこういった。「いま話せないので、こちらから折り返します」五分後、キンケイドの携帯が振動した。出ると、街の喧騒がきこえた。ダグが外に出たんだろう。「ウィルソンって人、どうしてそのことをだれにも話さなかったんでしょうか」ダグは前置きもなしにいった。

「いや、話したといってた。イモジェン・ベルだ。しかし、上に報告するほどのことでもないと思ったんだろう。神経質な男がなにやらおおげさに騒ぎたてて、まわりの関心を引こうとしている、と考えたのかもしれないな。それに、当時の状況からして、アンガス・クレイグが妻と心中したとしか考えられなかったんだ」

ダグがまた黙りこんだ。そして口を開いた。「まさか、本気で思ってるわけじゃないですよね？　ライアンとスタントンが夫婦を殺して、家に火をつけたなんて。ライアン・マーシュが人殺しだなんて、ぼくには信じられません」キンケイドと同じように混乱しているのが、口調から伝わってくる。

「ああ」キンケイドはメロディからきいた、セント・パンクラス駅で白リンの手榴弾が爆発したときのライアンの働きぶりを思い出した。火から逃げるのではなく、火にむかって走ったのだという。その場にいた人々を必死に助けようとした。

しかしそのあと、ライアンは現場から姿を消した。手榴弾で狙われたのは自分だと考えて、怖くなったんだろう。それは、クレイグ夫妻の死と関係があるのか？　よけいなことを知っているからなのか？　それとも、ライアン自身がなにかをしたからなのか？

ダグとメロディといっしょにライアンの妻を訪ねたときのことを思いかえした。ライアンの飼っていた年寄りラブラドールが寄ってきて、さっきバーニーがやってくれたように、膝に鼻先をのせてきた。キンケイドの家に連れられてきたライアンも、初対面の犬と親しげに挨拶を交わしていた。

「ウィルソンがいうには、ライアンとスタントンは口論していたようだ」キンケイドはダグにいった。「その夜なにが起こるのか、ライアンは知っていたのかもしれない。あるいは、予測していたのかもしれない。スタントンならやりかねないと思ったのかもしれない」

「スタントンは暴力行為を繰りかえしていたようですからね。ライアンもそのことを知っていたでしょう」

「クレイグ夫妻の事件がぼくの考えているとおりなら、スタントンは、ただの癇癪持ちのセクハラ男ってだけじゃなかったんだな。クレイグ夫妻は、緻密な計算の上で殺害された。少なくとも、クレイグがレベッカ・メレディス殺害の第一容疑者になったときから、その計画がはじまったんじゃないか」

「ダメージコントロールってやつですか。クレイグがメレディス殺害の犯人だとしたら、警察の評判が傷つくことになりますからね」

「ほかにもいろいろと暴かれることになれば、なおさらだ」川の上をゆったり飛ぶカモメたちをみながら、キンケイドはいった。「クレイグが殺したのはメレディスだけじゃないし、ほかにも罪を犯しているかもしれない。場合によっては、ほかの人間も巻きこまれることになる」

「それらの事件が裁判まで進んだら、これまでにやってきた裏工作も明らかになる、と？」ダグはしばらく考えてからいった。

「ああ、それは考えられる。だが、スタントンは——ライアンもそうかもしれないが——いわば歩兵にすぎない。アンガス・クレイグがもの言わぬ人になったことで守られたのはだれだろう」

「ライアンを殺したのもそいつらということになりますね。マイケル・スタントンを殺したのも」

キンケイドは電話を持ってうなずいた。すべて辻褄《つじつま》が合う。しかし、バーニーのことがどうしても気にかかる。「エディ・クレイグの犬が、火事が起きる少なくとも二時間前から、家の外に出されていた。なんでだろう。ライアンが犬を逃がしたんだろうか。犬好きのライアンならやりそうなことだ」

「クレイグ夫妻が死んだのが火事より何時間も前だったら、そうかもしれませんね。火が家に燃えひろがるまでに時間がかかったのかもしれないし」

キンケイドはあの朝のことを思いかえした。「火災調査官の話では、火はあっというまに燃えひろがったはずだといっていた。家じゅうに灯油が撒《ま》かれていて、そこに火がつけられたんだ。じゃあ、ふたりを殺してから火をつけるまでのあいだに、犯人はなにをしていたんだろう」キンケイドは注意深く声を抑えた。そばを通りかかる人々が訝しげな視線を向けてくる。

「なにかを探していたんじゃないかな」ダグがいった。「家じゅうを調べたから、その痕跡を隠すために火をつけたのかもしれませんよ。あるいは、なにかの証拠そのものを隠滅したかったのか」

「結局」キンケイドはゆっくりいいながら頭をかいた。苛立ちを抑えきれない。「真実なんてわからないのかもしれない。あの夜に起こったことを知っている人間は、みんな死んでしまった」

ジェマとケリーはクリス・キュージックに礼をいい、ホテルを出た。そのとき、ジェマの携帯が振動をはじめた。ディスプレイをみると、ついいましがたかかってきた電話に出られなかったことがわかった。反対側の耳を手でふさいで車の音を遮断し、残されているメッセージをきいた。

「エイジア・フォードだった」ききおわると、ケリーにいった。「リモンチェッロを作るための高濃度アルコールかなにかがなくなってるって。すごくあわててたわ」ジェマはリダイヤルボタンをタップしたが、呼び出し音が五、六回鳴ったあと、留守電の音声が流れはじめた。メッセージを残さずに切った。「出ない。折り返し電話がほしいっていってたんだけど」

「高濃度アルコール？」ケリーは驚いた顔でいった。「灯台下暗しってやつね。話をききにいきましょう」

ジェマは、アールズ・コート・ロードの上り坂を歩いてのぼらなければならないのが恨めしかった。下っているときはそれほどの傾斜だと思わなかったのに、署に着いたときには脚が痛くなっていた。ケリーもしんどそうだ。車の前で、エイジア・フォードにもう一度電話をかけた。出ない。いやな感じがする。「わたしの車で行きましょう」ジェマはエスコートのロックを解除した。ケリーがうなずく。

「高濃度アルコール」助手席で、ケリーはいった。「エイジア・フォードがそれを使ってることを知ってる人なら、簡単に盗めそうよね。エドワード・ミラーのものじゃなかったんだわ」

「エイジアがリーガン・キーティングに飲ませたとは考えてないのね？」

「もしそうなら、自分から電話なんてかけてこないと思う」ケリーは自分の携帯を出して、なにかを打ちこんだ。「きいてて。リモンチェッロのレシピよ。151プルーフのグレイン・アルコール、レモンの皮、砂糖、水。ウォッカを使うのはだめなんですって。いちばん強いウォッカでも、特有の風味があるから」

「コーンウォール・ガーデンズの住人はみんな、エイジアがリモンチェッロを作ってるのを知ってるわけよね」ジェマがいった。「知らない人もいるかもしれないけど、パーティーに参加した人は知ってる」車のスピードを上げようとしたが、もうすぐランチタイムという時間帯のケンジントン・ハイ・ストリートではどうにもならない。携帯をケリーに渡した。「かけてみてくれる?」

ケリーはいわれたとおりにしたが、首を振った。やはりエイジアは出ない。「忘れちゃったとか」

「エイジア・フォードはちょっと変わった人という感じがしたけど、常識はありそうだったわ」

「すぐに折り返しがなかったから、重要なことじゃないと思ったのかも」

「そうかもね」ジェマはいった。

エイジアの家の呼び鈴にも、応答はなかった。もう一度鳴らして待った。ケリーの機嫌が悪くなってきた。「まったく、そんな電話をしてくるくらいなら——」

「ニータのところに行ってみましょう」ジェマがいった。「庭に通してもらえるかも」

二軒隣のキュージック邸を訪ねたが、こちらも留守だった。

「じゃ、アーミテッジ夫人。この時間なら家にいるんじゃないかしら」そのためには、ケンジントン・パーク・ロード側をぐるりとまわらなければならない。途中で、鉄のフェンスのところから庭をのぞきこもうとしてみたが、バラの生け垣が繁っていて、なにもみえなかった。スリーピング・ビューティーの生け垣なんて素敵ね、とジェマは思った。

アーミテッジ夫人はすぐに出てきた。「刑事さんたち。今日はどうなさったの？」笑顔で迎えいれてくれた。「お茶とタルトが恋しくなったのかしら？」

「いえ、庭に入りたいのですが、通していただけますか？」ジェマはきいた。「エイジア・フォードから電話があったんです。すぐに会って話したいことがあるといわれたんですが、その後電話にも出ないし、家を訪ねても出てこなくて。ポーチか庭に出ているのかもしれないと思って」

「もちろんいいわよ。どうぞ。でも、エイジアらしくないわね」アーミテッジ夫人は不思議そうにいって、キッチンから奥のドアへとふたりをうながした。「会いたい理由はなんだったの？」

「リモンチェッロのことです」ジェマはぼかして答えた。状況が詳しくわかるまでは、それ以上はいいたくなかった。

驚いたことに、庭に出たアーミテッジ夫人は、小道を通らず、芝生の上を歩きだした。「たまに通るくらいなら、クライヴだって怒らないわよ」なんだか庭の感じが変わったみたいだ――芝生のやわらかさを足に感じながら、ジェマは思った。そして、納得した。西の空から雲が広がりはじめている。日差しがやわらかく翳っているせいで、草や花の色がより鮮やかにみえるのだ。空気には雨のにおいも混じっている。

共有の庭には、エイジア・フォードの姿はなかった。しかし、家に近づいてみると、パティオに通じるゲートがあけっぱなしになっているのがわかった。「おかしいわね」アーミテッジ夫人がつぶやく。「エイジアがゲートをあけっぱなしにすることなんて、絶対にないのに」

ジェマの不安が恐怖に変わってきた。早足でゲートを通り、呼びかける。「エイジア？　フォードさん？」

キッチンのドアもあけっぱなしだった。中からかすかな音がきこえる。ジェマは急いでキッチンに入った。エイジア・フォードが籐の椅子に座り、後頭部にふきんを当てている。顔面は蒼白《そうはく》だ。ジェマをみて、わけがわからないという表情を浮かべた。

「大変」ジェマのうしろから入ってきたケリーがいった。ふきんが血に染まっている。

「フォードさん！」ジェマは駆けよった。「なにがあったんですか？　だいじょうぶ？」

「自分でもわからないの」エイジアは首を振ろうとして、うっとうなった。「温室になにかを取りにいこうとしたの。なにを取りにいったのか、思い出せない。そして、気がついたときには顔の下にレンガがあった。動こうとしたら頭が割れそうに痛くて。わたし、転んだのかしら」

「みせてください」ジェマはいった。近くをうろうろしていたアーミテッジ夫人が、きれいなふきんを渡してくれた。ジェマはお礼がわりに笑みを返した。まずはエイジアの目をみる。ありがたいことに、瞳孔は開いていない。それから椅子のうしろにまわって、血に染まったふきんを頭からそっと離してみた。明るい褐色の細い髪がもつれて、乾きかけた血といっしょに固まっている。それでも頭皮の傷ははっきりみえた。頭頂部の少し下、真ん中より右寄り。ぎざぎざの傷口からは、まだ新しい血がにじみ出てくる。

「痛そう」きれいなふきんを折りたたんで、傷にそっと当てた。「ひどく切れてる。頭がくらっとした覚えがありますか？　倒れたときに頭を打った感じですか？」

「そんな覚えはないわ。でも、あなたに電話をしたのは覚えてる。そうよね？　携帯を持って温室に行こうとしたの。電話がかかってくるかもしれないから。携帯、どこかに落としたのかしら」

「探してみます。きっとみつかりますよ」

「呼び鈴、あなただったのね?」エイジアはまだぼんやりしているようだった。「音はきこえたけど、なかなか立ちあがれなくて……」眉間にしわを寄せる。「どういうことなの? 玄関をあけてないのに、どうしてここにいるの?」

「アーミテッジさんに頼んで、庭に入れてもらったの。フォードさん、その傷は病院で縫ってもらう必要があります。検査もしてもらいましょう」ジェマはケリーに目をやった。ケリーはすでに携帯を出して、小声で話していた。

「そんな、だいじょうぶよ——」エイジアは立ちあがろうとしたが、どすんと腰を落とした。

ケリーが電話で番地を伝えている。

「わたしが病院に付き添うわ」アーミテッジ夫人がエイジアの隣に座り、あいているほうの手をぽんと叩いた。

ジェマはそのあいだに外に出た。藤の花の香りがたちこめるパティオに、庭からそよ風が吹いてくる。垂れさがる薄紫色の花びらは、まるで紙吹雪のようだ。とても明るいキッチンに比べて、パティオは薄暗い。目が慣れるまですこし時間がかかった。

戸口付近から、エイジアが倒れていたであろう場所をみる。自分たちが現場を荒らしてしまっていませんように、と願った。エイジアが自分で転んで後頭部を打ったとしたら、後ろ向きに倒れたことになる。しかし本人は、顔の下にレンガがあったといっていた。つまり、前向きに倒れたということだ。

　キッチンをのぞきこむようにして、声をかけた。「エイジア――フォードさん、どこに倒れていたか、正確に教えてもらえますか？　いえ、そのままでいいので」エイジアが立とうとするのをみて、いった。「言葉で説明してください」

「体の半分は温室の中、半分は外、という感じだったわ。なんだか間抜けな格好よね」エイジアの顔色が少しよくなったのをみて、ジェマはほっとした。

「温室に入っていたのは上半身ですね？　うつぶせに倒れていたと」

「ええ。ただ、どういうわけか――よく覚えていないの。わたし、どうしちゃったのかしら」エイジアは頬をなでた。そのときはじめて、ジェマは気づいた。頬に小さな擦り傷がある。「携帯はみつかった？」エイジアは少し苛立っているようだ。

「まだです。でもきっとみつけます」

　振りかえって、注意深くパティオに足を踏みだした。

　なにを探すべきかがわかっていれば、みつけるのは簡単だ。怪しいのはレンガ。それは、温室の床を覆うためのレンガの山から一メートルほど離れたところに落ちていた。ポケットサイズの懐中電灯をバッグから出して、落ちているレンガに一歩近づき、しゃがみこんだ。レンガを照らして観察する。赤い血がついているのがわかった。

　立ちあがり、戸口まで戻る。「ケリー」控えめな声でいった。「制服警官を呼ぶ必要があるわ」

キンケイドは車に乗りこんだ。ダグと交わした会話の最後の部分が頭から離れない。クレイグ夫妻は死んだ。ライアン・マーシュとマイケル・スタントンも死んだ。しかし、あの夜、クレイグ夫妻——あるいはアンガス・クレイグひとり——に会った人物がひとりいる。デニス・チャイルズだ。

デニスは何時にあの家を訪ねたのか。だれかを、あるいはなにかを、みかけただろうか。アンガス・クレイグになにをいったんだろう。また、クレイグはなんといったんだろう。

翌朝、焼け跡をみていたとき、アンガスが妻を殺して自殺したという推定を、デニスは否定しなかった。しかし、無言の激しい怒りが伝わってきたのを覚えている。いや、怒りだけではない。それは恐怖だったのではないか。

いままで以上に、デニスと話がしたいという気持ちが強くなっている。ロンドンに帰ったらすぐ、ダイアンに電話をしよう。少なくとも、警察を通さずにデニスの容態を確かめることができる。

そんな小さな決意をしてから車のエンジンをかけると、携帯電話がピーンという音をたてた。メッセージだ。悪態をついて、ポケットに入れたばかりの携帯をまた取りだした。

　サイモン・イーカスからだった。「スタントンの住所判明。捜索令状を申請中」ハックニーの住所が添えられている。運転免許証に書かれていた偽の住所と同じ建物だ。「一時間後にそこで会おう」と返信した。

　車をバックで動かしたとき、今度は着信音が鳴った。「くそっ」思わず声が出る。無視しようかと思ったが、ディスプレイにはロニー・バブコックの名前があった。

「ダンカン」電話に出ると、ロニーがいった。「悪い知らせだ。例の引退した刑事――フランク・フレッチャーだが、死んだらしい。だから、このところパブでみかけなかったんだな」

「死んだ？　どうやって？　自殺か？」

「いや、違う。銃の手入れ中の事故らしい。血中アルコール濃度がものすごく高かったが、まあ、あの飲みっぷりならあり得ることだな。剖検の報告書をみたんだ。じつに単純明快な報告書だったよ」

　単純明快？　本当か？　「剖検の報告書なんて、いまはとても信じられない気分なんだ」噛みしめた歯のあいだからそういった。

「捜査担当者に話をきいてみようか」ロニーがいう。

「いや、だめだ」キンケイドは強い口調でいった。銃の手入れ中の事故だなんて、とうていないが信じられない。それに、ロニーにはへたに嗅ぎまわってほしくない。「関わらないほうがいい。それより、フレッチャーについて知ってることはほかにないか？　たとえば、秘密捜査員として働いたことがあるかどうか」

ドアが閉まる音がして、背景にきこえていたぼそぼそという話し声が消えた。「失礼」ロニーがいった。「まわりがうるさくて集中できなくてね。で、ダンカンは、このことがそっちの秘密捜査員の件に関わりがあると思ってるのか？　世界は狭いな」

「狭すぎていやになる。だが、関わりがあるかどうかは、なんともいえない。なにがなんだかわからないんだ。とにかく情報がほしい」

「なにか思い出せるといいんだが。しかし、残念だな。いいやつだったんだ。どっちにしたって悲しいことだよ。そうだろ？」

「ロニー――」

「まあ、連絡を待っててくれよ」ロニーは強烈なチェシャー訛りでいった。「前にもいったが、フレッチャーはよく、ロンドン警視庁の現状をだれもわかってくれないと愚痴っていた。おれはくだらないたわごとだと思ってたが、やつは警察の闇を暴露したかったのかもしれないな」

「だれの手下として働いてたか、フレッチャーはいわなかったんだな？」

「ああ。一度尋ねたことはあるんだ。だが、やつは貝になった。それだけじゃない。飲みかけてた酒を残して帰っていったんだ」

キンケイドが最後に礼をいおうとしたとき、ロニーが付けたした。「ああ、それと、これはいまでも意味がわからないことなんだが、やつは、酔って前後不覚になるとこういってた。『だれだって、金にはなびくものだろう』」キンケイドは、ロニーが電話のむこうで肩をすくめる姿がみえるような気がした。「オズの魔法使いの話でもしてるのかと思ったよ」

一九九四年十月

アールズ・コートでの集まりを、いつまでも欠席しているわけにはいかない。それはわかっていた。ある日、レッド・クレイグから、いつも以上に不愉快なメッセージが送られてきた。このままではひとりで浮いてしまうぞ、と。そこで、勇気を出してアールズ・コートに向かった。少なくとも、いまは行く目的がある。

かなり冷えこんだ秋の夜。ケンジントン・ハイ・ストリートでバスを降りた。

しかし、アールズ・コートの駅に近づくと、吐き気がしてきた。心因性のものだろう。しっかりしろ、と自分にいいきかせた。それまで、この小さな集まりに意味があると感じたことがなかった。ただ、自分の立場や、自分のボスがだれなのかをあらためて思い知るためだけの集まりなのだろう、と思っていた。それと、いつも監視されているんだ、と思い知らされる日でもある。

アパートに着いた。頭がくらくらするような感覚を振りはらい、階段をのぼる。においのせいだ。すえた煙草と酒のにおい。踊り場にしみついた小便のにおい。やはりこの場所は大嫌いだ。

部屋に入ると、吐き気がさらに強くなった。いつもの顔ぶれが揃っていた。いや、リンがいない。リンだけは自分の味方だと思えるようになってきたところだったのに。

ミッキーとは目を合わせないようにした。ミッキーには臆病者だと思われるだろうが、あの邪悪で卑劣な男をまともにみたら、殺してしまうかもしれない。目を閉じるたび、ウェストボーン・パーク・ロードでビールの瓶を若者に投げつけたときのミッキーの表情が頭にありありと浮かんでくる。

シーラがにっこり笑って、ふらふらと近づいてきた。手には、すでに栓をあけたワインの瓶を。「久しぶりじゃない」頰にキスしてきた。息がワインのにおいだ。胃袋がひっくり返りそうになった。「ほら、いっしょに楽しみましょうよ」近くのテーブルにあった薄汚れた磁器のカップを手にする。この夏のあいだに酒量が増えたようだが、今夜はまさにへべれけだ。

「いや、おれはいいよ」できるだけ軽い調子でいって、シーラの腕をぎゅっと握った。

ミッキーのほうから絡んできた。「おい、どうした？　図体はでかいくせに、酒も飲めないのか？　とんだカワイ子ちゃんだな」それがとっておきの嘲りだと思っているらしい。「ガールフレンドが恋しいのか？」デニスの顔をみて笑う。「いや、ボーイフレンドだったりしてな」〝ボーイフレンド〟をいやらしく強調した。

「どっちでもいいだろ」デニスはさらりとかわした。

そのときシーラがふらついて、ミッキーの近くに倒れこみそうになった。ミッキーは手を伸ばしてシーラを引きよせると、ミニスカートの尻をわしづかみにした。シーラはむっとして身をよじり、離れようとしたが、ミッキーは彼女を引きもどし、肩に腕をまわした。手が胸に重なる。

「いい加減にして！」シーラはミッキーに肘鉄を食らわせた。強烈な一発だったので、ミッキーは腕をおろして悪態をついた。シーラは酔っているようにみせかけているだけで、じつはそうでもないのでは、とデニスは思った。「あんたなんか、目をつぶってでもやっつけられる。今度手を出してきたら、だいじなところをつぶしてやるからね」

ディラン・ウェストが笑い声をあげ、にやにやしながらミッキーをみた。ジム・エヴァンスは心配そうだ。ミッキーの顔に、カーニヴァルでみたのと同じ、冷たい怒りの表情が浮かんだ。

「やめておけ、ミッキー」デニスはかすれた声でいった。

「お利口さんは黙ってろ」ミッキーは甲高い笑い声をあげた。したたかに酔っているのがわかった。
だれかが安物の電気ストーブを持ってきたので、部屋はむっとする暑さになってい
た。デニスの吐き気が最高潮に達して、生唾がわいてきた。そこへ急な腹痛も襲ってき
た。体をかがめて身もだえした。
これはなんなんだ？　モンスターたちの集まりか？　早くここを出ないと、そのうち
全身がおかしくなる。ミッキーの前で恥をさらすようなことだけはしたくない。それ
に、ここにある地獄の穴みたいなトイレを使うわけにもいかない。部屋にいるみんな
に、吐いている音をきかれてしまう。みなに背を向けて、階段をばたばたと駆けおり
た。早く外に出て、新鮮な空気を吸いたい。
なんとか歩くことはできた。表通りの街灯をめざして進む。よほど奇妙な人間にみえ
たのだろう、道行く人々が大きく避けて歩いていく。しかし、そんなことはどうでもよ
かった。アールズ・コート・ロードに出て最初のパブが、救世主のように思えた。みず
からの尊厳をなくすことなく、トイレにたどりつくことができた。
三十分後、トイレを出たときには、体が弱って抜け殻になってしまったかのようだっ
た。それでもさっきよりはしっかり歩けたし、頭もすっきりしていた。
戻ろう。ミッキーとの対決を先のばしにするわけにはいかない。ほかのみんなのため
にも、自分自身のためにも。顔を洗い、口をゆすぎ、濡れた手で髪をなでつけた。冷た

い夜気の中に足を踏み出すと、体が震えだした。部屋に戻ったときには、全身ががたがた震えていた。それでも逃げるわけにはいかない。

建物に入り、階段をのぼる。上からはなにもきこえない。足元で階段がぐらつくような気がした。意識がおかしくなっているんだろうか。額から垂れてくる汗が目に入らないよう、まばたきをした。踊り場までたどりつき、部屋のドアをあけた。

シーラが横になっている。どうして床で寝ているんだろう。そのかたわらにはリンがしゃがみこみ、シーラのミニスカートの裾を直してやっていた。

リンが顔をあげた。泣き顔になっていた。

そのとき、デニスは理解した。シーラは死んだのだ。

22

ジェマはそれまでジーン・アーミテッジが座っていた椅子に腰をおろし、あなたはだれかに襲われたんだと思う、とエイジアに話した。

エイジアは、頭をもう一度殴られでもしたかのようにはっとした。「嘘でしょ。どうしてわたしがそんなことされなきゃならないの？」

「倒れる前、だれかの姿をみたり、声をきいたりしませんでしたか？」

「いいえ。わたしはここにいて……そうね、いま思うと、アルコールのことを考えていたんだった。なくなったのはわたしの管理が甘かったせいなのかって。グレイン・アルコールの瓶が二本あったの。次のリモンチェッロの仕込みに使うつもりで。でもそれが一本になってたの。温室なんかに入れておくべきじゃなかったのね。だけど……」

「温室の外からみえる状態だったんですか？」

「いいえ、作業台の下に扉付きの物入れがあるので、そこに入れてあった。アルコールにレモンの皮を入れて、冷暗所で六週間置き、それから砂糖と水で作ったシロップをくわえるの。キッチンの戸棚がいっぱいだから、全部、ガーデニングの棚にしまっていたのよ」エイジアの声が弱々しくなってきた。しかし、頭にあてていた布はすでにおろしていた。血が止まったようだ。

ケリーがアーミテッジ夫人と玄関のほうに行った。遠くからサイレンがきこえる。エイジアと話せる時間はあとわずかだ。

「エイジア、さっき電話をくれたとき、『あの子が心配で』っていってたでしょ。どういう意味？」

エイジアはいいにくそうだった。「あんなこと、いわなきゃよかった。証拠もないのに……」

「ひとりでくよくよしないで、わたしにきかせて。悪いようにはしないから。それって、ジェシー・キュージックのこと？」

エイジアはうなずいた。「今朝、庭でみかけたの。学校のある時間なのに。そのあと、アルコールがなくなってるのに気がついて……」

「でもどうして、ジェシーがそんなことをしたって思ったの？」

「だって、あの子ならアルコールがそこにあるのを知ってたし、それがどういうものかも知ってた。ガーデンパーティーのとき、ニータが最後の仕上げを手伝ってくれたんだけど、あの子もいっしょにいたのよ。あの子どもがやりそうなことを考えたら……」エイジアはため息をついた。「少なくとも、わたしがあの年頃だったとき、学校ではよくそういう問題が起こってた。だから心配だったの。リーガンがあんなことになったばかりだし」目に涙があふれる。

ジェマはエイジアの手をぽんと叩いた。サイレンが止まって、人の声がきこえる。

「ジェシーはだいじょうぶよ」口ではそういったが、急に心配になってきた。「エイジア、アルコールがなくなったこと、だれかに話した？　ジェシーをみたことも」

「もちろん、ニータに話したわ。母親だもの」

ライアン・マーシュと同じく、マイケル・スタントンの部屋も、ごくありふれた建物の一階にあった。偽ＩＤで暮らす人間にとって、近所の人々に気づかれることなく部屋に出入りできることが重要なのだろう。しかし、シダナのチームがここを突きとめたのは、近所からの情報のおかげだった。スタントンの運転免許証に記載されていた部屋番号は実在しないものだったが、シダナのチームはその建物を調べた。端から一戸一戸訪ねて聞き込みをするうち、ある住人がスタントンの写真をみて、「ああ、隣の隣に住んでる人ですよ」と教えてくれたのだ。

ほかの住人にも確認がとれた。シダナが令状を取り、鍵屋を呼んだ。シダナとスウィーニーがドアをあけたとき、キンケイドはそこに到着した。

これといって特徴のない、ありふれた感じの建物だった。おしゃれでもないし、みすぼらしくもない。手入れはそこそこされていて、リフォーム済みの部屋もある。建物自体は公営のアパートだが、買い取って住んでいるのだろう。駐まっている車は比較的新しいものばかりだ。

「ボス」シダナがひどく心配そうな視線をキンケイドに向けてきた。キンケイドはそんな視線にも慣れてきたので元気そうに答えてやりたかったが、そうもいかなかった。

鍵屋が道具をしまいながらいった。「公営住宅にしてはいい鍵を使ってますね。家の中に金塊でも隠してるのかな」

ところが、マイケル・スタントン——かつてはマイケル・スタンリーと名乗っていた男——の部屋は、かなり寂しいものだった。間取りはリビングと寝室とバスルームとキッチン。まるでホテルのようだった。家具は、安物ではないがありふれたもので、すべてをまとめ買いしたような感じ。新しいフラットスクリーンの超大型テレビが壁ぎわに置かれていて、ゲームがセッティングしてあった。ゲームソフトのほとんどは、ざっとみたところ、一人称視点のシューティングゲーム、それも新作のゲームがほとんどだった。スウィーニーはそれをみて、あからさまにうらやましそうな顔をした。

壁には絵も写真も飾られていないし、テーブルや椅子には本もない。新聞さえない。

シダナがキッチンをチェックした。「豆の缶詰と調理済みの冷凍食品だけで生きてたみたいですね。生鮮食料品は皆無です」ありえない、とでもいいたそうに鼻にしわを寄せた。

「パソコンがありません」寝室からスウィーニーの声がした。「携帯の充電器がベッドサイドテーブルにあるだけです」

キンケイドも捜索に加わった。いまのところ、ここに人間が暮らしていたことを示す唯一の痕跡だ。ひとつきりの整理だんすの中身は、靴下、ブリーフ、セーター、Tシャツ。クローゼットには、きちんとしたスーツが一着。安物ではないが、高いものでもない。シャツとカジュアルな服、ネクタイが何本か入っていた。

それから部屋の真ん中に立ち、周囲をみまわして考えた。どんな人間でも、その住まいには、その人の人間性や、どのように生きてきたかを示すものが、ひとつやふたつはあるはずだ。ホームレスの人だって、自分にとってかけがえのないものを手押し車に入れている。ライアンは逃げるための荷造りをしていた。スタントンが、現役だったにせよ、そうでなかったにせよ、秘密捜査員だったとしたら、大切ななにかをここに隠していたはずだ。

「徹底的に探してくれ」スウィーニーとシダナにいった。「あらゆるものを引っくり返し、裏返し、すべてをぶちこわすつもりで調べてほしい。なにかを見逃してるんだ」

声をあげたのはシダナだった。「ここ、なにかがありそうです」缶詰がしまってある作り付けの戸棚の横の壁をコンコンと叩いた。「触った感じも、まわりと違います」周囲の壁をなでて、感触を確かめる。「うまくごまかしてあるけど、ペンキの色もちょっと違うんですよ。それに、叩いたときの音も違う。中が空洞になってるみたい」

シダナは戸棚の缶詰や瓶詰を丁寧に取りだし、内側をさぐった。「なにもないですね。というか、ちゃんと仕切りがあります。でも――」渋い表情が一転して笑顔になった。「なにこれ！　側面に留め金があるわ」

それから五分かけて、シダナは黒い布袋を引っぱりだした。壁の中のスペースから、いったん戸棚に出したそれを、キッチンの床におろす。飛行機の持ち込み手荷物くらいのサイズだった。三十センチ×三十センチ×六十センチくらいはある。狭い隠し場所にぎゅっと押しこまれていたのだろう。

キンケイドがうなずいて「きみの戦利品だ」というと、シダナはゴム手袋をはめ、袋のファスナーをあけた。中身をひとつずつ取りだしては、床に広げたごみ袋の上に並べていった。

いちばん上にあったのは、まったく飾り気のない衣類。軍服のような黒いズボンとシャツ、黒くて分厚いコットンのジャケット。夜の活動用だろう。その下にはピストル。グロックだ、とキンケイドは思った。「嘘だろ」スウィーニーがつぶやく。

シダナは眉をひそめて、ピストルをそっと置いた。弾倉が二箱ある。そのほかに、黒い布――Tシャツだとわかった――に包まれたものがあった。シダナが丁寧に開いていく。

包まれていたのは伸縮警棒だった。警官がベルトにつけているようなやつだ。縮めた状態では怖くもなんともないが、伸ばすと立派な武器になる。それをみていて、キンケイドはデニスの頭の陥没を思い出した。

「その警棒だけを袋に入れてくれ。丁寧に頼む」キンケイドはそういったが、理由は話さなかった。

シダナはいわれたとおりにしてから、作業に戻った。高価そうな双眼鏡、キャンプの小道具、革財布。財布にはパスポートが二冊と、現金が数千ポンド。パスポートはどちらも、マイケル・スタントンのものでもないしマイケル・スタンリーのものでもない。しかし、貼ってある写真は、スタントンの運転免許証の写真と同じだ。「すごいわね」シダナがいう。「本物のパスポートにしかみえない」キンケイドは答えなかった。

布袋の底のほうをさぐると、かさかさという音がした。シダナが形を確かめてから取りだしたものは、分厚い大型の茶封筒だった。開こうとしたとき、キンケイドが声をかけた。「ぼくがみてもいいかな」

キンケイドは手袋をはめて、茶封筒をキッチンのテーブルに持っていった。封筒は軽くて、触った感じ、入っているのは紙と思われた。中身をそっとテーブルに出す。

写真だった。古くて黄ばんだものが多い。スタントンの子ども時代のものが何枚か。その中の一枚は家族写真だった。スタントンそっくりの男性と、疲れた顔をした女性がひとり写っている。海辺でバケツとシャベルを持って微笑んでいる少年の写真もある。ちょうどトビーくらいの年齢だ。こんないたいけな子どもが成長してマイケル・スタントンのような大人になったのかと思うと、なんだかせつない気持ちになる。

写真の一枚が、ほかの写真より分厚くなっている。裏に貼りついているものをそっと剝がすと、それはポラロイド写真だった。色あせて、表面が少しべたついている。写っているのは五人。安っぽいリビングルームに集まっていて、いかにも窮屈そうだ。

キンケイドは、劣化してぼやけつつある写真をよくみた。手前には女性がふたり。ひとりはブロンドで、まじめそうな感じ。ひとりはブルネットで、はっとするほど美しい。うしろにいる男性のひとりはスタントンだとすぐにわかった。二十年くらい前に撮ったものだろう。髪は短く刈りこまれて、首の小さなタトゥーが目立っている。そして、背は高いが痩せこけた感じの男がひとり。黒髪を襟まで伸ばして、無精ひげをはやしている。これは——デニス・チャイルズだ。アーモンド形の黒い目をみなければ、デニスだとわからなかったかもしれない。

あまりにも驚いたので、すぐにはもうひとりの男を見定めることができなかった。きちんと整えた短い髪。写真が色あせているせいで、髪の色はよくわからない。口ひげを軍人のようなスタイルにして、傲慢な表情を浮かべている。七ヵ月前、キンケイドがこの男の書斎で話をきいたときも、同じ表情をしていた。間違いない。この男はアンガス・クレイグだ。

「なにがあったんですか？」シダナが声をかけてきた。

キンケイドはふたりに背中を向けていた。「古い写真が入っていた」なにも考えず、ポラロイド写真を胸ポケットに入れた。


エイジアを救急車に乗せるのをケリーにまかせ、制服警官たちにパティオと温室の現場保存を指示したあと、ジェマは急いでキュージック邸に向かった。

呼び鈴を押すと、ニータが出てきた。ジェマをみて驚いた顔をする。喜んではいないようだ。「ごめんなさい、いまちょっと都合が悪いの。これから出かけるところなのよ」仕事に行く服装ではない。ヨガのウェアと運動靴だ。

「あいにくですが、急用なんです」ジェマは招かれもしないのに中に入った。ニータは肩をすくめ、リビングに入る。まだ白いバラが活けてあるが、すでにしおれている。すえたような、いやなにおいが部屋にこもっていた。

ニータはジェマに向きなおって腕組みをした。着ているのが薄いTシャツなので、胸が小さいのがわかる。「エドワード・ミラーの話なら、うちのクライアントに不愉快な思いをさせるのはやめて――」

「キュージックさん、ついさっき、エイジア・フォードさんが温室で襲われました。庭でだれかをみませんでしたか？」

「え？　いったいなんの話？」ニータはジェマをみつめた。しっかり化粧をしているにもかかわらず、顔が青ざめたのがわかる。「そんな――まさか。エイジアはだいじょうぶなの？」

「だいじょうぶですが、頭を縫うことになるでしょうね」

ニータはいちばん近くにあったソファに腰をおろした。脚から力が抜けてしまったかのようだ。「よかった。でも、だれが……」

「キュージックさんがご存じなんじゃないかと思って、うかがったんです。今日は朝からずっとご在宅でしたか？」

「朝早い時間にヨガのレッスンがあって、それからオフィスに行って、少し書類仕事をしてきたわ。そのあと、エイジアから電話が……」

「会いに行きましたか？」

「ええ。彼女、すごく動揺してたわ。なにかが盗まれたといって。たぶん勘違いだと思うんだけど。記憶違いというか」

「アルコールですよね、なくなったというのは」

「エイジアがそういう記憶違いをしたことは、いままでにもありましたか？」ジェマはニータの正面に座った。

「え――ええ、そうみたいね」

「いえ、ないわ。でも、そんなことが起こるはず――」

「ニータ」ジェマの忍耐が限界を迎えそうになっていた。「今朝、エイジアからあなたにジェシーが心配だって電話がありましたよね。学校がはじまっている時間に、ジェシーが庭にいたのをみたといって。いま、ジェシーはどこに？」

ニータは顔をゆがめて、口を手で覆った。「わからない。学校から電話があったわ。今日、登校していないって。リーガンがいなくなったので、わたしのヨガのレッスンがあるときは、ジェシーはひとりで学校に行くの。わたしが帰ってきたときジェシーはいなかったから、てっきり学校に行ったものと……」

「そう思うのが普通ですね。でも、エイジアが庭にいるジェシーをみかけてから、もう何時間もたって――」

「息子がエイジアのアルコールを盗んだなんて、わたしは信じない」ニータはジェマの言葉をさえぎっていうと、鼻をすすった。「エイジアにもそういったわ。ジェシーがそんなこと――」

「わかりました。でも、けが人が出ていて、息子さんが行方不明になっているんです。

探さなきゃなりません。行き先に心当たりはありませんか？」

ニータは背中を丸めてかぶりを振った。「ジェシーが行くところなんて、学校かバレエ教室か、どちらかしかないわ。でも学校にはいないし、バレエのレッスンがはじまるのは放課後なの」ジェマをみあげた目にはまた涙があふれていた。「まだ十歳なのよ」

「もうすぐ十一歳になるんですよね」ジェマはニータの横に座り、肩をぽんと叩いた。クリス・キュージックがいっていたように、先週の土曜日にジェシーがひとりでフィンズベリ・パークまで行って帰ってきたのなら、かなりしっかりした子どもといえる。「警察がみつけます。ですから、キュージックさんはここにいて、息子さんが電話をかけてきたり、家に帰ってきたりしたら、連絡をください。いいですね？」

「ええ」ニータは弱々しく微笑んだ。「でも、もし――」

ジェマはすでに首を振っていた。「だいじょうぶ、心配しないでください。ジェシーの部屋は調べましたか？」ニータはうなずいた。「なにかなくなっているものはありませんでしたか？」

ニータは少し考えてから答えた。「バレエのバッグがなくなってたわ。いつもは学校から帰ってきたあと、持って出るのに」

ニータがジェマの電話番号を知っていることを確かめてから、ジェマはエイジア・フォードの家に戻った。救急隊員がまだそこにいて、エイジアの状態を調べていた。そこでジェマはケリーを玄関ホールに呼び、ここまでの話をした。

「ケリー、庭にジェシーがいないか、探してもらえる？」

「いいけど、でも、きいて。エイジアの高濃度アルコールを盗んだのがジェシーだとしたら、ジェシーはそれをリーガンに飲ませて、それから窒息させたのかもしれない。子どもだけど力は強いはずよ。バレエで体を鍛えているんだから。できないことはないわ。そして今朝、アルコールを盗んだのが自分だとエイジアにばれるんじゃないかと思って、エイジアの口を封じるチャンスをうかがっていた」

「それはないと思うわ」ジェマはいった。「ジェシーがアルコールを盗んだっていう証拠はない。それに、仮にジェシーが盗んだとしても、真夜中の庭でジェシーとふたりきりでお酒を飲むなんてこと、リーガンがするかしら？　相手は十歳の子どもよ？」

「そうね」ジェマの反論の勢いがすごかったので、ケリーは目をむいた。「たしかに、それは考えにくいわ。でも、だったらエイジアのアルコールを盗んだのはだれ？　今朝、ジェシーは庭でなにをやっていたの？　そしていま、どこにいるの？」

「わからない。でも、心配だわ。リーガンが死んでから、ジェシーはずっと機嫌が悪くて、ろくに口をきかないといってたでしょ。ジェシーはリーガンと仲がよかった。もしかしたら、悲しんでるだけじゃないのかもしれない。なにか知っているとか？　なにかをみたとか？　リーガンが殺された夜にジェシーがなにをしてたのか、わかってないわよね。わたしの経験からすると、十歳の男の子っていうのは、寝る時間になってもそうおとなしく寝るものじゃないわ。とくに、母親が睡眠薬で眠ってしまって、だれの目もないのなら」

「まいったわね」ケリーははあっと息を吐いた。「今度は子どもを危険から救う仕事まで追加されたわけ？　署に連絡して人手を確保する前に、ジェシーのいそうな場所を調べて――」

ジェマの携帯が鳴った。ニータからの連絡かと思って、手を振ってケリーを制した。ニータではなく、シア・オショーだった。〈ビルズ〉で会った若い女性だ。「刑事さん」シアはためらいがちにいった。「電話がほしいってことだったので、かけたの」

ジェマは外に出た。「シア、金曜の夜のピアノバーで、リーガンはどうしてシドニーと口論していたの？」

「シドニーと？」

「ええ、シドニー。だれもそんなことといってなかったじゃない」

沈黙が流れた。しばらくしてから、シアがいった。「ふたりはわたしの友だちなのよ。クズ野郎だけどね。トラブルに巻きこまれてほしくなかった。リーガンは、ヒューゴーがシドニーの卒論を剽窃《ひょうせつ》したことを知って、怒ったの。ヒューゴーのことも、シドニーのことも。彼女は不正が大嫌いだった」

「ヒューゴーと別れようとしてたのは、浮気《チーティング》じゃなくてそれが原因なの？」

「そういうずるいこと《チーティング》をひとつでもする人なら、ほかの場面でもずるいことをするだろうっていってた。それに、エドワード・ミラーに会ったことで、ヒューゴーに対する考えかたが違ってきたんだと思う」

「賢い子ね」シアに礼をいって電話を切ったあと、ジェマはつぶやいた。リーガンは正しい判断をしたのだろう。ただ、その結果を知ることなく死んでしまったけれど。

しかし、このことと、ジェシーがいなくなったことは、なにか関係があるんだろうか。ジェマはブレナム・クレセントをぼんやり眺めながら、体を小さく震わせた。風が強くなり、空に雲が広がってきた。十歳の男の子が行きそうな場所は？　腹を立てて、おそらく不安も感じているとしたら。庭に隠れているとは思えない。父親のところに行ったとも思えない。クリス・キュージックが嘘をついているという印象は持たなかった。

クリスが話してくれたことと、ついさっきニータからきいた言葉を反芻《はんすう》する。

そのとき、どこを探したらいいかわかった。


「証拠の出所？　信憑性？　そんなものくそくらえ」ハックニーのアパートからホルボン署に戻る途中、キンケイドはいった。胸ポケットに入れたポラロイド写真は、まるで鉛のように重く感じられた。車に乗ってすぐ、それを証拠保存袋に移した。しかし、正式な手続きを踏まない限り、証拠としてはなんの役にも立たないだろう。

あの写真が頭から消えていかない。スタントンもデニスも秘密捜査員として働いていたんだろうと思っていたが、両者がつながっていたとは、夢にも思わなかった。アンガス・クレイグはどうしてあのふたりといっしょにいたんだろう。写真の姿からして、クレイグが秘密捜査員だったとは考えにくい。それに、デニスやスタントンよりもだいぶ年上だ。警官としての階級も上だったのではないか。

「くそっ！」答えがわかって、思わず声が出た。そして急ブレーキをかけた。前の車にもう少しでぶつかりそうだった。

アンガス・クレイグは秘密捜査員のハンドラーだったのだ。クレイグについてこれまでわかったことのどれをとっても、クレイグがハンドラーとしての立場を自分のいいように利用していたことを示している。人をコントロールし、好きなように動かし、好機を自分のものにしてきた。

そしてデニス・チャイルズは、立場上の必要に迫られ、クレイグと長期にわたって親しい関係にあったということになる。マイケル・スタントンとも知り合いで、互いのことをよく知っていたのだろう。

オフィスに戻ったときも、そのことが頭から離れなかった。メッセージや報告書をチェックすると、住所と部屋の状況以外、マイケル・スタントン事件の捜査が進んでいないことがわかった。

クレイグ夫妻は、セミオートマチックのピストルで撃たれて死に、そのピストルは現場に残されていた。ライアン・マーシュを撃ったのも、セミオートマチック。これも現場にあった。ということは、スタントンの部屋にあったピストルと、それらの殺人事件とは無関係ということか。もっとも、彼らが殺されたという前提が正しいかどうかという問題はある。ただ、スタントン自身は殺人事件と無関係というわけにはいかない。彼はアンガス・クレイグを知っていた。クレイグ夫妻が死んだ夜に、クレイグ邸のそばにいるところをみられている。

そして、スタントンはライアン・マーシュを知っていた。

クレイグ夫妻を殺したのはスタントンなんだろうか。

ライアンを殺したのもスタントンなのか？　だとしたら、使った銃は違うが、同じやりかたで殺したんだろうか。

どちらかが真実だったとしても、どうやって証明すればいい？

スタントンの部屋にあった警棒。そして、デニス・チャイルズの頭の傷についての説明。デニスの事件については、鑑識が撮った現場写真がなくて、比べることはできないが、たぶん間違いない。頭の傷の形状は、長く伸ばした伸縮警棒の形状と合致するはずだ。

ただ、そのことを自分のチームの警官たちにいうことはできない。デニスの事件を捜査している警官たちにもいえない。どうしてそう思ったのかを話さなければならなくなる。そこで、あの写真のことをふたたび考えた。

　ダグにこのことを話したい。そもそも、どうしてキングズ・クロスだったのか。マイケル・スタントンの住まいはハックニーなのに、どうしてリージェンツ運河で遺体がみつかったのか。そこはキングズ・クロス駅からも近いが、セント・パンクラス駅からも近い。セント・パンクラス駅といえば、巨大な駅舎で白リンの手榴弾が爆発した事件のあった場所だ。さらに、ライアンがマーティン・クイン率いる抗議グループといっしょに暮らしていたカレドニアン・ロードからも近い。偶然か？　いや、そうは思えない。

　腕時計に目をやって、ダグにメールを打った。「一時間後に会いたい。〈ドライバー〉で」

　返信があった。「どうしたんですか？」

「会って説明する」と打ったものの、うまく説明できる自信はまったくなかった。

　ちょっと出てくると、シダナに声をかけた。

　署の建物を出て、なるべくゆっくり、のんびり歩いた。ポケットに入れてきたポラロイド写真のことは考えないようにした。数分後、地下鉄のセント・パンクラス／キングズ・クロス駅を出た。空は薄雲にすっかり覆われている。肌寒い北風が吹いてきたが、今朝は暑かったので気持ちいいくらいだ。

風に逆らうように、ヨーク・ウェイを北上する。運河の側道《トウパス》を歩いて、ぐるっと回るようにして〈ドライバー〉まで行くつもりだった。そうすれば、スタントンが水から引きあげられた場所をみることができる。〈ガーディアン〉が入っている新しい建物の前を通りすぎながら、かつてはだれも運河のトウパスを歩こうなんて考えもしなかったものだ、と思った。昼間はもちろん、夜はなおさらだ。ところが、キングズ・クロス一帯が再開発されてからは、運河が人気を集めた。このあたりの不動産価値も上がった。

足を止め、ヨーク・ウェイ橋からトウパスをみおろした。運河は穏やかだ。左岸にはナロウボートがぎっしり係留されている。右手には建物の壁。この運河をさらに東に進んでカレドニアン・ロードのあたりまで行けば、トウパスの上を木々が覆っていて、係留されたナロウボートもまばらになっているはずだ。右岸の建物の窓も小さいから、人目につきにくい。マイケル・スタントンの死体が浮いていたのはそのあたりだ。

いつのまにか、またライアンのことを考えていた。カレドニアン・ロードのアパートで数ヵ月間暮らしていたライアンは、このあたりのことをよく知っていただろう。ハンブルデンの写真を撮ったように、運河の写真も撮っただろうか。村の写真はよく撮れていた。構図がみごとで、まるでプロのカメラマンが撮ったもののようだった。

ライアンのカメラはどこに行ったんだろう。中洲の島には残されていなかった。死んだ夜、ハックニーのアパートのリビングに置いてあったバックパックに入っていたんだろうか。

風が強くなった。目に埃が入る。側溝のごみが音をたてる。トウパスへの階段をおりるのをやめて、来た道を戻ることにした。

キングズ・クロスまで戻ってくると、角を曲がってカレドニアン・ロードに向かった。マーティン・クインはいまもあそこにいるだろうか。マーティンにスタントンの写真をみせたら、知っているというだろうか。考えてみれば、彼はライアンが死んだことを知らないはずだ。あのグループの人々は、ライアン・マーシュはセント・パンクラス駅での爆発事件の日に失踪したと認識している。

あのアパートは、広がりつつある再開発の波に、まだ飲みこまれていなかった。ジョージ王朝時代の建物は、以前にもまして薄汚れて古びた感じがする。呼び鈴を鳴らしてみたが、返事はなかった。踵を返そうとしたとき、隣にあるハラル料理店の店主の顔が目に入った。

「メディ」呼びかけて店に入った。「メディ・エイシャスでしたね」

エイシャスは中年の男性だった。黒い瞳をして、腹が少し出ている。顔をあげて、驚いたように微笑んだ。「キンケイドさん。久しぶりだね」

マーティン・クインの抗議グループのことを調べていたとき、エイシャスと知り合いになった。感じのいい男だった。ライアンもこの店を気に入っていた。「お元気ですか?」ふたりはカウンターごしに握手した。「仕事はどうです?」建物のほかの部分とは違って、店は明るく清潔だ。エイシャスは、周辺の再開発は自分にとって好都合だと話していた。新しいオフィスビルがどんどん建てられれば、手頃な値段の店が重宝されるからだ。

「絶好調だよ。最近は近くのビルにランチをデリバリーしてる。そっちはどうだい?」

鶏肉《とりにく》とジャガイモを揚げるにおいとコーヒーの香りを嗅いでいるうちに、よだれが出てきた。そういえば、ランチを食べそこねていた。

「なにか食べるかい?」エイシャスがいった。

キンケイドは誘惑にかられたが、カウンターの上の時計をみて思いなおした。食べていたらダグとの約束に遅れてしまう。「ありがとう。けど我慢したほうがよさそうだ。エイシャスさん、マーティン・クインはいまもここに?」

「いや、みんないなくなったよ。二階の学生さんたちもだ。開発業者が、テナントたちの賃貸契約が切れるのを待ってるんだ。うちの契約は今年いっぱいってことになってる」

「それは残念だな」キンケイドは心からいった。

エイシャスは肩をすくめた。「別の場所をみつけるさ。ブライトンがいいって、うちの奥さんはいってる」

マーティン・クインだけでなく、メディ・エイシャスも、ライアンが死んだことを知らないだろう。マーティン・クインのグループの女性たちは、ライアンに好感を持っていた。ただ、ライアンにとっては、あのグループといっしょにいるのは仕事だった。メディ・エイシャスはライアンの友だちといっていい存在だったのではないだろうか。

「エイシャスさん、お知らせしたほうがいいと思うので、お話しします。ライアン・マーシュが亡くなりました」

「ああ」驚いたことに、エイシャスはうなずいただけだった。黒い目の表情を読みとることはできなかった。「そうだろうと思った。教えてくれてありがとう」

「どうしてそう思ったんですか？」

「うちに預けた荷物を取りにこないからね。もう二ヵ月以上たつのに。すごく重要なものだから、預かっていてほしいといわれたんだ」エイシャスは肩をすくめた。「生きていたら取りにきてるはずだろう？」

キンケイドはエイシャスをまっすぐみつめた。「荷物？」

エイシャスはエプロンで手を拭き、奥の部屋に入っていくと、小さな袋を持って戻ってきた。「あのグループのだれが来たとしても、渡さなかった」三階の部屋をみあげるようにしていう。「警察がなにかいってきても、渡すつもりはなかったよ。だがキンケイドさん、あなたなら信頼できる」

キンケイドは荷物を受けとった。紺色のナイロン製で、ありふれた製品だ。大きさは女性のバッグくらい。中には硬くてごろんとしたものが入っている。「中身をご存じですか？」

「カメラだよ、もちろん。ライアンはいつも、どこに行くときもこれを持ってた。だが、あの日——あの若者が亡くなった日は、持っていかなかったんだ」

一九九四年十月

デニスはシーラの脈をとろうとした。本当は生きているんじゃないか、そうであってほしい、と思った。しかしリンに体を押しもどされた。「触らないで。もうどうにもならない。角の電話ボックスからレッドを呼んだわ」

「いや、救急車を——」

「だめ。動くな、通報もするな、といわれた。レッドが来るって」

デニスは近くの椅子にどすんと腰をおろした。歯がちがちと音をたてる。脚にも力が入らない。「けど、元気だったのに。そんなに酔ってなかったし——」

「あなたは知らないのよ」リンは手の甲で顔を拭った。「シーラはドラッグをやってた。今日は量が多すぎたんだわ」

「しかし——」デニスはシーラのミニスカートのことを考えた。まくれあがっていたのを、リンが直してやっていた。喉には痣がある。視界がぼやけてきた。立ちあがってよくみようと思ったが、どうすることもできず、椅子に沈みこんだ。

「ミッキーが」デニスはかすれた声でいった。「シーラを触ってたじゃないか。なんでシーラとミッキーをふたりきりにしたんだ？　ミッキーはきっと――」

「ほかにだれもいなかったのよ。デニス、あなたもいなかった」リンはデニスをみつめた。力のない声で続ける。「デニス、なにかあったの？　具合でも悪いの？」

階段からばたばたと足音がきこえて、レッドが部屋に駆けこんできた。「まったく、なんなんだ」そういってシーラをみつめた。鋭い視線がデニスをとらえる。「こいつがやったのか？」リンにきいた。

「違うわ。過剰摂取だと思う」

「救急車を――」デニスはいったが、声がかすれていた。

「黙れ」クレイグがいう。「いいか、ふたりともよくきけ。だれも呼ばない。おれたちにできることはない。いま、この状況で、警察が非難されるようなことになったら困る。わかるな？」

一瞬おいて、リンが小さく答えた。「はい」

デニスが答えないので、クレイグがリンにいった。「あいつはどうしたんだ？　酔ってるのか？」

だった。

「まったく」クレイグがまたいった。今度はおどろいたのではなく、あきれているようだった。

クレイグがじっとして、なにかを考えている。デニスはそれをみていることしかできなかった。なにかをいう力もわいてこない。

「こいつをタクシーに乗せる」クレイグがいった。「救急車なんか呼ばないぞ。おい、力を貸せ。階段をおろす」

ふたりがデニスの両側に立ち、椅子から体を引っぱりあげる。デニスはされるがままになっていた。階段をおりるあいだずっと、クレイグは悪態をついていた。階段をおりると、クレイグがデニスを支え、リンがアールズ・コート・ロードまで行ってタクシーを拾ってきた。タクシーが来ると、クレイグは後部座席のドアをあけてデニスを乱暴に押しこんだ。

「飲みすぎたみたいなんだ」クレイグが運転手にいって、紙幣を何枚か渡した。「家の前でこいつをおろして、呼び鈴を押してくれ。奥さんが怒るだろうな」

「酔ってなんかいない」デニスはいいたかったが、声が出なかった。タクシーが走りだす瞬間、レッド・クレイグが運転手に伝えたのは、セクフォード・ストリートの自宅住所だった。

23

午後の中途半端な時間だった。ランチには遅いが、夕食には早い。〈タバナクル〉のカフェは静かだった。カウンターに店員がいるだけだ。

「これくらいの身長の男の子をみませんでしたか？」ジェマは自分の肩の高さを手で示した。「髪は薄い褐色。土曜日のバレエ教室に来ている子です」

若い女性は首を横に振った。「ごめんなさい、わたし、いままで奥でフムスを作っていたので」

礼をいって、テーブルのあいだをゆっくり歩いてから階段をのぼった。二階に上がって、ホールに入るドアを押してみた。鍵がかかっている。ダンススタジオのロビーに入った。ジェシーにはじめて会った場所だ。しかしだれもいなかった。スタジオのドアもオフィスのドアも、やはり鍵がかかっている。

がっかりだ。ジェマは肩を落とした。ジェシーにとって、ここがいちばん安心できる場所——ほっとしてくつろげる場所だと確信していたのに。どこを探せばいいだろう。フィンズベリ・パークのバレエスクールに行ってみようか。ジェシーがレッスンに来るかもしれない。いや、もしそうだとしたら、レッスンのあと、どうするつもりだろうか。学校をサボったことをママに知られていませんようにと願いながら、家に帰るだろうか。いや、違うと思う。

本気で心配になってきた。心配な気持ちがふくれあがって、ダンカンのことまで気になってしまう。今朝話してから、一度も連絡がない。犬のことでハンブルデンに行くといっていたが、いったいなにをやっているんだろう。

頭を強く振って、トイレに入った。顔に水をかけて、携帯のメッセージをチェックする。ジェシーをみつけてからでないと、ほかの仕事にかかれない。

鏡をみて思った。このそばかす、どうにかならないの？　このところ、日差しの強い日が続いたから、いつも以上に目立ってしまっている。トイレはしんとしていた。それに涼しい。ほてった頰に水が心地よかった。ゆっくり手を拭いた。外に出るのがいやだった。

そのとき、ふとあることを思いついた。

できるだけ足音をたてないようにして、バレエスタジオのロビーに戻り、聞き耳をたてた。キーッという小さな音がきこえた。ドアの蝶番《ちょうつがい》の音だろう。男子トイレに近づいて、ドアをあけた。「だれか、いる？」呼びかけた。

反応はない。しかし、だれかがはっと息を吐く音がきこえた。個室のドアは閉まっているのに、下の隙間から足がみえない。しかし、床から足をあげるのが精一杯で、バッグを持ちあげる余裕がなかったらしい。

ジェマはシンクに寄りかかった。「ジェシー、出てきて。ジェマ・ジェイムズよ。ここにいるのはわかってる」

応答はない。

少し待ってから、ジェマはいった。「ジェシー、いつかは出てこなきゃならないのよ。わたしはずっとここにいる。ねえ、約束するわ。あなたがどこにいたか、お母さんにはいわない」

しばらくすると、体を動かす音がして、ドアの下に足がみえるようになった。「なんで男子トイレに入ってくるんだよ」ジェシーはそういったが、ドアはあけようとしない。泣いていたような声だった。

「ほかにだれもいないもの。もしだれかが入ってきたら、トイレは故障してるっていうわ」

また物音がした。それでもドアは開かない。

「おなかがすいたでしょ。わたし、パワーバーを持ってるわよ」

「くれるの？」

「もちろん。チョコレートとピーナツバターのやつよ」

ドアがきしみながら開き、ジェシー・キュージックが出てきた。手にはバッグを握っている。出てきてすぐにうつむいたが、ジェマは、まぶたが腫れて赤くなっているのに気がついた。

その姿をみて、ジェマはショックを受けた。頬骨に皮膚が貼りついたようになっていて、頬がこけている。ほんの数日前に会ったばかりなのに、何キロか痩せてしまったみたいだ。「ロビーに行きましょう」ジェマはショックを隠すためにそういった。

ジェシーは激しく首を振った。くすんだ褐色の髪が揺れる。そして、あとずさって個室に戻ろうとした。「いやだ。だれにも会いたくない」

「わかったわ」ジェマは急いで答えた。狭い空間をさっとみまわす。「あそこに座るのはどう?」パワーバーを手に持って、奥の壁に向けた。ジェシーの視線が手の動きを追いかける。ジェマは、野良犬をつかまえるような気分になってきた。

ジェマはジェシーに触れないように気をつけながら、奥の壁まで行って床に座った。パワーバーの包装をあけはじめると、ジェシーが横に座っていった。「自分でやるよ」

ジェシーはTシャツとジーンズを着ていた。学校の制服ではない。そして、ジェマがよく知っている、男の子特有の汗のにおいをさせている。ジェシーは、スニーカーを履いた足を前に投げだした。体のサイズとは不釣り合いなほど大きな足をしていた。

パワーバーをジェシーに渡した。ジェシーが包装をむいて一気に食べてしまうまで、目をそらしておいてやった。

食べおわったジェシーは、包み紙を丸め、恥ずかしそうに「ありがとう」といった。

「おなかがすいてると、頭が働かないものね」

ジェシーはうなずき、おずおずとジェマの顔をみた。「ぼくがここにいること、ママに話す？」

「話してほしくなかったら、話さないわ。でも、今日学校をサボった理由を教えてちょうだい」

ジェシーは包装紙を小さく小さく押しつぶした。そして、やっとのことで答えた。「やることが……あったんだ」ジェマが黙っていると、さらに続けた。「庭で、確かめたかった。リーガンがどこで……」声が震える。ジェマが横目でみると、ジェシーは奥歯をぎゅっと噛みしめていた。「死んだのか。きのうまでは無理だった。けど、確かめなきゃならなかったんだ」

「どうして？」

「だって……ぼくのせいだから」必死で涙をこらえているのがわかる。

「どうしてあなたのせいなの？」ジェマはふと思った。ケリーがいうように、ジェシーが恐ろしいことをしたのなら、こんな人気のない場所でふたりきりになるのは危険だ。でも、全然怖いとは思わなかった。

「ヘンリーのこと」

「ヘンリー・スーね。亡くなった男の子」

ジェシーはうなずいて、唾をのんだ。「ヘンリーのお父さんが——スーさんが——ガーデンパーティーのとき、リーガンとぼくのところに来て、ひどいことをいった。ヘンリーが死んだのはぼくのせいだから、罰を受けろって。リーガンがかばってくれた。そんなのは嘘だ、変なことをいうなって。スーさんがリーガンを殴るんじゃないかと思った。スーさんはリーガンに、後悔させてやるっていった。たぶん……酔っぱらってたと思う」

「それからなにがあったの？」ジェマはいいながら、ベン・スーのことを考えていた。アリバイは確かめたし、同僚たちからも裏を取った。みんなで口裏を合わせていたんだろうか。

「リーガンが、ぼくを離れたところに連れていってくれた。あんないやがらせを我慢することはないって。けど、ぼくはリーガンがスーさんになにかされるんじゃないかと心配だった。だから……そのとおりなんだって、リーガンにいった」

「どういうこと？」ジェマは冷たいタイルの上で姿勢を変え、ジェシーの目をまっすぐにみた。

ジェシーは覚悟を決めたようだ。涙も止まっている。「スーさんのいうとおりだっていった。ヘンリーが死んだのはぼくのせいなんだ」

「でも——」

「ヘンリーはいつもぼくをからかってきた。本当に……いやなやつだった。性格がゆがんでてさ。アーサーにもひどいことをしてた。それでアーサーが遠くの学校に行くことになったから、今度はぼくが標的になった。ヘンリーは、だれかにいいつけても嘘つきっていわれるだけだぞ、とかいって。結局、いつまでもいやがらせをやめてくれなかった」言葉が堰を切ったように出てきた。「ヘンリーの弱みは、喘息の吸入器がないと困るってことだった。吸入器、吸入器、っていつもいってた。

あの日、吸入器がヘンリーのポケットから落ちたけど、ヘンリーは気づいてなかった。ぼくはそれを拾って、ちょっとあわてさせてやろうと思った。物置小屋に隠れるなんて思わなかったから、ぼくはそのまま家に帰った。そしたら……そしたら……」ジェシーはごくりと唾をのんだ。「ヘンリーは死んじゃったんだ。ぼくは、自分のしたことをだれにもいえなかった」

「ジェシー」ジェマはため息とともにいった。「つらかったわね」

「ずっと悩んでた。それで、リーガンに打ち明けた。いまも吸入器を持ってるって」

「リーガンはなんて？」

ジェシーはもう一度、ごくりと唾をのんだ。「ヘンリーのご両親に話さなきゃいけないって。あれは恐ろしい事故だったけど、このまま黙ってたら、ぼくはそれを背負ったままずっと生きていくことになるって」真剣な顔をジェマに向ける。「背負っていくっていうのは、吸入器のことじゃないよ」

ジェマはうなずいた。「そうね」

「けど、最初はママに話すべきだって」

「わかるわ」ジェマはそういったが、冷たいタイルとは無関係の寒けを感じていた。

「だから、ママに話した。ママは、ヘンリーの両親にそんなことをいったら警察に通報されて、ぼくは逮捕されるだろうっていった。ぼくは刑務所に入れられて、バレエも二度とできないって。リーガンのことを怒ってた。妙な考えをぼくに吹きこんで、ぼくの人生を台無しにする気かって」

ジェマは頭に浮かんだ疑問を言葉にした。「ジェシー、それはいつのこと？　お母さんに話したのはいつ？」

「金曜日。そのあと、リーガンがぼくの部屋に来た。ママがリーガンに話をしたんだと思う。残念だけど、もうここにはいられなくなるかもしれないって、リーガンはいった」ジェシーはまた泣いていた。涙が頬を流れおちる。「ぼくは腹が立って、ベッドに入った。リーガンがまた入ってきて、話しかけてきたけど、ぼくは寝たふりをした」

「土曜日は？」

「起きたときには、ママはもういなかった。リーガンもいなかった。最初、リーガンはもううちに住めなくなったのかって思った。だけど、部屋にはリーガンのものが残ってたから——」

言葉がとぎれたので、ジェマはジェシーの腕に手を置いた。「それで、バスに乗って〈ロンドン・ボーイズ・バレエ・スクール〉の入団テストを受けにいったのね」

ジェシーはジェマをじっとみつめた。「どうして知ってるの？」

「お父さんに会って話したの。お父さんがそういってた」

「でも——パパは——」

「わかってくれてるわ」ジェシーがほっとしたのをみて、ジェマは続けた。「ジェシー、今朝は庭でなにをしていたの？」

ジェシーはジェマのほうをみたが、すぐに目をそらした。「みつからなかったんだ」小声でいった。「吸入器。ぼくの部屋に——引き出しに入れておいたはずなのに。リーガンが持ちだしたのかと思った。スーさんと会うことになってて、それで持っていったのかって。だから……庭を探すことにしたんだ」

「みつからなかったでしょう？」

「うん」

「ジェシー」ジェマはゆっくり話しかけた。「金曜日の夜、リーガンになにがあったと思う？」

ジェシーはしばらく黙りこくっていた。パワーバーの包装紙は、信じられないくらい小さくなってしまっている。「スーさんと話をしたんだと思う。スーさんは――痛い目にあわせてやるって、リーガンにいってた」

「あなたの考えもきかずに、リーガンがスーさんにその話をするかしら？」

ジェシーは答えなかった。

「ジェシー、リーガンの携帯がどうなったか知ってる？」

ジェシーはかぶりを振った。「知らない。けど、ノートパソコンはぼくが持ってる。リーガンが死んだってママがいったとき、自殺だっていってたんだ。でもぼくは、そんなはずないって思った。自殺だとしても、ぼくになにかメッセージを残してくれてるはずだと思って……」

「どうだった？」

「なにもなかった」ジェシーは寂しそうな顔をした。「ぼくにはなにも」

ジェマは、頭の中を飛び交うさまざまな考えを整理して、落ち着こうとした。いまはジェシーの安全が第一だ。「ジェシー、お父さんに連絡してもいい？」

あのポラロイド写真を持っていると神経がぴりぴりしたが、ライアンのカメラの入った袋を持っていることで感じる緊張は、比べ物にならなかった。ちょっと歩くたびに背中を確認してしまう。

キンケイドは、ライアンがカメラをメディ・エイシャスに預けたのは、セント・パンクラス駅でのあの事件の日、駅に向かう前、衝動的にしたことなのではないかと考えた。活動グループとは行動を別にしていたものの、もしデモが失敗したら、自分も警察に連行されるかもしれないと思ったのだろう。

ライアンがそこまでして守ろうとしたカメラには、なにが入っているんだろう。ナイロンの袋のひもをぎゅっと握った。パブに着くまでは、メモリーカードの中身を確かめられるような場所がない。

植物で覆われた建物がようやくみえてきた。花が満開だ。しかし、立ちどまってそれを眺めることはせず、バーに入った。何度かまばたきをして、薄暗い室内に目を慣らす。まだ混んでいないので、奥の隅のテーブルについているダグをすぐにみつけることができた。隣にメロディがいる。ふたりは立ちあがって迎えてくれた。キンケイドはメロディの頰に軽くキスをした。

メロディが髪を短くしたのがわかった。ボーイッシュなスタイルだが、そのせいでよけいに女らしい印象を受ける。緊張しているようで、やけにか弱くみえる。

「わたしには同席してほしくなかったと思いますけど」メロディがいった。「これ以上蚊帳の外にいるのは我慢できないんです。ライアンは大切な存在だったし」

キンケイドは首を横に振って、ふたりの正面の椅子に座った。「いや、きみが来てくれてよかった。こちらから頼んでおくべきだったと思ってるよ。ただ、いまはジェマの代わりにチームの指揮をしてるときいたから」

「ええ、出てくるときに上司から文句をいわれましたけど、そんなことはどうでもいいです」

まずはふたりの飲み物をチェックした。ダグはハーフパイントのビール、メロディはクラブソーダを飲んでいるようだ。まだお代わりは必要ない。キンケイドはバーカウンターに行って、ビターをハーフパイント注文した。

テーブルに戻ると、ダグがいった。「ハンブルデンのこと、メロディに話しました。ライアンのことです」

「わたし、信じません」グラスをつかんだメロディの手の関節が白くなった。「ライアンがそんなことするなんて、絶対に――」

キンケイドは身をのりだした。パブのざわめきで話し声はカバーされるとは思ったが、それでも声を低くした。「いや、ライアンがやったかどうかはわからない。わかっているのは、ライアンがあの村に行ったということだけだ。クレイグともつながりがあることが、写真からわかってる。そして、火事のあった夜は、マイケル・スタントンといっしょに村にいた。そして、ウィルソンさんのいうことが正しければ、スタントンと口論していた。ぼくが知りたいのは、ライアンやスタントンが死んだときもまだ秘密捜査員だったのかどうかってことだ」

「ふたりとも、少なくとも過去の一時期、公安の秘密捜査員として覆面捜査をしてたって前提で、ぼくたちは話を進めているんですよね」ダグがいった。「ライアンの場合は、テロ対策司令部が国内の過激派たちに目を光らせていた」

「〝国内の過激派〟って言葉はいい加減なものなのよ」メロディが熱い口調でいった。「基本的に、社会の秩序を乱す可能性が少しでもある抗議団体はみんな、過激派ってことになるの。それに、社会の秩序を乱すっていうのは、警察や政府にとって都合が悪いことすべてを指すわけだし。抗議活動に一度でも参加したことのある人は、〝国内の過激派〟っていうレッテルを貼られる」

「お父さんの新聞をしっかり読んでるんだね」ダグはにやりと笑った。メロディはナイフのようなまなざしをダグに向けたが、少しリラックスしたようだった。「ただ、抗議活動をする人たちをスパイまでして調べるなんてやりすぎだと、ぼくも思うよ」ダグはビールをひと口飲んだ。「けど、いま気になってるのは、アンガス・クレイグをこそこそ調べてた人間がいたってことだ。クレイグは抗議団体とは無関係だったのに」

「そこが思い違いだった」キンケイドはポケットからポラロイド写真を出して、ふたりの前に差しだした。縁だけしか触らないように気をつけた。

ダグはそれをじっとみてから眼鏡をはずし、さらに目をこらした。眉間にしわを寄せたメロディが、写真を自分のほうに引きよせる。「これ、なんですか？」

「今日の午後、マイケル・スタントンのアパートでみつけた」

「スタントン？」ダグがいった。「どういうことですか？ 住所は架空のものだったのでは？」

「ああ、だがジャスミン・シダナが本物の住所をみつけて、捜索令状を取った。〝名無しのスパイ〟の部屋って感じだったよ。だが、ライアンと同じく、大切なものの隠し場所があった。入っていたものもほぼ同じ。現金、パスポート、銃、それと戦闘服。唯一個人的なものといえば、封筒に入った写真だった。どれも家族の古い写真だったが、その中の一枚の裏に、これが貼りついていた」

メロディが顔色を変えた。「でも、証拠には――」

「ああ、これは証拠としては提出しない。シダナとスウィーニーにもみせなかった。よくみてくれ」

ダグは写真を自分のほうに引きよせた。「これがスタントンですね。それはわかります。免許証の写真と同じ顔だ。髪をすごく短くしてますけどね。いや、この頭のほうが似合ってる。けど――うわっ、信じられない」目を丸くした。「これ、デニスですね。

髪もひげも、イメージが全然違うな。それに、二十年以上前の写真じゃありませんか」

ポラロイドを自分のほうに取りかえして、メロディはダグに皮肉をいった。さっきのお返しのつもりらしい。「ポラロイドだもの、古いに決まってるじゃない。ただ、最近はまた人気が出てきてるそうね。裸の写真を撮っても、ネットに流れる心配がないから。それに、スタントンとデニスにつながりがあったというのは、そんなに意外なことじゃないと思う。だってふたりとも、公安の秘密捜査員をやっていたんだろうっていってたじゃない」写真をさらによくみる。「まあ、知り合いだとまでは思わなかっ――待って。これ……」顔をあげてキンケイドをみる。「クレイグですね。アンガス・クレイグがどうしてここに――」

「ぼくが思うに、クレイグはハンドラーだったんだろう」キンケイドは、時間をかけて出した結論を話した。「つまり、クレイグとデニスは互いのことをよく知っていた。デニスがハンブルデンのクレイグの家を訪ねたのは、これから大変なことが起こりそうですよとこっそり知らせるためなんかじゃなかった。ぼくはあのあとそんなふうに誤解して、ひどく腹を立てたんだが」いったん言葉を切って、頭の中を整理した。「ただ、デニスは、クレイグがどんな悪事に手を染めていたのか、薄々気づいていたんだと思う。だからメレディス事件の捜査をぼくにやらせたんだ。個人的な感情もあったんだろうな。デニスはクレイグを軽蔑していた。クレイグがまもなく逮捕されるという状況を利用して、必要なものを手に入れようと考えたとしてもおかしくない」

「よくわからないんですけど」メロディがいった。「必要なものってなんですか？」

「情報だ」ダグがいった。「クレイグがなにをやってもつかまらないよう工作していた黒幕はだれか、知りたかったんじゃないかな」

「そして」キンケイドがゆっくり話した。「その情報を手に入れたとしたら？　あの夜、山が動いたんだ。あのあと、デニスは駒の配置を変えはじめた。ジェマを異動させ、ぼくを異動させ、自分の肝移植手術の手配をした。そしてロンドンに戻ってくると、満を持して行動を起こした」

「その行動のせいで、あやうく命を落としかけたんですね」ダグがいった。いまも命はあやうい状況にある、とはいわなかったが、三人とも意識していた。

「ほかにもひとつ、気になるものが隠してあった。警棒だ」

メロディとダグはキンケイドをみつめた。「警官が持っている、普通の警棒ですか？」メロディがきいた。

「デニスは後頭部を硬いもので殴られた。強い力を集中してくわえられるような凶器だ。伸縮警棒なら長さもあるし、デニスより背の低い人間でも、深刻なダメージを与えることができる」

ダグはビールを口に運ぶ途中で手を止めた。「スタントンがデニスを襲ったと？」

キンケイドはうなずいた。「それだけじゃない。あの夜クレイグ夫妻が殺されたとしたら、マイケル・スタントンがなんらかの形で関与していると思う。スタントンはクレイグともデニスとも直接の知り合いだった」ポラロイド写真を指で叩いた。「だが、自分ひとりの意思でやったとは思えない。だれに命じられてやったんだろう。ライアン・マーシュについても、同じことが気になる。ライアンはだれかに命じられて、クレイグ邸の写真を撮った。マーティン・クインの抗議グループに入ったのも、だれかの指示によるものだ」そこまでいうと、隣の椅子に置いてあった袋に手をやったが、急に気が進まなくなってきた。ライアンが大切に隠しておいたものがなんなのか、知るのが怖いような気がする。しかし、重大な決断ならこれまでにもしてきた。もう後戻りはできない。

「それはなんですか？」メロディがきいた。「まだ隠し玉があるんですか？」

キンケイドは袋をテーブルに置いた。「ライアンはこれを友だちに預けていた」メディ・エイシャスの名前は出したくなかった。「セント・パンクラス駅の抗議活動に行く日に預けたそうだ。今日の午後、たまたま手に入れることができた」ふたりが訝しげな視線を向けてくる。「ライアンのカメラだ。まだ中身はみてない」

「みせてもらっていいですか？」ダグがいった。

まわりをさっとみて、こちらに関心を向けている人がいないことを確かめてから、袋をダグの前に押しだした。

　紺色のナイロンの袋のファスナーをあけて、ダグはカメラを取りだし、微笑んだ。「いいカメラですね。キヤノンのSLR。そこそこ大きいから解像度の高い写真が撮れるし、かといって大きすぎないからポケットにも入れられて、目立たない」電源ボタンを押した。「バッテリーが生きてるといいんですが」カメラがブーンと小さくうなって、レンズが出てきた。「ビンゴ」ダグはほっとしたようにいった。

「メモリーカードの中身をみてくれ」キンケイドはいった。「なにか入ってないか?」

　メロディが見守る中、ダグが画像をスクロールしはじめた。「キングズ・クロス／セント・パンクラス駅の中や周辺の写真がたくさんあります。旅行者が撮るような、普通の写真ですね。運河。グラナリー・スクエア。ガスホルダーズ――セント・パンクラス駅の裏手の再開発地域ですね。昔はガス工場だったところです」

　メロディが眉をひそめ、ダグの手を指で突いた。「写真を少し戻して」待ちきれずにカメラを奪い、スクロール・ホイールを自分で回した。「この人――」顔をあげてキンケイドをみる。「――爆発のあと、セント・パンクラス駅に来ていた警官ですよね」またホイールを動かした。「この人の写真が五、六枚あります。ガスホルダーズの建物から出てきたところみたい。わたし、この人を覚えてるんです。髪もスーツも銀色。テロ対策司令部、SO15の人ですよね?」

キンケイドはビールをひっくり返しそうになりながらカメラに手を伸ばし、信じられない思いで画面をみつめた。テロ対策司令部のニック・キャレリー。「なぜライアンはキャレリーの写真を撮ってたんだろう」

ジェシーがようやくジェマの説得に応じてくれた。一階のカフェでサンドイッチと冷たい飲み物を買う。それからジェマはジェシーの父親クリス・キュージックに電話をかけた。ジェシーから目を離さないようにしながら、事情を話す。ジェシーが行方不明になったというのにニータが連絡をくれなかったと、クリスは驚いていた。しかしそれをいえば、土曜日にジェシーの姿がみえなくなったときも、ニータは連絡をしなかった。

「どうやってみつけたんです？」クリスがきいた。

「先週の土曜日、わたしは〈タバナクル〉で息子のバレエのレッスンが終わるのを待っていて、そのときジェシーに出会ったんです。あそこにいたときのジェシーはとても幸せそうで、リラックスしていました。だから、そこを探してみようと。キュージックさん、ジェシーがどこにいるかを奥さんに知らせなきゃいけないのはわかっていますが、一日か二日、ジェシーを預かっていただくわけにはいきませんか？　いろいろあったから、いまは自宅にいるのがつらいみたいなんです。自宅に帰らせると、また家出するかもしれません」

「ああ、わたしがしっかり目を光らせておこう」キュージックがいった。「パーミンダーは数日間仕事が休みだから、ふたりでみていればだいじょうぶだろう。ただ、親権についての取り決めを盾に文句をいわれると、面倒なことになるな」

「だったら、ジェシーからキュージックさんに電話があったということにしたらどうでしょう。わたしもニータには嫌われたくないんですよ。ジェシーが〈タバナクル〉にいることに、ニータは気づかなかったわけですから」

「なるほど」クリス・キュージックの口調から、ジェマの言葉の意味を完璧に理解したことがわかった。

建物のメイン・エントランスを入ってすぐのところで、ジェマはジェシーと父親を待っていた。やがて車がやってきた。ジェシーを連れて歩きだすと、ジェシーは急にジェマの手を強く握った。「家には帰りたくない」

ジェシーが食べているあいだに、ジェマは、すべてをお父さんに話しなさい、とアドバイスしておいた。ヘンリーのことも、吸入器のことも、母親の反応のことも。

「お父さんはわかってくれると思うわ」歩きながら、ジェマはいった。「お母さんのところには帰らなくていいっていってた」

ジェシーはほっとした顔でうなずいた。

クリス・キュージックが息子をハグし、ジェシーが父親の肩に顔を埋めるのをみて、ジェマもほっとした。

ふたりに手を振ってから、ジェマはケリーに電話をかけた。経緯を報告するためだったが、ケリーは別の件で呼ばれていて、話ができなかった。

すべてが一時保留になったので、ジェマは安堵のため息をついた。子どもたちのお迎えをして、せっかくの空き時間を有効に過ごすことにした。この事件が起きて以来、こんなふうに時間を過ごせるのははじめてだ。

マッケンジー・ウィリアムズとマーク・ラム警視正から電話がかかってきていたことに気がついた。どちらも捜査の進捗状況を知りたがっている。マッケンジーは、こんなことに巻きこんでしまってごめんなさい、しかも自分はあのあと知らん顔をしていて申し訳ないと思っている、とのメッセージを残していた。カタログ写真撮影のスケジュールを再調整しなければならなくて大忙しなのだという。

どちらの電話にも折りかえさず、子どもたちにオムレツとサラダを作った。キットも、油で揚げないフライドポテトを作ってくれた。キッチンに入ってきたとき、キットの肩にはキャプテン・ジャックがぶらさがり、まるで毛皮の襟巻きでもしているみたいだった。

子猫ってどうしてこんなにあっというまに大きくなるの？　ジェマはつくづく驚いた。キャプテン・ジャックは白黒のぶち猫で、海賊みたいな堂々とした歩きぶりと、電れるわよ」

光石火の身のこなしが特徴だ。まったく名前負けしていない。「気をつけて、引っかか

「だいじょうぶだよ——痛っ」キットは笑いながら子猫を床におろすと、尻尾をぴんと立てて猛ダッシュでキッチンから出て行く子猫を見送った。

「パパは？」しばらくして、キットはジャガイモを切りながらいった。

ダンカンからはメッセージが一通来ただけだ。「まだ署にいる。できるだけ早く帰る」とのこと。そのいいかたなら何時に帰るのも自由よね、とジェマは思いながら、「お仕事よ」と答えた。

「かわいそうになあ」キットの言葉はジェマを驚かせた。「パパはだいじょうぶなの？おじいちゃんのことが心配なだけ？」

ジェマは不意をつかれたような気がした。「え、ええ。だいじょうぶよ。いろんなことを同時にやらなきゃいけなくて、すごく大変そうだけど」

「おじいちゃんやおばあちゃんともっと会えたらいいのになあ」これまでにいろいろなものを失ってきたキットは、だいぶ大きくなってから存在を知った祖父母のことを敬愛している。

「そうね、学校が休みになったら、みんなで行くつもりよ。それでどう？」ジェマは、言葉にしてみてはじめて、自分がその計画を心から楽しみにしていることに気がつい

た。「でも、約束してね。おじいちゃんをあまり疲れさせないって」「だいじょうぶなんだよね？」

キットは細心の注意を払いながらジャガイモを切りつづける。「だいじょうぶよ。ステントの手術を受ける人はたくさんいるの。いまは少し体を休めなきゃならないだけ」

食事のあとに皿洗いをしているとき、ジェマはふと思った。キットが最後にだいじょうぶかときいたのは、おじいちゃんのことだろうか。それとも父親のことだったんだろうか。

シャーロットをお風呂に入れ、寝かしつけたあと、今度はトビーのお風呂の時間になった。全身をちゃんと洗いなさいよ、といってからキッチンにおりて、ワインをグラスに注いだ。だれかと話がしたくてたまらない。

いままで、こんなときにいつも話をきいてくれるのはダンカンだった。なにかを決断するときに背中を押してくれることもあるし、なにもわかっていないじゃないかと指摘してくれることもある。そんなダンカンが、いまはいない。いや、ここのところずっと、そばにいてくれない。

ひとりでキッチンのテーブルにつき、ワインを飲みながら、頭の中を整理しようとした。やがて携帯を手に取り、ケリー・ボートマンにかけた。

キンケイドはセント・パンクラス駅の手榴弾事件があった日のことを思いかえした。ホルボン署からチームとともに駆けつけると、ＳＯ15の代表者としてニック・キャレリーがすでに来ていた。たまたま近くにいたときに連絡を受けた、といっていた。そのことをダグとメロディに話した。「だが、最初から駅にいた可能性だってある。その日抗議活動があると知っていたのかもしれないし、発煙筒をたく計画があることも知っていたかもしれない」

「つまり、ライアンを使っていたのはＳＯ15ってことですか？　ライアンのハンドラーはキャレリーだと？」ダグがきいた。

「あり得る話じゃないか」キンケイドはビターのグラスを無意識に手にしたが、もう空になっていた。「しかし、マーティン・クインのグループなんて、小さなものだ。そこまで警戒する必要があったとは思えない」

ダグは無言で三つのグラスを持ち、人のあいだを縫うようにしてバーカウンターに向かった。店は混雑しはじめていた。

「お父さんはいかがですか？」メロディがきいた。「ご病気だとききました。お見舞いをいうチャンスもなくて、すみません」

キンケイドは暗い気持ちになった。今日も母親に電話をかけていない。「経過は順調みたいだよ。ありがとう」仕事が少しでも落ち着いたら電話をかけよう、と自分にいいきかせた。「メロディ、頼みがある。マーティン・クインの再開発反対運動によって生じる利害関係者を調べてくれないか。マーティンの父親がそのひとりだということはわかっているが、〈キングズ・クロス・ディヴェロプメント〉の株主はほかにもいる。それに、きみのお父さんがデニスの過去についてほのめかしたのはどうしてなのか、気になってるんだ」

ダグが戻ってきた。ハーフパイントのグラスをふたつと、白ワインのグラスをひとつ、注意深くテーブルに置く。さっきの会話の続きをはじめた。「キャレリーがライアンのハンドラーなら、爆発でライアンが死んだと思って焦ったでしょうね」

「ライアンがテロ対策司令部のために働いていたとしても」メロディが話に割りこんだ。「キャレリーの写真を持っていた理由がわからない。逆ならわかるんだけど」

「たしかに」キンケイドは応じた。口には出さなかったが、わからないことはほかにもある。ライアンが、手榴弾で命を狙われたのは本当は自分だったのではないかと考えて、怯えて姿を消したのはなぜか。セント・パンクラスの事件がアンガス・クレイグとどうつながっているのか。ライアンはどうして死んだのか。

ライアン・マーシュとマイケル・スタントンがどんなふうにつながっていたのかを知りたい。デニスを襲撃したのがスタントンだとしたら、それが個人的な恨みによるものなのか、だれかに命じられてやったことなのか。スタントンを刺してリージェンツ運河に捨てたのはだれなのか。

そのとき突然、午後にロニー・バブコックからかかってきた電話のことを思い出した。「フランク・フレッチャー——この名前に聞き覚えは？」ふたりがかぶりを振ったので、ロニーからきいた話を伝えた。ロンドン警視庁で働いていた警官が、警察のひどい陰謀について、酔ってこぼしていたという話だ。

「その人も都合よく自殺したっていうんですか？」ダグがきいた。

キンケイドは肩をすくめた。「ロニーがいうには、その人物は大酒飲みだったと。そう考えると事故だったのかもしれないし、自分自身に絶望して自殺したのかもしれない。ロニーには、これ以上調べるなといっておいた。こそこそ嗅ぎまわっているのに気づかれるとまずい」

ダグとメロディは顔をみあわせた。キンケイドがおかしくなってしまったのかと思ったのだ。「ぼくも危ないのかな」ダグがいった。「自分が蜂の巣をつついてしまったのかどうか、調べてみたくなる」

「とにかく気をつけろ」窓のブラインドごしの日差しがやわらいできた。だいぶ遅い時間になったらしい。「そういえば」ビールを飲みほした。「ごちそうさま。次はぼくがおごるよ。じゃ、ぼくは帰る」

ライアンのカメラとメモリーカードは置いていった。ダグがデータをノートパソコンに移して、もっとよくみてみる、といったからだ。パブを出てから気がついたが、これは、ライアンがメディ・エイシャスにカメラを預けたのと同じことではないか。いや、ばかなことは考えるな——自分にいいきかせた。自分はこれから抗議活動に参加するわけではないのだから。

自分自身に苛立っていたせいかもしれないし、ビールを飲んで気が大きくなっていたせいかもしれない。来た道を戻るのではなく、北に向かった。リージェンツ運河に行き当たると、階段をおりてトウパスに出た。キングズ・クロスのほうへ歩きはじめる。夕方に歩こうとしたのと反対方向だ。

運河の大部分は暗い闇に沈んでいる。しかしところどころの建物に明かりがついているし、ジョガーともすれちがった。スタントンの死体が引きあげられたあたりまで来ると、警察の黄色いテープの破片が、北側のトウパス沿いの壁の上に立てられた鋳鉄のフェンスに引っかかって揺れているのがみえた。鑑識はトウパスをあまり長時間閉鎖しなかったのだろう。さらに歩いていくと、トウパス沿いの壁に鉄のドアがいくつかあった。なんだろう、とキンケイドは思った。上に建っているアパートの住民のための倉庫だろうか。だとしても、このへんには街灯もほとんどないし、夜は出入りが難しいのではないか。

シダナの仕事に漏れはないと信頼している。それでも、運河の両側の建物にいた人々に徹底的な聞き込みをしたか、確かめなければならない。怪しい人物をみかけた人はいないだろうか。

ヨーク・ウェイまで来ると、階段をのぼった。そのまま歩きつづけ、セント・パンクラス駅の巨大な電車庫の裏手に出た。昔はガス工場だったガスホルダーズの大きな建物が黒っぽいシルエットになって、運河の向こう側に浮かびあがっている。

数百メートル手前の運河に浮いているのがみつかったマイケル・スタントンと、ニック・キャレリーのあいだには、どんなつながりがあったのか。それはまだわかっていない。共通の知人のひとりがライアン・マーシュだった、というだけだ。しかも、ライアンがキャレリーの知り合いだったと考えられる根拠もひとつだけ。ライアンが撮った写真にキャレリーが写っていたことだ。

セント・パンクラス駅での爆発現場にキャレリーがすばやく駆けつけられたのは、ライアンの動向を探っていたからではなく、ガスホルダーズのマンションで暮らしていたからだ、と考えることもできる。

ハックニーに住むスタントンがキングズ・クロスで殺されたことには必然性が感じられないが、そこにキャレリーが絡んでいれば、話は違ってくる。

いや、あまりにも根拠の薄い、ナンセンスとしかいいようのないシナリオだ。

首を振り、駅舎に入った。暖かくてほっとする。表側のエントランスを出て、地下鉄駅に向かう。手榴弾の爆発現場を通りかかったとき、マーティン・クインの抗議グループのことを考えずにはいられなかった。メンバーのほとんどは善意に満ちた若者だったが、発煙筒をたくというばかなアイディアを実行し、それが大惨事に至ってしまった。マーティンの父親は不動産デベロッパーで、自分の息子がロンドンの歴史遺産をブルドーザーから守ろうという活動をしていると、何人かの知人に話したといっていた。リンジー・クインは、息子の活動を取るに足らないものだと思っていたが、そうは思わない人間が確実にいたらしい。

リンジー・クインには一度会ったことがあるが、そのときには、その点についてきちんと話さなかった。もう一度会ってみる必要がある。

一九九四年十一月

結局は病院に連れていかれた。重度のウイルス性胃腸炎とのことだった。何日か入院し、脱水状態から回復したと医者が確信してから、さまざまな指示を守るという条件で家に帰ることができた。少なくとも一週間はベッドに寝ていなければならない。医師はカルテをみて眉をひそめたが、なにが問題なのかとデニスが尋ねると、首を振って、心配はいらないといった。

家で寝ていても気が急くばかりだったが、体に力が入らなくて、文句をいうことしかできなかった。ダイアンはデニスにはもったいないほど辛抱強く看病をしてくれた。夫の病気が治らなかったらどうしようと不安にかられたせいだろう。

その週の終わりには、ベッドからリビングのソファに移動することができた。パジャマとナイトガウンではなく、普通の服を着た。呼び鈴が鳴って、ダイアンがアンガス・クレイグを招きいれたとき、着替えていてよかったと思った。

「どうも」デニスはしわがれた声でいい、背すじを伸ばした。

「起きられるようになったんだな」クレイグが優しい口調でいった。「よかった。病院に問い合わせたときは、悪い状態だといわれたんだ」

ダイアンがそばでまごついていた。「あの、なにか飲み物でも——ええと……」クレイグは名前も告げていなかった。

「いや、すぐに失礼する」クレイグはいった。「二、三分でいいので、ふたりにしてもらえるだろうか」デニスが不愉快になるような笑みをダイアンに向ける。

ダイアンは不服そうな顔でいった。「ええ、それじゃ、買い物に行ってきます」

ダイアンが部屋を出てまもなく、玄関のドアが勢いよく閉まる音がした。

クレイグは勧められもしないのに、いちばんいい肘かけ椅子に腰をおろし、胸ポケットから封筒を取りだした。「これを直接渡したくてね」デニスに差しだした。

　デニスは手の震えを止めようとしながら封筒を受け取り、親指で封をあけた。中の紙を広げる。異動の辞令だった。二週間後から、ランベス署で重大犯罪の捜査チームに加わることになる。刑事に戻るのだ。

「ランクも前のまま、変わらない」クレイグがいう。「警官本来の仕事に戻れてうれしいだろう？」

「しかし——」デニスはクレイグをまっすぐにみた。「——あのグループは？　脱出戦略は？　黙って姿を消せと？」

「それについてはこっちでなんとかする」クレイグは、気にするなというように手を振った。「おまえの〝いとこ〟が大家を訪ねることになってる。おまえの年老いた父親が重病にかかったので、ノーウィッチの実家に戻って父親の世話をする、ロンドンには戻らない、というシナリオだ。みんなも納得するだろう。そのうちハガキでも送ってもらおうか。父親が死んで、自分は旅に出ることにした、とかなんとか」

「シーラは？」デニスはソファの端まで体をずらした。無理に動いたので頭がくらくらする。「ミッキーは？　ミッキーがシーラを殺したんだ。間違いない。あいつをこのままには——」

「シーラはドラッグとアルコールのせいで死んだんだ。剖検の報告書ももうできてる。残念だが、そういうことだ。ミッキー・スタントンは無関係。やつはあのとき、ほかの仲間たちとパブにいた」

「そんな――」

「いい家じゃないか」クレイグが遮った。立ちあがり、リビングを歩きまわる。しっくいの壁を観察した。「ジョージ王朝時代の家か。奥さんもきれいだな。おまえが出世して、警官として懸命に働けば、奥さんは喜ぶだろう。がっかりさせるようなことをするな。わかったな?」クレイグは言葉を切り、軍人のように両手をうしろで組むと、デニスの目をまっすぐにみた。「互いに納得したということでかまわないな? チャイルズ警部補」

デニスは辞令を手に持ったまま、うなずくことしかできなかった。

一九九四年十二月

クリスマスの前の週になって、デニスはようやくリンをみつけた。仮面生活ではどんな職業についているか、知っていた。前にリン本人が打ち明けてくれたからだ。もちろんルール違反だ。しかし、デニスは与えられた仕事が忙しかったし、健康状態もいまひとつだったせいで、リンが出入りしているであろう建物を見張ることはほとんどできずにいた。打ち明けてくれた話は嘘だったんだろうか、それともデニスのように、秘密捜査員ではなくなったんだろうか。そんなふうに思いはじめたとき、五時に仕事を終え、オフィスから出てくる人の波の中にリンの姿をみつけた。じめじめして寒い日だった。リンはブロンドの頭に毛糸の帽子をかぶっていた。

背後についてニブロック歩いた。まわりのようすをたびたびうかがって、リンを尾行する人間がほかにいないことを確かめた。次の信号でリンが足を止めたとき、デニスはその隣に立った。「リン」小さく声をかけた。

リンはデニスをみて眉をひそめた。一瞬、だれだかわからないのかと思った。髪を短くして、ひげもすっかり剃ってしまったせいか。それに、だいぶ痩せた。スーツとコートがだぶだぶで、まるで死人にかぶせた埋葬布のようにみえる。

そのとき、リンの顔から血の気が引いた。「デニス、いったいどうしたの？」

「ちょっと話せるかな。この先にパブがある」

リンは急に怯えだした。「あなたと話してるところなんて、だれにもみられたくない。わかってるでしょ」

「五分でいいんだ」揺れているパブの看板を指さした。「少し離れてついていく。カウンターで会おう」

リンはためらったが、信号が変わり、まわりの人々が歩きだした。「わかった。五分だけね。それでおしまいにして」

パブは混んでいて、バーカウンターで話していても、人にきかれる心配はなさそうだった。いい店を選んだ、とデニスは思った。リンの隣に体をねじこむと、リンはもうジントニックを飲んでいた。「ワインはやめたの」デニスをみて小声でいう。デニスはその理由を知っていた。ワインはシーラの酒だ。

デニスがオレンジジュースを注文すると、リンは驚いたような視線を向けてきた。

「禁酒してるの？　痩せちゃって。ビールでも飲めば元気が出るのに」

話せるチャンスを手に入れたはいいが、どう切り出せばいいかわからなかった。バーテンダーに金を払いながら、頭を整理する。「きみは元気そうだね」やっとのことでそういった。

リンは肩をすくめた。「わたし、もうすぐ卒業するの。こんな退屈な仕事、やってられない。恋人ができてね。ドイツに移住して、ベジタリアンとして暮らそうっていわれるのよ。信じられる？」首を左右に振った。「まったく、そんなでたらめなシナリオ、どうやって思いつくのかしらね」デニスの新しい仕事について、リンはきいてこなかったし、デニスも話さなかった。リンは前よりおとなびたようにみえる。顔は緊張でこわばったままだ。

「リン」慎重に切り出した。「あの夜――シーラが死んだ夜のことなんだが。ミッキーを野放しにしておいていいのか？」

リンは怯えたようにデニスをみて、すぐに目をそらした。「あなた、頭だいじょうぶ？」小声でいう。「ミッキーは彼女に指一本触れてないわよ」

「はあ？　なにを――」

「あのね、ミッキーは仲間たちとパブに行ってたの。わたしが行ったとき、アンガス・クレイグがアパートから出てくるのがみえたわ」

デニスは黙ってリンをみつめた。

「そのジュースでも飲んだら？　こっちばっかりみないでよ」

デニスは素直にジュースを飲み、乾いた口を潤した。「きみが――きみがクレイグに電話したんじゃないか。シーラが死んでいたから」

「わたしはクレイグのポケベルに電話したの。そうしたら折り返し電話が来た。すぐそばにいたのよ。アパートを見張ってたのかもね」

「ならどうして――」

「なに？　クレイグになにかいわなかったのかって？」リンはジントニックをごくりと飲んだ。「電話ボックスから戻ってきてはじめてわかったのよ。彼女が本当に……死んでるって。のどに痣があって、下着が破れてた」目から涙があふれそうになっている。

「シーラ、かわいそうに」

「だったら――あいつに――」デニスは必死で状況を理解しようとした。「相応の罰を与えるべきじゃないのか？」

リンは手の甲で頬をこすり、うんざりした顔でデニスをみた。「ばかなことといわないで。いったいだれに訴えろっていうの？　訴えたらどうなると思う？　ちょっとは頭を使って考えてみてよ」

勝ち目のないことにキャリアは賭けられない。人生も賭けられない。リンはジントニックを飲みおえ、グラスを厚紙のコースターにどんと置いた。「よくきいて。あなたがこのことをだれに報告しようが、なにをいおうが、わたしはすべて否定する。もう近づかないで。わかった？」ゆがんだ笑みをみせた。「デニス、幸せな人生を送ってね」リンは客をかきわけるようにしてパブを出ると、外の冷たい空気を吸いこんで、通りに姿を消した。

デニスはしばらくそこに立ち、考えをめぐらせた。リンのいうとおりだ。勝ち目はない。糾弾の声をあげれば、リンを危険にさらすことになる。自分も仕事を失う。家も、たぶん妻も失う。そんな犠牲を払ってもなお、だれにも信じてもらえない。

しかし、自分は警官だ。忍耐力もある。いつか、アンガス・クレイグは尻尾を出すだろう。そのときを待つしかない。

24

ダンカンはノティング・ヒルに帰ってきたが、小さい子どもたちにおやすみをいうチャンスをまた逃してしまった。ジェマはキッチンで洗濯物をたたんでいた。ぎこちない笑みをジェマに向けて、「ただいま」といった。

ジェマはシャーロットの小さな制服のブラウスをたたんでいる途中で顔をあげた。疲れた顔をしていた。

「すまな――」いいかけたが、ジェマに遮られた。

「なにもいわないで。今夜はききたくないの。お母さんから電話があったわ。お父さんは元気にしてるって」三毛猫のローズが、洗って乾かした服を入れたバスケットに何度も飛びこんでくる。ジェマはそのたびにローズを抱きあげてバスケットから出す。苛立ちが顔にあらわれていた。ローズはやがてキッチンから出ていった。「まったく、モンスターそのもの」小さくつぶやいた。

ダンカンはどこに行けばいいのかわからなかった。家じゅうが地雷原に思える。黙って服をたたむのを手伝っていると、ジェマが口角をかすかにあげて微笑んだ。「だいじょうぶかい？」ダンカンは勇気を出して問いかけた。

ジェマはため息をつき、たたんだものを抱えた。乾燥機に入れる仕上げ剤のほのかな香りが広がり、ダンカンにも届いた。「わからない。わたし、ひどい間違いをしてしまったかも。でも、今日は話したくない。明日話すわ」

これ以上を求めるわけにはいかない、とダンカンは思った。

木曜日の午前八時ちょうど。失礼にならないぎりぎりの時間だろうと考え、キンケイドはリンジー・クインに電話をかけた。メッセージを残したが、折り返しの電話は期待していなかった。ところが驚いたことに、クインは十五分以内に電話をくれて、会う約束をしてくれた。場所は前回と同じ、セント・パンクラスの〈ブッキングオフィス・バー〉。

車をホルボン署に置いて、地下鉄でセント・パンクラスに向かえば、九時半の約束にちょうど間に合いそうだった。クインが主要株主になっている会社、〈キングズ・クロス・ディヴェロプメント〉は、キングズ・クロスの新しい複合ビルのひとつにオフィスを持っている。しかしクインは前に、個人的に人と会うなら〈ルネサンス・ホテル〉のこのバーが好きなんだ、といっていた。キンケイドにもその気持ちは理解できた。

ホテルは、ヴィクトリアン・ゴシックと呼ばれる建築様式の、とても立派な建物だ。

かなりのリノベーションが施されている。バーはもともとセント・パンクラス駅のチケット売り場だったもので、まさに宝石とでもいうべきところだ。西側の入り口はホテルの一階部分にあり、東側の入り口は駅の構内に通じている。控えめな照明に目が慣れてくると、いちばん奥の隅のテーブルにリンジー・クインがいるのがみえた。前回会ったときと同じ場所だ。今回はウェイトレスに案内を頼むことなく、ひとりでテーブルのあいだを進んでいった。

クインは五十代。ひょろっとした体つきで、巻き毛は白くなりかけている。使っていたノートパソコンをたたみ、立ちあがってキンケイドに挨拶した。「キンケイド警視。紅茶でいいかな？」テーブルにはすでにティーセットが用意されていた。「今朝はアッサム。わたしがインドの農場から取り寄せたものなんだ。どうぞ、おかけください」

「ご連絡してすぐにお時間をいただけて、感謝しています」キンケイドは勧められた椅子に座った。クインが紅茶を注いでくれるのを待った。前回会ったときに、こういうくだけた雰囲気がクインのビジネススタイルだとわかった。それに、クインの優雅なふるまいは、みていて気持ちのいいものだった。湯気の立つ深いオレンジ色の紅茶に、ミルクを少し入れた。モルトの独特な香りがする。

クインはカップを軽くまわした。少しぎこちない動きから、緊張しているのが伝わってきた。「息子の話じゃないといいんだが」クインはそういって微笑んだ。しかし、目は笑っていない。

「息子さんについては、間接的に触れるだけです」キンケイドは相手を安心させた。

「マーティンは元気ですか?」カレドニアン・ロードのアパートにはもういないのを知っている、とはいわなかった。

「小遣いをやらないことにした。あのアパートにはもう住んでいないから、部屋の管理料という名目もなくなったのでね。大学に戻って学位をとるつもりなら、費用は出してやるといってあるんだが、いまのところ、その気はないようで」

「では、ご自宅に?」

クインは顔をしかめた。「大学に行くか、仕事につくか、あと一ヵ月で決めろといいわたした」

ずいぶん甘いな、とキンケイドは思った。それでも、生活費や住む家がなくなると困るからという理由で仕事をみつけるなら、それはそれでマーティンにとっては救いになるだろう。しかし、子どもの扱いについては、他人の立場だからこそ簡単に批判できるのだ。マーティンが法を破らない限り、どんな暮らしをしようが、他人が口を出すべきことではない。「うまくいくといいですね。どんな選択をするとしても」

「優しい言葉をありがとう。わたしにとってはただの厄介者にすぎないというのに」今度は心からの笑みをみせてくれた。

　キンケイドは紅茶を飲んだ。豊かで複雑な香りと味わいは、まるで上質なワインのようだった。うなるほど金を持っていれば、やはりいいことがいろいろあるのだろう。

「うちにも息子たちがいるんですよ」クインとのあいだにつながりを作りたくて、自分から家族の話をした。「上の子はもうすぐ十五歳です。子育てというのは難しいですね」キットがマーティン・クインのような無謀なことをしませんように、と心から願っていたが、なんの保証もないことはわかっていた。

「ま、そういうものですよ」クインの言葉にはかすかな皮肉が感じられた。「息子のことでいらしたんでなければ、今日はなんのお話で？」

「マーティンの活動グループにいた人たちのこと、とでもいいましょうか。クインさん、マーティンのグループのことや、その目的について、何人かの人に話したことがある、というようなことをおっしゃっていましたよね。具体的にだれに話したのか、教えていただけませんか？」

　クインは儀式のようなしぐさで紅茶を注ぎたした。表情は読めない。「どうしてそんな質問を？」

「それはお話しできません。ただ、息子さんに迷惑がかかることはありません」

　クインは微量のミルクと砂糖をカップに入れた。キンケイドと目が合うと、肩をすくめた。「よくわからないな。あれは、キングズ・クロス活性化について話し合う非公式の集まりだった。おそらくご存じのように、多くのプロジェクトは、それが実際にスタートするまでに、当初計画していたよりずっと長い時間がかかったんだ。だがいままでは、いろんなことが軌道に乗ってきている」

キンケイドはうなずき、苛立ちを抑えようとした。クインは眉間にしわを寄せて記憶をたどっている。「メモをとってもいいですか？」キンケイドはきいて、ポケットから手帳を取りだした。

「もちろん」クインは答えた。「べつに秘密でもなんでもないからね」そして十人ほどの名前をあげた。いくつかの名前はキンケイドも知っていた。再開発プロジェクトにかかわる有名人。署に戻ったら調べてみよう。手帳をポケットにしまって、クインに礼をいおうとしたとき、クインがいった。「ああ、そういえば、トレント副警視監もいたな。つねに状況を把握しておきたい、といっていた。国際列車のターミナル駅があるからね」

キンケイドはクインの顔をじっとみた。「トレント副警視監？」イヴリン・トレントは、デニスの病院にすばやく駆けつけたうちのひとりだ。警察幹部代表としてダイアン・チャイルズに見舞いの言葉を述べていた。こぎれいな印象で、ブロンドの髪をきちんと整えた女性。いつもまわりに命令を出しているタイプの人間だ。特徴がいろいろあるので、顔だちがどうだったかが思い出せない。

そうだ、わかった。

イヴリン・トレントは、あのポラロイド写真に写っていた女性ふたりのうちのひとりだ。

「大きいお尻を持ちあげて、あなたのためにやってきたわ」ジェマが車に乗りこむと、ケリーがいった。「いいところに住んでるのね」

「ありがとう」ジェマは家に顔を向けた。警官夫婦がノティング・ヒルのこのあたりの家に住める理由を話すのには、もう慣れっこになっている。「話せば長いの」視線をおろすと、ケリーがコンソールの横に押しこんだブリーフケースから、書類がはみだしている。「それと、ありがとう。わたしの頭がおかしくなってるんだとしたら、あなたならそういってくれると思って」

「頭はおかしいと思うけど、ただ……」ケリーは首を振った。「もしあなたのいうとおりだったら、と思ってね。それに、あなたの考えたシナリオを主張してみたら、令状が出たんだもの。一理も二理もあるってことじゃない？」

まもなく、車はブレナム・クレセントにやってきた。「気は変わってないのね？」ケリーはジェマにきいて、のぞきこむように顔をみると、車のエンジンを切った。

「ええ。ただ……もしわたしの考えたとおりなら、ひどい結果になるわね」

「結果がどうこうってのは、わたしたちの守備範囲じゃないわ。ありがたいことに」ケリーはバックミラーでうしろを確かめた。パトカーと鑑識のバンがついてきている。「じゃ、ショーの開幕ね」

玄関の前に立つころには、制服警官も加わった。鑑識がバンから七つ道具を出している。ケリーは呼び鈴を押した。ドアが開く。「キュージックさん、お邪魔してもよろしいですか？　家宅捜索令状が出ています」

「え？」ニータ・キュージックが驚いた顔で見返してきた。「なんの話？　お話があるといわれたから、ミーティングの予定をずらしたんだけど……」制服警官や、証拠保存袋を持った鑑識の姿も目に入ったようだ。「いったいなんのつもり？」声が悲鳴のようになっていた。「どうせ夫の差し金で――」

「キュージックさん」ケリーが令状を掲げた。「この書類に目を通したと、認めてくださいますね」

ニータ・キュージックは令状に目をやって、その視線をケリーに戻した。「いいえ。家には入ってこないで。息子が傷つくわ」

「息子さんはここに？」ケリーはいって、ジェマに目をやった。ジェシーがここにいないのはわかっている。「もしいるのなら、家族連絡係を呼んで、息子さんのケアを担当させます」

「いえ、息子は――いないわ」

「なら、入っていいですね」ケリーとジェマと巡査――とても大柄で、真っ黒な肌をした男性警官だった――が前に出ると、ニータ・キュージックはあとずさった。三人は右手のリビングへと進んでいった。ニータもいっしょに来るしかない状況だった。「座って話しましょうか」ケリーがいった。

巡査の名前はジェイコブズ。ドアの近くに立ち、〝休め〟の格好をして体の力を抜いている。鑑識官がふたり、道具を持って入ってきた。ひとりは上の階、ひとりは下の階に行く。彼らは特定のものを探すように指示を受けているが、それ以外にも、リーガン・キーティングの死やエイジア・フォードの殴打事件に関連がありそうなものはなんでも集めることになっている。

家の奥へと押しこまれた形のニータは、ソファのひとつに腰をおろした。自分がなにをしているのかさえ、わからなくなっているみたいだ。きのう着ていたヨガのウェアではなく、体にぴったりしたグレーの麻のワンピース姿だった。血の気の引いた顔色がますます悪くみえる。座ることで裾が持ちあがり、太ももがあらわになって見苦しかった。

しおれていたバラは、もう片づけられていた。ただ、きのうは気温が下がったにもかかわらず、室内の空気は相変わらずむっとしている。ジェマは窓をあけたくてたまらなくなった。

「わたしのものを勝手に触らないで」ニータがいって立ちあがろうとしたが、巡査の姿をみて引きさがった。「なにを探しているの?」

「キュージックさん、殺された人が住んでいた家を調べるのは捜査のルーティーンなんです」ケリーがいった。「もっと早くおこなうべきでしたが、リーガン・キーティングの亡くなりかたに不審なところがあったので、遅くなりました。待っているあいだに、お茶でもいれましょうか?」ジェマと打ち合わせしていたとおりの科白だった。「捜索はすぐに終わりますよ」

「でも、わたし——」ニータが口を開いたときには、ケリーはすでにリビングを出ていた。

「いやな思いをさせてごめんなさい、ニータ」ジェマはいった。「こんなこと、必要ないと思うんですけど」ケリーが出ていったほうに目をやって、あきれたという顔をした。「規則っていうのは面倒なものですよね」

ニータは目にみえてリラックスしたようだ。しかし、ジェマをみる目には不安があらわれている。「ジェシーがいないって、どうして知ってたの?」

「ああ、ジェシーのお父さんに連絡したんです。子どもが行方不明になったときの捜査の定石ですよ。ジェシーは無事で元気にしているといわれました。家にいるとリーガンのことを思い出してしまうので、家から数日間離れることで落ち着かせてやりたい、とのことでした」

「あの人のいいそうなことね」ニータは唇をとがらせた。「あの看護師がうしろで糸を引いてるんだわ。親権の取り決めを無視するなら弁護士に相談する、そういってやったの」

「息子さんにとってなにが最善かを考えるのが大切ですものね」ジェマは穏やかに、しかしあいまいに答えた。

「ええ、そうよね、もちろん。でも、〈ロイヤルバレエ団〉のオーディションが迫ってるの。なのにあの人ったら、いまのバレエスクールでいいじゃないか、なんて息子に吹きこんでるのよ」

「〈ロンドン・ボーイズ・バレエ・スクール〉ですね？　ジェシーが平日にレッスンを受けているそうですが、とてもいいバレエスクールだときいています」

「さあ、それはどうかしらね。わたしが思うに、世界的に有名なバレエ団に入るための足掛かりみたいなスクールにすぎないわ」

「そうなんですか？　うちの息子のために、詳しく知りたいと思っていたんですけど」

「息子さんは七歳だったかしら？」もう遅いわよ、とでもいいたそうに肩をすくめた。

「どこに行かせても、あまり変わらないと思うけど」

ジェマは作り笑いをした。「ジェシーの気持ちとしては、〈ロイヤルバレエ団〉一択なんですか？」

「そうに決まってるでしょ」ニータは不愉快そうに顔をしかめた。ジェマが悪い言葉でも使ったかのようだ。

「じゃ、なにかが——あるいはだれかが——ジェシーのオーディションを邪魔するようなことになったら大変ですね」

「ええ、彼女にそういってやった——」ニータはいいかけて口を閉じた。警戒心があらわになる。

「彼女って、リーガンのことですか？　リーガンはキュージックさんと同じ意見じゃなかったんですか？」

「もちろん同じ意見だったわよ。ジェシーにとって今回のオーディションがどんなに大切か、リーガンはわかってたわ」

ジェマは真剣な口調にならないよう気をつけた。何気ない会話という雰囲気を壊してはならない。「じゃ、バレエダンサーとしての将来を危うくするようなことは、ジェシーにはさせなかったでしょうね」

「もちろんよ」

「ジェシーがヘンリー・スーの吸入器を隠したことについてはどうです？　ヘンリーの

両親に正直に話しなさいと、リーガンはジェシーにいった。それは問題ないですよね？」

　一瞬、ニータの顔から表情が消えた。ジェマが突然外国語をしゃべりはじめたのでわけがわからなくなった、とでもいうようだ。そのあと、ニータは目を大きく見開いた。ふたたび顔から血の気が引く。「なんのことかわからないわ」声がかすれていた。

「わからないってことはないでしょう」ジェマは控えめな声でいった。「ジェシーはリーガンに、自分がヘンリーの吸入器を隠したと打ち明けました。ジェシーはヘンリーにいじめられて我慢の限界だった。それで、ちょっと仕返しのつもりで吸入器を隠したんです。拾った吸入器をポケットに入れて、家に持ちかえりました。ヘンリーが物置小屋に隠れてパニックを起こすなんて、考えてもいなかったから。

　ジェシーはそのことをスー夫妻に話したいと思った。リーガンはジェシーを励ました。でも、先にお母さんに相談しなさいといったんです。でもあなたは、そんなことは秘密にしておけ、でないと今後の人生も、バレエダンサーとしてのキャリアも、台無しになってしまう、といった。なにがなんでもそんなことはさせない、と」

「どうしてあなたがそんなことを……。ばかげてる。ジェシーは絶対に――」

　ジェマは、ジェシーが話してくれたというつもりはなかった。「リーガンのパソコンがみつかったんです」それですべて納得がいくでしょう、とでもいうように、パソコンの話を持ちだした。実際は、パソコンはジェシーのバックパックに入っていて、今朝、父親が署に持ってきてくれた。役に立つ情報が入っているかどうかは、まだわかっていない。ロックがかかっているが、ジェシーはパスワードを知らなかったのだ。

「金曜日の晩、リーガンはジェシーに、この家を出ることになるかもしれないといいました。リーガンは、吸入器の秘密をずっと抱えていけば、ジェシーは一生苦しむことになると考えたんです。正義感の強い、正直な娘さんだったんですね」ジェマは残念そうに首を振った。

「正直？」ニータは突然毒を吐いた。「ただの独りよがりな偽善者じゃない。ジェシーにとってなにが最善か、あの娘になにがわかるの？　ジェシーの母親はわたしよ」

ジェマはうなずいた。「もちろんそうですね。お気持ちはわかりますよ。わたしだって、子どもたちにああしろこうしろと他人に指図されたくありません。どのバレエスクールに行かせろ、なんていわれたくもありません。必死で働いて、いろんなことを犠牲にして、子どもに最善の機会を与えてやりたいと思っているんですから」

「ジェシーは〈ロイヤルバレエ団〉に行くべきなの」ニータの目にたまった涙が震えて、いまにも流れおちそうだ。「そうでなきゃ意味がない。ここまでどれだけがんばって、どれだけのことを犠牲にしてきたか……」

ジェマの目には、ニータがたいした犠牲を払ったようにはみえなかったが、うなずいて身をのりだした。本音をもっと引きだしたかった。「リーガンと話し合ったんですね。シッターの仕事をやめてほしくなかった。ジェシーをスー夫妻のところに行かせるべきなんていうばかげた考えを捨ててほしかった」

「わたし――いえ、リーガンは出ていった。それきり会ってないわ」

「メールを送ったんでしょう？　金曜の夜、リーガンが友だちと遊んでるときに。リーガンの友だちからそうきいています。リーガンは話し合いなんかしたくないといって、すごく困っていたって」ジェマはすらすらと作り話をした。

「メールなんか送ってないわ。そんなの嘘よ」ニータの体が丸まっていく。膝を高くして両肩を落とし、胎児のような格好になった。「どうしてそんな嘘を」

「でも、リーガンはいつも正直な人だったんでしょう？　ボーイフレンドと別れようと考えたのも、彼が不正をしたからだった」

「わたし、エドワード・ミラーのことはきいていなかったのよ」ニータは唇をゆがめ、恨みをこめていった。「どこが正直なのよ」

「正直に話すつもりだったんですよ、そのうち。でも、ジェシーの吸入器の話をきいて、自分のことはあとまわしにした。それに、エドワードと交際をはじめる前に、ヒューゴー・ゴールドとの関係をきちんと終わらせたかったんです」

「わたしの家で暮らして、うちの食べ物を食べていたくせに、うちの子にろくでもない考えを吹きこんでいたのよ」ニータは口元をぬぐった。「その上、うちのクライアントを——エドワードを——誘惑した」

そのときはじめてジェマは気づいた。ニータはエドワード・ミラーに好意を持っていたのだ。エドワードの気さくな態度に、特別な意味があると誤解したのかもしれない。

「裏でこそこそとそんなことを。なおさら腹が立ちますよね」

ニータは激しくうなずいた。「あの娘にそんなことをする権利はないのよ。ジェシーのやることに口出しする権利もない」

「話し合いをしたくなるのも当然ですよね」ジェマはメールの件を脇に置いて、話を進めた。「ジェシーをどうするつもりか、知りたかったでしょう。彼女がスー夫妻に、吸入器のことを話すかもしれない。でも、彼女は話したがらないかもしれない。本当のことをいってくれないかもしれない」ここまでいって、〝彼女が嘘をつくかもしれない〟というオプションを考えていなかったことに気がついた。

少し前から、家の中の雑音が気になっていた。小さな話し声、足音、階段がきしむ音。そろそろケリーが戻ってきてもおかしくないが、もう少しふたりの時間がほしかった。ジェイコブズ巡査は銅像のように、ぴくりとも動かず立っている。ニータの視界には入っていないはずだから、ジェマも彼のほうに視線を送らないよう気をつけた。

「リーガンが酔っていれば、本心を打ち明けてくれるかもしれない——そう思ったんじゃありませんか？　ただ、リーガンはふだんからあまりお酒を飲むほうじゃない。でも、すごくおいしいお酒なら飲んだかもしれませんね。たとえば、ジンで作ったフルーツパンチとか。キュージックさんは、いつだって〈レッド・フォックス〉を買えたでしょうし。それに、リーガンがふだん飲んでいるものよりアルコール度数が高くても、気づかなかったかもしれない」

ニータがこちらをみた。瞳孔が開いて、薄い胸が激しく上下している。ヘッドライトに照らされて動けなくなったウサギのようだ。

ジェマはごくりと唾をのんで、続けた。「五月にしては暖かくて、気持ちのいい夜でしたね。庭でおしゃべりするにはぴったりの夜。キャンドルに火をつけて、フルーツパンチをピッチャーに入れて、きれいなグラスをふたつ用意して。リーガンは白いドレスを着ていて、おとぎ話のお姫様のようだったかもしれません。

魔法にかかったようなひとときだったと思います。柔らかくてひんやりした芝生の上で、星明かりとキャンドルの光に包まれて。リーガンはパンチを飲み、楽しそうに笑う。でもそのうち、彼女は酔って、芝生の上に倒れてしまった。白いドレスがふんわり広がっていたことでしょう」

「みてもいないくせに」ニータはつぶやいた。「どうして」

ジェマは両手を組み、震えを止めようとした。「あなたは、ジェシーのことをどうするつもりか、尋ねた。きっと、ジェシーの将来を邪魔しないでちょうだい、といったんでしょう。するとリーガンは、ジェシーに正しいことをさせるのがなにより大切だといった。そのためならいくらでも協力を惜しまない、と。あなたはそれを認めることができなかった。違いますか、ニータ」

ニータは目をしばたたいた。しかし、その目からは表情が消えていた。エイジア・フォードが頭から血を流していた姿を思い出して、ジェマは、部屋に巡査がいてくれることを心からありがたいと思った。

「黙らせてやる」ジェマはつぶやくようにいった。「黙らせてやる。あなたはそう考えて、白いスカートの裾をリーガンの口につっこんだ。リーガンの肌は子どものように柔らかかったでしょうね。リーガンは少し抵抗した。はずみでキャンドルが倒れ、溶けた蠟が芝生に落ちた。そしてリーガンの命は消えた。キャンドルの炎みたいに。

あなたは、リーガンをそのままにはしておけなかった」ジェマは吐き気をこらえて続けた。「ぼろ人形のような姿のままにはしておけない。だからドレスをきれいに直して、倒れてそのまま眠っているような姿にしてやった。ニータ、違いますか？」

ニータがふたたび目をしばたたく。頭が揺れる。否定のジェスチャーというわけではない。

ジェマはひとつ息をついた。「ニータ、リーガンの携帯はどこにあったの？　キッチン？　リーガンの部屋？　すべてを片づけ、整えたあとにメッセージが来たときは、さぞかし驚いたでしょうね。メッセージはエドワードからだった。まさか、あのエドワードから？　と思ったでしょう。でも、電話番号をみて確信した。彼が訪ねてきたらどうしよう、とパニックになった。だから、念のため返信を打った。

ニータ、携帯はどこですか？　どこかに隠しているんでしょう？　メッセージやメールを全部確かめずにはいられなかったはず。だれかになにか話していないかって。翌日、彼女のパソコンがなくなっていると知ったときは驚いたでしょうね。彼女がだれかに渡したのか、だれかが家に入ってきて持っていったのか、どっちだろうと考えたはず。

でも、なにも起こらなかった。変化があったとすれば、ジェシーがなにも話してくれなくなったというだけ。土曜の朝にどこにいたのかも、ジェシーは教えてくれなかった。ジェシーはなにか知っているのか。なにか気がついているのか」ジェマは情け容赦なくニータを追いこんだ。「自分が息子を愛するように、息子も自分を愛してくれているのか。自分よりリーガンを愛してるんじゃないか？　そんなとき、エイジアから電話がかかってきた。学校に行っているはずの時間に、庭でジェシーをみかけたと。あなたはあわてた。エイジアは、アルコールを盗んだのはジェシーじゃないか、といった。あなたは、アルコールがなくなったのがジェシーのせいにされても困るし、あなたのせいにされても困ると思った。

エイジアからは、ほかにもなにかきかされたんじゃありませんか？　ローランド・ピーコックがあなたをみたんです。彼はあの夜、エイジアと逢引《あいび》きをする約束だった。でも、奥さんが予定より早く帰ってきたし、息子さんの具合が悪かったので、逢引きは中止にすることを伝えに、庭を通ってエイジアのところに行ったんです。電話はあえて使わなかった。ふたりとも、そのことをだれにもいえなかった。うしろめたいことがあるから」その日の朝、ローランドからジェマに電話があった。エイジアが襲撃されてから、警察にはすべて話すべきだと考えた、とのことだった。エイジアとの関係はしばらく前から続いていて、早朝にエイジアの家から出てくるところをクライヴ・グレンにみられたのも一度や二度ではないといっていた。

ニータは目を大きく見開いて、なにもいえずにいた。ジェマは息を吸い、続けた。

「ニータ、あなたは思い切った行動に出た。エイジアを黙らせようとしたんですね。でもうまくいかなかった。エイジアはわたしたちにジェシーは瓶に触れなかったといったの。触れたのはあなただけだと」

「でっちあげよ」ニータはつぶやき、唇をなめた。「なにからなにまで妄想でしょ。わたしはなにも話さない」

「次はローランド・ピーコックを狙うつもりだったんですか？　どこまで続けるつもりだったんですか？」

ニータの手がぴくぴくと痙攣《けいれん》している。それがすべてを物語っている、とジェマは思った。そのとき、玄関ホールに続くドアが開いた。ジェマはほっとして顔をあげた。これ以上、ニータ・キュージックといっしょにいるのは耐えられない。

ドアをあけたのはケリーだった。手招きしている。立ちあがったジェマは、自分が汗びっしょりになっていることに気がついた。

ジェイコブズは無表情なままだったが、まなざしは温かかった。気持ちをわかってくれているのだろう。出ていくジェマにうなずいてくれた。ドアを閉めると、ジェマはホールの壁に寄りかかった。

「ジェマ、だいじょうぶ？」

「ええ、だいじょうぶ」体を起こした。「なにかみつかった？」

ケリーは証拠保存袋をふたつ持っていた。ひとつには携帯電話、ひとつには喘息の吸入器が入っている。「どちらもニータの部屋の引き出しにあったわ。フリルだらけの下着に埋もれてた。入ってわからないものね」目を丸くする。「携帯はロックされてなかった。リーガン・キーティングのものよ。それと、吸入器については、ニータが自分のものだと主張するわけにはいかないわ。ヘンリー・スーの名前が書いてある」

「そう」ジェマはふたたび壁にもたれかかった。膝に力が入らない。

「いうまでもないけど」ケリーが続ける。「グレイン・アルコールもみつかった。お酒のキャビネットの奥にしまってあったの。今日は指紋採取係が大忙しよ。それと――」

ジェマに言葉を挟ませずに続ける。「ニータがきのう履いてた靴のこと、ジェマが教えてくれたでしょ。あれもみつかったわ。ブラックライトをあてたら、血が飛びちってるのがわかった。そっちは？　彼女からはなにか？」

「罪を認めてはいない。でも、確信はしたわ」

「じゃ、署に同行してもらいましょう。あとは、これまでに集めた証拠で検察が動いてくれるよう祈るのみよ」


キンケイドは、リンジー・クインとの話を早く終えて、バーを出たかった。クインから得た情報に強い関心を持ったことを悟られないように気をつけながら、礼をいって握手を交わす。ぽかんとしているクインを残して、バーを出た。

二階コンコースにあがる。一階コンコースにあるピアノのひとつをだれかが弾いていた。ラフマニノフのピアノ・コンチェルト。なかなかうまい。母親の好きな曲だ。家の掃除をするときや、厄介な問題について考えるときによくきいていた。しかしいまは、この曲をきいていると頭が爆発しそうだった。いちばん近い出口から急いで外に出る。

ユーストン・ロードに出たとき、携帯が鳴った。

ダグだった。「信じられないことがわかりました。チェシャーの、銃の暴発で死んだという警官ですが、フレッチャー警部でしたね？」

「ああ。なにがわかった？」キンケイドはききながら背中を丸め、反対側の耳を手で覆って道路の音を遮断した。

「トレント副警視監の部下だったようです。SO15で」

キンケイドはあらためて腹を殴られたような気がした。「くそっ」悪態をついて、頭の中でさまざまな情報をつなぎあわせた。「会って話そう。電話じゃだめだ。いまどこにいる？」

「自宅です。仕事をサボっちゃいました。メロディもです。メロディは新聞社のデータベースを調べてます。ぼくたちふたりとも、クビになるかもしれないな」

「まあ、それだけですめばいいが」キンケイドはつぶやき、必死に頭を働かせた。「キングズ・クロスで会う勇気はない。ホルボン署の近くもだめだ。「こないだふたりで会った店に集まろう」心配のしすぎかもしれないが、それならそれでかまわない。「それと、メロディに頼んでほしい。トレント副警視監が、〈キングズ・クロス・ディヴェロプメント〉や、その子会社から、間接的に金を受けとっていないかどうか。それからケンジントンで合流して、店に来てくれ。タクシーを使うんだ」

ダグは笑った。「そんな、おおげさですよ。そこまで気をつけなくても」

「そんなことはない」キンケイドは強い口調でいった。「そうしてくれ」

キンケイドは歩くことにした。ダグとメロディがハットン・ガーデンに到着するまでに、だいぶ時間があるだろう。それに、考える時間がほしかった。グレイズ・イン・ロードを南に進み、レン・ストリート、ロジャー・ストリートを経て、〈ザ・デューク〉の前を通る。土曜日の夜、ここなら安全だとデニスが考え、指定した店だ。デニスの読みは甘かった。自分はどうだろう。だれにも後をつけられることなく〈スコッチ・モルト・ウィスキー・ソサエティ〉に行けると思うのは甘いだろうか。

グレヴィル・ストリートに着いてから、〈ウィスキー・ソサエティ〉の営業は十二時からだと思い出した。自分の間抜けさにあきれながら、下のパブに入った。ダグにその旨を伝えるメッセージを送って、コーヒーカップを両手で包む。パブはランチの客でにぎわっている。にわか雨が降ってきたが、やむときも突然だった。ダグとメロディがグレヴィル・ストリートでタクシーを降りたとき、時刻はちょうど十二時だった。

店の外で合流し、パブの上にある〈ウィスキー・ソサエティ〉に行った。キンケイドは全員分のサンドイッチとコーヒーを注文し、リンジー・クインにきいたことをふたりに話した。ポケットから例のポラロイド写真を取りだして、ふたりにみせる。

「ぶったまげたな」ダグはやけに丁寧にそれを発音すると、写真をみつめた。

「この女性ね。間違いない」メロディがいう。「けど、もうひとりの女性は？　ブルネットのきれいな人」

「いまのところ、関係なさそうだ」ダグがいった。「イヴリン・トレントがニック・キャレリーの上司だってことは知ってましたか？　キャレリーの自宅住所はわかってます。ガスホルダーズのマンションです。ってことは、キャレリーがスタントンを呼びつけたのかもしれないし、スタントンがキャレリーの家の近くの場所を指定したのかもしれません。後者の場合、話し合いを有利に進めるために、キャレリーにとって便利な場所にしたのかも」

「だとしたら、大きな間違いだったわけだ」キンケイドは考えていたことがあった。「月曜日、ニック・キャレリーは、これといった理由もないのにホルボン署にやってきた。そのとき、左手にけがをしてたんだ。料理中の事故だといっていた」

「スタントンのほうから襲ったのかもしれませんね」ダグがいった。「そして返り討ちにあった」

「というか、スタントンは運河で水死するはずが、刺されることになってしまった、と考えるかな」キンケイドはコーヒーを持ってきたウェイトレスににっこり笑いかけた。ウェイトレスが離れていってから、話を続ける。「キャレリーがホルボン署に来たのは、トマス・フェイスとデニスが親しいことを知っていたからじゃないかな。情報を探るために来たんだ」

「その先はよろしく、メロディ」ダグがいった。

「時間が足りなくて、ざっとみただけなんですが」メロディは申し訳なさそうにいって、肩をすくめた。「たとえば〈キングズ・クロス・ディヴェロプメント〉の株主リストに彼女の名前があるとか、そういうあからさまな情報はみつかりませんでした。でも、子会社のリンク先をいろいろみていたら、イヴリン・ジェインズ－トレントって名前が出てきました。トレント副警視監と同一人物だと考えるのに無理があるとは思えません」

三人は黙って顔を見合わせた。コーヒーが冷めていく。キンケイドが情報をまとめた。「要するに、トレント副警視監は自分の立場を利用して、私腹を肥やしていたということか」

「絵に描いたような汚職ですね」ダグがいった。「そして、不都合な人間を殺していった。けど、どうしたらいいんだろう。ぼくはライアンみたいに殺されたくない。スタントンみたいになるのもいやだ。まあ、スタントンは相当な悪人でしたけどね。あるいはチェシャーのフレッチャーとか。この情報をだれに持っていけばいいんです？　ぼくたちを信じてくれて、トレント副警視監の息のかかっていない人物でなきゃならない。デニスでさえ、その正解を知らないんじゃありませんか？」ウェイトレスがサンドイッチを持ってきたので、ダグは体をうしろに引いた。ウェイトレスがいなくなると、また身をのりだした。真剣そのものの目が眼鏡の奥で光っている。「ライアンをマーティン・クインの抗議グループに潜入させたのには、もっともな理由があったのかもしれません。けど、そのあとに起こったことは全部、めちゃくちゃじゃないですか。そもそも、トレントを追い詰められる人間なんて、いるんでしょうか。彼女はテロ対策司令部のトップなんですよ！」

「ひとりいるわ」メロディがいった。

メロディは、テーブルの真ん中に爆弾を落としたようなものだった。キンケイドとダグが体の向きを変えて、メロディをみつめる。ダグはローストビーフのサンドイッチで口をいっぱいにしていた。不安や恐怖のせいで食欲をなくすことはないらしい。

「なにをいってるんだ？」ダグは口をもごもごさせながら、眉をひそめた。

キンケイドははっとした。「お父さんか。デニスが襲撃されたことを、だれよりも早く知っていた。デニスの過去についても知っていた。警察や公安の秘密捜査についても詳しいんだろう」

「なんの罪も犯していない一般市民の中に秘密捜査員を送りこんで潜入捜査をさせる――警察のそういうやりかたが、父は昔から嫌いでした。わたしが警官になることに反対した理由のひとつでもあるんです」

キンケイドは、メロディが父親の権力や影響力を利用することをいやがっていると知っていた。マスコミに情報をリークされるんじゃないかと、同僚から信頼してもらえないこともあり得る立場なのだ。

キンケイドはまた、メロディとダグが、トレントとキャレリーのレーダーに引っかかっていませんように、と願った。メロディが父親にこれまでに得られた情報を提供し、父親がそれを利用したら、トレントがアイヴァン・タルボットの〝秘密の情報源〟に気づくのは時間の問題だ。「メロディ、それはだめだ。きみが火に飛びこむことになる」

「でも、時間との勝負です。解決に時間をかければかけるほど、わたしたちの身は危なくなるんですよ。ダンカンも、ダグも、ジェマも、お子さんたちも。トレントが家族を見逃してくれるとは思えません」

そのとおりだ、とキンケイドは思った。ダグもしぶしぶうなずいた。

「お父さんの身を危険にさらしてもいいのか？」キンケイドはきいた。

「父は、これより大きな問題を暴いたことがあります。それに、新聞社には、警察がどうにも近づけないところにも入っていける情報源があるんです。わたしなんて、ただ表面をなぞっているだけ」

「本当にいいのか？」キンケイドはきいた。

メロディは、手をつけていないサンドイッチを押しやった。「はい。いまから行きます」意外なほど明るい笑顔でいう。「ぐずぐずしてたら勇気がなくなっちゃうから」

キンケイドとダグはメロディを見送った。ダグは、苛立ちと誇らしさをないまぜにした表情で、いった。「本当に頑固なやつだなあ」

しかしキンケイドは、イヴリン・トレントのことが気になってしかたがなかった。

「なんでクレイグを殺したんだ？　ほかの件はまだわかる。まあ、わかりたくはないが。だが、クレイグ夫妻を殺させたのがトレントだとしたら、どうしてそこまでしたんだ？　リスクだってあるじゃないか」

「昔からの知り合いですからね」ダグは、テーブルに置いたままのポラロイド写真を指で叩いた。「長年のキャリアの中で、トレントがどれだけの仕事をしてきたのかわかりません。クレイグは、トレントの弱みをつかんだのかもしれませんね。だからトレントはクレイグを訴えることができなかった」

キンケイドはポラロイド写真をみた。「デニスの存在を忘れちゃだめだ。デニスはなにをどこまで知っていたんだろう。そして、シンガポールから帰ってきたときになにをしたんだ？　デニスがなにかをしたからこそ、トレントは手下の者たちを使ってデニスを黙らせようとした」サンドイッチに添えられていたポテトチップスをつまんだが、そのまま皿に置いた。キンケイドも食欲をなくしていた。

「話をきけたらいいのに」ダグがいった。「でないとこれからどうしたらいいか――」

キンケイドは手を振ってダグを遮った。「なんで気づかなかったんだろう。本当にばかだった。ひとりだけ、デニスがなにをしたのか知っている人物がいる。もっと早くきけばよかった」

ダイアン・チャイルズに連絡をすると、もうすぐ病院を出るところだが、すぐに来てくれるなら病院のカフェで待っている、と答えてくれた。

キンケイドは、デニスのいる病院に行くことが、いままで以上に気が進まなかった。しかし、どこかほかの場所で会おうといえば、ダイアンの反感を買うかもしれない。地下鉄のホワイトチャペル駅から病院まで歩くあいだ、ジャケットの襟を立てて風を避けていたが、寒けがするのは天気のせいだけではなかった。首のうしろの毛が逆立つような感覚を覚えて、二度振りかえった。二度目に振りかえったときは、銀色っぽい灰色のスーツを着た人がみえたような気がした。その姿は人込みに消えてしまった。ジャージー姿のアジア系のティーンエイジャーたちや、サリーを着て買い物かごを持った女性たちがいるばかりだった。

ダイアン・チャイルズは約束した場所で待っていてくれた。病院のカフェの隅のテーブルだ。深い赤紫色のブラウスが、病院の無機質な空気にはっとするような彩りを添えていた。ダイアンは立ちあがり、笑顔でキンケイドを迎えただけでなく、ハグまでしてくれた。

「ダンカン、だいじょうぶ？」向かい合って座ると、ダイアンはいった。「電話の声が、なんだか不安そうだったんだけど」

「面倒をかけて申し訳ありません」キンケイドはいった。「ただでさえいろいろ大変なのに」どう切り出したらいいかわからず、言葉を選びながら続けた。「力になっていただけるかもしれないことがあって、ご連絡しました。デニスが襲われたこととも関係があります」

ダイアンの黒くて細い眉が吊りあがった。「話して」

キンケイドはひとつ息を吸って、切りだした。「デニスが家庭でどれだけ話していたのかわかりませんが、何年か前、アンガス・クレイグという人物の下で働いていたことがあると思います」

ダイアンは困惑の表情をみせた。「公安のこと？　ええ、そういう時期があったわ」

「秘密捜査員をしていたこともご存じですか？」

「ええ。わたしが人に話していいのかわからないけど。デニスはクレイグの下で働いていたわ。ただ、それを知ったのは、デニスが病気になったとき。クレイグが家に訪ねてきたの。いやな男だと思ったわ」

否定することはできない。「デニスが病気に？」

「ええ。はじめはどこが悪いのかわからなかったんだけど、結局、それが理由で公安の仕事をやめることになったの。はじめはなにかよくないウイルス性の病気だといわれて、でも、同じ症状を繰りかえすのよ。何年かたってようやく、C型肝炎と診断されたわ。とにかく、その病気のおかげで、あの仕事をやめられたってわけ」首を横に振る。「ただ、あの仕事をやめる直前、つまり、病気で倒れたとき、なにかが起こったみたい。それがなんなのか、デニスは決して話してくれないから、わたしにはわからないわ。うまくいえないけど、そのあとのデニスは、どこか、人が変わってしまった」ため息をついた。「考えすぎなのかしらね？　でも、そのことには感謝しているわ。おかげで、穏やかな仕事に戻れたんだから」

「当時、トレント副警視監といっしょに働いたという話をきいたことはありませんか？」

「イヴリンのこと？」ダイアンは意外そうな顔をした。「いいえ、きいていないわ。わたしはずっと、公安っていうのは男性社会だと思ってたの」眉をひそめる。「正直、デニスがイヴリンに好感を持っているとは思わなかったわね。イヴリンが病院に来たときだって、驚いたもの。なんていうか、狡猾《こうかつ》な感じがするのよね」ダイアンは鋭い表情になっていた。好奇心や警戒心も感じられる。「でも、そのことと、デニスの襲撃事件とのあいだに、どんな関連があるの？」

「まだはっきりしないんです」キンケイドはあいまいにいった。「もうひとつ、きかせてください。肝移植手術を終えて職場に復帰したとき、デニスはなにか、それまでと違うことをしませんでしたか？」

ダイアンは長いこと考えこんだ。空になったコーヒーカップを右に、左に、と動かしつづける。やがて、キンケイドと目を合わせた。「あなたになら話してもよさそうね。アンガス・クレイグと、その奥さんのことなの。奥さんには警察の催し物で会ったことがあるわ。とても素敵な女性。あんな人がどうして――いえ、それはいいわ。とにかくふたりは秋に亡くなったの。デニスによると、クレイグが奥さんを撃って、家に火をつけた上で、同じ銃で自殺した。少なくとも、捜査の結果はそういうことになってるって」

「デニスはそれを信じていなかった、そういうことですね」

「ええ。当時、デニスはとても具合が悪かった。精神的にも動揺していたし。シンガポールでの手術の段取りはできていたから、手術を受けることにした。そのあと、デニスはクレイグの事件のことを口にしなくなった。あきらめたのかと思ったけど、こっちに戻ってきたら、それが変わった。できるだけ早く事件を調べ直すといいだして。頑固な人なのよね」ダイアンはキンケイドに笑いかけた。「でも、そのことなら直接本人にきいてみたら？」

キンケイドは口をぽかんとあけた。「え？」

「二日前に意識が戻ったの。電話をもらったとき、こちらから電話して知らせようと思っていたところだったのよ。夫からは、ダンカンとトマスにだけは知らせていいっていわれてる」

25

父親が新聞社にいるときや、人前では、こんな話をするわけにはいかない。母親は週末にかけて別荘に行っているので、ケンジントン・スクエアの実家で会いたいと父親に電話した。

「ランチの誘いか？」

「ううん、食事はいいから」しかし、実家に着いたとき、アイヴァンはすでにキッチンにいた。上着を脱いでネクタイをはずし、オーダーメイドのシャツとズボンの上に古いエプロンをかけている。パティオに通じるドアがあけっぱなしになっていて、そのむこうの庭がみえる。空を雲が流れているので、陰影が刻一刻と変わっていく。

父親はメロディをハグしてから、両肩に手を置いた。これをされると、六歳の子どもに戻ったような気分になってしまう。アイヴァンはコロンをつけていないが、シェービングソープの香りがした。その清潔な香りを嗅ぐと、ほっと落ち着いた気分になる。

「コーヒーはやめておけ」メロディから手を離して、アイヴァンはいった。「疲れてるようだ。それと、日曜日に会ったときより痩せたんじゃないか？　サンドイッチを作ったぞ」父親が一歩横に動くと、そのうしろに全粒粉のパンで作ったサンドイッチと、スライスした青リンゴののった皿があった。隣には牛乳。やっぱり六歳の子どもむけだ。

メロディはため息をついて腰をおろした。これはしかたがない。食事の心配をしたこともなく、いつもだれかに身のまわりの世話をしてもらえる人生を送ってきた母親と違って、父親は、人の世話をするならわかりやすい形で、という強い信念を持っている。素直にこれを食べないと、今日の話し合いはできないだろう。

サンドイッチには、分厚いハム、チェダーチーズとピクルスが使われている。ひと口食べて、自分がものすごく空腹だったと気がついた。牛乳も最高だ。なめらかで冷たくてクリーミー。残さず食べおえたとき、震えずにしゃべることができそうだと思った。食べているあいだに、アイヴァンは紅茶をいれてくれた。メロディの正面に座り、ふたりのカップに紅茶を注ぐ。「で、今日はどうした?」

タクシーの中で、どうやって話を切り出したらいいんだろうとずっと考えていた。しかし、結局はシンプルにいった。「お父さん、デニス・チャイルズのこと、どうして知ってるの?」

「ああ、そのことか」アイヴァンはカップの縁ごしにメロディのようすをうかがった。

メロディはふと、父親とデニスは似ているな、と思った。大きな体に似合わず、動きが優雅なのだ。年齢も同じくらい。権力を持ち、高い地位にあって、高い知性と倫理観を持っている。「きかれるかもしれないなと思っていた」アイヴァンは椅子にゆったり座り、じっくり話をする姿勢をとった。繊細なボーンチャイナのカップを大きな両手で包む。「新聞社のデスクに昇進したころのことだ。デスクになったとはいえ、現場で写真を撮るのが好きだった。一九九四年のノティング・ヒル・カーニヴァルで、ひどい事件が起こった。過激な白人のグループが、スティーヴン・ローレンス事件に抗議するグループと衝突したんだ。抗議グループのひとりが、白人グループに立ちむかった。そして、けがをした無関係な若者を助けた。いい写真が撮れたよ。新聞の一面を飾ってもおかしくない出来だった。だが、発表されることはなかった」アイヴァンは首を振った。思い出に浸るようなまなざしで、話を続ける。「どういうわけか、なにかがおかしいと思った。その男は、活動家にはみえなかったんだ。堂々としていて、ぎりぎりの状況でもリーダーシップをとっていられる、そんな男だった。

何年かたってから、そのときのことをあらためて考えるようになった。世間の注目を集めた殺人事件に関する記者会見に、捜査を担当する警部があらわれたんだが、それがまさにその男だったんだ。そのあと挨拶に行ったよ」アイヴァンは大きな肩をすくめた。「それ以来、デニスとは連絡を取り合う仲になった。もちろん、世間の目の届かない範囲でな」

信じられない、とメロディは思った。アイヴァンは昔から、役人との関わりを避けてきた。ジャーナリストとしていいたいことがいえなくなってしまうから、といっていた。「デニスが襲われたことは、どうして知ったの？」

「トマス・フェイスが連絡をくれた」

メロディはうなずいた。いわれなくても気づくべきだった。

「妙な事件だと思った」アイヴァンが続ける。「そして、おそらくおまえたちが扱うことになるだろうと」イングランド北部の訛りが強くなっている。わざとなんだろうか。

「どうしていままでそれを話してくれなかったの？」

「新聞社が巻きこまれるのは困る」

メロディは笑みを返さずにはいられなかった。「目的のためには手段を選ばない」

アイヴァンは真顔になった。「そうかもしれんな。それはデニスも同じだ。だが今回は、それが行きすぎたんじゃないか？　なにがあったんだ？　病院からは連絡がない」

メロディは訥々《とつとつ》と話しはじめた。セント・パンクラス駅の爆発事件でライアン・マーシュが果たした役割。その後の失踪、川の中洲の隠れ場所。ライアンが与えてくれた情報によって、事件の犯人がわかったこと。ライアンが死んだことを話すときには、両手が震えた。ずっと自殺だと思って、なんともいえない責任を感じていたこと。

アイヴァン・タルボットは聞き上手だった。メロディのペースで話をさせ、遮ることもしない。苛立ちをみせることもなく、メロディをじっとみて耳を傾ける。メロディは、先週から一週間たらずのあいだに起こった出来事を、時系列に整理して話そうとした。キンケイドがデニスと会い、その直後にデニスが襲われたこと。ライアンは自殺したのではなく殺されたのではないかというキンケイドの疑いが強くなり、ラシードの話をきいて、それが確信に変わったこと。デニスは通り魔に襲われたのではないこと。ライアン・マーシュがアンガス・クレイグとどこかでつながっているとわかったこと。これをきいたとき、アイヴァン・タルボットが一瞬目を大きく見開いた。しかし話を遮りはしない。

「ダグとふたりで考えて、お父さんの言葉の意味がわかった」父親のあいまいな表現を責めるつもりはまったくなかった。「デニスは秘密捜査員として、おそらく公安に雇われていた」アイヴァンが黙ってうなずくのをみて、メロディは続けた。「それから、リージェンツ運河で死体がみつかった。けど、指紋を照会すると、運転免許証の人物とは名前も住所も違ってた。しかも、男の指紋は、彼が警官だったことを示していた。なにか問題のある警官らしかった。警官としての経歴に空白期間があることから、やはり秘密捜査員だったんじゃないかと思われた。でも、粗暴な行動が問題になった過去があり、ここ数年間の所在について、なんの記録もみつからなかった」

「写真はあるか？」アイヴァンがいった。メロディにとっては意外な言葉だった。

メロディは携帯を取りだし、マイケル・スタントンの写真を出してアイヴァンにみせた。

アイヴァンは写真をじっとみて顔をしかめた。「何年も前の出来事だが、あの日、カーニヴァルでビール瓶を投げた男に間違いない。近くにいた若者に大けがをさせたんだ。まわりを押し切るような、強引さを持った男だった。まさか警官だとは思わなかった。公安は、対立したグループの両方にスパイを送りこんでいたんだな。ローレンス事件をめぐる緊張がそれほど大きかったということだ」

「わたしたちは、アンガス・クレイグが彼らのハンドラーだったと思っているの。みんながつながっていたのよ。そんなとき、ダンカンがあることを突きとめたの」メロディは言葉を切り、カーディガンをきつくかきあわせた。ライアンが他殺だったことはなんとか話せたが、このことをどう話したらいいのか。父親が続きを待っている。だいぶ冷めてしまった紅茶をごくりと飲んで、続けた。「ライアン・マーシュとスタントン――この男よ」携帯の写真をとんとんと叩いた。「そのふたりを、アンガス・クレイグの住む村でみかけた人がいるの。クレイグ夫妻が死んだ夜に。わたし――ライアンが夫妻を殺したなんて信じない。信じられない。でも、クレイグ夫妻はだれかに殺されたんだと思う。それで、考えはじめたの。アンガス・クレイグが裁判にかけられると困るのはだれなのか。それと、デニスがなにを知っていたのか。あの夜、アンガス・クレイグに会ってなにを知ったのか」

「協力しよう」アイヴァンはじっくり考えながらいった。「そのライアンという秘密捜査員を、キングズ・クロスの再開発計画に反対する活動家団体に送りこんだのはだれなんだ？」

いかにも本物のジャーナリストだ、とメロディは思った。「それがようやくわかったの」父親の目をまっすぐみる。やめるならいま。話をやめて、このまま家に帰ればいい。話せば、父親を巻きこむことになる。その先になにが待っているのか？　両親は無事ですむのか？　新聞社は？　リスクをとる価値はあるのか？

しかし、父親の表情をみて、すでに引き返せないところまで来てしまったんだとわかった。アイヴァン・タルボットがここで幕引きをするはずがない。彼のキャリアそのものに匹敵するくらい重大なストーリーが、目の前にあるのだ。それに、友人と思っていた男の命も危機に瀕している。

「黒幕は」メロディはいった。「トレント副警視監だと思う」そして、そう思う理由を話した。

不安を抱いて眠った。鎮静剤はもう投与されていないが、全身がばらばらになったような、ふわふわ浮いているような、奇妙な感覚は消えていかない。頭も痛い。夢をみては汗をかいている。目が覚めると必死で考えたが、いろんなことが思い出せなかった。

パブでダンカンと会ったのは覚えている。歩いてロジャー・ストリートへ行き、パブのテーブルを挟んでダンカンと話をした。パブを出た。しかしそのあとが思い出せない。記憶のその部分が空白になっている。

どこで、どんな状態で発見されたのか、説明は受けた。見張られて、あとをつけられていたということか。それとも、その場所を通ることがわかっている犯人が待ち伏せしていたのか。ダンカンは危険にさらされていないだろうか。妻は、ダンカンはだいじょうぶだといっていたが、自分だけでなく、まわりに被害を出してしまったのではないかという思いが消えていかない。

また眠りに落ちた。火事の夢をみた。過去の人々の顔があらわれてきた。目をあけたとき、ベッドの足のところに女が立っていた。「どうしてパブを出ていった？」デニスはきいた。

そのとき、あれは過去の記憶だと気がついた。二十年以上前のあの夜、女がパブから出ていった理由を、いまは知っている。急に頭がすっきりして、体に戦慄が走った。腕の毛が逆立つ。コントローラーを探り、女の目をまっすぐみられる高さまでベッドを起こした。しかしそのとき、コントローラーが手から離れて落ちていき、コードの先にぶらさがった。

「いま来たところよ」女は微笑んだ。

「意識が戻ったことをどうやって知った？」デニスは軽く眉をひそめた。ちょっとした好奇心できいているだけ、というふうにみえていてほしい。ベッドを囲むカーテンは引かれて、まわりからみえないようになってしまっている。

「お友だちのトマスのオフィスに、かわいい手先がいるのよ」女は首を振り、腹立たしそうに舌打ちをした。「デニス、あなたがクレイグのファイルを調べたこと、わたしが気づかないとでも思ったの？　あなたはもっと分別のある人だと思ってた。アンガス・クレイグになにが起きたかなんて、どうしていまさら気になるわけ？　当然の報いを受けただけだっていうのに」

「殺されるのが当然、なんて人間はいない。いくらアンガスのような男であってもな。それに、リン、だったらエディのことはどうなんだ？」事件ファイルにあった写真が、記憶にありありと残っている。わきおこってきた怒りを抑えようとして、デニスは薄っぺらな毛布をぎゅっと握った。声を荒らげないようにして話す。「単なる巻き添えなのか？」

「アンガス・クレイグには、自殺する理由がいくらでもあった。そして、怒りと絶望を抱えた人間は、えてしていちばん身近な人間にそれをぶつけるものよ」イヴリン・トレントは肩をすくめた。高価なシルクのスーツがこすれる音がした。「そんなこと、あなたにだってわかってるでしょ」頭の悪い子どもに説教をするような口調だった。

デニスはリンをみて、思った。どうしてこんな女のことを友人だと思っていたんだろう。警察内部の腐敗にリンがかかわっていると疑いはじめたとき、彼女は根っからの悪人ではないはずだ、と自分にいいきかせた。しかしいまでは、もともと腐った人間だったんだと確信している。それを見抜けなかった自分が甘かった。

「いや」デニスはいった。「アンガス・クレイグはさまざまな罪を犯しただろうが、奥さんだけは殺していない。自殺もしていない」

リンはおもしろがるようにいった。「捜査ファイルのどこに、そんなことが書いてあるっていうの?」

「本人にきいた」

「はあ?」リンはこのときはじめて驚いた顔をした。そして苛立ちをみせた。「ばかなことをいわないで。そんなことあり得ない」

「本当だ。わたしはあの夜、クレイグに会いにいったんだ。シーラにしたことを認めさせたかった。シーラはあんたが殺した最初の女なのか、ときいた。クレイグはわたしをみて笑い、ばかめといった。

シーラを殺したのは、リン、きみなんだな。きみがクレイグのポケベルに電話をかけたとき、クレイグはミッキーとほかのやつらを置いて、パブを出てきたところだった。だから、シーラを殺したのはミッキーじゃないと知っていた。わたしでもない。わたしは立っていることもできない状態だった。人の首を絞めるなんて、できるはずがない」

「デニス」イヴリンは苛立ちを抑えきれないかのように首を振り、一歩前に出ると、片手をベッドの端に置いた。「あなた、本当に具合が悪そうね。ばかなことばかりいわないで。まさか、わたしがシーラをレイプしたとでもいいたいの？」

「シーラはレイプなんかされなかった。性的暴行を受けた痕跡はなかったんだ。スカートをなおしていたのは、わたしの目をごまかすためだったんだろう」

「あら、そう」リンは眉をひそめて首をかしげ、デニスをみた。リンのいつものしぐさだ。かつてはそれが魅力的だと思ったものだ。「ひどく殴られた頭でも、多少はまともにものを考えられるなら、教えてちょうだい。どうしてわたしがシーラを殺したりするわけ？」

「シーラはスパイだった」デニスは唇をなめた。「スパイの中のスパイ。鳩《はと》の中の猫ってやつだ。皮肉だよな。しかも、送りこんだのはアンガス・クレイグ。わたしたちのことを信頼していなかったんだ。いつ寝返るかわからない、と思っていたんだろう。潜入先が差別抗議団体だろうと、動物保護団体だろうと、もしその活動に感化されて宗旨替えし、それをだれかに打ち明けるとしたら、パーティーガールのシーラじゃないか？

だが、スパイの中のスパイとしてシーラが気づいたのは、まったく予想外の事実だった。きみはコインの両面を使いわけていた。抗議団体から金をもらい、警察の情報をリークしていたんだ。シーラもそのひとりだと思っただれかが近づいて取引を持ちかけた。シーラはそのことをきみに相談したに違いない。きみたちはいつもいっしょにいる友だち同士だったからだ。

きみはシーラによけいなことをさせないよう、シーラの口を封じることにした。だが、きみにとって計算外だったのは、シーラがすでにクレイグに話していたということだ」喉がからからになっていた。デニスは水の入ったカップを慎重に取り、ストローを使って飲んだ。この水をリンの顔に投げつけてやることはできるだろうか。できたとしても、こんなものでどれだけのダメージが与えられる？　手が震えた。

「その与太話が真実だったとしたら」リンはゆっくりいった。「クレイグはどうしてわたしを断罪しなかったの？」まだ声に落ち着きがある。しかし、胸が激しく上下しているのが傍目にもわかる。

「公安の秘密捜査が白日の下にさらされることになる。何年もかけて作りあげてきたものが、すべてぶちこわしになる」デニスは乾いた笑い声をあげた。「いや、それ以上の理由がもうひとつある。クレイグは、きみを利用することにしたんだ。それから二十年余り。きみが昇格すればするほど、クレイグの立場も強くなった。クレイグを批判する声があちこちからあがっても、それらは無視され、もみ消された。ただ、最近のクレイグはちょっと調子に乗りすぎていたんだろう。そうじゃないか、リン？　性暴力や殺人の犯人として逮捕間近の状況。これもなんとかもみ消してもらおうと、きみを脅した。きみとクレイグはたがいに便利な存在だったが、ここまで来ると、きみの手にも負えなくなってきた。それに、クレイグの持つ手札によっては、きみの将来も危うくなってしまう。

あの夜、クレイグは自信たっぷりだったよ。きみがひと働きするだけで、すべての問題は魔法のようにぱっと消えると確信していたんだろう。実際にそうなったが、あんなやりかたで、とはクレイグも予想していなかっただろうな」デニスは嫌悪の目をリンに向けた。「リン、だれにやらせた？」

「その名前で呼ぶのはやめて」イヴリンは強い口調でいった。余裕をなくしているのは明らかだ。「わたしはイヴリンよ。昔からずっと、イヴリン。クレイグは、あなたとっても仲のよかったミッキーを便利に使ってたわ。でもミッキーはクレイグのことが大嫌いだった。クレイグの判断で秘密捜査員の仕事をやめさせられることが決まってからは、とくに。

ミッキーはあなたほど、警官として成功しなかった。お互いにとって不幸なことだったわね。けど、ミッキーが問題を起こすことはもうないわ」

「死んだのか」

「ええ。ミッキーは自分のハンドラーを殺したばかな男なのよ。でも、あなたが息をしている限り、ミッキーは枕を高くして寝られない。当たり前よね。秘密捜査員としての自分の価値はもう終わりなんだろうかと、自信がなくなった。だったら不安を取り除いてしまえばいいと考えたのね。それならそれで、あなたをもっと強く殴ればよかったのに」眉をゆがめて続ける。「失敗するなんて意外だったわ。だって、ミッキーはクレイグ以上にあなたのことが嫌いだったんだから」リンはため息をついて頭を振った。「あなたが意識を取り戻したことは残念としかいいようがない。本当に使えない人ね」

デニスは作り笑いをした。「リン、わたしになにをするつもりだ？　枕を押しつけて窒息死させるのか？」

「そんなに派手なことを考えるものじゃないわ」リンの口調には敵意がにじんでいた。手で触れられそうなほどの、強い悪意だった。デニスに一歩近づき、身をのりだす。「そんなことをする必要はないわ。そうでしょ？　あなたは奥さんを愛してる。そこがあなたの弱みだった。奥さんになにかあったら、あなたの人生はどうなるかしらね」

デニスは首を振った。なにかの間違いであってほしい。病室が揺れて、答えるのが一瞬遅れてしまった。「そんな脅しは効かないぞ、リン」しかし、それをいうあいだにも、デニスは悪夢をみている気分になった。火事やそのほかの恐ろしい出来事が思い出されて、心に余裕がなくなってしまった。

キンケイドはエレベーターの前まで来ると、ためらった。ダイアンは、フェイスにはもう電話したといっていた。デニスがそこまでトマス・フェイス警視正を信用しているなら、自分も信用するべきなんだろうか。

あたりを行ったり来たりして、エレベーターに乗る人や降りる人を観察した。やがて心を決めると、人の来ない場所まで行って、トマス・フェイスの携帯の番号を押した。署の電話システムを通さないくらいの判断力はあった。

フェイスが電話に出た。キンケイドは自分の名前を告げてから、いった。「ダイアンから、デニスが目を覚ましたとききました。いま、ロイヤルロンドン病院にいます。ばかなことをと思われるかもしれませんが、デニスには警護が必要です。理由はあとで説明しますが、できればすぐに――」

「いま向かっている」フェイスはいった。「制服警官とそっちで合流することになっている。そちらに着いたら、状況を知らせてほしい」電話が切れた。

エレベーターに乗り、ダグやメロディから返事がないかを確かめた。なにもない。そんなに早く返事がもらえると思っていたわけではないが、ひとり取り残されたような気分だった。病院の規則どおりに携帯電話をサイレントモードにしてポケットに入れた。

エレベーターのドアが開いたらなにをいえばいいだろう。どこから話したらいいんだろう？

夕方の静かな時間帯だった。病院の一日のルーティーンがとぎれ、廊下にはだれもいないような時間帯。デニスの病室までやって来ると、ドアは閉まっていた。ノックをしようとして考えた。デニスが眠っているかもしれないから、起こさないようにしよう。ドアをあけて、できるだけ静かに中にはいった。

すぐに気がついた。ベッドとドアのあいだのカーテンが引いてあり、ぼそぼそ話し声がきこえる。看護師がなにかしているのなら、廊下に出て待っていようかと思った。しかしそのとき、デニスの声がきこえた。「アンガス・クレイグはさまざまな罪を犯しただろうが、奥さんだけは殺していない。自殺もしていない」

それに続く女性の声がだれのものか、すぐにはわからなかった。しかし「捜査ファイル」という言葉がきこえた。心臓がどきりとして、同時に現状がわかった。

トレントだ。間違いない。ニック・キャレリーを送りこむのではなく、自分でやってきたのだ。キンケイドはその場に立ちつくした。全身が痺《しび》れて動けなくなっていた。

声が大きくなった。トレントがなにをいっているのかがわかった。どうすべきかを即座に判断し、カーテンに一歩近づいた。ポケットの携帯を取りだしボイスレコーダーのアプリを開く。カーテンのむこうの話し声をはっきり捉えることができればいいのだが。息を詰め、携帯を掲げ、高まる緊張の中、耳をそばだてた。トレントのハイヒールが床を打つ。ベッドに近づいたのだ。

はっきり聞こえた。「あなたは奥さんを愛してる。そこがあなたの弱みだった。奥さんになにかあったら、あなたの人生はどうなるかしらね」

デニスの返事はよくきこえなかった。キンケイドは焦ってカーテンをあけ、中に進みでた。

「そこまでだ」大声でいう。「デニスに触れるな」

イヴリン・トレントは、デニスのベッドから三十センチほどのところに立っていた。くるりと振りむいた顔が驚きでゆがんでいる。すぐにはキンケイドの顔がわからなかったようだ。そして、吐きだすようにいった。「なんの用？　出ていきなさい」

「ベッドから離れろ」キンケイドは冷静に応じた。

その表情からなにかを感じとったのか、トレントはほとんど反射的にあとずさった。

「すべてきいた」キンケイドはいった。「デニスに触るな。ダイアンにもだ」

しかし、まもなくトレントは落ち着きを取りもどし、軽蔑のまなざしを送ってきた。

「あら、そう。警視——いえ、警部補だったかしら？　最近降格したそうじゃないの。警官らしからぬ行動でもしたのかしら。いったいなにをきいたのか知らないけど、健康上の理由で解雇してやってもいいのよ」

「フランク・フレッチャーのように、か」トレントの口元がこわばる。キンケイドは図星を突いたと感じた。「ああ、そうだ。ぼくたちはフレッチャーのことを知っている。

すべてわかっているんだ」キンケイドは携帯を前に掲げた。「すべて録音した。で、そっちはなにを知っているというんだ？」歯をみせて微笑んだ。「いまも録音中だぞ」

疲れて顔色が悪かったデニスが親指を立てた。「いい判断だ」

トレントが目を大きく見開いた。「生意気な」視線を携帯からデニスに、そしてまた携帯に移した。なにかを計算しているようだ。そしてキンケイドにとびかかっていったとき、フェイスが部屋に入ってきた。

キンケイドは、携帯を奪おうとするトレントの両手首をつかみ、息を弾ませながら、手首を背中に押しつけた。するとデニスがいった。「トマス、ダンカンに手を貸してやってくれ。副警視監は調子に乗りすぎたようだ」

26

「まだわからないことがひとつある」土曜日の朝、キッチンのテーブルで二杯目のコーヒーを楽しみながら、ダンカンがジェマにいった。「ケイト・リンがライアン・マーシュの剖検結果を偽って報告したのはなぜか」ジェマにすべてを話すまでに二日かかった。その後も事件にまつわる詳細をよく話し合っていた。

「銃創については法医学者ひとりひとりで見立てが違うものなんでしょう？　あなたがそういってたじゃないの」

「とはいえ、このことは問題になると思う。きみもわかってるだろう？」

ダンカンに穏やかに諭されて、ジェマはかえってむっとした。「わたし、彼女とオフレコで話してみる。彼女にもトレントの息がかかってたなんて、信じられない」

「信じられないというより、信じたくないんだろう」ジェマが反論してくる前に、ダンカンは続けた。「ぼくだってそうだ。まあ、話してみるといいと思う。トレントのことも、もう新聞で読んでるだろうし」

その日の朝、〈クロニクル〉はトレントが逮捕されたことを一面で報じた。二十年間に及ぶとされる汚職と不正を徹底的に暴いてみせると読者に約束した。

そんなわけで、ダンカンがトビーをバレエ教室に、シャーロットを公園に連れていくことになった。ランチのあと、ジェマはフラム・ロードに空きスペースをみつけて車を駐めた。チェルシー・アンド・ウェストミンスター病院まではそれほど遠くない。ケイトには、数分でいいから会って話したいという短いメッセージを送っておいた。

ケイト・リンはオフィスにいた。ジーンズにTシャツという格好で、私物を段ボール箱に入れている。白衣を着ていないケイトをみるのははじめてだ。薄いコットンのTシャツが、肩の華奢さを際立たせている。ジーンズもぶかぶかだ。

「ジェマ」ケイトは振りかえって微笑み、ここが仕事場だということを忘れさせるような情熱的なハグをした。

「ケイト」ジェマはあけた引き出しや、本と書類の山に目をやり、驚いてきいた。「いったいなにをやってるの？」

「荷物をまとめてるの」ケイトは肩をすくめた。「わたし、仕事を辞める」

「え？　どうして？」

ケイトは、ジェマがいつもうらやんでいるストレートヘアをかきあげて、ため息をついた。「座って話しましょうか」あたりをみまわし、椅子にのせていた箱を床におろすと、その椅子をジェマに勧めた。「母が病気だといったわよね？」銀のフレームに入れた写真にそっと触れる。部屋全体は散らかっているのに、写真だけはきれいに並べて机に伏せてあった。「木曜日に、亡くなったわ」

「そんな」ジェマは言葉を失った。「ご愁傷様です」

「ガンだったの。ある程度の覚悟はしてた。それに、とても穏やかな最期だったのよ」

「でも――」ジェマは机に目をやって、話を切りだした。「つらいのはわかるけど、どうしてこんな……？」

「母の生前のいろんなことを片づけていて、それがすごく……大変なの。少しゆっくりしたいと思って」

たしかに少し休むべきだ、とジェマは思った。ケイトはリラックスして話しているが、疲れがはっきり顔に出ている。黒い瞳にも生気がない。

「で、わたしになにをききにきたの？」ケイトはいった。「庭で死んでた女の子のこと？　残念ながら、DNA検査の結果はまだ出ていないわ」

「その件じゃないの」ジェマはためらったが、勇気を出してきくことにした。本当はこんな話はしたくない。「ケイトが報告した、別の剖検結果のこと。三月の事件よ。死んだのはライアン・マーシュという男」

「ああ、そのこと……」ケイトはひとまわり小さくなってしまったようにみえた。肌は青白く、頬骨がやけに目立っている。あまりに弱々しい姿をみて、ジェマは立ちあがり、座っていた椅子にケイトを座らせた。別の椅子から本の山をどけて、自分も座る。

ケイトの手をぽんと叩いた。「いやな話をしてごめんなさい。でも、剖検のこと、きかせてくれる？」

「遺体をみたとき――」ケイトはゆっくり話しはじめた。「よくある自殺みたいだったけど、ただ、現場に呼ばれなかったのが妙だなと思った。それに、わたしがハックニーの事件を担当するなんて。まあ、ほかの法医学者が忙しいときなんかは、そういうことはあるんだけどね。そんなとき、ひとりの男があらわれた。刑事だといってたけど、身分証はみせてくれなかった。最初はすごく感じのいい人で、おかしなところなんてないと思った。少しおしゃべりしたわ。それからその男はわたしににっこり笑いかけて、この件は自殺ってことにしてもらうよ、といった。

意味がわからないんだけど、と答えると、男はまた微笑んで、自殺ってことにしないなら、わたしの父の問題を母にばらすぞといった」ケイトはひと息ついて、指先を頬に押しつけた。「理解してほしいんだけど、うちの母は八歳のときに中国からイギリスに来た。母の実家はとても厳格な中国人家庭。父は中国系の三世で、中国の古い価値観なんてどうでもいいって人。でも母にとっては、家族の不名誉がなにより我慢ならなかったの」

ジェマはうなずいた。「理解してるつもりよ。つまり、お父さんが家族の不名誉になるようなことをしたの？」

　ケイトはうなずいた。「ギャンブルで借金をした。投資にも失敗した。その男は――刑事は――わたしが指示に応じなければ、父の借金を徹底的に取り立ててやる、といった。そんなことをされたら父は破産するわ。家族にとって大きな恥になる」

　キンケイドからきいた話では、それはイヴリン・トレントのよくやる手口だった。不動産取引を通して手に入れた情報を、別の目的に利用する。その交渉には別の人間を使う。「ケイト、その刑事なんだけど、名前もいわなかったの？」

　ケイトはうなずいた。「ええ。それと、この話はとても遠回しにいわれたの。はじめはすごくまともな話しぶりだった。それにその人、とてもハンサムだったから、わたし――」正直な気持ちを話して、顔を赤らめる。「でも、相手のいいたいことがわかってからは、そんな自分のことが恥ずかしくなったし、腹も立った。わたしはわたしが正しいと思う報告をすると答えたら、男は微笑んで、せいぜいがんばれよって。

　その男が何者なのか、調べるつもりだった。でも、実際に剖検をしてみると、自殺だとは思えなかったから、なんだか……怖くなってきて。その刑事のことを考えれば考えるほど、あの脅しは本気なんだろうと思えてきた。男の見た目はよくても、冷たい血が流れてるって感じがした。わたし、母の心の平穏を乱したくなかったのよ」ケイトは涙を拭った。「ジェマ、あの男は何者なの？　死んだ男は？　夢にも出てくるの」

ジェマはためらったが、ケイトには知る権利があると判断した。「死んだ男は警官よ。同じやつらにいろいろ命令されて、それを拒んだことで殺された。あなたの決断が正しかったのか正しくなかったのか、わたしにはなんともいえないわ。でも、あなたがいわれたことが単なる脅しじゃなかったことは確かだと思う。それに、あなたが命令に背いたからって、被害者が生き返るわけでもないんだものね……」

「ありがとう」ケイトは小さくいって、ため息をついた。「でも、だからって、わたしのしたことが正しかったってことにはならない。わたしは自分自身の名誉を汚してしまった。それからわたしは、仕事を続けることができなくなった。でも、わたしが仕事を辞めたりしたら、母はそれを自分の病気のせいだと思うだろうと……」

「あなたを脅した男の特徴を教えてくれる？」

ケイトは顔をしかめた。「考えるのもいやだけど、ええ、いいわ」目を閉じて記憶をたどりはじめた。「年齢は四十代。筋肉質で――」ふたたび顔を赤らめた。「――ハンサムだった。けど、いちばん印象的だったのは髪ね。まだ若いのに、白というか、銀色だったのよ。目も灰色。いま思うと、なんだか不気味な感じね」

「なんてこと」ジェマは真実を悟って驚いた。「ニック・キャレリーだわ」キャレリーの特徴をそんなふうに話す人は多い。キンケイドは「灰色の幽霊」と呼んでいた。キャレリーこそ、みつからなかったパズルのピースだったのだ。これまでは、彼がイヴリン・トレントの直属の部下として働いていたことしかわかっていなかった。

「知り合いなの？」

「個人的な知り合いじゃないわ。でも、トレント副警視監の手先なの」

「驚いた」それがどういうことか理解すると、ケイトはつぶやいた。

「ケイト、写真をみて確かめてくれる？」

ケイトはゆっくりうなずいた。「記憶はばっちりよ。一度会ったら忘れられないような男だから」

ジェマはひとつ息をついた。「申し訳ないんだけど、彼に脅されたってことを証言してほしいの。今朝の〈クロニクル〉を読んだら、あなたがどんな事件に巻きこまれたのかわかると思う」

ケイトはしばらく黙っていた。それから立ちあがり、ジェマが入ってきたときに本を詰めていた箱の前に立つと、その作業に戻った。「わたし、仕事が好きなの」しばらくして、かすれた声でそういった。「自信もある。なのにあの男はわたしの誇りを汚した。ええ、もちろん証言するわ」


分厚いリビングのカーテンを床に落とすと、埃が舞いあがった。メロディは一歩下がり、生まれかわったような部屋をみて満足した。濃い色のブロケード地のカーテンは、この部屋に最初からつけられていたもので、大嫌いだった。それでもずっと使っていたのは、その実用性のためだ。母にも、そのままにしておきなさいとしつこくいわれていた。朝日のせいで家具の色が褪《あ》せることがないし、ポートベロ・ロードの喧騒もきこえてこないから、と母はいっていた。

「喧騒がなんだっていうのよ」メロディは声に出してそういうと、埃のせいでくしゃみをした。それに、朝日は好きだ。窓をあけて、新鮮な空気を部屋に入れると、買い物に出かけた。

二時間後、メロディは買い物袋をさげて帰ってきた。ソファに置くための明るい色のクッションは、ウェストウェイの高架下に出ていた露店で買った。ポートベロ・ロードの写真も二枚買った。窓の横の壁に飾るのにちょうどよさそうだ。

それから、オリーヴ、焼きたてのパン、チーズ、新鮮な魚、野菜、そして腕いっぱいの元気なチューリップを買った。

忙しく体を動かした。食料品を冷蔵庫にしまい、壁に釘《くぎ》を打って写真を飾り、チューリップにぴったりの花瓶を探し、母親にもらったボーンチャイナやクリスタルの食器やグラスを小さなテーブルに並べた。もっと前からこういうことをすればよかった、と思った。アンディが泊まりに来たときも、ピザやフィッシュ・アンド・チップスをコーヒーテーブルで食べるだけだった。

仕事をがんばったご褒美として紅茶をいれ、明日ダグと出かける予定の園芸用品店で買うもののリストを作った。先週末のような季節はずれの暑さはないが、空はよく晴れている。好天は明日いっぱいは続くだろう。ガーデニングにぴったりの週末だ。

マンションの呼び鈴が鳴った。メロディははっとして、紅茶をこぼしてしまった。だれも来るはずはないのにと思うと、不安で胸がどきどきした。しかし、音質の悪いインターフォンからきこえた声は、ダンカンのものだった。エントランスのロックを解除してから、焦って部屋をみまわす。ダンカンがここに来るのははじめてだ。アンディと両親以外、ここにはだれも来たことがない。ダグもだ。

しばらくすると、玄関の呼び鈴が鳴った。ドアをあけ、ダンカンを中に迎えいれた。

ダンカンはリビングに入ってすぐ足を止め、興味深そうに部屋をみまわした。「いいマンションだね。メロディらしい部屋だ。景色もいい」ダンカンはジーンズとコットンのシャツを身につけていたが、それが少し乱れていた。メロディの視線を追ったダンカンは、髪についていた落ち葉をつまみとった。「子どもたちのいたずらだ。シャーロットと公園に行ってきた。メロディ、こんなふうに突然お邪魔して申し訳ない。ただ、トビーをバレエ教室にお迎えにいく前にちょっと時間があったんでね、話ができないかと思って」

「かまいません。そこに座って」メロディはそういってから、言葉遣いに失敗したと思った。

ダンカンは部屋にひとつきりの肘かけ椅子に座った。しかし深くは座らず、背すじをぴんと伸ばした。ダンカンにしてはめずらしく、動きがぎこちない。

「なにか飲み物を用意しますね。紅茶でいいですか？　それともレモネード？」

「いや、すぐに終わる話なんだ。というか、お礼をいいたかった。お父さんの協力を仰いでくれてありがとう」

メロディは、トレント副警視監が複数の事件について取り調べを受けているのを知っていた。しかし、検察の最大の関心は、物的証拠がある昔の事件だと思われた。一九九四年にシーラ・ホーキンズ巡査が殺された事件だ。

ホーキンズの爪からは、人の皮膚組織が採取されていたが、当時の警察はイヴリン・トレントのDNAとの照合をしなかった。いまはトレントのDNAサンプルが採取されているし、デニスの病室で話していた内容からして、訴追される可能性が高いとのこと。

「きみのおかげで、ぼくたちは保険に入ったようなものなんだ」ダンカンはいった。「トレントの手先として働いていた警官がすべて洗いだされ、トレントが黒幕としてやっていたことの全容が明らかになるまでには、何ヵ月、いや、何年もかかるだろう。マスコミの関与がなかったら……考えたくはないことだが、ぼくたちみんなの命が危なかったと思う」

メロディは黙ってうなずいた。どんな言葉を返したらいいかわからなかった。ダンカンのいいたいことは理解できるが、そのことをあまり話したくはなかった。

「アンディは元気かい？」ダンカンはダイニングテーブルをみていった。「まだツアー中だと思ったが」

「ええ、そうです。いまはノルウェーにいるはず」

アンディとは、木曜日の夜にようやく電話で話すことができた。ハノーヴァーで携帯を盗まれたが、スケジュールが過密すぎて、新しいのを買うことができなかったという。しかも――アンディはいいにくそうに打ち明けた――ツアーは数週間延長されるとのこと。場合によってはもっと長くなる。

「わかったわ。気にしないで」メロディはいった。本心からの言葉だった。時間が必要だ。自分自身をみつめなおしたい。ほかのだれかの期待に応えられなかったらどうしようと思いなやんだり、それに反発したりするのをやめたら、自分はどんな人間になれるんだろうか。

ダイニングテーブルをみて不思議そうな顔をしているダンカンに、メロディは笑って答えた。「たしかに、お客さんが来る予定ですよ。ヘイゼル・キャヴェンディシュから話がしたいといわれたので、ここに招待したんです」

「ああ、それはよかった」ダンカンはいった。秘密の逢瀬《おうせ》に気づいてしまったのではないと知って、ほっとしているようだ。「よろしく伝えてほしい。ぼくたちもヘイゼルに会いたいと思ってるんだ」そして立ちあがった。「じゃ、これ以上お邪魔するといけない」

ところが、ドアのところでダンカンは足を止め、ためらいがちにいった。「メロディ、きみにいうべきかどうか迷ったんだが、ライアンの隠れ場所の島に行ったとき、これをみつけたんだ」ジーンズのポケットから、きちんとたたまれた青い布を取りだした。「きみが持っていたいかなと思って」

メロディはそれを受けとった。開いてみる前から、それがなんなのかわかっていた。ライアンの青いバンダナを、指でそっと撫《な》でる。

「ええ」ささやくようにいった。「ありがとう」

ケイト・リンは間違ったことをしたが、それにはもっともな理由があった。車でケンジントンの道を走りながら、ジェマは思った。いつか自分自身を許せるようになるんだろうか。そうなってほしい。

じゃあ、自分はどうなんだろう。犯した過ちに、もっともな理由があったといえるんだろうか。

病院を出たとき、マッケンジー・ウィリアムズから電話がかかってきた。マッケンジーは、リーガン・キーティング殺人事件の捜査の結果にショックを受けていた。ジェマを巻きこんだことに責任を感じると同時に、裏切られたような気分で、腹を立てていた。友だちだと思っていた女性があんなに恐ろしいことをしたのだ。それに、ジェマと同様、ジェシーのことが心配でならなかった。

「今夜は子どもたちをうちで預からせて」マッケンジーはいった。「迷惑をかけてしまったから、その埋め合わせ。ダンカンとふたりで、どこかいいところで食事でもしたら？　たまにはふたりでゆっくり楽しんで」

ジェマは甘えることにした。ダンカンとは話し合いをしたが、子どもたちに邪魔されたり、忙しすぎたりして、問題の表面をなぞることしかできなかった。ダンカンが捜査のことを話してくれなかった理由もいまはわかるし、自分ではなくダグやメロディに頼ったことも、理解できる。それでも、理解したからといって、ふたりのあいだにできてしまった壁を崩すのは難しかった。壁は、まるで物理的なもののように思えた。同じように、ダンカンに対する憤りが胸の中の大きなつっかえになって、ジェマを苦しめていた。

ノティング・ヒル・ゲートまで来ると、車の時計に目をやった。トビーのバレエ教室はもう終わっている。ダンカンが迎えにいってくれたはずだ。ほかの子どもたちも、もう帰っているだろう。やらなければならない家事がいろいろある。買い物にも行く必要がある。ディナーになにを着ていくかというささやかな問題もあった。

だがその前に、もっと重要なことをすませなければならない。

パウィス・スクエアに車を駐めると、ジェマは若葉の繁る庭を通って〈タバナクル〉に入った。先週の土曜日と同じく、たくさんの家族が食事をし、子どもたちが遊んでいる。先週と同じ犬がテーブルの脚にリードでつながれている。

赤レンガの建物に入り、階段をのぼり、静かなフロアで足を止めた。しばらくのあいだ、バレエスタジオの入り口の前に立っていた。がっかりするのが怖かった。しかし、ここまで来たら後戻りなんかできない。ドアを押しあけた。ロビーにはだれもいないが、スタジオからはピアノの音がきこえる。ドアにはめられたガラスのむこうに、音楽にあわせて体を動かす子どもたちの姿がみえた。女の子はレオタード、数少ない男の子は白いTシャツと黒のタイツ。トビーのクラスと同じようなクラスかと思ったが、レッスンのレベルはだいぶ高い。子どもたちの背も高くて体も発達している。ダンスの動きは正確で優雅だ。

たくさんの子どもたちがいっせいに動く、その真ん中に、ジェシーがいた。明るい褐色の髪を広げてスピンをしている。喜びに満ちた顔で、レッスンに集中していた。

体の向きを変える前に、ジェマの視線をとらえたらしい。

目が合ったのはほんの一瞬のことだったが、階段をおりて車に乗るまで、そしてそのあともずっと、ジェシーの姿はジェマの脳裏に刻みつけられていた。

ジェシーはきっと元気にやっていくだろう。


ジェマは〈カルッチオ〉を選んだ。ケンジントン・ハイ・ストリートにあるイタリアン・カフェと同系列の店だ。まだ暖かいから、外のテーブルを選んだ。「もっと高い店を選ぶのかと思ったよ」ダンカンはふざけていった。しかし、ジェマにとってはここもじゅうぶんに高級な店だし、天気のいいときに一度来てみたいと思っていたのだ。

チキンのレバーパテに紫タマネギを添えたもの、ホウレンソウのラヴィオリを頼み、よく冷えたプロセッコを飲んだ。ウェイターが皿をさげるあいだ、ダンカンは体をうしろに引いて、ジェマをみつめた。彼女を包む光はだんだん翳っていく。ジェマは若草色のサンドレスを着て、白いカーディガンを肩にはおっていた。先週末の強い日差しのせいで目立っていたそばかすが、いまでは薄くなっている。なんだか残念だな、とダンカンは思った。

ジェマとの楽しい生活も取り戻したかった。しかし、その気持ちをどう伝えたらいいのかわからない。

デザートを持ってきたウェイターは、店からのサービスでリモンチェッロはいかがですかといった。ジェマが首を強く振る。ダンカンはコーヒーをふたつ注文した。

「デニスが退院したよ」コーヒーにクリームを入れてかき混ぜながら、ダンカンはジェマにいった。「今日の午後、会って話したんだ」

「じゃあ、退院祝いを持っていかなきゃね。明日はどう？　デニスが疲れてないなら」

「花はもうたくさんだ、とデニスはいってたよ」ダンカンはデニスの口調をまねた。「事件の余波がロンドン警視庁を直撃するだろうといっていた。優秀な警官の数が足りなくなると」

ジェマはテーブルごしにダンカンをみつめた。そのまなざしにどんな気持ちがこめられているのか、ダンカンにはわからなかった。「あなたを元の職場に戻すつもりなのかしら？」

「あるいは、好きなところを選ばせてくれるんじゃないかな」ふたりの距離は近く、ちょっと手を伸ばせば、カップに置かれたジェマの手に触れることができたが、ダンカンはそうしなかった。

「そうなったら受けるつもり？」ジェマはきいた。ダンカンはまだ、ジェマの考えを読みとることができずにいた。

ダンカンは顔をそらし、考えていることを言葉にしようとした。しばらくして、ゆっくり口を開いた。「いや、たぶん、いまのままだと思う。ホルボン署が好きなんだ。仲間たちも好きだ。まあ、スウィーニーは別だけどね」トマス・フェイスにきいたところによると、トマスが病院にいるデニスと電話で話しているところへ、スウィーニーがメモを渡してきたとのこと。活動と人脈の調査を受けるため、しばらく停職になるとの連絡だったそうだ。「だが、スウィーニーは前から腐ったリンゴみたいなやつだった」ダンカンはそういって、またコーヒーをかき混ぜた。「ぼくは、今回の件で〝得をした〟と思われるのがいやなんだ。それに、警察の内部抗争に巻きこまれるのはもうたくさんだよ」

ジェマが微笑んだ。目が明るく輝く。「よかった。ホルボン署でやり直すつもりなのね。でも、ダグは？　ヤードでデータ入力事務を続けさせるなんて、かわいそうじゃない？　優秀なんだから、能力の無駄遣いよ」

キンケイドは肩をすくめた。「上層部は今回のことを喜んでるから、ダグにも光を当ててくれるんじゃないかな。そうしたら、ダグもホルボン署に異動になるかもしれない」

「ダグがジャスミン・シダナと衝突するのが目にみえるわね」ジェマは笑い声をあげていた。ジェマがこんなに楽しそうに笑うのをみるのはいつぶりだろう、とダンカンは思った。

「ジェマ、ごめん」ダンカンは、いまだとばかりに謝った。「きみに隠しごとをして、申し訳なかった」今度は手を伸ばし、ジェマの親指の付け根のやわらかいところに触れた。そしてぎゅっと手を握る。ジェマは手を引っこめなかった。「二度としないと誓うよ」

「本当に？」ジェマは顔をあげてダンカンと目を合わせた。

「本当だ。ただ、知っておいてもらいたいことがひとつある」意味深長な言葉でジェマを警戒させ、手をぎゅっと握る。にやりと笑って続けた。「ナントウィッチを出る前に、母といろんなことを話し合った。母はぼくたちに、実家の書店を買い取ってほしいといっていた」

「はあ？」ジェマは口をぽかんとあけてダンカンをみた。「なにそれ。からかってるんじゃないの？」

「そんなことはない。将来、田舎で静かな暮らしをするのも楽しそうじゃないか？」

「冗談はやめてよ」ジェマはいったが、ダンカンに握られた手を引こうとはしなかった。「そんなこと、キットにいわないでね」

「どうしてだい？」

ジェマはあいたほうの手でスプーンをつかみ、もう冷めているはずのコーヒーをかき混ぜた。「わたし、キットと約束したの。学校が休みになったらおじいちゃんとおばあちゃんに会いにいこうって」

「いいね、ぜひそうしよう。ぼくも両親に会いたい。キットにはぼくからはいわないから、きみの考えってことにしてくれよ」ダンカンはジェマの手首に触れた。脈拍が指に伝わってくる。「それはそうと」小さな声でいった。「家に帰ろうか」

謝辞

さまざまなアイディアや洞察力、精神的支援を与えてくれた真の友人たち――イギリスのケイト・チャールズ、バーブ・ユンガ、ケリー・スミス、アビ・グラント、スティーヴ・ウラソン――がいなければ、本書は完成しませんでした。とりわけ、完璧なパブ探しに根気よく同行してくれたカリン・サルヴァラッジオには、格別の謝意を捧げます。

作業のさまざまな段階で原稿を読み、貴重なアドバイスをくれた人々――ジジ・ノーウォド、ケイト・チャールズ、マーシア・タリー――にも、心からの感謝を。とくにダイアン・ヘイルは最初のシーンからじっくり読んでくれて、登場人物についてわたし以上によく知っていることもたびたびありました。

あふれるパワーと熱意でわたしを励まし、執筆の進捗を促してくれたキャロライン・トッドにも、心からの感謝を。

〈ジャングル・レッド・ライターズ〉の作家仲間たちも、作業の各段階で協力してくれました。リース・ボウエン、ルーシー・バーデット、ハリー・エフロン、スーザン・エリア・マクニール、ハンク・フィリッピ・ライアン、ジュリア・スペンサー－フレミング、みなさんの友情とオンラインでのつながりを、いつもありがたく感じています。
〈レッド・ライターズ〉は最高！

マリアン・グラシース、エドワード・ミラー、トマス・ミラー、名前を使わせてくれてありがとう。

この物語と登場人物にいきいきとした魅力を与えてくれた、イラストレーターのローラ・マエストロ、今回もありがとう。

そしていつものように、エージェントのナンシー・ヨーストにも感謝を。辛抱強い仕事だけでなく、子犬の写真に救われました！

いうまでもなく、ウィリアム・モローのみなさんにも感謝しています。キャリー・フエロン、タヴィア・コワルチャク、ダニエル・バートレット、リン・グレイディ、ライエイト・ステリック、そのほか多くのかたの力をいただきました。

家族の支えにも感謝のハグとキスを。リック・ウィルソン、ケイティ・ゲイジ、マイケル・ゲイジ、そして最愛の孫娘、レンに。

訳者あとがき

ダンカン・キンケイドとジェマ・ジェイムズの〈警視シリーズ〉。作品を重ねるにつれて、内容は重厚になり、社会問題も取り上げる骨太なものになってきた。また、ダンカンとジェマを中心とした人間関係にも広がりと奥行きが生まれている。シリーズのはじめは上司と部下だったのに、いまでは夫婦になったダンカンとジェマの暮らしぶりだけでなく、三人の子どもたちの存在も、物語になくてはならない要素だ。部下や友人など、サブキャラクターたちの個性も光っている。

十七作目になる本書の舞台は、ロンドンのノティング・ヒル。いわずと知れた高級住宅街だ。上品な家々と街路樹が美しい地域だが、特徴がもうひとつある。通りに面して建ちならぶ家々の裏に、〝コミューナル・ガーデン〟と呼ばれる、その区画の住民共有の庭が隠れているということだ。長方形の大きな庭を取りかこむようにして家々がずらりと並んでいる、といえばいいだろうか。庭に入れるのはそこに住んでいる人たちだけ。道路から庭に入るゲートもあるが、鍵がかかっていて、外部の人間は入ることができない。大きなものは一辺が二百メートル以上もある、立派な庭園だ。そしてこれこそが、ノティング・ヒルに住むお金持ちのステイタスシンボルのひとつになっている。

そんな庭のひとつで、若い女性の遺体が発見された。白いドレスを着た女性は、まるで眠り姫のように、庭の木陰に横たわっていた。発見当初は、酒か麻薬の過剰摂取で倒れたのではないかと思われたが、解剖の結果、他殺と断定された。ジェマがこの事件の捜査にあたる。仕事と育児に追われる日々の中で、ジェマには気がかりなことがあった。ダンカンのようすがおかしいのだ。週末に、子どもたちとの約束を破ってまで、突然仕事に出かけてしまったり、連絡もせずに遅く帰ってきたり。そして、その理由をろくに話そうともしない。このままでは夫婦の信頼関係にひびが入って、修復できなくなってしまうかもしれない。

じつはダンカンは、警察内部の闇を暴こうとしていた。ことの始まりは、シリーズ十四作目『警視の挑戦』に遡る。ある警察幹部が、女性警官たちに悪質な性暴力を繰りかえしていたことが明らかになるものの、犯人は逮捕直前に、妻を道連れに自殺してしまう。このことは、ダンカンの目には、警察上層部が事件をもみ消そうとしたために起こった惨劇だと映っていた。同時にダンカンは、上司のチャイルズ警視正に対して疑念を持つようになる。すると直後、ダンカンは左遷といってもいいような異動を命じられた。なにかがおかしい。なにか大きな不正がある。そんな疑惑が確信に変わった経緯は、シリーズ十六作目『警視の謀略』に描かれている。そして今回、驚くべきことが起こった。チャイルズ警視正が何者かに襲われ、瀕死の重傷を負ったのだ。だれがだれの命を狙っているのか。だれを信用すればいいのか。本当の黒幕はだれなのか。謎は深まるばかりだが、ダンカンは不安に苛《さいな》まれていた。闇を暴こうとすれば、自分や家族の命を危険に晒《さら》すことになるのではないだろうか……。そんなダンカンの迷いと奮闘、彼を支える人々との絆。さらに、警官としても母親としても立派に成長したジェマの姿を、ぜひとも楽しんでいただきたい。

最後になりましたが、小林龍之さんをはじめ、講談社文庫出版部のみなさまには大変お世話になりました。この場を借りて心よりお礼申し上げます。

二〇二三年　一月　　西田佳子

|著者| デボラ・クロンビー　米国テキサス州ダラス生まれ。後に英国に移り、スコットランド、イングランド各地に住む。現在は再び故郷のダラス近郊で暮らす。代表作であるダンカン・キンケイドとジェマ・ジェイムズの本シリーズは、米英のほか、ドイツ・イタリア・ノルウェー・オランダ・ギリシャ・トルコでも翻訳され、人気を呼んでいる。

|訳者| 西田佳子　名古屋市生まれ。東京外国語大学英米語学科卒業。翻訳家。法政大学非常勤講師。武蔵野大学非常勤講師。主な訳書に警視キンケイドシリーズ既刊16作（講談社文庫）のほか、『クレア・バーチンガー自伝　紛争地の人々を看護で支えた女性の軌跡』、『それでもぼくたちは生きている』、『ニュージーランド アーダーン首相　世界を動かす共感力』、『男の子は強くなきゃだめ？』、『グレタの真実　3週間で世界を変えた少女の素顔』などがある。

警視《けいし》の慟哭《どうこく》

デボラ・クロンビー｜西田佳子《にしだよしこ》 訳

講談社文庫
定価はカバーに表示してあります

2023年３月15日第１刷発行

KODANSHA

発行者――鈴木章一
発行所――株式会社　講談社
東京都文京区音羽2-12-21　〒112-8001
電話　出版（03）5395-3510
　　　販売（03）5395-5817
　　　業務（03）5395-3615
Printed in Japan

デザイン―菊地信義
本文データ制作―講談社デジタル製作
印刷―――株式会社KPSプロダクツ
製本―――加藤製本株式会社

ISBN978-4-06-527869-7

講談社文庫刊行の辞

二十一世紀の到来を目睫に望みながら、われわれはいま、人類史上かつて例を見ない巨大な転換期をむかえようとしている。

世界も、日本も、激動の予兆に対する期待とおののきを内に蔵して、未知の時代に歩み入ろうとしている。このときにあたり、創業の人野間清治の「ナショナル・エデュケイター」への志を現代に甦らせようと意図して、われわれはここに古今の文芸作品はいうまでもなく、ひろく人文・社会・自然の諸科学から東西の名著を網羅する、新しい綜合文庫の発刊を決意した。

激動の転換期はまた断絶の時代である。われわれは戦後二十五年間の出版文化のありかたへの深い反省をこめて、この断絶の時代にあえて人間的な持続を求めようとする。いたずらに浮薄な商業主義のあだ花を追い求めることなく、長期にわたって良書に生命をあたえようとつとめるところにしか、今後の出版文化の真の繁栄はあり得ないと信じるからである。

同時にわれわれはこの綜合文庫の刊行を通じて、人文・社会・自然の諸科学が、結局人間の学にほかならないことを立証しようと願っている。かつて知識とは、「汝自身を知る」ことにつきていた。現代社会の瑣末な情報の氾濫のなかから、力強い知識の源泉を掘り起し、技術文明のただなかに、生きた人間の姿を復活させること。それこそわれわれの切なる希求である。

われわれは権威に盲従せず、俗流に媚びることなく、渾然一体となって日本の「草の根」をかたちづくる若く新しい世代の人々に、心をこめてこの新しい綜合文庫をおくり届けたい。それは知識の泉であるとともに感受性のふるさとであり、もっとも有機的に組織され、社会に開かれた万人のための大学をめざしている。大方の支援と協力を衷心より切望してやまない。

一九七一年七月

野間省一

講談社文庫 最新刊